梅特林克静剧研究

殷雪雁 杨海艳 著

哈尔滨工业大学出版社

内容简介

梅特林克是1911年诺贝尔文学奖获得者,比利时戏剧家。本书聚焦于梅特林克的静态戏剧,结合其七部戏剧代表作,从静态戏剧理论、静态戏剧舞台艺术、神秘主义哲学思想、对荒诞派戏剧的影响四个方面进行论述。

本书既可作为高等学校文学专业和戏剧专业的本科生和研究生的参考用书,也可供对外国戏剧特别是象征主义戏剧研究有兴趣的专业研究者和广大戏剧爱好者阅读。

图书在版编目(CIP)数据

梅特林克静剧研究/殷雪雁,杨海艳著. ——哈尔滨:哈尔滨工业大学出版社,2021.8(2024.6 重印)
ISBN 978-7-5603-8946-2

Ⅰ.①梅… Ⅱ.①殷…②杨… Ⅲ.①梅特林克(Maeterlinck, Maurice 1862—1949)—戏剧研究 Ⅳ.①J805.564

中国版本图书馆 CIP 数据核字(2020)第 135170 号

策划编辑	闻　竹
责任编辑	马　媛
出版发行	哈尔滨工业大学出版社
社　　址	哈尔滨市南岗区复华四道街 10 号　邮编 150006
传　　真	0451-86414749
网　　址	http://hitpress.hit.edu.cn
印　　刷	黑龙江艺德印刷有限责任公司
开　　本	787mm×1092mm　1/16　印张 11.75　字数 280 千字
版　　次	2021 年 8 月第 1 版　2024 年 6 月第 2 次印刷
书　　号	ISBN 978-7-5603-8946-2
定　　价	80.00 元

(如因印装质量问题影响阅读,我社负责调换)

前　言

　　莫里斯·梅特林克(1862—1949)是活跃在19世纪与20世纪之交的欧洲象征主义戏剧的发轫者,是1911年诺贝尔文学奖的获得者。他提出的静态戏剧(static drama)即静剧艺术观念对各种现代先锋戏剧,尤其是第二次世界大战后的荒诞派戏剧有着深远的影响。1896年他发表的散文《日常生活的悲剧性》明确提出了静态戏剧思想,堪称象征主义戏剧运动的宣言。他不但从理论上积极探讨象征主义戏剧形式,而且在实践上发表了一系列作品,并在舞台上积极探讨静态戏剧表现艺术。梅特林克静剧理论针对传统戏剧提出三个方面的"转向":动作转向静止、情节转向情境、对白转向"沉默"和"二级对话"。在他看来,由激烈的意志冲突和戏剧化的惊人事件组成的传统戏剧已经不适应现代人的生活,现代人生活的主基调是平静、平凡、内心化,象征主义戏剧就是要通过日常的平凡化、静态化来表现生活中的神秘和深沉的悲剧因素。

　　然而,由于梅特林克的静剧实践持续时间较短,其在风起云涌的各种现代主义潮流中常常受到忽视,他在欧洲20世纪现代主义文学和先锋派阵营家谱中的地位只得到断断续续的确认。近年来,国外对梅特林克静剧思想的探讨,随着其他学科领域的理论与思想在文学艺术批评领域的应用而不断深入,其剧作的意义也不断延伸。评论家充分认可了梅特林克对现代戏剧的发展及对第二次世界大战后荒诞派戏剧的影响,认可其现代象征主义戏剧开拓者的地位。但在国内尽管从20世纪30年代就开始了对梅特林克戏剧的研究,然而研究的深度和广度始终没能有更新的突破,仅对其做出介绍性阐释和界定,研究只限于他最富影响的几部作品,如《青鸟》《群盲》等,缺乏系统的理论研究。没有新突破,一方面,因为改革开放之后西方近百年的戏剧理论和实践一起涌入中国,中国戏剧界急于勾勒出不同的戏剧类型特征,忽略了戏剧家的个案分析。另一方面,第二次世界大战后出现的荒诞派戏剧和布莱希特戏剧因其年代的新近而被国内学界与戏剧界更重视,这也是自然而然的事情。此外,由于语言的优势,英语国家的戏剧,特别是英美戏剧成为国内学界和戏剧界研究的热点,而其他国家戏剧的研究被边缘化,对梅特林克戏剧思想和创作的研究仅仅是在西方戏剧发展史的研究中做简单的介绍,不仅如此,对梅特林克戏剧思想的阐释也有失偏颇。因此,本书对戏剧家的个案研究有着积极的理论和实践意义。本书的目的就是在大量原始资料搜集整理的基础之上,对梅特林克静剧理论进行详细梳理和阐释,并结合作品细读,对静剧舞台艺术进行归纳,同时分析梅特林克静剧和第二次世界大战后先锋戏剧代表荒诞派戏剧的关联,以期丰富国内对西方现代戏剧史的研究。

　　本书聚焦于梅特林克的静态戏剧,主要从四个方面进行研究。第一,梅特林克的静态戏剧理论;第二,静态戏剧舞台艺术,并结合对梅特林克七部代表性戏剧作品的细读和分析;第三,梅特林克作品中透露出来的神秘主义哲学思想;第四,梅特林克对第二次世界大

战后荒诞派戏剧的影响。概括起来,即以下四点:

1. 静剧理论

梅特林克的静剧理论核心是"日常生活的悲剧性"。他认为,传统戏剧在表现悲剧因素时,通常充满了冒险仇杀、撕心裂肺和英雄主义,而这些已经不适应今天的时代,这是因为,现代人的生活基本上已经远离了剑拔弩张和流血牺牲,那是过去蛮荒时代人们的日常生活,而今天传统戏剧的目的也包括消遣娱乐,不在于表现生活。然而艺术所要追求的普遍的戏剧性和悲剧性只能来源于平凡的日常生活。梅特林克提出的"日常悲剧"理念及其舞台呈现方式——静态戏剧,举起了"反戏剧"的旗帜,宣布了和传统戏剧以及自然主义戏剧的彻底决裂。

2. 静剧艺术

为了表现现代人平静的内心生活,静剧艺术提出了针对传统戏剧的三个转向:动作转向静止、情节转向情境、对白转向"沉默"和"二级对话"。

梅特林克主张在戏剧中取消事件或故事,表现人物的心灵,但也不是完全静止,而是表现一种弱行动。他通过将人物紧张情绪的累积作为表现的主题,重置了舞台的重心。彼得·斯丛狄在《现代戏剧理论》中指出,梅特林克抛弃了传统戏剧的人际事件悬念,建立了根植于舞台情境的悬念,因此,"梅特林克创造的体裁应该用情境来命名,这些作品的本质不在于情节"。排除了人际事件推动情节的悬念,梅特林克利用了"等待"这一表现时间流逝的手段,戏剧人物在等待的间歇不断拓展对空间的认识,在枯燥乏味的等待中,恐惧感慢慢累积直至爆发,实现了平凡的日常到恐惧的日常的演绎,直指现代人被抛弃的虚无存在感。而替代传统戏剧故事悬念的就是情境剧的"时间悬念"和"空间悬念",静剧在狭义上就是"等待戏剧"。

象征主义静剧的语言为的是表现活跃而丰富的心灵,梅特林克在语言层面提出了"沉默""二级对话"等概念。这里,"沉默"的意义不亚于语言的表达功能,这是一种孕育深意的暂停,具有语义上的解读,没有说出的话,和话语一样具有表达意义,只是后者是露在水面上的冰山。梅特林克认为,"沉默"是我们神秘生活的基础。"蜜蜂只在暗中工作;思想只在沉默中工作;德行只在隐秘中工作。"(《谦卑者的财富》)第二个概念"二级对话"对现代戏剧的贡献独一无二。梅特林克发现,在必要的人物对话之外存在着另一种对话,这种对话起初看似无用而多余,但在其背后,并行着戏剧真正的本质和作者的真实意图,正是这不必要的对话的性质和范围决定了作品的性质和不可衡量的广度。他说:"恰恰是那些在僵硬的表面的真理之外说出的话,才组成了最美的悲剧的神秘之美,因为这些语言符合更深的真理,这个真理无可比拟地与无形的灵魂更加靠近,正是它支撑着诗歌。"(同上)

3. 神秘主义哲学观

梅特林克持一种唯心主义哲学观,他的哲学继承主要归结为新柏拉图主义,特别是普罗提诺和斯威登堡的思想。他认为宇宙是由四大物质的和精神的经验主体维系的,它们是看得见的世界、看不见的世界、看得见的人和看不见的心灵。他认为我们看到的不过是表面的现象,这往往蒙蔽了我们的双眼,在内心还存在更多丰富的领域,比理性和智力更加富饶、深刻和有趣。正是生活中的各种无法解释的自然征兆和无以名状的力量,暗示了生活的根源和真实,戏剧就是要通过对日常生活、梦境和潜意识的表达,发现我们有形的生活与这种神秘的根源的联系。这体现了象征主义者共有的对物质主义和机械论的反叛。梅特林克的神秘主义思想也经历了一个从悲观消极到乐观积极的转变,其早期的作品以"死亡"为主要事件,探索日常生活背后的神秘性和命运的不可把握,后期以《青鸟》为代表的作品,将神秘主义和对自然界的兴趣融为一体,表现了对追求神秘真理的信心。

但是,神秘主义思想在成就梅特林克的同时,也限制了他作品的生命力。正如托多洛夫指出的,梅特林克的象征主义并不暗示和揭示多元性的解读,静态戏剧和沉默戏剧对他来说具有明确的指向性,指向了隐含作者的神秘主义思想,神秘主义本身具有的局限性也是他不能持久受欢迎的原因之一。

4. 梅特林克静剧观和荒诞派戏剧的关联

梅特林克静剧理论及戏剧创作标志着象征主义戏剧登上现代主义文学运动的舞台。我们认为,梅氏之后的象征主义在欧洲大陆呈现两个方向的发展,一条线索沿着梅特林克的神秘主义之路,在英国的叶芝那里发展为对精神的隐形世界的揭示,宗教意味更加浓厚,艾略特更是将教会的仪式和歌队等引入戏剧,实践了宗教仪式剧。另一条线索沿着梅特林克的"日常悲剧"理念发展,从平庸的日常走向滑稽和荒诞的日常,发展为对现实主义的批驳,从贾利、达利、皮兰德娄发展到超现实主义的产物荒诞派戏剧《等待戈多》。由于篇幅所限,本书只论及了荒诞派戏剧对梅氏静态戏剧的传承,希望将来可以有机会研究象征主义戏剧的流变。

作为对戏剧家的个案分析,本书对梅特林克的静态戏剧理论和静态戏剧实践进行了较为深入的探讨,提供了世纪之交现代主义运动之下象征主义戏剧运动的一幅鲜活的图景。同时,在理论上对梅特林克静剧及相关术语,如"日常悲剧""二级对话""沉默""等待戏剧"等进行了阐释,希望为国内戏剧界研究提供些许参考。

本书为天津市哲学社会科学规划研究项目"梅特林克静剧研究"(TJWW13—024)的研究成果,我们的研究需要对大量的英语和法语文献进行搜集、翻译和整理,其中包括一些国内研究从未涉及的资料。因此,书中所有源自外文参考文献的中文,均为著者本人翻译,不再于文中一一标注,特此说明。梅特林克静态戏剧只是包罗万象的现代象征主义的一角,在大量的原始材料中寻找评论家书评、导演剧评和创作笔记,是一项艰苦的工作。尽管我们倾尽全力做了大量细致的工作,但也难免有疏漏或以偏概全,这也是我们担心的问题,敬请同行不吝批评指正,非常感谢!

殷雪雁　杨海艳
2020 年元月于天津

目　　录

绪　论　象征主义戏剧拓荒者梅特林克 …………………………………………… 1

第一章　梅特林克神秘主义哲学观与戏剧理想 …………………………………… 5
　　第一节　梅特林克神秘主义哲学观 …………………………………………… 5
　　第二节　梅特林克的戏剧理想 ………………………………………………… 14

第二章　梅特林克时代的文化思潮与戏剧革新 …………………………………… 18
　　第一节　文化思潮和戏剧革新 ………………………………………………… 18
　　第二节　象征主义傀儡艺术——从梅特林克到克雷格 ……………………… 31
　　第三节　斯特林堡自然主义戏剧观 …………………………………………… 34
　　第四节　表现主义时期的斯特林堡 …………………………………………… 38

第三章　象征主义戏剧：《玛莱娜公主》 …………………………………………… 47
　　第一节　象征主义戏剧前夜：梅特林克的早期创作 ………………………… 47
　　第二节　象征主义戏剧开端：《玛莱娜公主》 ………………………………… 52

第四章　日常生活的悲剧性：梅特林克静剧理论 ………………………………… 61
　　第一节　"日常悲剧"理论的提出 ……………………………………………… 61
　　第二节　戏剧、反戏剧、非戏剧 ……………………………………………… 62
　　第三节　"日常"的含义和"日常"的变体——恐惧 …………………………… 64
　　第四节　"悲剧"及其舞台诠释 ………………………………………………… 67

第五章　言语、沉默与等待：梅特林克静剧舞台艺术 …………………………… 69
　　第一节　静态戏剧 ……………………………………………………………… 69
　　第二节　"二级对话"和"第三个人物" ……………………………………… 72

第六章　静剧舞台的时空围城：《群盲》《丹达吉勒之死》和《七公主》 ………… 78
　　第一节　静态戏剧的时间："等待"是一种悬念形式 ………………………… 78
　　第二节　静态戏剧的空间：以《群盲》为例 ………………………………… 80
　　第三节　被围困的空间 ………………………………………………………… 86
　　第四节　把室内搬上舞台：《七公主》 ………………………………………… 92

第七章　沉默，没有被说出的真理诉求：《无形的来客》 ………………………… 104
　　第一节　梅特林克静剧中沉默的表现形式及其来源 ………………………… 104
　　第二节　《无形的来客》中未被说出的真实 …………………………………… 106
　　第三节　作家的沉默 …………………………………………………………… 112

第八章 无形的世界：《佩列阿斯和梅丽桑德》……………………………………114
第一节 从戏剧到歌剧……………………………………………………114
第二节 朦胧的情节剧……………………………………………………116
第三节 无法定型的人物…………………………………………………119
第四节 黑暗中的光与影…………………………………………………125
第五节 影子剧场和木偶剧场技巧………………………………………128
第六节 解读象征…………………………………………………………130
第七节 马拉美谈梅特林克………………………………………………133

第九章 哲学思想的舞台具现：《青鸟》……………………………………………135
第一节 青鸟的由来………………………………………………………136
第二节 看不见的世界……………………………………………………137
第三节 寻找真理…………………………………………………………141
第四节 过去和未来………………………………………………………144
第五节 舞台上的青鸟……………………………………………………146

第十章 梅特林克静剧观与第二次世界大战后先锋戏剧的精神渊源………149
第一节 从斯特林堡到梅耶荷德…………………………………………149
第二节 等待戏剧和荒诞派戏剧…………………………………………151

结　语……………………………………………………………………………………161
第一节 梅特林克静剧观的时代性………………………………………161
第二节 梅特林克象征主义戏剧的尾声…………………………………164

附　录……………………………………………………………………………………167
附录一　1911年诺贝尔文学奖授奖词…………………………………167
附录二　梅特林克作品列表……………………………………………171

参考文献…………………………………………………………………………………174

后　记……………………………………………………………………………………179

绪论　象征主义戏剧拓荒者梅特林克

> 他具有深邃的独创性和非凡的才华,他的写作才能迥异于传统的文学形式,其理想主义的特征达到一种罕见的精神境界,不可思议地拨动我们隐秘而敏感的心弦。
> ——C.D.威尔森(1911年诺贝尔文学奖授奖词)①

莫里斯·梅特林克(Maurice Maeterlinck,1862—1949)可以称得上是现代戏剧史上最安静的,但同时也是最激进的革新者。19世纪90年代中期,比利时戏剧家和诗人梅特林克给象征主义运动带来了惊喜——象征主义戏剧,这是十几年来象征主义运动孜孜不倦追寻结出的硕果。与此同时,他也带来了一连串的新术语:"静态戏剧""二级对话""日常悲剧"等。正如奥地利象征主义诗人里尔克(Rilke,1875—1926)所言,"梅特林克重置了戏剧舞台的重心"。他用静态取代了动态,用无事件取代了事件,用沉默取代了对白,表达出象征主义最复杂的诗学结构。我们可以说,梅特林克是"等待戏剧"的创始人、戏剧简约风格的开拓者、超现实主义所倾慕的自由体诗人、关于梦境和无意识领域的思辨性散文作家。1911年,瑞典文学院将诺贝尔文学奖授予梅特林克,常务秘书威尔森在授奖词中赞赏他在文学上取得了诸多成就,"最为突出的是他的戏剧作品,诗意的想象时时与神话的启示相结合,深刻、奇妙、引人入胜,极大地拓展了人们的意识空间。"(梅特林克,2006:1)评论界给予梅特林克的赞赏使他与里尔克、契诃夫、叶芝和斯特林堡比肩,因此,梅特林克堪称新派戏剧界的先驱,在欧洲20世纪现代主义文学和先锋派阵营的家谱中占有一席之位。

梅特林克1862年8月出生在比利时根特市的一个世家,第二次世界大战结束后,从美国返回法国,1949年5月病逝于尼斯,享年87岁。他是佛兰德斯人,对养育他的故乡佛兰德斯的语言和文化怀有深厚的感情。20多岁起,就开始在当地的先锋派法语评论期刊上发表诗歌和散文。第一部诗集《暖房》(Hot Houses)的发表为梅特林克赢得了"颓废派诗人"的称号。虽然在比利时小有名气,但在欧洲大陆的象征主义诗歌领域和出版圈里,他一直默默无闻。1889年,他的第一部戏剧《玛莱娜公主》发表了,第二年,法国文艺批评家米尔波(Mirbeau)在《费加罗报》上对梅特林克这个新人大加赞赏:

"我和莫里斯·梅特林克先生素昧平生,不知他何处人氏,何许人也;也不知他年长抑或年轻,富有还是清贫。我只知道,他比任何人都要默默无闻;我也知

---

① [比]莫里斯·梅特林克.诺贝尔文学奖文集:无形的来客[M].李斯,等译.长春:时代文艺出版社,2006:2.

道,他写了一部杰作,不是一部事先就贴上杰作标签的杰作……而是一部令人赞叹的、真正的、不朽的杰作。这部作品足以使作者的名字流芳百世,足以使所有渴望美与伟大的读者为作者祝福……莫里斯·梅特林克先生为我们创作了一部当今最有才气、最不同凡响,也最朴实的作品。这部作品,就美的角度而言,堪与莎士比亚最优秀的剧本匹敌,如果我敢妄言,它比莎士比亚最优秀的剧本有过之而无不及。这部作品就是《玛莱娜公主》。"(梅特林克,1983:译者前言2)[①]

米尔波的溢美之词尽管颇受争议,但梅特林克不负其所望,在接下来的短短7年间发表了8部戏剧作品,它们是1890年的《群盲》和《无形的来客》、1891年的《七公主》、1892年的《佩列阿斯和梅丽桑德》、1894年的《阿拉丁和帕洛密德》《室内》和《丹达吉勒之死》,以及1896年的《阿格拉凡和塞莉赛特》。同时还发表了《戏剧小谈》(1891)等几篇关于戏剧理论的短文。《日常生活的悲剧性》是这个时期他发表的最重要的一篇散文,收录在散文集《谦卑者的财富》(1896)中,他在文中提出了"静态戏剧"和"二级对话"等理论和术语,阐明了梅氏独有的静态戏剧的理论纲要,也使这篇散文成为象征主义戏剧的宣言。从此以后,梅特林克成为一个活跃在法国甚至欧洲戏剧舞台上,和易卜生、斯特林堡、契诃夫齐名的戏剧家。从19世纪的最后几年开始,梅特林克的写作方向有所变化,他开始把主要精力用于之前偶尔涉猎的散文上,希望以此触动欧洲读者的心灵和激发他们的想象力。他虽然后来也发表了《莫娜·凡娜》(1902)、《青鸟》(1909)等脍炙人口的戏剧作品(事实上,他的戏剧写作一直持续到20世纪30年代后期),但他在散文领域的勤奋耕耘使他被贴上了哲理性散文作家的标签。

梅特林克作品的丰富性也带来了对他的多样化的解读。他既属于西蒙斯(Symons)"象征主义文学运动"的成员,同时也是荒诞派戏剧"史前阶段"的拓荒者;叶芝认为梅特林克是思想空灵的理想主义者,但法国后期象征主义诗坛领袖古尔蒙(Gourmont)却认为他是一个完全的、极简抽象派的、出色的现实主义者;而克雷格(Craig)眼中的梅特林克则是傀儡(木偶)剧场理论的先驱。梅特林克的梦幻剧《青鸟》曾被斯坦尼斯拉夫斯基搬上舞台而在欧洲引起轰动,而斯氏本人的现实主义戏剧理念却和象征主义相距甚远。

除了文学界,他优美的舞台语言和诗情画意激发了音乐界先锋派艺术家的灵感,德彪西(Debussy)、萨蒂(Satie)、西贝柳斯(Sibelius)、泽姆林斯基(Zemlinsky)和霍内格(Honegger)等都曾创作和改编过他的戏剧音乐,《佩列阿斯和梅丽桑德》经德彪西谱成歌剧,在西方广为流传。当时的现代戏剧舞台涌现出一批优秀的导演,吕奈-波(Lugne-Poe)、安托万(Antoine)、梅耶荷德(Meyerhold)、斯坦尼斯拉夫斯基和莱因哈特(Reinhardt)等,他们都把梅特林克的戏剧作为他们20世纪舞台演出的保留剧目。

但是,梅特林克一成不变的风格也引起评论界的质疑。1891年,纪德在写给瓦雷里的信中谈道,以下3位作家的贡献从3个方面代表了象征主义的最高成就:"诗歌领域是

---

① [比]莫里斯·梅特林克.梅特林克戏剧选[M].张裕禾,李玉民,译.北京:外国文学出版社,1983.

马拉美,戏剧领域是梅特林克,虽然我在他们面前略显稚嫩,但我还是把自己列为小说领域的代表。"但是,到了1925年,纪德的态度发生了变化,他在日记中写道:"读了梅特林克的《花的智慧》(1907),我甚至都不知道他的智慧是否就如他作品中的花一样。"(Gide,1948:808)① 显然梅特林克已经从他的作家神殿中被移除了。其实,当时的梅特林克已经形成多样化的风格,他作诗、创作剧本,他的散文题材包罗万象,有自然历史、神秘主义、拳击、自行车比赛、汽车,甚至狗。

纵观梅特林克漫长和多产的职业作家生涯,我们可以看出他的发展方向,从一个最成功的象征主义戏剧家到一个世界范围内广受欢迎的作家,从颇有成就的先锋戏剧家到诺贝尔文学奖得主,他所获得的国际声誉使他的作品畅销度经久不衰,他的读者群显然已经不只是先锋文学爱好者了。

梅特林克在戏剧舞台上最富创新的实验阶段加起来不足10年,但是他的写作生涯跨越两次世界大战和整个现代主义运动,象征主义、超现实主义、未来主义、表现主义、早期存在主义等都从他的作品中汲取营养,他所开创的方向指引后来者继续前行。虽然他的戏剧独创性得到人们的充分认可,但是很少有人承袭他的象征主义戏剧风格。也就是说,欣赏他的人多,但模仿者完全没有,甚至象征主义同道们也怀疑他开创了一条远远超前于时代的道路。到1900年,梅特林克自己也开始心存疑惑,虽然他知道半个世纪以来的艺术、文学和哲学创新把最后一棒戏剧的收尾工作留给了他一个人承担,但他似乎认同了大家的观点,误判了自己伟大的独创性,不再坚持那些年创新性作品所开创的丰富的道路。1913年,他在写给《戏剧理论选集》的一个编辑的信中,甚至说他早期的最可以经受时间考验的戏剧作品只是年轻时的热情冲动,和大多数文学理论一样,几乎没有价值。梅特林克似乎渐渐淡出了人们的视野。

但是,任何评价都需要时间的考验,20世纪后半叶开始,评论界开始重新认定梅特林克对现代主义运动的开拓性贡献。奥斯本(Osborn)指出,始于19世纪末的法国现代戏剧的繁荣离不开3位导演和1位伟大的戏剧家,他们是自然主义戏剧导演安托万、象征主义戏剧导演保罗·福尔(Paul Fort)和吕奈-波(Lugne-Poe),以及象征主义剧作家梅特林克。她从另一个角度特别提及梅特林克,说梅特林克扛起了马拉美的象征主义旗帜,实践了马拉美的戏剧理想,因此过去人们并没有把他看作一位原创型作家,他的创新性没有被充分认可,"事实上,梅特林克在理解观众和戏剧的关系方面是现代戏剧的先驱者,因为他是第一位在舞台上创造了观众和演出的同步参与性与同步疏离感的现代戏剧作家,所以有必要重新定位梅特林克对于现代戏剧发展的作用"。(Osborn,1968:660~661)②

当代英国文艺评论家帕翠克·麦克圭尼斯(Patrick McGuinness)认为,《无形的来客》《群盲》和《室内》之后,梅特林克放弃了他所提倡的"静态戏剧"和"日常悲剧"的理念,

---

① Gide A. Journal 1889—1939[M]. Paris:Pleiade,1948.
② Osborn Catherine B. Predecessor to Ionesco[J]. The French Review, 1968,41(5):660-661.

"在《佩列阿斯和梅丽桑德》和《阿拉丁和帕洛密德》之后,他的创作只是之前作品形式上的苍白模仿。而1901年的《两姊妹》和《莫娜·凡娜》(1902)虽然也清新优秀,且在另一条道路上富有独创性,但是却标志着对传统戏剧的回归,只有间或的创作,如《青鸟》(1909)的成功,让我们重新看到那个独一无二的象征主义神殿的梅特林克。"(McGuinness,2002:6)[①]

后期的梅特林克把主要精力用于对自然科学的研究,散文《蜜蜂的生活》(1901)、《花的智慧》(1907)、《白蚁的生活》(1926)、《蚂蚁的生活》(1930)等在戏剧领域之外使他获得新的关注和认可,其凭借戏剧和散文获得1911年诺贝尔文学奖。瑞典文学院常任秘书威尔森在授奖词中称赞梅特林克,"他具有深邃的独创性和非凡的才华,他的写作才能迥异于传统的文学形式,其理想主义的特征达到一种罕见的精神境界,不可思议地拨动我们隐秘而敏感的心弦"。(梅特林克,1997:476)[②]

但是,他科学散文中对植物的"沉默戏剧"和"蜜蜂生活的拖延悲剧"的描述使科学获得了和戏剧、诗歌一样的"情感上的相通性"。阿尔托说:"伟大的昆虫世界的痛苦、渴望、排斥和癫狂在抒情诗人的笔下和哲学家的世界里得到升华。"(Artaud,1923:13)[③]因此,无论是戏剧,还是哲理性散文,梅特林克的作品都致力于寻求"看不见的心灵"的主宰。在抛弃早期戏剧形式之后,他坚持将自己永不停歇的精神探求融入散文写作。他在戏剧领域披荆斩棘所开创的道路无疑为象征主义和现代戏剧树立了永久的丰碑。这里,我们可以引用梅特林克散文《内在美》中劝诫我们的一段话来评价作家本人:"我们不要害怕沿途播种美的种子。它可能会留在那里几个星期,甚至几年,但是像宝石一样,它不会融化,最后会有人从旁经过,被它的闪光吸引;他会把它拾起,快乐地继续前行。"(梅特林克,2009:179)[④]我们可以说,梅特林克对现代戏剧的贡献就是他播下的美的种子,就是闪光的宝石。

梅特林克不但创作了一批奇异瑰丽、充满诗情画意的象征主义戏剧作品,而且以《谦卑者的财富》为代表的大量散文还丰富了象征主义戏剧理论研究。戏剧大家斯特林堡就曾捡起他留下的宝石,把《谦卑者的财富》翻译成瑞典语,明确宣称自己是梅特林克的信徒;契诃夫坦言以真诚的佩服心情阅读了梅特林克的作品,称其令人感动,无法抗拒;霍普特曼、霍夫曼斯塔尔、叶芝、辛格等人也都积极响应梅特林克关于日常生活的神秘意义的阐述,以及其内心戏剧和静态戏剧的观念与形式。

[①] McGuinness Patrick. Maurice Maeterlinck and the Making of Modern Theatre[M]. New York: Oxford University Press Inc, 2002.

[②] [比]莫里斯·梅特林克. 诺贝尔文学奖精品典藏文库:花的智慧[M]. 谭立德,等译. 桂林:漓江出版社,1997.

[③] Artaud. Maurice Maeterlinck:Douze Chansons[M]. Paris:Stock, 1923.

[④] [比]莫里斯·梅特林克. 谦卑者的财富[M]. 马永波,译. 北京:中国国际广播出版社,2009.

第一章 梅特林克神秘主义哲学观与戏剧理想

> 恰好在象征的言说中发生了这样的事情：或缓或急，或者作为获释的、喜人的体验或者作为引起恐惧和惊愕的邂逅，理解终于出现了，它使我们突破界限与无言，在对象征的体验中架起了一座跨越无言的天堑的桥梁，日常言说的彼岸通过这座桥梁的筑成而被发现。
>
> ——维特根斯坦

第一节 梅特林克神秘主义哲学观

1. 充满哲思的剧作家、诗人和散文家

比利时诗人和剧作家梅特林克的作品充满了神秘主义色彩，他漫长的文学生涯——从戏剧到哲学性质的散文著作——带给读者愉悦的美学震撼，每一部作品都是精神的启示录。充满诗意的随笔《谦卑者的财富》真正深入人的心灵，《埋葬的寺庙》《双重花园》等进一步探讨死亡的本质等问题，其中暗含深沉和微妙的教诲，精神的光芒照亮了命运和责任之路。梅特林克的独创性使他成为世界现代文学领域第一位重要的神秘主义作家。

戏剧《玛莱娜公主》（1889）的出版给欧洲戏剧界带来了迷幻一般的惊喜，它是送给法国象征主义运动和现代主义戏剧最好的礼物。自此以后，梅特林克成为一个家喻户晓的名字，作家兼文艺批评家米尔波毫不吝惜他的赞誉之词，说这部作品从美的角度而言，"堪与莎士比亚最优秀的剧本媲美"。戏剧家的忧郁哲思渗透到他接下来的作品和人物中，《无形的来客》中沉默的老人，《群盲》里未出场就死去的牧师，沉睡不醒的《七公主》，《佩列阿斯和梅丽桑德》中爱的无奈，《室内》中踌躇不前的陌生人，《丹达吉勒之死》中无法抗拒的死亡命运，梅特林克为读者展示了生命的旅程中一个又一个难解之谜。死神的来临有征兆吗？为什么恐惧敲击、折磨人们的心灵？人们被浓密的昏暗包围，打不开门，说不出话，无路可逃。梅特林克的早期戏剧美妙、震撼，充满迷幻，耐人寻味。1909年梦幻童话剧《青鸟》上演了，和他十几年之前的作品相比，《青鸟》受到了前所未有的欢迎，因为作品的含义清新、透明。他似乎离开了日日作伴的浓荫密布的森林，这曾是他之前故事发生的最常见的场景，最终他从阴影地带走向了阳光，开始关注儿童的心灵和思想。

2. 梅特林克的文学之路

在一个大多数人都关注物质利益的时代，梅特林克的心灵谈话让人耳目一新，这也使他的作品成为现代思想的象征。然而他和他的作品处处流露出不同寻常的中世纪气质，充满了旧与新、古代东方和现代西方的交融。尽管他生活在20世纪,他的读者和观众也属于20世纪,但他身上拥有一种微妙、柔和的神秘气质,他似乎身着中世纪的长袍,缓缓步入现代人的视野。我们在他的书中看到遮蔽的修道院花园、阴暗深邃的古堡以及古堡下神秘的地下通道。通往城堡弯弯曲曲、不明朗的通道两侧是布满苔藓的厚厚的高墙,王子和公主隐隐走来,默不作声,修女捧着经书,唱着祈祷文,远处的水手唱着船歌,即将扬帆起航。这一切和他所处的时代如此格格不入,现代工业化在欧洲的大地上正在持续不断地侵蚀和摧毁宁静的家园,如果想找到仍然戴着中世纪面纱的具有原始风貌的地方、现代工业痕迹最少的地方,那就跟随梅特林克的脚步,来到一处地方,那就是19世纪末20世纪初的比利时的佛兰德斯——养育他的家乡。

布鲁日和根特是佛兰德斯的两个小城市,布鲁日可以说是欧洲大陆最古老的小城市,风景如画的运河弯弯曲曲,日复一日地缓缓流淌,街上的人流、城市的交通缓慢移动着,贸易也不紧不慢地发展着。根特的生活也是一样的慢节奏,但是高耸的工厂的烟囱,如死亡之手,伸向美丽的、艺术般的、如诗如画的田园风光,这里,新旧对峙,古老和现代交织。街上许多尖顶的房子被改造成商铺,哥特式大厅成了一个巨大的厂房。1862年,诗人、作家、象征主义戏剧家梅特林克就是诞生在这个半现代半古老的小城市。这是个富裕而保守的地区,历史可以追溯到公元7世纪,宗教的古典和严肃都沉淀在这座城市里。

如果我们熟悉梅特林克的作品,那我们就可以了解这里的人文和自然是怎样深深地影响了梅特林克的思想。父母把他送到当地的耶稣教会学院读书,他们希望他将来可以走上神职的道路。但是梅特林克并不愿意,像大西洋对岸他尊敬的精神导师爱默生一样,他喜爱教会,但更热爱做一个精神的预言者。为了取悦父亲,没能走上神职生涯的他同意到巴黎学习法律,但他的特异气质显然不适合这个职业。巴黎的短暂学习让他接触到象征主义文学,他结识了巴那斯派的诗人,并在他们的杂志社发表诗歌。他的律师生涯只有过一次辩护经历,失败之后,他决定彻底离开法律领域,投入文学的怀抱。

3. 梅特林克的文学创作和哲学思想的传承

梅特林克的文学生涯涉猎广泛。他既写诗,又写戏剧,也创作散文和传记作品。他的作品内容既涉猎精神领域,也包括科学领域,他以令人信服的文字讲述精神之美,又把大量时间和精力用来观察蜜蜂、蚂蚁和白蚁的生活习性,并以科学的态度,试图探寻动物世界的理性。他是一个象征主义戏剧家、道德主义者、神秘主义者、哲理性散文作家,也是一个用散文创作诗歌的诗人、一个不小心穿上了哲学家外衣的自然主义学家和科学工作者。

他作品里所表现出的美学、哲学和宗教思想来源广泛。人们拿他和《沉思录》的作者古罗马帝王、哲学家马可·奥里利乌斯(Marcus Aurelius)比较,说他的哲学静思气质和奥里利乌斯一脉相承。他对诡异和毛骨悚然的热衷可以追溯到爱伦·坡的哥特小说和诗歌。爱默生的超验主义思想使他产生共鸣,他翻译了爱默生的许多著作。他还醉心研究古罗马时期的希腊唯心主义哲学家、新柏拉图主义创始人普罗提诺(Plotinus)的神秘主义美学思想。我们从他的作品中还发现德国天主教会神秘主义者陶勒(Tauler)、吕斯布罗克(Ruysbroeck)以及他们的学派莱诺佛兰芒派(The Rheno-Flemish school)的影子。他还引证新柏拉图主义希腊哲学家波菲利(Porphyry)、诺斯替教派(Gnostics)和斯威登堡(Swedenborg)的学说。梅特林克显然消化了他们的学说，并形成了自己的独特思想。

更准确地讲，梅特林克的哲学继承主要归结为新柏拉图主义，他自己也认为伟大的普罗提诺(205—270)是他所认识的所有智者中最接近神圣的。普罗提诺在有关美的思想中辨识出美的更高的理想——一种对内在的精神的优雅理解，这也是梅特林克为之奋斗的目标。普罗提诺的审美学说具有宗教修行性质。他主张通过对物质美的感受和超越，主体得到净化与回归，并升华为心灵美，最终达到真与善的统一美。整个审美过程实际上是道德活动，表现为主体收心内视，突破各种精神境界。普罗提诺认为，艺术高于自然，因为艺术是一种美的创造、美的历程，最终回到创造者那里，只有向善的心灵才具有这种超越性的艺术创造力。普罗提诺把柏拉图的"理念论"导向神秘主义。

梅特林克对人和世界及其相互关系形成了自己的理解。他认为宇宙是由四大物质的和精神的经验主体维系的，它们分别是有形的世界、无形的世界、有形的人、无形的心灵。他认为，无形的世界和心灵是实在的，而有形的世界和人只有同这看不见的世界合为一体，成为其象征和预示，才能具有实在意义。那看不见的世界隐藏在可见的表象之下，把大量的征兆通过看得见的世界传递给我们。对于梅特林克来说，未来和过去一样真实。他说，没有一个旅行者会因为他没有亲身游历一些地方就愚蠢地认为这些地方不存在。然而，那些持怀疑论者正是这样说服自己的，没有发生过的事情就不存在。事实上，任何未来会发生的事情已然存在。

梅特林克认为，有趣的不是人们所了解的东西，真正有趣的是人们只能推测的东西——下意识的昏暗领域和人们的"边界"感觉，这一切都处于下意识和无意识之间奇妙的"中性地带"。生活的价值在于生命的神秘性。梅特林克不但在戏剧与诗歌中探索这种日常生活背后的神秘性和命运的不可把握，也通过其大量的随笔写作，将神秘主义和对自然界的兴趣融为一体，体现了象征主义者共有的对物质主义和机械论的反叛。

梅特林克在思想和文学创作上可以被称为一个"拿来主义者"。当发现好的思想和题材时，他不是简单地添加，而是将其改头换面，把未经雕琢的原石，放在他自己的炼丹炉里，赋予它们以奇妙的想象力，并贴上新的标签。他公开承认，创作戏剧《玛丽·玛格德莱娜》(Mary Magdalene,1909)的两个主要人物的灵感来源于德国作家海瑟(Heyse)的作品。在序言里，他诚实地说他曾给海瑟写信请求获得许可使用、发展其故事人物，然而被粗暴地拒绝了。《莫娜·凡娜》的故事结构要感谢布朗宁的《鲁丽亚》(Luria)，《佩列阿斯和梅丽桑德》的原型来自但丁的故事《两个永远指责的人》(The Two Who Go Forever on the Accursed Air)，另外《青鸟》和彼得潘的故事也有着说不清的渊源。

4. 超验主义哲学家爱默生和梅特林克的神秘主义的渊源

然而，要论神秘主义思想，创作精神上和梅特林克最接近的，无疑就是爱默生(Emerson,1803—1882)了。超验主义，简单来说，就是个人的精神超越身体的物理界限，感受到

"超灵",并成为超灵的一部分。爱默生的超验主义神秘哲学也受到新柏拉图主义和印度教哲学的影响。从教会辞职的爱默生,广泛借鉴柯勒律治和其他欧洲浪漫主义作家的作品,将欧洲的美学和哲学潮流引进美国,从而有力地推动了1835—1865年美国的文艺复兴。他的散文风格优雅、视野开阔、鲜明生动,他倡导"自足"和"自助",认为人需要审视自己的内心;通过这种经过启蒙的自我意识,人们就可以获得行动的自由,并可以在自己的理想和良心的指导下改变自己生活的世界。他相信个人内在的力量,主张保持个人本色的勇气,按照个人的直觉获得有原则的生活。可以说,梅特林克在爱默生身上找到了精神知音。有时,读他们的作品片段,竟然分不清是谁在说话。如:"灵魂的庇护所隐藏得如此之深,只有爱情敢于沿着阶梯深入其中,并满载珍宝归来,而且,只有当我们把这宝藏送到爱人的手中那一瞬间,我们才会看到它的光辉。"(梅特林克,2003:404)①我们会误以为这是爱默生的言论,但是我们翻遍《论超灵》和《爱》也没找到来源,它们原来是出自梅特林克的散文集《智慧与命运》。梅特林克曾这样描述我们在路程的终点等待、迎接我们的自我:"不管你是攀越高山还是从山顶下到山谷,不管你是远行天涯海角或是只围着自己的家园打转,在命运的路途你只会是你自己。"(同上:368)而爱默生,我们知道,和他的观点完全一致,在《论自助》中,爱默生说:"旅行是傻瓜的天堂。我打理行装,拥抱朋友,登船出海,睁开眼来到那不勒斯,但是,一个不可改变的事实是,我身边只有我自己,那个我尝试无情逃离的同一个自我。我游历梵蒂冈的宫殿,我假装陶醉于美景和其中的暗示,但是我并没有陶醉,巨人一样的自我如影随形。"(陶洁,2005:21)②爱默生强调个人的重要性,他劝说人们要发展和完善自己,认为每个人在创造世界的同时也是在创造自己,因此,自己可以决定未来的存在。这和梅特林克对更深的自我的强调完全一致,梅特林克同样认为,人要把目光转向自己的力量,以自己为个性辐射的中心,努力发展自我,从而赢得外在的幸福。

  从以上的比较可以看出,和爱默生一样,梅特林克也是一个神秘主义者,纯粹而简单。他创作伊始,就像一个神秘主义者在讲话,他以委婉清新的诗歌和富有诗意的戏剧揭开了神秘主义的面纱。他对自己的宗教传承颇有信心,他说自己是吕斯布罗克、陶勒的接班人,接受了波菲利、斯威登堡和福克斯的教诲,他坚信自己不是捡来的孩子,也不是收养的孩子,而是他们的精神子嗣。梅特林克自诩为一个真正的神秘主义者,在早期创作中充满激情地赞美伟大的普罗提诺,他引用波菲利和诺斯替教派的学说,仿佛自己的心灵已经浸入了神秘主义的深处。他发表文章为神秘主义哲学和教义辩护,他说:

  "许多人视神秘主义为野生的、阴暗的梦想,是划过夜空的一道闪电,然而,我认为神秘主义思想是人类财富中最纯的钻石;其真理享有普通真理之上的特权,因为它们既不会变老,也不会死亡;不管是来自印度,还是希腊,不管它们诞生于何时何地,不管我们在哪里和它们相遇。我们面对的是最精确的科学,不是

---

① [比]莫里斯·梅特林克.梅特林克散文选[M].陈训明,译.天津:百花文艺出版社,2003.
② 陶洁.美国文学选读[M].北京:高等教育出版社,2005.

虚幻的梦想,因为梦想没有根基,而神圣超物质的生机勃勃的花朵扎根于神秘的印度、波斯、希腊和埃及。"(Frothingham,1912:257)①

由此可见,梅特林克相信自己找到了生命哲学,找到了最深刻的精神和确凿无疑的真理。

5. 作为神秘主义者的梅特林克

我们有必要讨论一下神秘主义的定义。神秘主义是生活中接近灵魂制高点的许多途径之一,从不同时代选择这条路的智者的经验来看,它可能是最便捷的通道,它指引人们直接走向神圣和圣洁的存在。神秘主义者观察内心,生活在内部世界,热爱从心灵的角度解读所有的事物。他们相信灵魂光芒的崇高指引,坚持信任直觉,崇尚情感。自然主义学家观察事物外部,但是神秘主义者却窥见其内部;科学工作者研究外部自然现象,神秘主义者却着迷于人类的本质现象。一个人发问,另一个人做梦,前者比较自然世界的现象,并为它们分门别类,后者平心静气地思索置于他心中的精神世界的问题。往往真正的神秘主义者追寻内部道路,目标是找到终点,由于到达了终点,他赢得了世界的关注。那个终点就是神圣的意识——伟大的真实。这是一条个体灵魂的探索之路,沿着这条林荫大道行走,人需要静思自省,但是定会被引领感悟到超灵。那梅特林克的神秘主义体现在哪些方面呢?他在哪些方面可以被视为普罗提诺和斯威登堡的继承者、爱默生的追随者?

第一,他信仰从古至今不同民族文化中神秘主义者所走过的道路,他无比倾心于自我的阴影地带,他热爱无形的事物,他热情赞美沉默的不可言说之美,他真切感悟到谦卑者拥有的财富,在这一点上,他无疑是一个神秘主义者。他踏着那些预言家和先知的脚印,他们曾在人类思想的早期就宣布,"心灵深处是生命之泉",在心灵深处才能找到幸福的秘密和真理。

第二,梅特林克的神秘主义体现在戏剧作品恐怖气氛的营造上。梅特林克是否是受到爱伦·坡写作风格的影响,喜欢让自己处于恐怖的战栗中,由此找到一种宗教敬畏感呢?梅特林克尤其喜爱给别人带来颤抖和阵阵寒风冷意,他在触发令人毛骨悚然的感觉方面是艺术大师。他在戏剧作品中,很快就把读者和观众带入一种神秘和恐怖的境地,在封闭的城堡内,人们聚集在窗边不敢看外面,敲门声不断响起,却没有人进来,想关门,关不上,想推门,推不开;在阴暗孤寂的水边和花园,鸟儿惊起,歌声传来,海浪声声,自然界的各种回声合谋击打着人们恐惧的心灵。一方面,故事发生的地点通常都是在黑暗的、没有路的森林边缘地带,时间大多是从黄昏到午夜这段时间,天色昏暗。《群盲》中的盲人们迷失在森林里,冷风袭来,枯叶落地,瑟瑟寒意中,雪花飘落,老人的祈祷、孩子的哭声、不明来历的脚步声在长久等待的盲人们中间造成恐慌。《玛莱娜公主》虽然大多数故事发生在城堡周围的花园、空地、沼泽地带,但公主和奶妈迷失的第二幕也是发生在黑暗的森林

---

① Frothingham Paul Revere. The Mysticism of Maeterlinck[J]. The Harvard Theological Review,1912,5(2):251-268.

中。《佩列阿斯和梅丽桑德》的第一幕,梅丽桑德和高洛王子就是在林间沼泽地巧遇的。森林到处都是浓密的黑暗和阴影,太阳似乎从来就不曾升起过。另一方面,和昏暗的森林相映衬的,是狂风暴雨中咆哮的海浪,风席卷着愤怒的浪花拍打着岸边,同时阴云密布,雷电交加。阴暗的森林和风雨大作的天空,在这两种神秘的自然象征中,往往一座残缺破败、黑暗阴森的城堡跃入我们的眼帘。在城堡的庭院中,也许是森林的边缘地带,有一口深井,在墙皮剥落的城堡高墙下,我们常常被领着穿过令人沮丧的通道和踩上去嘎吱作响的走廊,来到寂静阴暗的地下室。在这期间,冷风咆哮,海风卷起的暴雨击打着门窗,威胁着人类建造的居所,剧中外貌模糊不清的人物在战战兢兢中看夜空中划过的流星雨洒落,听影子敲打门窗,疯子盯着他们大笑,修女们高唱祈祷文,他们的喊叫无人应答,他们被各种不祥之兆包围,无边的寂静和黑暗窒息了他们的语言,让他们深陷不可言说的恐怖中。当他们想努力看清它们、理解它们的时候,它们很快就隐退遁身,只剩下黑暗、风暴、海浪将神秘沉默地言说。

梅特林克的戏剧往往没有传统戏剧中的自由与责任、忠诚与反叛等矛盾突出的重大题材,他表达的是心灵的矛盾,人的意志和不可抗命运之间的紧张关系,他的静态戏剧是一种情绪的戏剧,是对不可言说的言说,全部归结于象征。维特根斯坦把对象征的体验称为一种临界经验,借此最终获得神秘主义的喜悦。他说:

"正是在临界经验中,在碰到和冲破界限的既喜人又迫人的经验中,不可言说的真实开启在我们面前……常常发生诸如此类的事情,某些特定的诗歌和宗教象征好像对某些特定的人毫无意义,对他们而言什么也没说,但是另一方面,恰好在象征的言说中发生了这样的事情:或缓或急,或者作为获释的、喜人的体验或者作为引起恐惧和惊愕的邂逅,理解终于出现了,它使我们突破界限与无言,在对象征的体验中架起了一座跨越无言的天堑的桥梁,日常言说的彼岸通过这座桥梁的筑成而被发现。"(奥特,1994:37)[①]

毫无疑问,梅特林克通过戏剧实践体验到的惊悚和恐怖以及不可言说正是对他的哲学思想的完美注解,他把戏剧舞台看作是和死亡的神秘邂逅,看作通往神秘的仪式。从这个意义上来说,他是一个富有直觉意识的自觉的神秘主义者。

第三,从梅特林克的哲学随笔来看,他所追寻的道路,他对自然的渴望,无疑也表现出神秘主义特质。只需片刻独处的时光,他就迷失在人类生活深处被"埋葬的寺庙"的尖顶拱门的阴影之下,他信步闲游,就被领着来到了曲径通幽的"双重花园",花园的一半穿过人类心灵的倾斜地带,"更深的生活"是他最初的,也是最终的,并且有时是唯一的真正的兴趣所在。他告诉我们,生活的最高目标,就是永远敞开从看见通向看不见的道路。他以智慧的柔美文字和充满理想的诚恳给世界带来信仰,号召人们把丰富和揭示人类灵魂作为生存的终极目标。散文代表作《日常生活的悲剧性》鲜明地提出了神秘真实地融于日常

---

① 奥特.不可言说的言说:我们时代的上帝问题[M].林克,赵勇,译.北京:生活·读书·新知三联书店,1994.

生活的理念：

"他坐在扶手椅里，耐心地等待着，身旁放着灯盏；他不在意地倾听着支配他的房屋的所有永恒的法则，不解地思忖着门窗的寂静和灯盏颤抖的声音，垂首顺从他的灵魂和命运——这样一个老人，他没有认识到这个世界上的所有力量，像众多殷勤谨慎的仆人一样，正在他的房间里往来，为他守夜，他没有察觉正是太阳支撑着他俯身其上的小小的桌子，天空中每颗星辰和灵魂的每根纤维都直接关联于眼帘的合拢，或者一个思想的迸发与诞生。他，尽管如此静止不动，却生活在一种更深沉、更人性、更普遍的真实中，超过了那扼死情妇的恋人、常胜将军、'为荣誉而复仇的丈夫'。"（梅特林克，2009：89）

新教神学家奥特（Ott，1929—）专门谈到日常生活的神秘主义，他说："当我突然产生一个根本性的、顿悟般的，甚至解救般的念头，当我恍然大悟，理解了从前不可理解的某种东西，当我发现了从前没有看见的一条路——我的这些思想从何而来：它们来自我们自己？"（奥特，1994：78）

由此可见，神秘主义离不开日常的体验和对神秘事物的惊讶，对最寻常事物的神秘背景的惊讶是每一个人都能够获得的宗教经验，随之而来的是震撼，是义务感，是祈祷和期待。

梅特林克的作品反映出的哲学思想使其超越了他的时代，它们仿佛是一千年前的古代哲人所写，也可能在未来的一千年内随时出现，他的思想、他的话语、他心灵深处的引导，无疑是永恒的。他是一个偶然陷入这个夸张、光怪陆离的物质世界的神秘主义者。他作品中的城堡、塔楼、修道院、围困的宫殿、花园、黑暗、森林、池塘、沼泽、月光下的阴影，以及似真非真、似梦非梦的画境，那样富有传奇色彩，无不充满神秘的预言，同时宣布着神秘的喜悦。

第四，梅特林克是未达到终点的神秘主义者吗？有的宗教神学家认为，从严格的宗教神秘主义意义来说，梅特林克本人并没有达到最高的神秘级别。因为宗教神秘主义者最高的境界在于到达终点，而梅特林克却在永远苦苦追寻着。虽然在他的戏剧作品《玛丽·玛格德莱娜》中，玛格德莱娜在晨光熹微、布满露珠的花园门口碰到一个人在等她，她的园丁后来被证明是她心灵的拯救者，但梅特林克本人从来没有过遇到神祇的这种经历。他时不时地步入心灵的无边无际的花园，他热爱散步，热爱观察自然，他抚摩阴影，和花朵说话，他注视着午后采集花蜜的蜜蜂，沉思默想，尽管他的思想在梦幻中感受到"永恒"或"绝对"的吸引，而他自己并不曾和造物主及其永恒的化身产生面对面的交流。持这一观点的代表人物是弗罗辛厄姆（1864—1926）。他说："他（梅特林克）踏上了其他朝圣者充满喜悦踩过的路，但是他并没有喜悦，与之相反，他总感受到恐惧，因为他不知道路会把他引向何方。"（Frothingham，1912：261）

从这个角度说,梅特林克的确没有爱默生的超灵体验。爱默生曾欢呼雀跃:"在自然的中心,在我们每个人的意志之上,有一个超灵,一切的过程给予了我们以信仰,我们只需要服从。"(常耀信,2003:61)①而在梅特林克不断的思索和寻找中,他只找到一种潜意识,或者更高的自我。在他寻找的终点,只是那个充满神秘的、戴着头巾、蒙着面纱、无法理解的自我,人亦不悲不喜。

宗教神秘主义者沿着遮蔽的生命之路长久地探寻,最终一刻到达明亮宽广的平原。他们投入到无边的黑暗中,但是欣喜于在路的尽头看到荣耀的光芒。而在梅特林克的神秘主义哲学中,似乎黑暗永远无法被照亮,阴影永远无法被穿越。他着迷于黑暗,他的很多戏剧作品场景全部选在黑暗中,唯一的光亮就是间或露出的月光或灯光,照亮了剧中人物苍白的脸。这样,所有的奇形怪状的恐惧和不祥之兆可以轻轻松松登场,因为它们都在黑暗中潜伏,是无形的存在。弗罗辛厄姆曾这样评价梅特林克,在他身上,我们只看到厚厚的沉默,神秘中的神秘,高高在上的力量。他甚至指责梅特林克没有表现出应有的宗教虔诚。

其实,梅特林克的思想是一个发展的过程,早期作品表现出人在巨大灾难和死亡恐惧中的无能为力和逆来顺受,但是自从《阿里亚娜与蓝胡子》(1899)、《莫娜·凡娜》(1902)和《青鸟》(1909)等作品发表以来,他似乎从消极主义的黑暗地带走到了阳光地带。阿里亚娜深入虎穴,巧妙制伏了蓝胡子并解救了他的五个妻子。莫娜·凡娜在面对不可避免的灾难时表现出巨大的勇气和智慧。《青鸟》中的阳光天使引领着孩子们战胜困难和恶势力,最终找到了心灵的幸福。梅特林克自己也承认这种变化:

"和伟大时代的灵魂一道,我们拥有同样的意图,同样的希望,同样的考验,几乎是同样的情感——除了我们梦中的正义和怜悯是个人化的……因此我们面对神秘力量的态度也发生了变化,我们不再需要恐惧,而是需要勇气。我们不再像奴隶跪在主人面前,而是以平等的目光注视对方,因为我们自身平等地拥有最深刻的和最伟大的神秘主义。"(Frothingham,1912:265)

对待死亡,梅特林克也传递给我们发展的思想。死亡是梅特林克早期戏剧作品中反复出现的主题,他一生的著作都离不开对死亡的秘密的探讨。爱默生的《论自然》说:"我变成了一个透明的眼球,我不复存在,我洞察一切。"(常耀信,2003:60)而梅特林克的描述有所不同,他在很多著作中谈到死亡,他认为死亡就是生命流动的模具,正是死亡塑造了人的个性,只有死亡才可以画像,因为那才是真实的人。这和他早期对死亡的神秘描述有所不同,据传记作家马奥尼(Mahony)回忆,后期的他更加确信等待着人类的是一种不同的生命——一种超验的存在。对于梅特林克来说,死亡就是一个媒介,连接了前世今生。

---

① 常耀信.美国文学简史[M].天津:南开大学出版社,2003.

他说:"死亡是个不幸的词汇,但是背后隐藏了我们所等待的伟大的睡眠,苏醒之后,我们又是一个生命。"(Mahony,1984:150)[①]1920 年在卡耐基大厅的演讲中,他说:"我仍然相信,思维可以脱离大脑而存在,但是不幸的是我们对人的超自然能力所知甚少,一旦有一天,我们掌握了非物质世界的行为波长,我相信,思想就会在无形的个体上延续。"(同上:163)

的确,长期以来,梅特林克一直希望找到死亡之后人的存在的证明。巴黎精神研究会成立之初,他就积极响应,成为其成员之一。他对未知的人的心灵和其可能的预知能力怀有极大的兴趣。创作于 1914 年的散文作品《未知的客人》(The Unknown Guest)中可以看到他在此领域的探索有多么深远。作品通过与我们同在的"未知的客人"打开了通往无意识领域的高速公路。梅特林克写道:"总有一天,我们将会被说服,在这个世界,或者可能在其他世界,存在一个中心,那里无所不知,无所不晓,我们的来世今生都可以找到答案。我们终将获得进入这个中心的通道。"他深信,许多重要的突破即将来临,包括新知识、新理解,以及许多不被知晓的神秘答案。"延迟是由于人们的漠不关心。大多数人忙于物质世界的生活,不去努力接近更高的和普遍的源泉……如果人类可以征服自己的心灵,我们就可以发现一个值得生活的世界。"(同上:164)

梅特林克是未达到终点的神秘主义者吗?现在我们可以回答这个问题了。

首先,梅特林克终其一生探索心灵和无形世界,而弗罗辛厄姆对梅特林克"未达到终点的神秘主义者"的界定是发生在 1912 年,此时,"昆虫三部曲"中的另外两部《白蚁的生活》和《蚂蚁的生活》还没有问世,他没有机会读到作为自然主义者的梅特林克对动物界的秩序、理性的更深入的研究,更没有机会接触《在沉寂之前》《翅膀的影子》《巨门》等后期哲学散文,因此,他对梅特林克的认识并不全面。

其次,弗罗辛厄姆的判断主要是基于梅特林克早期戏剧的阴郁、黑暗的背景刻画和消极、恐怖的死亡主题定位,且不说作家后期戏剧中明朗的转变和对"死亡"哲学思想的不断修正,单从新教神秘主义的角度看,如前所述,维特根斯坦也是把"黑暗和恐怖的体验"看作一种临界经验,把不可言说看作理解和最终到达神秘主义的喜悦的途径。既然梅特林克用诗一样的、超验主义美妙的语言,忠实地给我们讲述了他的心灵启示录,唤起了我们的神秘情感,说出了我们未表达的渴望,让我们窥见内心庄严崇高的美,给我们以无比美好的精神指引,那谈"达到"与否还重要吗?正如苏雪林 1928 年评论《青鸟》所言:"他之所谓真理,究竟是否指宗教上所谓的真理,还是指的哲学上所谓的真理,那就不必苦苦追究。本来天主教便是一个象征的、富于诗意的宗教,它的教义、仪式,无往而不带着象征的趣

[①] Mahony Patrick. Maurice Maeterlinck:Mystic and Dramatist[M]. Washington, D. C.:The Institute for Study of Man,Inc.,1984.

味,我说梅脱灵克藉青鸟象征宗教的真理,也许适得其反,他或者是借宗教的象征来象征哲学上的真理呢。"

第二节 梅特林克的戏剧理想

1. 潜意识的探索

从梅特林克的第一部作品《玛莱娜公主》开始,人物对话就已经现出裂痕,语言没有时间流,不知道他们是在讲述过去,还是在谈及未来。人们似乎在说着过去的事情,而且你我说着毫无联系的话。实际上,梅特林克对语言的消解一直在发生着。为什么他会如此破坏语言的功能?他曾这样解释自己的创作动机:"我全神贯注,静默聆听人类模糊的声音,我发现自己被某个人下意识的动作所吸引,他们发光的双手轻轻拂过巧妙设计的牢狱的缝隙,而我们都被困在这牢狱之中。"(Maeterlinck,1985:81)[①]由此可见,梅特林克专注于对下层潜意识的探索,在梦游中向下旅行,进入到从未被触及过的幽深的自我。梅特林克的散文处处可见向下运动的动词,这意味着他的理想主义不是向上的提升,而是向下的挖掘;不是象征主义剧场激昂的雄辩,而是模糊不清的、未被表达的、非常规的、忽明忽暗的底层意识。

梅特林克说:"我想研究所有那些不成形的事物,无论生命还是死亡都不曾对此有过表达,那些事物都在追寻内心的一个声音,我希望能研究人的直觉和预感,那些无法解释的、被遗忘的、被压制的思想和感官能力,研究非理性的动机、奇妙的死亡和神秘的睡眠。尽管理性专治,但是偶然之下,我们可以瞥见闪闪发光的真实的、神秘的、原始的存在,我们灵魂的未知的力量,我们放松警惕的那些时刻。儿时的秘密是那么奇异……儿时的秘密又是那么恐惧,由于源源不断的噩梦,我们仿佛真的来自恐惧的深渊。"(同上)由此可见,梅特林克认为,原始的、神秘的存在是每一个意识、每个人背后真实的主导力量,因此戏剧应该去挖掘内心深处——人的潜意识,而不是要勇攀高峰。

对潜意识的探索在接下来的几部剧中被运用得更为成熟,除了静态戏剧独有的沉默、答非所问、不可言说、"二级对话"等语言特色,梅特林克的戏剧场景设置得也独具匠心,表现了鲜明的象征主义。梅氏剧作几乎所有的故事都发生在看不见阳光的阴影地带或午夜古老幽暗的树林,有形的世界和有形的人似乎可以遁形,让位于看不见的人、看不见的思想和下意识,作家甚至还不辞辛苦在戏剧故事中刻意挖出一个位于城堡下方的地窖或海边石洞,让人的心灵在此通道中穿越,叩开无意识的神秘之门。《佩列阿斯和梅丽桑德》剧中爱意萌动的年轻人佩列阿斯和梅丽桑德手挽手在漆黑的夜晚踏入海边的石窟探险,"石窟的苍穹好像布满了繁星的天空一样",在这样幽暗绝美的场景中,这对恋人已经不需要语言交流,沉默已然宣布了他们深藏的爱;高洛和佩列阿斯兄弟两人深入到位于宫堡下方

[①] Maeterlinck Maurice. Introduction à une psychologie des songes(1886—1896)[M]. Brussels: Labor, 1985.

的地下岩洞,"里面漆黑一片,伸手不见五指",洞壁上布满奇怪的裂缝,在死水的臭气中,高洛嫉妒的潜意识"抬头",萌生杀机,险些将弟弟佩列阿斯推入潭中。

《七公主》中以奥赛拉为代表的公主们,生活在阴暗、冷清、破败的古堡中,日复一日,年复一年,她们守在附近的运河岸边眺望,她们等待着表弟马塞瑞王子的到来,那是她们生命的希望,但是希望逐渐破灭,她们不再快乐,开始生病,病得厉害,终日昏睡。这天傍晚,王子终于乘船而来,可是他来得太迟了,七个小姐妹在古堡的大厅的石阶上一直睡着,无论怎样也叫不醒,大门紧闭,敲不开门。在七个沉睡的公主濒临死亡之际,急中生智的王子找到了古堡下的一条幽深的通道,他转动石块,经过地窖,路过云石雕像,终于爬上了宫中的大厅。而这时,剧本的舞台提示告诉读者,远处忽然传来水手们的大声欢呼,他们反复吟唱:"我们不再回来了!我们不再回来了……"桅杆及帷幔都通通挂上灯,在黑暗里,在运河的天际,在寂寞里,船消失了。

这条置于古堡地下的通道便是梅特林克哲学思想中走向神秘主义的通道,公主奥赛拉奄奄一息,她深爱的王子希望借助这条神圣的通道,探索到深层的世界,聆听内心的声音,获得终极喜悦。但是"帆船,大海,启航"却成为梅特林克象征主义戏剧中反复出现的"死亡"和"生命消逝"的征兆。《七公主》创作于1891年,正值作家的早期职业生涯,当时的梅特林克深陷于哲学的苦苦探求中,他还停留在神秘主义的阴影地带,《七公主》真实地反映了作者哲学探索早期阶段的认识。到了后来的《青鸟》(1909),孩子们冲破艰难险阻,寻找"青鸟"(真理和幸福)的佑护之神,他们探访黑夜之宫,战胜了各种"幽灵""病魔"和"恐怖",勇敢地打开了命运之门。他们又穿越阴森的墓地,征服自然界中以"椴树"为代表的恶势力,摆脱了享乐世界奢侈的诱惑,最终找到了青鸟——真理和幸福的秘密。孩子们寻找青鸟一路走来的这条通道也成为梅特林克心中的一条朝圣之路,但是不同于早期作品的是,阴霾终于散去,阳光和幸福一直就在孩子们的身边。值得一提的还有作家笔下的"未来王国",在童话般的蓝色静谧中,未来还没降生的孩子们孜孜不倦地工作,想要给人世间带来发明创造和纯洁的快乐,时间老人守护着未来王国的大门,孩子们需要排队等待降生到大地上,这里的"大船"停泊在"朝霞的粉红雾气铺成的码头上",一些蓝孩子拨开人群,从四面八方跑过来,高喊:"我们来了,我们来了!"象征离别的呼喊不再只有死亡的阴影,而是一种生命延续和心灵相通的平静与喜悦,神秘的宇宙已经在生死之间架设了一道桥梁,也许这便是作家所一直追寻的自然界生命秘密的答案。

2. 梦境的舞台再现

奥地利心理学家弗洛伊德不仅提出了意识和潜意识概念,还提出了梦的戏剧性、幻想性和形象性等特征,"在梦中,人主要用视觉的形象来思维,当然也利用听觉的形象和其他感官",梦使观念变为幻觉,"梦还用这些形象构成一种情境,表现出一件正在发生的事情",梦把一个观念"戏剧化"了。"(幻觉)在梦中不仅具有复制的能力,而且具有创新的能力。它喜欢那些无节制的、夸张的、可怕的东西。但是,同时由于摆脱了思想范畴的障碍,它显得更为柔顺、灵活、善于变化。它对于柔情的细微差别和热烈的感情有极为敏锐的感应,而且迅速地把我们内心的生活塑造为外界的形象。梦里的想象是缺乏概念的语言的;它要说的话必须用形象表达出来。"(弗洛伊德,1996:34~35,58)①

在弗洛伊德"梦的解析"理论问世的同时,梅特林克已经思考在戏剧舞台上表现梦境,或将梦融于戏剧了。他的早期戏剧练习之作《梦想家》(约 1890)得益于泰纳的戏剧理论,并且预言了他的某些戏剧舞台效果,比如梦境演变成"黑夜的剧场",布景的各种手段对梦的解析产生了重要的作用。这样,梦境消融了演员和布景的界限,装饰变成情绪的烘托和反映,只剩下梦游者在其中生活和呼吸。《梦想家》中黑夜场景的意义在于几乎找不到传统戏剧的蛛丝马迹,他的思想即将开创"不可言说的戏剧",一种带有压抑动机的、动作隐秘的、逻辑不连贯的戏剧。梅特林克认为,梦之沉默和梦中世界的物质对于我们的空间观念和固态观念来说是完全陌生的,他说:"在我看来,梦几乎总是无声的,所有的人物在一个柔和的、完全无声的世界里移动、说话。睡梦中人的耳朵是无用的……他只用耳朵来感受原始的心灵感应。"(Maeterlinck,1985:29)

不久以后,由此发展出的"沉默剧场"和"二级对话"成为梅特林克静剧理论的重要内容。梅特林克曾说,真正的剧场不是生活的模仿,而是梦想的殿堂,观众从日常生活中脱离出来,可能希望体验与更高的存在进行神秘交流。因此,这个梦境从戏里走到戏外,从物质的世界回归到无形的世界,地下通道、潜意识,连同舞台,都是我们真实的梦中存在。

梅特林克喜欢在黑暗的背景中讲故事,他的戏剧场景选择在幽暗的城堡、黑魆魆的森林、模模糊糊的阴影中,故事发生的时间读者可以推测出是在黄昏到午夜之间。他认为,象征就是在人物和布景之间建立一种双重联系。梅特林克之所以钟爱黑暗和阴影中的戏剧场景,就是想在戏剧舞台上实现梦和潜意识的表达。他的戏剧主人公往往会融入他们所处的环境,人处在黑暗中,无法辨识人物和环境的边界;人物的语言也被消融,取而代之的是沉默和未被说出的言外之意;在表面的静止中,心灵深处翻江倒海,潜在的内心世界悄悄侵蚀并破坏了高高的穹顶之下的外部世界,外部世界的各种事物为深层意识提供了一个关联,这种象征强调的是人物内心和所处外部世界的关联,不必纠缠于固定的和特定的象征,也不需要剧中人物面对面或直接讲出。波特文(Portvin)这样评价梅特林克的情境戏剧:"法国戏剧从来没有出现过和外部世界如此亲密接触的戏剧人物,他们和景物、和外部事物、和那些出现的征兆都融为一体。人物和世界融合并且强烈地呼应。"(Portvin,1954:246)②因此,梅特林克的黑暗世界是其特有的象征模式,是心灵深处对外部环境的感应,是人的意识下降到潜意识和梦境的一个通道。

10 多年后,梅特林克在三卷本的《戏剧集》序言中再次回应了他早期提出的戏剧暗喻,他说自己的舞台人物"缺乏迅速听到和做出反应的能力,他们是略微失聪的梦游者,不

---

① 弗洛伊德. 释梦[M]. 孙名之,译. 北京:商务印书馆,1996.
② Portvin A. Les Paysages de Maeterlinck et de Kafka[J]. La Revue nouvelle,1954(3):246-252.

断地在痛苦的梦中被撕裂。"(Maeterlinck，1929：7～8)[①]因此1890年前后的短篇戏剧习作《梦想家》标志着梅特林克的舞台模式的形成，那就是舞台是用来表现梦境的，梦境描述还是舞台。值得一提的是《青鸟》(1909)也是一个梦境的舞台，两个孩子蒂蒂儿和米蒂儿在睡梦中惊醒，在光明女神的指引下踏上寻找真理的旅程。虽然作者在创作风格上部分沿袭了他独有的墓地、静默、黑夜梦境的心灵之旅，但是"记忆王国"和"未来王国"处处都是晨雾袅袅、欢快的暖色，等到孩子们梦醒，终于找到了青鸟，他们的朝圣之旅画上了圆满的句号。

梅特林克死亡戏剧的创作止步于20世纪敲响的晨钟，作家以无比巨大的勇气将研究对象扩展到自然界的动物、植物、山川，试图探寻万物之灵和自然界所有生命的奥秘。尽管我们感动于新的梦境舞台积极乐观的力量，钦佩他严谨科学的工作态度，惊喜于白蚁和蚂蚁动人心魄的世界，但我本人更愿意徜徉在中世纪破败阴森的古堡前、遮天蔽日的森林里、阴影下的水池边，在瑟瑟寒意中，聆听电闪雷鸣和自然界惊悚的回声，为玛莱娜公主和梅丽桑德祈祷，因为这边的梦境更让人魂牵梦绕。

第二次世界大战期间，旅居美国的梅特林克曾告诉他的朋友，他能感到自己拥有了超出一般人的感知力量。最早意识到这一点是青年时期，在比利时的教会学校读书的时候，他很吃惊别的同学为什么没有这种能力。在他看来，这是天生的，就像有的人有写作天赋，有的人有音乐天赋一样。梅特林克的直觉和天赋引领他成为真正的神秘主义者，他慷慨地分享他的体验，特别是在象征主义戏剧领域，开启了一个时代。在21世纪的今天，我们怀着谦卑，打开他的作品，聆听他对生命的喃喃细语，渴望在日常生活中，在万物勃发和草长莺飞的季节里，收获宁静的心灵幸福。因为，我们的生活又何尝不是充满神秘呢？

---

① Maeterlinck Maurice. Theatre, Vol. I [M]. Paris: Fasquelle, 1929.

第二章　梅特林克时代的文化思潮与戏剧革新

不管我自己和无数同病相怜的人遭受了怎样的侮辱和磨难，无论怎样，我还是不愿意完全否定年轻时的信念：无论怎样，这世界还是会变好起来。哪怕我们身处这残忍暴行的深渊，带着黯然而破碎的灵魂几乎像盲人一样来回摸索，我仍然不断地抬起头去看那些往昔的星辰，它们曾经照耀了我的童年。

——斯蒂芬·茨威格《昨日的世界——一个欧洲人的回忆》

第一节　文化思潮和戏剧革新

19世纪中叶的欧洲，物质财富走向繁荣，社会呈现蒸蒸日上的美景。但在阳光普照的大地上，阴霾常常不期而至，将白昼变为黑夜。在陶醉于美好的物质生活的同时，人们也开始对资产阶级革命热潮和其后几十年的起起落落进行冷静思考。人们原以为社会的变革必然可以给他们带来辉煌的前景和无限的可能，但是他们梦想的金钱、地位和成功并没有如期到来，退一步讲，即便有的人实现了金钱梦，也没能给他们带来心灵的自由和安宁，启蒙学者许诺的自由、平等和博爱的社会也没有实现，人们看到的是一幅欲望横流、道德沦丧的画面。同时，在科学日益强大的影响下，理性至上，思辨知识、直观知识、想象的知识和信仰的知识都失去了合法性，于是人们的关注从理智走向生活，从精神的思辨回到他们真实的世界和实在的自然，从外部世界走向心灵的世界。这样的社会背景不但催生了现实主义、自然主义和现代主义等新的文学流派，而且孕育了西方现代哲学发展史上的一个繁荣期，叔本华、柏格森、尼采、弗洛伊德等人的学说为现代主义提供了颠覆理性、探索非理性世界的哲学和心理学基础。

1. 叔本华的悲观主义哲学

叔本华开启了现代西方哲学非理性主义的先河，将形而上学的问题与人生的意义问题直接挂钩，和康德一样，他也认为世界有本体和现象之分，但他认为，本体是可知的，本体即意志，现象界的万事万物，只是意志的不同表现。对于叔本华来说，理性及其抽象不是最重要的，重要的是生命的具体，因为生命作为宇宙本体的意志，是理性之源，是理性的主人，理性只是它的随从，为生命服务。人的身体是世界的一个表象，但这个表象受到某种内在的机制控制，这个内在的机制，就是欲望，就是意志。

叔本华的生命意志论充满了悲观主义，在他看来，一切生命在本质上即痛苦。痛苦的形态按年龄和情况交替变换，如性欲、狂热的爱情、嫉妒、情敌、仇恨、恐惧、好名、爱财、疾病等。追求、挣扎永远被看成痛苦。"欲求和挣扎是人的全部本质,完全可以和不能解除的口渴相比拟。但是一切欲求的基础却是需要、缺陷,也就是痛苦;所以,人从来就是痛苦的,由于他的本质就是落在痛苦的手心里的。"(叔本华,1982:427)①而痛苦的另一个主要来源,就是个体间的斗争。因为每个人都在追求欲望的满足,而这些追求之间会产生无尽的冲突,所以,"人与人之间的关系,就如同在一起过冬的豪猪;凑紧了就觉得扎,分开了又觉得冷。到了人,这种痛苦达到了最高的程度,具有天才的人则最痛苦。"(李国山,贾江鸿,等,2008:67)②他认为,过分的快乐总是由对将来的预期所产生的,它是从将来"借支的",因此是一种幻觉。人们在事后必然不可避免地要从这类幻觉中回过头来,并且幻觉产生了多少欢乐,在它消灭以后就要以多少痛苦来抵偿。叔本华的悲观主义哲学将人生痛苦的根源归于欲望,欲望不息,痛苦不止。

2. 柏格森的生命哲学

生活在世纪之交的柏格森,虽然并没有对西方文明持严重的悲观态度,但他深切地感受到物质文明取得巨大进展的同时精神发展的滞后给人们带来的心灵危机,因此柏格森不满传统的形而上学,他认为传统的形而上学的根本问题是不能正确地把握生命,他要超越理性的范围,建立直觉基础上的新的形而上学。柏格森认为,生命是宇宙的一个基本事实,它不仅指个人的生命或有机体的生命,更指宇宙内在的生命力,这个生命是永恒的生成,它永不中断,是一个绵延的整体,生命之流中的任何事件,包括意识,都是从整体、从我们整个人格中产生的,不受任何特殊的先决条件支配,是无法预测、真正自由的。传统形而上学的根本问题,就是用理智来理解生命,但理智并不是生命的唯一形式,柏格森的"创造进化论"指出了"直觉"在生命的进化过程中占有的重要地位。

在柏格森那里,直觉并不是神秘的先验能力,而是本能的产物。他认为本能和理性同样重要,如果理智是用机械的方式对待一切事物,那么本能则是用有机的方式对待事物。假如沉眠于本能中的意识觉醒了,假如本能能够激起认识,而不是被懈怠为行动,假如我们能够向本能提问,而本能又能够回答我们的问题,那么本能便能够向我们揭示出生命最深层的秘密。柏格森的直觉概念不是灵感、情感,而是一种绵延的思维的方式,一种渐进的活动,它的范围就像生命一样可以无限拓宽和加深,是一种哲学方法,这也是他生命哲学中独特的方法论。

柏格森对"道德"和"宗教"也提出了自己的见解。柏格森认为,道德的起源不在理性,而在下理性和超理性。柏格森把社会分为封闭社会和开放社会两种。封闭社会的形成,不是出于多么高尚的理想,而是出于人类自我保存的生存本能,所以它是排他的、封闭的,在残酷的生存竞争中,为了不至于落败,它必须对社会每个成员有所规定和强制,以巩固社会秩序,保持凝聚力。这种规则和强制就是道德,是从被迫到习惯,久而久之形成的义

---

① 叔本华. 作为意志和表象的世界[M]. 石冲白,译. 北京:商务印书馆,1982.
② 李国山,贾江鸿,等. 欧美哲学通史[M]. 天津:南开大学出版社,2008.

务,其起源显然是下理性的,封闭社会的道德实际上也是静态的和专制的。但在此之外,还有一种超越封闭社会的属于全人类理想社会的开放的道德,这种道德不是一种强制和压力,而是出于对人类的普遍的爱,这种爱归根结底是生命的冲动,起源于超理性的东西,通过理想主义者的感召力实现,因此,实际上道德包括了两个层面:一方面是由不受个人感情影响的社会要求命令的秩序体系,另一方面是由代表了人性中最美好的东西向我们每一个人所做的一组呼吁。柏格森同样把宗教也分为静态的宗教和动态的宗教,静态的宗教也是出于人类自我保存的本能,起源于下理性的东西,原始社会中的人们创造出不同的神祇来维护社会秩序。动态的宗教起源于神秘主义,柏格森认为,只有少数神秘主义者才能体验这种无功利的爱。如果多数人都能像这些神秘主义者一样生活,那么人类就不会有战争和痛苦,社会就会走向开放。到了晚年,这位诺贝尔文学奖获得者、在学术界声名显赫的柏格森,作为犹太人,经历了第二次世界大战前期纳粹主义的迫害,他对充满生命力的宗教神秘主义思想的信仰也就越发浓烈。

3. 尼采的悲剧精神

在尼采看来,西方的理性主义传统使人们日益丧失了自己原始的生命力,因此他提出了超人思想和权力意志。尼采所说的超人是平庸和停滞的对立物,是他心目中理想的人,他不在于体格上的强健,而在于生命意志的强大。他不依赖于他人,而是自己主宰自己的命运。他不需要靠别人的理想生活,而是自己为自己创造理想和价值标准,并把自己的理想贯彻到所有其他人身上。强者并不是只有成功没有失败,并不是只有快乐没有痛苦。相反,强者之强在于他能够承受最大的失败和最深的痛苦,面对失败和痛苦他仍能够欢笑和舞蹈。在尼采心目中,"超人"是人类社会中更高的理想类型的人,是人人为之奋斗,同时也是几乎难以企及的目标,但在此奋斗过程中,人们能将激情变为美德,使冲动升华,从自身丰富的生命力中创造出新的价值。尼采的权力意志思想认为,无论是悲观厌世的哲学思想,还是悲天悯人的宗教说教,其根源都在于将趋乐避苦作为一切行为的动机,将生命的本质说成是"求生"的意志。但在尼采看来,生命的本质不是"求生的意志",而是"求强"的意志。一切生物所做的一切,都不是为了保存自身,而是为了增长。

叔本华认为艺术可以使人暂时逃避人生的苦难,忘却痛苦和不幸,但尼采认为,希腊艺术创造出的绝美的艺术,可以拯救人类。因为生命之美具有不可摧毁的力量,这就是尼采提出的悲剧精神。他认为,希腊悲剧是日神阿波罗和酒神狄奥尼索斯精神结合的产物。阿波罗是光明的化身,睿智而宁静,眼前呈现着美丽的梦幻。狄奥尼索斯是狂欢醉饮之神,他漠视任何的悲苦忧伤,只是不停地欢笑和舞蹈。这两种不同的神态分别与人生中的梦与醉相对应。正是因为存在着梦幻,生命才成为可能并值得怀念。同样,当个人的生活梦想破碎时,人们在狂歌醉舞中超越了个人的痛苦。阿波罗体现着个体生命的激情和梦想,狄奥尼索斯体现的是整体生命的无穷和生生不息。希腊悲剧表达的是生命在面对各种艰难困苦时所表现出的英勇无畏。希腊悲剧并不像叔本华所理解的那样表现的是人们在痛苦和失败面前的悲观情绪。相反,在酒神精神下,痛苦成了生命的兴奋剂,失败使人们更鼓起生活的勇气,它使人们超越恐惧和怜悯,使人们在经历痛苦和失败之时仍然能欢笑和舞蹈。

4. 弗洛伊德的精神分析学说

奥地利心理学家和精神病学家弗洛伊德对现代西方心理学和文学影响较大的是他关于人类精神和潜意识方面的理论。在弗洛伊德看来,潜意识包括个人的原始冲动、各种本能以及与本能相关的欲望,这些冲动和欲望因不见容于风俗、习惯、道德和法律而受到压抑,被排挤到意识之下。他认为,人的精神活动好像浮动的冰山,只有很小一部分浮现在意识的领域,而具有决定意义的绝大部分都淹没在意识水平之下,而人类的行为大半就是由这种几乎无法控制的精神力量所推动的。弗洛伊德提出潜意识概念,是对传统的重理轻欲的心理学的反抗,他强调对人的行为动机的探讨,重视情绪的因素。

弗洛伊德以潜意识概念为基础,提出了他的心理人格结构理论。他认为人的精神活动分为三个层次,即本我、自我和超我。"本我"是最原始的、与生俱来的、无意识的结构部分,由先天的本能、欲望所构成,是一切精神活力的源泉,它遵循原始的生命原则,也就是快乐原则。用弗洛伊德的话说,"我们人格中这一不可接触的部分,混沌弥漫,仿佛一口本能和欲望的大锅"(弗洛伊德,1987:104)①,它只能满足本能和欲望的冲动,具有巨大的、无目的的活力,它不能够直接接触外部世界,只能和自我发生联系。"自我"处于本我和超我之间,既是有意识的,又是无意识的,它代表谨慎和理智,既要努力帮助本我实现自身的要求,又根据"现实原则"对它实施适当的压制和控制。同时,自我的每个动作都要受到严厉的"超我"的监视,它将里里外外相交煎迫的力量和影响加以消解,达成某种协调。而"超我"属于人格结构的最高层,它代表道德感和荣誉感,受道德原则所支配。弗洛伊德认为,在正常情况下,精神人格的三个方面处于相对平衡状态,一旦平衡状态被打破,人的精神就会出现问题。

弗洛伊德在《释梦》中还提出了"梦"的戏剧性、幻想性和形象性等特征,他认为,梦决不是偶然形成的联想,而是欲望得到满足的一种形式,是处于潜意识的欲望,以伪装的形式,乘机闯入意识而形成的。但是,梦的内容并不是被抑制的欲望的本来面目,它的真正意义,必须经过分析和解释才能为人们所了解,因此,做梦就好比制造谜语。在弗洛伊德看来,文艺的源泉就是人的潜意识,是在快乐原则支配下的本能和欲望的冲动,这种幻想和夜间做的梦极其相似,因此被弗洛伊德称为白日梦,也就是说,文艺创作是本能冲动"升华"的结果,艺术家通过艺术手段把普通人羞于表达的欲望改头换面地表达出来,使它得到人们的承认和赞赏。之所以能达到这个目的,不但是因为读者和观众像作者本人一样获得了从现实中得不到的满足,而且因为这种满足是在现实原则取代了快乐原则之后获得的,它本身就是现实的一部分。读者通过阅读作品同样能分享到艺术家获得的这种"补偿",而不用自我责备或害羞,从而使自己因压抑而形成的精神紧张得到解除;同时作家

---

① 弗洛伊德.精神分析引论新编[M].高觉敷,译.北京:商务印书馆,1987.

"在表达他的幻想时提供了纯粹形式的美的享受或乐趣",文艺的乐趣由此产生,而弗洛伊德也因此认为"艺术家是为他的受压抑的愿望在艺术中寻求满足的代偿的精神病人"。(霍夫曼,1987:96)[①]艺术的方法和做梦相似,正是由于梦和文艺都是由潜意识产生的,而且二者的想象都利用了现实生活中的东西作为它们的建筑材料,梦需要解析,同样,建立在潜意识基础上的文艺作品也需要挖掘其深意。

这些19世纪前后的哲学家和思想家对西方文明的病症和现代的问题,充满了敏感,他们在一般人陶醉在近代文明的成就里无限快乐的同时,对西方文明的危机有了多方位的、深刻的洞察,他们无一例外地反对传统的理性主义信仰,而将解决的出路指向生活,指向生命的直觉、本能、欲望、意志和潜意识。而在文化艺术领域,现实主义及其分支自然主义、现代主义以及它所包含的各种流派,也悄然登上文学舞台。

5. 现实主义和现代主义文化思潮

金钱成为一切新故事、新关系和新的叙述形式的来源,金钱和权力也构成不幸的社会根源。在信仰断裂时期,现实主义艺术流派更重视人的心灵和外部世界的碰撞与和谐,对外部世界的认识和对内心宇宙的感悟交织在一起,现实主义作家像外科医生解剖人体一样,科学而细致地剖析人的内心世界和外部环境、历史、文化、种族等的关系,再加上作家个人主体性的影响,呈现出一幅幅极其广阔、丰富、深邃的内心图画,成为金钱时代人类心灵的流动式全景图。

1880年前后,人们对现代性的体验表现出两个极端,一方面陶醉在工业文明、科学、理性等无止境的人类进步的凯旋式喜悦中;另一方面,现代世界瞬息万变,人们在物质的奢华中,倍感精神的孤独,无法找到依托,他们的心灵游荡、飘浮在城市的虚幻之中。"现代主义"应运而生,成为"在西方出现的一系列悖逆理性传统的作家、艺术家的创作统称……现代主义(或现代派)作为一种艺术思潮诞生于19世纪末,是一个包括作品与理论、思想流派、艺术方法的多层次的整体概念"。(卡尔,2004:译者序1)[②]关于现代主义的起止时间,人们有不同的看法,袁可嘉选择1890年作为现代主义正式开始的时间,一方面考虑到更有现代感的后期象征主义的出现时间;另一方面,"就现代主义的文化渊源来说,19世纪90年代又是尼采、弗洛伊德、柏格森等非理性主义思潮开始产生广泛影响之际;在科技领域,19世纪90年代又是物理学新理论和电气化开始应用的时期。"(袁可嘉,2003:序言,4~5)[③]至于现代主义的下限,为了与后现代主义区分,则把它划在1950年。因此,袁可嘉勘定的现代主义起讫时间在1890—1950年,即从法国象征派正式发表宣言(1886)左右到第二次世界大战结束。

对社会和人的绝望构成了现代主义的重要特征。象征主义者和先锋派、颓废派艺术

[①] 霍夫曼. 弗洛伊德主义与文学思想[M]. 王宁,等译. 北京:三联书店,1987.
[②] 卡尔. 现代与现代主义[M]. 陈永国,译. 北京:中国人民大学出版社,2004.
[③] 袁可嘉. 欧美现代派文学概论[M]. 南宁:广西师范大学出版社,2003.

家们,以审美现代性对抗社会现代性,开启了现代主义的先河。作为文化艺术思潮,现代主义覆盖了诗歌、小说、绘画、戏剧、电影、建筑等诸多领域,波及西方各国,声势浩大,影响深远,书写了西方文化历史上极其重要的一页。

6. 现代主义戏剧的诞生

现代主义戏剧是现代主义运动的一个重要内容。19世纪后半叶到20世纪初,随着西方现代资本主义物质文明的繁荣,城市化进程加快,消费主义盛行,欣赏艺术展览和体育竞技、观看文艺演出成为中产阶级茶余饭后的重要享乐方式。当时,伦敦和巴黎分别有近30家和41家剧场,每天都有演出,巴黎的剧院每年上演200~300种戏剧,观众在3万人以上,戏剧演艺人员超过2000人。据说巴黎市民宁愿没有面包吃,也不能没有戏看。

文化的空前繁荣也改变了人们内在的心灵生活。在戏剧方面,他们不再满足于传统的浪漫主义情节剧和佳构剧一成不变的模式,新一代的戏剧创作者和艺术家必须追求比上一代人更真实的、更接近生活的戏剧。从易卜生1877年写出第一部有关社会问题的现实主义戏剧《社会支柱》开始,大概到萧伯纳1906年完成《医生的困境》为止,现实主义戏剧经历了短短的30年,却产生了深远的影响,它承前启后,吹响了现代主义的号角。

现代主义戏剧领域激荡生成的第一个流派就是象征主义。在戏剧文学上,易卜生、梅特林克、叶芝等人背离19世纪末的现实主义、自然主义戏剧,创作了象征主义戏剧,掀开了现代主义的序幕。之后,以斯特林堡和德国剧作家为中坚力量的表现主义戏剧在20世纪的头20年发展和繁荣,同样超越自然主义戏剧,引领现代主义进入梦幻剧场。20世纪的舞台,众多现代先锋派戏剧百花齐放,未来主义、达达主义、超现实主义戏剧以及后来的荒诞派戏剧等共同装点了现代主义戏剧的百花园。

现代主义戏剧的创作重心舍弃外部世界转向人的内在世界,将人的非理性存在视为人的本质和生活的唯一真实。对大多数现代主义戏剧流派来说,心灵世界的发掘往往是一个异常忧伤的旅程,决然没有了浪漫主义式的乐观为伴,它们所展示的是带有浓重性的真实。现代主义戏剧对现实主义镜框式舞台演出形式等戏剧概念进行了修正,人物的自我内心成为戏剧关注的焦点,情节的完整性不再重要,对话不再是戏剧的主要表现形式,人物可以独白,可以叙述,梅特林克的静剧中,人物甚至可以一言不发,在无言的死亡中传达神秘的信息。

但是,我们需要注意的是,这个时期的各种戏剧风格往往互相杂糅,一出戏的表演会交织不同的风格,一个作家也未必一定归于某一个流派。实际上,要想找到一出纯粹的现实主义戏剧或象征主义戏剧,那是根本不可能的,而那些最杰出的剧作家在风格上总是丰富多彩的。易卜生尽管不承认,但他的作品确是集现实主义与象征主义于一体。斯特林堡早期作品《父亲》和《朱莉小姐》是对自然主义的杰出贡献,而后期的梦剧和室内剧使他被奉为表现主义鼻祖。皮兰德娄虽写象征主义戏剧,却成为荒诞派戏剧的先驱。心理实验现实主义戏剧大师斯坦尼斯拉夫斯基和象征派舞美艺术家克雷格合作的《哈姆雷特》演出400多场,影响深远。

7. 莱因哈特的戏剧艺术

19世纪末20世纪初随着现代主义和现代主义戏剧的诞生，欧洲涌现了一批戏剧导演、舞台设计者和戏剧评论家，一些剧作家本人就是导演，设计自己的剧作，如斯特林堡晚年在瑞典建立了亲密剧院，上演室内剧；魏德金组建了一个演员剧团，在德国各地巡回演出自己的作品；梅特林克也曾导演自己的作品。同时社会也催生了许多职业导演，如法国瑞士籍艺术家阿庇亚受瓦格纳的影响，按照"音乐"的形式来构思他的象征主义灯光视觉舞台；英国舞台设计师克雷格创造了重氛围、不重人物的象征主义超级傀儡幻觉戏剧风格；俄国的梅耶荷德1905年在莫斯科尝试采用反现实主义手法上演梅特林克的《丹达吉勒之死》，1906年用以色彩来适应人物和情调的象征主义原则执导易卜生的《海达·高布乐》；瑞典的埃米尔·格兰丁森早在1900年就在皇家剧院执导斯特林堡的早期表现主义戏剧《到大马士革》；维克托·卡斯特格伦1907年将被认为无法上演的《一出梦的戏剧》搬上舞台；吕奈－波1896年因在法国的"作品剧院"推出贾利的象征主义闹剧《乌布王》而声名远扬；还有1919—1925年间任柏林国家歌剧院导演并热情鼓吹表现主义的杰斯纳。但论及世纪之交影响最大的导演，能与其后的戏剧艺术家布莱希特和斯坦尼斯拉夫斯基比肩的只有奥地利导演和戏剧活动家奥斯特里安·马克斯·莱因哈特了。

(1) 多才多艺的莱因哈特。

19世纪90年代莱因哈特以演员的身份在萨尔茨堡开始步入剧坛，不久就加入柏林德意志剧院，开始演出易卜生和霍普特曼的自然主义剧作，1902年他在柏林开设了一个实验性的酒吧舞厅——"声音与烟雾"，很快就把它改造成自己的"小剧场"。继此之后他成为德意志剧院老板布拉姆的接班人，于1906年又在柏林创办了"室内剧场"。1902—1905年，他一共负责执导了约50部剧作的演出，1905年《仲夏夜之梦》无与伦比的演出效果使30岁出头的莱因哈特扬名世界。1927—1928年，他把此剧带到美国上演，仍然获得极大的成功，1934年美国华纳兄弟制片厂拍摄的同名电影即以他的戏剧版本为基础。

莱因哈特是一个永无休止的创造者。早在从布拉姆手里接管了德意志剧院之时，莱因哈特就意识到自然主义戏剧的局限性，他认为这种手法不但会穷尽戏剧的创新性，还会妨碍戏剧富于诗意的表现力，他希望拓宽舞台艺术的表现形式，这种思想上的转变正好和当时大量出现的象征主义和表现主义戏剧思想不谋而合。他在瓦格纳"总体艺术"的观念中找到了解决办法，即把所有艺术纳入服务于戏剧的轨道中。为此，莱因哈特在剧作文本中添加了戏剧音乐和舞蹈中的动作、节奏与情调，同时他也从当时饱受争议的阿庇亚和克雷格的灯光与舞台布景设计中汲取营养，形成自己独特的舞台风格。

(2) 从经典到现代，无所不包的戏剧艺术。

富有创造力的莱因哈特对戏剧持有积极和开明的态度，他的舞台实践几乎探讨了每一时期的戏剧特色，从古希腊的戏剧到日本的能剧，从文艺复兴时期的莎士比亚到法国古典主义戏剧家莫里哀，从德国浪漫主义作家歌德、席勒到现代经典式剧作家，特别是易卜生、梅特林克和霍普特曼的象征主义剧作，他都给予了同样的重视。他的无穷的创造性实现了对经典戏剧的再创作,莎士比亚的戏剧是他最推崇的。1905年上演的《威尼斯商人》,他请汉柏丁克谱写了音乐,为了表现威尼斯的生气和活力,他把录制的威尼斯市的各种市井熙攘之声播放出来,其效果使观众大为震惊。在"审判"一场里,当鲍西亚的讲话出乎意料地使夏洛克无言以对时,台下的观众席里响起了一阵狂喜的尖叫声打破了其中的紧张气氛,这同样表现出鲜明的象征性;《仲夏夜之梦》配以改编自门德尔松的音乐,布景是一片芳草萋萋的宽阔林中空地,周围长着高大的树木,把观众带到了雅典的森林,再加上各种灯光和暗示,这一演出"堪称一出绝妙的戏,是无与伦比的和人们见所未见的"。(斯泰恩,2002:587)①1906年,他执导了易卜生的《群鬼》,其布景设计使他那室内剧场变成了如同被表现主义的群山包围阻隔的一座使人感到压抑的监狱。在1907年上演的梅特林克的《阿格拉凡和塞莉赛特》这一富有情感而细腻的剧作中,莱因哈特采用了显出忧伤情调的紫色幕布作为布景。

  1911年,莱因哈特上演了哥特式宗教道德剧和神秘剧《奇迹》,该剧改编自梅特林克的《修女贝特莉斯》(1902),剧情简洁质朴而令人感伤。修女贝特莉斯受到引诱,她离开了修道院而去追求世俗的享乐,做了一连串的情妇之后,治安法官控告她犯了行巫罪,最后落了个变成怀抱婴儿的随军营妓的可悲下场。与此同时,圣母却奇迹般地取代了这位修女在修道院的地位,她幻形成贝特莉斯,一直没有被人识破,直到最后这位修女重回修道院。此时的修女贝特莉斯已经被人抛弃并身患疾病,她因为自己的堕落而感到幻灭,准备忏悔自己的罪过来赎罪。

  莱因哈特把首演选在了伦敦最大的奥林匹亚展览中心,他和布景师斯特恩把展厅设计成一个大教堂的中殿,到处都是哥特式的圆柱和拱门,其中一个彩色玻璃窗,其直径竟有巴黎圣母院的玫瑰花形窗的3倍之大。中央区有一个很大的平台忽起忽落,每次出现在其上的布景均不同,如内室、宴会厅、审讯室等。在这个大展览中心的演出场地,莱因哈特在舞台上使用了几千盏电灯、10英里(1英里=1.609千米)长的电缆、一个200人的管弦乐队、一个500人的歌队和2 000人的演员阵容,称得上是史无前例的戏剧"奇迹"。该剧由汉柏丁克配乐,服装充满梦幻性,斯特恩形容其"怪诞、夸张、极为放肆",成为一次融音乐、舞蹈及戏剧为一体的大规模综合实验。

  莱因哈特创造并主导着舞台上的这群"中世纪"的人物,使他们表现出了从悲伤到狂喜的每一种情绪变化,他在戏的开头处就设置了一个奇迹:在所有农民及进香客,包括病人和跛足者面前,一个残疾者忽然被治愈,这些人从敬佩到敬畏,于是他们发出的低语声逐渐变成了愈来愈高的呼喊声,这声音又被歌队唱出的震耳欲聋的圣歌压倒。每一个插曲性事件均被作为象征来处理,无论是病人的治愈、向魔鬼跳起的舞蹈、王宫的被焚毁,还是最后太阳的东升均是如此,评论家亨特利·卡特这样描述当时的场面:"在火的效果的间歇期间是狂欢者发出的一阵阵尖叫声,这些尖叫声使人觉得好像是头顶上方处的火焰

---

  ① 斯泰恩.现代戏剧理论与实践(全三册)[M].刘国彬,等译.北京:中国戏剧出版社,2002.

中传出来似的。好几次有一阵子,我们站着的周围全是明亮得睁不开眼的灯光、耀眼的火焰及呼呼的大风。然后,教堂的钟响起来了,接着便是死一般的沉寂与黑暗。"(同上:598)

尽管莱因哈特所执导的剧作场面壮观,但其同样存在着争取达到朴实无华的努力,即恰当地突出每一场戏里的某种效果的意图。奥地利诗人和作家霍夫曼斯塔尔热情地称赞莱因哈特的节奏的"诗歌性",说他的舞台与现代表现主义画家的绘画倾向有着神秘的相似性,莱因哈特使用了各种艺术手段,但不是为了复制现实,而是为了给他所执导的那出戏的能量、生命与精神塑造出一个鲜明的形象。而为了达到此目的,为了获得好的戏剧材料,莱因哈特一再回到经典剧作里寻找再创造的素材。

(3) 剧场:对演员和观众之间的空间关系的创造。

在莱因哈特一生的舞台事业中,他工作过的剧场和演出场所的数目惊人。舞台执导生涯使他开始思考演员与观众之间的空间关系。他工作过的建于1883年的德意志剧院是一个传统的、有台唇的剧院,座位舒适,可容纳观众1 000人,他的大多数演出都是在此举行的。但是莱因哈特不满足于传统的舞台中观众和演员的关系,1906年在德意志剧院旁边建了一幢能容纳不满300人的小型剧场,演员可以从舞台走到观众厅,这样的室内剧场可以上演较小规模和比较安静的剧作。在这样的舞台上,音响效果好,布景可以省略,可以更多地依靠象征的方法,莱因哈特喜欢在其中上演一些感情细腻和妙语横生的剧作,如魏德金的《青春觉醒》、易卜生的《群鬼》、斯特林堡的《鬼魂奏鸣曲》等表现主义戏剧。第一次世界大战后,莱因哈特还在柏林建造了能容纳5 000人的剧院——柏林大剧院,再现了希腊圆形剧场的风貌,上演了埃斯库罗斯的悲剧《奥瑞斯忒亚》,它成为一个人民的剧院、群众性的娱乐场所。值得一提的还有莱因哈特在萨尔兹堡开创的室外剧场。

第一次世界大战后的1920年,萨尔兹堡首届艺术节开幕,莱因哈特和霍夫曼斯塔尔利用大教堂外的广场,联袂奉献了艺术节的开篇剧目——《普通人》(*Everyman*),《普通人》又名《耶德曼》(德语音译),霍夫曼斯塔尔的改编取材于15世纪英国的宗教题材,这是一个典型的劝谕警世故事,成功的中年富豪耶德曼在突然面对死亡的时候,灵魂受到强烈震撼,忏悔并皈依了天主教。这出剧创作于第一次世界大战前的1911年,上演于战后,真实诠释了第一次世界大战前后欧洲现代人的困境。

战前的欧洲政治经济欣欣向荣,社会蒸蒸日上,个人和社会财富急剧增长,人们信心满满,欲望不断膨胀,相信千年盛世是永不落的太阳,正如主人公耶德曼一样,年轻、富有,拥有全城最豪华的房子,数不清的金银财宝、绫罗绸缎,他的企业利润丰厚,他的房屋草场出租,佣金源源不断,他还要建最富丽堂皇的花园,供情人和自己享乐,他嘲笑穷苦的伙计、雇农及雇农妻子和穷亲戚,对他们刻薄吝啬,并以他们对自己的依附为乐。中年耶德曼志得意满,豪气冲天,在他眼里,金钱可以带给自己人间的荣华富贵和一切幸福,他在尽情地陶醉,他在纵情地享受。但是,死神悄然来临,他必须为自己的所作所为付出代价,他祈祷死神给予宽限,他祈求灵魂的赎罪。现实的欧洲,国家和社会对财富的贪婪和无限追逐最终使得第一次世界大战在人们毫无预期的情况下悄然来临,几年之后,欧洲大陆变为废墟,一片荒芜,人们开始反思生活的意义、生存的意义、金钱对人的异化和人的精神信仰的缺失。《普通人》诠释了现代社会中个人对生命意义的思考。

萨尔兹堡大教堂的正面被当作舞台的背景,喇叭的吹奏声从教堂的侧门处传出来,呼唤"普通人"去迎接"死神"的其他声音最初从该教堂齐声传出来,然后神秘地在这个城市的各个教堂的钟楼处回荡着,最后甚至从俯瞰城市的山上传过来。灯光自然地从白天变成薄暮,从黄昏变成火炬的光。据当时对现场的报道记载:"交通完全停止了,整个城市都在静神谛听和观看《普通人》的演出。"霍夫曼斯塔尔的改编伤感,情调浓郁,因此,"在上演《普通人》的下午,你很可能会碰到一个心情十分沉重地离开这个广场的人,而这个人以前却是个铁石心肠的人。"(斯泰恩,2002:593)莱因哈特开创的室外剧场以声势浩大的表演模式将宗教预言从城市的上空传达给每一个普通人,触动了现代人苦难的心,复活了战后戏剧表演艺术,也开启了萨尔兹堡艺术节的空前盛况。

经历了两次世界大战的著名奥地利犹太作家斯蒂芬·茨威格以饱含深情的笔触和无比悲凉的心境回忆了战争给欧洲人民所带来的深重苦难。1940年,漂泊于异国他乡的作家在缺乏文字资料的情况下,完全凭借个人记忆创作了散文巨著《昨日的世界——一个欧洲人的回忆》,这部书以文化中心维也纳、巴黎、柏林为中心,趣味盎然地分享了作者游历欧洲的所见所闻,也记录了一个动荡的时代,包括作者所经历的各种政治事件以及文化圈子里的名人逸事。《普通人》的编剧霍夫曼斯塔尔在茨威格的回忆录中是一位让同龄人仰慕的少年天才,16岁的霍夫曼斯塔尔是一个个子高高的中学生,他能创作并朗诵诗剧,茨威格对少年霍夫曼斯塔尔赞赏有加,称赞他的诗体剧是"那样的完美、形象,无懈可击,音乐性是那样的鲜明,我们还从未听到过一个当年在世的人写出这样的诗句,我们甚至认为,自歌德后几乎不可能有这样的诗句。然而,比这种形式上的无可匹敌的卓越更为令人赞叹的是,他对世界的认识,这种认识只能来自神秘的直觉"。(茨威格,2004:54)[①]但同时他也认为24岁以后的霍夫曼斯塔尔再也没有超出之前的天赋。

在茨威格的笔下,第一次世界大战前的欧洲,中产阶级生活优雅阔绰,奥地利、德国等欧洲国家财力鼎盛,源源不断的财富使人们的乐观情绪高涨,大家都相信太平盛世会千年永驻,但是战争的突然来袭让人们措手不及。随着战争席卷越来越多的国家,人们开始逃难,并经历了无法想象的物资匮乏。就在萨尔兹堡艺术节开幕的前五年,茨威格一家逃难到阿尔卑斯山麓的山城萨尔兹堡的一幢废弃城堡里,度过了饥寒交迫、与世隔绝的战争岁月。物价飞涨,钞票已经失去了价值。茨威格的描述真实有趣又令人心酸,农民们满心欢喜拿自己家的鸡蛋和粮食换来了逃难而来的城里人的大把钞票,他们小心翼翼地藏起一生都难得一见的财富,不料拿到集市上却发现物价已经比之前涨了20倍,而他们只多要

[①] 斯蒂芬·茨威格. 昨日的世界——一个欧洲人的回忆[M]. 舒昌善,等译. 南宁:广西师范大学出版社,2004.

了5倍的价格,于是他们大发雷霆,高喊:"要物,不要钱!""自从人类进入战壕从而有幸重温洞穴生活以后,现又摆脱了流通千年之久的货币,恢复到原始的物物交换。"(同上:233)人们只认食物不认钱。在忍饥挨饿的日子里,作家创作了广为流传的爱情悲剧——中篇故事《一个陌生女人的来信》。用他自己的话来说:"我们在奥地利从未像在那混乱的几年里更热爱艺术,由于金钱的背叛,我们觉得自己心中这种永恒的东西——艺术才真正可靠。"(同上:239)于是,一种奇异的现象出现了,通货膨胀下穷困潦倒的人们更加热爱艺术,作家继续写作,剧作家努力创作,战争废墟下的酒吧间和剧院总是座无虚席,尽管人们不知道明天是否还能来听下一场歌剧。

但是我们知道,现代主义作家的使命是反映那个时代人们的心灵呼声,他们在记录战争给人类带来巨大物质灾难和精神创伤的同时,也在反思战争,思考人类的命运。霍夫曼斯塔尔的《普通人》希望通过宗教式赎罪拯救被金钱腐蚀的罪人,帮助经历战争创伤的人们重拾精神信仰。而茨威格对《一个陌生女人的来信》的处理要悲观惨烈得多,这是一个凄美绝伦的爱情故事,陌生女子多年深爱的梦中理想男子一次次无情践踏她的深情厚爱,女人怀着宗教般的情感,以血肉之躯完成了对爱情的献祭。"茨威格通过纯洁处女的基督式受难,描写了一个心存刻骨之爱的理想,却被损害和侮辱的女性形象,这种遭受苦难的经验建构和作家本人的经历完全一致。"(殷雪雁,2015:91)①作为一个人道主义者,在祖国和整个欧洲遭受战乱、历经苦难之际,茨威格怀着一颗博爱的赤子之心,凭着一个知识分子的良知,奔走呼号,希望恢复文明社会的温文尔雅、人道和博爱,重建欧洲的和平秩序,但是,冷酷粗暴的现实践踏和蹂躏了他的理想,最终,作家本人也如同"陌生女人"一样,用生命和热血祭奠了他的人生理想。茨威格夫妇的自杀身亡深刻体现了现代主义运动的整个时代知识分子的精神危机,他的文字令人肃然起敬:"不管我自己和无数同病相怜的人遭受了怎样的侮辱和磨难,无论怎样,我还是不愿意完全否定年轻时的信念:无论怎样,这世界还是会变好起来。哪怕我们身处这残忍暴行的深渊,带着黯然而破碎的灵魂几乎像盲人一样来回摸索,我仍然不断地抬起头去看那些往昔的星辰,它们曾经照耀了我的童年。"(茨威格,2017:5)②

8."普通人":19世纪的欧洲和20世纪的中国

2014首届天津曹禺国际戏剧节上,有着百年历史的德国汉堡塔利亚剧院(Thalia Theater)在天津大剧院再次为观众奉上了霍夫曼斯塔尔创作于近100年前的《耶德曼》(即《普通人》),提出了关于人生意义的问题。正如年轻的德国导演巴斯蒂安·卡夫(Bastian Craft)在演出后回答现场观众提问所讲:"我们每天去工作,吃饭,上剧院,到底有什么意义?在我们的心中,有什么在默默而坚定地支持着我们?不一定说每个人一定要信仰天主教或别的宗教,但是我们的心中需要一种信仰。"

---

① 殷雪雁. 从观众审美心理看影片《一个陌生女人的来信》[J]. 电影文学,2015(4):089-091.
② 斯蒂芬·茨威格. 昨日的世界——一个欧洲人的回忆[M]. 吴秀杰,译. 北京:民主与建设出版社,2017.

这是一部典型的宗教劝谕剧,在20世纪的欧洲,乃至今天的中国,仍不失其现实意义。《耶德曼》的主演奥地利人菲利普·霍奇迈尔(Philipp Hochmair)一人担纲近20个舞台角色,除了主人公耶德曼之外,还有伙计、雇农、雇农妻子、穷邻居、母亲、亲戚、情人等。他的表演激情澎湃,身体动作和语言一样具有张力,他时而狂呼大叫,时而深沉沮丧,时而号啕大哭,或登高,或跪爬,或仰面静卧于舞台,在表现他要彻底从金钱的奴役中挣脱出来这一情节时,他一件件脱光衣服,黯然倒下。初看这种单人多角色表演,最大的感受是演员个人的表演能力和对舞台节奏的把握对演出成败至关重要,剧本的设计及台词就在那里,怎么表现,完全在于演员个人的功力,就像我们看相声,马三立的单口相声,一人饰演多个角色,娓娓道来,呈现为完整的马氏风格叙述。节奏的快慢和叙述的张弛更烙上了演员的个人烙印,霍奇迈尔说,他喜欢独自在舞台上饰演多个角色,事实上,他的三分之一作品都是这种形式,与其说是演员和导演去适应剧本,不如说演员的特点和舞台设计是对剧本的革新与再创作,各种诠释带给剧本全新的活力,正是剧本长盛不衰的秘密所在。曹禺国际戏剧节上德国柏林邵滨那剧团呈现给观众的另一部戏剧《朱丽小姐》就是对19世纪末瑞典著名戏剧家斯特林堡的同名剧作的一次大胆革新,全剧只保留了原剧本台词的十分之一,主题表现也从阶级矛盾转化到现代女性主义视角,这也反映了当代戏剧对观众审美心理定式的迎合。"接受者的心中并不是一个真空,地域的、文化的和历史的诸多因素在他们心中置入预设结构,形成期待。"(殷雪雁,2015:91)[①]该剧从女性主义批评的角度探讨了现代人的复杂心理。剧中,女仆对丈夫的出轨表现出隐忍的态度,主人公朱丽小姐也退居到故事中的次要角色,而女仆克里斯汀成为全剧的聚焦人物。但是整个表现形式——对人物内心世界的演绎正是斯特林堡所钟爱的形式,75分钟的现场演出制作了一部精美的现代室内剧或室内电影。

德国是戏剧革新的前沿阵地,融各种实验、多媒体及现代技术于一体,体现了当代国际化剧场的最新探索成就。舞台上和"耶德曼"搭戏的另一个演员是来自美国加利福尼亚的年轻乐师和歌手西蒙娜·琼斯,她多才多艺,学习生物学,在大学实验室研究HIV病毒,还在美术工作室沉迷于绘画的世界,由于对艺术的热爱而投身于乐器和音乐创作。《耶德曼》的演出以弹着电吉他的热辣美女琼斯边唱边跳的摇滚乐开场,喧嚣而热烈,舞台右侧还摆有钢琴、电子琴、箱琴、钢片琴等十来样形形色色的乐器,俨然一支乐队,琼斯为这部戏剧创作了全部的音乐和歌曲,歌词是主题的多声部重复和回响,而她的各种弹唱和舞蹈成为《耶德曼》全剧的亮点。导演卡夫说,1920年《耶德曼》在萨尔兹堡首演的时候,是在教堂的大台阶上,人们聚集着观看演出,利用现代乐器及音乐就是要表现这种集会和热闹非凡的狂欢场面。

《耶德曼》被称为后象征主义戏剧,是关于金钱和人的异化现象的现代预言,运用了古代宗教题材和象征等手法讲述人生哲理。"耶德曼"这一剧本标题就象征着被困于现代物

[①] 殷雪雁. 从观众审美心理看影片《一个陌生女人的来信》[J]. 电影文学,2015,625(4):089-091.

质社会中孜孜追求成功的"每个现代人",他们奋斗、得意,却最终失落,因为他们忘记了初衷,失去了人生的信仰,没有了归属感,面对死亡时精神困惑并崩溃。舞台上的道具也多有象征意味,大型的屏幕将主人公的特写镜头定格,深刻于观众的脑海,主人公后面是坐在剧场的每一个人,耶德曼就是他们的代表和缩写。舞台上还有一个三重架构的电子屏,闪烁着从大到小三个"live"单词,以及一个现场读秒的电子计时牌。"live"具有双重含义,既意味着现场演出,也象征着我们活着的每一个人,而时间的紧迫感通过电子读秒和"live"电子屏从外到内层层熄灭来象征。人类在这个世上生生不息,而我们每个人的生命却非常短暂,我们不禁要问:怎样才能度过有意义的人生?

  国外剧团演出的一个特色是演出前有"剧前导赏",由主创人员或特邀专家学者对剧本的主题、剧院的历史沿革、导演及演出团队等进行简单的介绍,演出后还有一个主创人员和观众的座谈会,可以提问和交流。中央戏剧学院的李亦男女士主持了《耶德曼》的剧前导赏会和演出后的演员、观众座谈会。天津大剧院能容纳1 600人的歌剧厅几乎爆满,观众提问的热情极高,有青年学生、中年戏剧爱好者,讲英文、中文的都有,大家畅所欲言抒发了很多有益的见解,提出的问题也发人深省。让我记忆深刻的是主演菲利普·霍奇迈尔,他说,他来到天津,感谢当地接待方的热情,同时,看到这么一个高楼林立的现代化城市,这么漂亮的大剧院和演出厅,他非常感兴趣。如果,我们——作为现代中国人,有一天也像主人公"耶德曼"一样面对死亡,无处逃生,我们作为这些现代建筑和人类物质文明的创造者会做何感想?中国人的心灵归宿在哪里?一个观众说在当今的中国,无论富人还是穷人也都在寻找自己的精神依托,富人为的是获得心灵安慰,穷人是为了寻找自己生活和快乐的力量。马上,另一个观众站起来说,他认为中国大多数知识分子阶层,是有精神信仰的……大家还讨论了舞台象征、中西方演出观众接受和反应的异同、天主教等问题。短短的讨论,意犹未尽。这么一个情节简单的宗教劝谕剧居然激起观众如此大的热情和讨论积极性,老实说,这出乎我的意料。但从中也看出现代都市人对生存意义和信仰的深深思考。现代高科技把越来越多的年轻人甚至中年人绑架到计算机、手机上的聊天、游戏软件及娱乐节目中,越来越多的人依赖现代小器械,从中寻求价值感和归属感。但《耶德曼》的观后讨论无疑让人感到一种久违的、原始的、交流的愉悦感,我们可以闭上眼睛,想象20世纪巴黎的咖啡厅,作家、画家、音乐人、哲学家、穷困潦倒的诗人,从各地纷涌而至,来到这个世界文化之都,就是在一次次的讨论和闲谈中,他们思索着生存的意义、精神信仰,并通过多种实验性艺术形式,引领了今天世界现代文学艺术发展的方向;再回望中国历史,让我们回到那个交通极度落后、科技不发达的贵族士大夫树立社会礼仪的时代,春秋战国百家争鸣,人类的思想和认识得到前所未有的自由发展,各种哲学思想盛行,奠定了中华文明发展的文化基石。因此,不管科学技术如何发展,人类心中的困惑永存,即使在21世纪的今天,在物质文明和精神文明高度发展的今天,我们几乎面对同样的困惑。透过喧嚣的都市的霓虹灯,我们遥望深邃的宇宙,生与死之间,人究竟应该如何把握自己的生命价值,我们需要思考、渴望交流,不愿意迷失。在静默中,我们呼唤精神的拯救。

第二节　象征主义傀儡艺术——从梅特林克到克雷格

19世纪理想主义剧场对戏剧传统的反叛主要体现为"纯粹剧场"的理论中，传统戏剧舞台的演员被象征主义的形式替代。梅特林克在戏剧理论和戏剧创作两方面都成为这场反叛的先锋。他是第一位给自己的作品贴上"木偶/傀儡（marionette）戏剧"标签的作家，他曾经考虑过完全用人形蜡像替代舞台演员的可能性，而"超级傀儡（ubermarionette）戏剧"这一术语后来成为象征主义舞美大师戈登·克雷格的代名词。

1. 梅特林克"木偶/傀儡"和蜡像戏剧思想

在1890年发表于《青年比利时》期刊上的《戏剧小谈》一文中，梅特林克首次提出了他的早期戏剧理论，他认为，真正的剧场不是对生活的模仿，而是梦想的殿堂，观众从日常生活中脱离出来，可能希望体验与更高的存在进行神秘交流。而在现代剧场中，戏剧艺术的诗意与其说是在舞台上实现，不如说是在舞台上被摧毁。演员的表演过于肤浅，无法传达诗歌的象征内涵。他说，戏剧最好是阅读，而不是观赏，因为戏剧诗歌的深意会在表演中丧失殆尽。他认为造成这一事实，自然主义剧场要负一定的责任，但问题的根源不仅在此。真正愧疚的应该是演员们，他们一出现在舞台上，戏剧体验的强烈象征就化为泡影，演员永远也无法表演伟大的人物，人物形象即使不被演员完全毁灭，也会在他们的诠释中不可避免地削弱。而阅读一个剧本，心目中可以呈现出人物真实的面貌。（Maeterlinck，1890：331）[①]

这是梅特林克读过《哈姆雷特》剧本，又去剧场观看演出之后的真实心境。他无法接受对哈姆雷特等传统人物的塑造，认为演员的演出造成了致命一击。因此，他说，观看名剧的表演实则暗藏风险，也许可能永远错过与伟大作品的灵魂交流。演员带到舞台上的是他们自己的性格、自己的外表，以及有限的作品解读能力，因此他们不可避免地削弱了，甚至扭曲，最终可能完全破坏了他们希望塑造的伟大人物。

实际上，古希腊人早已明了这种危险，到了伊丽莎白时代，为了解决剧本的象征和人为解读的内在冲突，在极其传统的舞台表演的基础之上，增加了诗朗诵，以此来传达象征意义。但是梅特林克对此做法不以为然，他认为这种做法只是临时救场，问题并没有得到解决，因为演员还在舞台上。英国作家兰姆（Lamb，1775—1834）在评价《李尔王》的时候，也曾提及同样的感受：当阅读剧本的时候，读者会专注于人物的灵魂，而一旦观看表演，观众的注意力就会移位，演员的形体表演成了他们关注的焦点。

梅特林克认为，剧本的人物散发着诗人的气质和作家象征理解的方方面面，只有完整的艺术诗歌才能达到和实现这样的效果。单个舞台角色要从属于整体的表达和更高一层的秩序，而传达诗人的灵魂和他的象征主义理念就是戏剧的使命。活生生的演员实则是

[①] Maeterlinck Maurice. Menus Propos. Le Theatre[J]. La Jeune Belgique,1890(9):331-336.

对立的和破坏性的存在,演员也不可能完成诗人的理想。

有血有肉的演员尝试象征性地表现他所理解的人物,不料却破坏了必不可少的幻觉,玷污了神圣的殿堂,仿佛变成了森林中笨手笨脚的猎人。那么,如何去修复梦中神殿,演员们曾经如此粗鲁地侵入它的势力范围,怎样恢复其固有的灵性?用什么去替代演员演出?用移动的阴影吗?还是反射的人影?抑或雕塑?或者就根本什么都不用?梅特林克终于在蜡像馆,而不是在木偶剧场,找到了可能的理想答案。他认为,人物蜡像可以诱发某种非常接近戏剧、诗歌精髓的存在,即神圣的恐惧感。也许,正是这些死气沉沉的蜡像人物会令观众毛骨悚然。难道不是因为我们竭力否定存在于我们身边的神秘,才造成恐惧的降临吗?因为,这些蜡像和人一模一样,同时它们又被剥夺了真实的生活,它们的存在就如死亡一般。借助蜡像演员在舞台上自行移动和说话,观众就会看到生活在虚空中呈现,同时,人的语言和动作就会湮没在遗忘和静寂中。梅特林克归纳说:"这样一种氛围,正是戏剧、诗歌的氛围,讲话的蜡像如死人一样意味着不祥之兆,这就完全符合戏剧诗人的意志了。如此一来,舞台会回归其原始功能,庆祝宇宙的神秘,它会架起一道桥梁,跨越阻隔意志与命运、生与死之间的骇人深渊。"(同上:334)正是在巴黎格雷万蜡像馆,他找到了可能合适的"扮演者",它们最有可能成为合适的戏剧手段,实现戏剧诗意。

这便是梅特林克一直在进行的美学探索。但是,他的理想戏剧舞台在某种程度上也是一种空想,只停留在理念上,因为他并没有提出可以有效地实践他理想剧场的方式,他的木偶、蜡像计划遭遇了失败,他变得心灰意冷,同时,他也没有呼吁同时代的导演将他的理念付诸实践。但是,为了传达神圣的诗意,他的剧中人物很多没有姓名,他们只是简单地被称为"国王""王后""父亲""女儿"等,剧作家希望借此表达:剧中人物只是从属于神秘力量的木偶和傀儡,男男女女正如蜡像、木偶一样;在静剧舞台上,真正的主角,只有一个,那就是不可避免、如影随形的死神。

雅斯贝尔斯(Jaspers)注意到,1890年后的梅特林克似乎不再认真考虑在他的戏剧舞台中安排木偶演员出场表演了,也不再提及"木偶/傀儡剧场"。其实,对于他的心境的变化,我们完全可以理解。显然,他有意略去这一提法,这种"忽略"表明了一种妥协,那就是梅特林克对木偶剧场的兴趣已然退去,他已经放弃了这种想法,他对木偶剧场的态度由积极转为消极。

事实上,他首次木偶戏剧实践发生在1891年,在一家叫保罗·兰松(Paul Ranson)的小型剧场,他和一个自称为"纳比斯"(Nabis)的演出团队合作,演出的剧目是《七公主》,该剧的主要剧情发生在城堡的大厅里,但是七个公主熟睡在里面,外面的人敲不开门,只能隔窗相望,只看得见昏黄的灯下模模糊糊的人影。梅特林克决定尝试以木偶的方式呈现,著名演员兼导演波特·福特(Port Fort)认为无法表演而拒绝演出,而梅特林克本人对"纳比斯"团队的演出结果也不尽满意。正如斯泰恩在《现代戏剧理论与实践》序言中指出的,理论与实践相冲突的情况常常比它们相吻合的情况要多,用约翰·加斯纳的话来说,就是我们必须认识到"雄心与成就之间有差距"。(斯泰恩,2002:2)而在此前后,吕奈一波(Lugne-Poe)和保罗·福特(Paul Fort)先后分别主演了《佩列阿斯和梅丽桑德》《无形的来客》和《群盲》，并取得了良好的舞台效果，因此梅特林克的研究兴趣也发生了转变，他在努力思考怎样可以让演员更好地呈现其作品，两位演员创造的新的演出风格无疑接近了梅特林克之前认为不可能达到的理想状态。精心彩排、特意设计的手势和几乎为吟唱的对白，以及演员自身空灵的嗓音，似乎神奇地接近了作家理想的蜡像人物的效果。

1896年，梅特林克开始澄清他的态度，从两方面修正了其1890年的理论。一方面，他完全略去了关于用人形蜡像作为戏剧表达方式的讨论；另一方面，重要的改变是，他提出，演员能够，甚至极有可能达到某种风格，可以传达戏剧诗歌的象征内涵。这为梅特林克早期戏剧理论研究画上了句号，也标志着他的研究从非演员到演员的回归。尽管梅特林克的戏剧实践无法完成或抛弃了其理想，但是木偶戏剧或蜡像戏剧的理念无疑代表了戏剧艺术的丰硕理论成就，而其后的象征派幻觉戏剧大师戈登·克雷格接过了梅特林克的旗帜，最终将"超级傀儡"戏剧搬上欧洲艺术舞台，并对20世纪的舞美产生了深远的影响。

2. 克雷格和"超级傀儡"戏剧

克雷格(Craig,1872—1966)是英国人，后定居佛罗伦萨。他主张革命性地改变舞台设计，他在伦敦、柏林、佛罗伦萨、莫斯科和哥本哈根等地工作，在欧洲戏剧舞台上获得了较高的声誉。

克雷格对舞美实践的贡献要远远大于戏剧理论创作。他对戏剧舞台的理念和梅特林克惊人地相似。克雷格也把戏剧舞台看作是和死亡的神秘邂逅及通往神秘的仪式。克雷格的理论创作不多，在1905年出版、1911年扩写再版的《剧场艺术论》一书中，他主张戏剧应该从19世纪的现实主义羁绊中解脱出来，回归诗剧的本真。后来《面具》杂志成了他的思想阵地，1908—1929年他发表多篇署名文章阐述他的观点。他谴责现实主义，认为演员不应该扮演角色，而应当呈现角色。他鼓吹取消传统意义上的演员，认为这样的演员不过是制造了拙劣的舞台现实，并使之繁荣的一个工具，他发明了"超级傀儡"一词来替代演员，这里的"超级傀儡"，不是指一个大木偶，而是对演员的改造，他的舞台形象身躯完美，表情肃穆庄重，某种程度上是一个巨人、美丽的神、神圣的偶像。也就是说，一个戴面具的演员在典礼仪式上的表演，它不需要演员的个性，只需要观众能够通过"超级傀儡"感受仪式之美和心灵之喜悦。(Craig,1911:84～85)[①]

克雷格把舞台布景看作一种氛围，他喜欢采用朴素、严肃、垂直的线条，并利用阴影，突出视觉效果，使舞台的高度和空间意味深长，强化氛围，唤起美感。克雷格最著名的舞美实践当属和现实主义心理体验戏剧大师斯坦尼斯拉夫斯基于1912年在莫斯科合作上演的《哈姆雷特》，这次伟大的合作使得现实主义和象征主义这两种格格不入的风格走到一起，象征主义版的《哈姆雷特》的诞生无疑归功于斯坦尼斯拉夫斯基的艺术执着，为了

---

① Craig Gordon. On the Art of the Theatre[M]. London:Heinemann, 1911.

适应诗剧的需要,他可以摒弃成见,宽容地尝试可以弥补现实主义短板的舞台技巧。

斯泰恩在《现代戏剧理论与实践》一书中详细记录了演出的盛况。剧中的丹麦王子被克雷格设计成一个躯体是巨人的男子汉形象,他披着一头雄狮般的散发,就像一座白雪覆盖的山峰,这是克雷格创造的莎士比亚戏剧舞台上一个前无古人的"超级傀儡"。有时,他还会构思出一个"欢快的、朝气蓬勃的人物"作为哈姆雷特的精灵;有时,为了表现躯体和灵魂的冲突,他还要设计一个代表死亡的形象随着音乐登台。而扮演哈姆雷特的演员恰洛夫发现自己在舞台上既没有台词,又没有表演动作,非常心烦意乱。剧中的国王戴着一个大脑袋的假面具,头上有一只闪闪发光的眼睛,另外还有一双鹰爪似的巨掌。美丽的奥菲莉亚像小鸟一样掠过舞台,傻傻的,一脸孩子气。克雷格要求他们像傀儡一样行动,嗓子要轻,在音乐的伴奏下,手臂和脸庞如蜡像一样静止不动,为了追求雕塑般的优美的仪态,克雷格为他们设计了服装,哈姆雷特裹着一身笨重的、世俗的服装象征性地站在台下,鬼魂以隐隐约约的剪影出现在高高的露台上,演员们腰缠钢丝从窗户飞入,奥菲莉亚发疯的那场戏中,她纹丝不动地站着,背景是戴着面具的宫廷朝臣。(斯泰恩,2002:264)

这部象征主义舞台戏剧在莫斯科上演了400多场,观众反响强烈,褒贬不一。那些想看抑郁的丹麦王子传统式朗诵表演的观众,大多对此剧颇感失望,他们抱怨克雷格那占满了舞台空间的高高的幕板让人压抑窒息。但也有一些观众和评论家敏锐地觉察到抽象派的象征布景对传统表演艺术的挑战,新的舞台设计艺术令人耳目一新。

"超级傀儡"不再忠实地再现生活,而是超越了生活。它的理想不再是如梅特林克一样展示日常场景下的人物,而是魂游象外的躯壳。梅特林克的木偶剧场理论强调对诗人的忠实,而克雷格的发展在于强调对场景意志的忠实。从梅特林克的木偶、蜡像戏剧理论到克雷格的"超级傀儡"戏剧舞台实践,象征主义戏剧在19世纪末到20世纪初的戏剧舞台上大放异彩,成为反叛传统现实主义戏剧的有力武器,梅特林克和克雷格的名字以及"超级傀儡"使人们在此后的岁月里沉溺于幻觉戏剧的梦想里,后者所提出的关于舞台时空的处理方法渐渐地站稳了脚跟,为20世纪舞美设计提供了无限的可能。

第三节 斯特林堡自然主义戏剧观

斯特林堡(Strindberg,1849—1912)最早是以自然主义剧作家赢得国际声誉的,《父亲》(1887)和《朱丽小姐》(1888)是其自然主义戏剧代表作。但是几年以后他的兴趣转向象征主义,后来他被公认为表现主义戏剧的先驱。自然主义运动和斯特林堡有着怎样的渊源?他的自然主义戏剧观较之自然主义主流发生了怎样的转向,这是我们要讨论的主要内容。

1. 高举自然主义旗帜的左拉和安托万对斯特林堡的影响

《父亲》是斯特林堡的第一部自然主义戏剧。经历了1884年《结婚集Ⅰ》中"道德的报酬"所引起的亵渎神灵的诉讼①,斯特林堡觉得,要想摆脱瑞典国内的保守势力对自己的封杀,必须在欧洲大陆找到读者。于是他颇费辛苦地把《父亲》译成法文,寄给了自然主义风格创作大师左拉。左拉并没有像瑞典读者那样把作品贬低为"疯子在白热化中的创作",他发现了作品的构思和对人物的用心安排,但左拉认为人物刻画太抽象,行动不完整,对现实的想象注定会动摇。(Sprinchorn,1968:120)② 左拉为《父亲》的法译本写了序言,也给斯特林堡写了一封信,信中说:"说实话,我对那些简短的分析感到吃惊。我喜欢的人物都有完整的婚姻状况,人们在日常生活中可以看到他们,他们和我们呼吸着一样的空气,而您的人物几乎都是凭空制造的,没有给我对生活的完整感觉,而这一点正是我所要求的。"(斯特林堡,2005:3,151~152)③ 无疑,斯特林堡对左拉的评论深感失望。事实上,这也反映了他对当时风靡于欧洲文坛的"自然主义"的根深蒂固的不同理解。也许,在斯特林堡心目中,悲剧中的人物应该高于生活,拥有某种抽象的特征,而对现实细节的近距离观察或许会有损宏伟的构思。我国斯特林堡研究专家和文集译者李之义先生认为,斯特林堡的重点在于分析人物的内心生活。他放弃了自然主义的很多框框,如道具大、配角多等,而是大胆使用象征主义手法,使自然主义戏剧向前发展了一大步,使他的自然主义作品超过了同一领域的其他作家水平。

斯特林堡显然非常在意左拉对他的评价,他担心第二年完成的《朱丽小姐》仍然达不到自然主义的要求,于是他为作品加了副标题"自然主义悲剧",并写了前言为其正名。《朱丽小姐》的前言受到评论家和戏剧界人士的高度重视,有人甚至认为作者的主张为欧洲现代戏剧的发展奠定了基础。例如,他认为现代人的思想是极为复杂且发展变化的,所以他作品中的人物个性也是不断发展的,"我不相信简单的戏剧个性和作家对人下的笼统结论:这个人愚蠢,那个人残酷,这个人嫉妒心强,那个人小气,自然主义者应该推翻这些结论,他们知道灵魂情结有多么丰富"。(同上:236)关于戏剧中的对白,斯特林堡主张人物不能"坐在那里提一些愚蠢的问题,然后引出明快的回答,大脑要像现实中一样不规则地工作,不使每一次谈话都十分明了……"(同上:242),因此,斯特林堡的自然主义作品中的对话是凌乱的,就像一组乐章中的主题一样,不断发展、反复、深化。

另外一个对斯特林堡产生重要影响的是自然主义戏剧的舞台实践者法国人安托万(Antoine),1887年他在巴黎成立了一家只有350个观众座席的独立剧院——自由剧院,演出当时的"先锋戏剧"。剧院里有一批真心热爱戏剧事业的非职业演员,他们不知道如何像演技派演员那样表演,于是以自然的日常方式讲话,像日常真实的行动那样去表演,

---

① 1884年,因"道德的报酬"中的描写,"牧师把从赫格斯塔特商店买来的每壶65厄尔的皮卡顿甜酒和从列特斯特罗姆商店买来的每磅1克朗的玉米薄饼当作800年前被处死的、来自拿撒勒的耶稣的血和肉赠给教徒",《结婚集Ⅰ》一书被没收,作家本人因"亵渎神灵"被起诉,虽然后来法院判他无罪,但出版商不再敢出版他的书,他的戏也很少被搬上舞台,他的作品在瑞典被视为不良投资中。

② Sprinchorn Evert. Strindberg and the Greater Naturalism[J]. The Drama Review TDR,1968,13(2):119-129.

③ 斯特林堡.斯特林堡文集:第3卷[M].李之义,译.北京:人民文学出版社,2005.

他们在无意之中找到了自然主义戏剧的表演方式,在法国戏剧舞台上实践着左拉的自然主义美学理念。在斯特林堡看来,这种独立小剧院的成功之处,首先在于知识分子小团体的支持,剧作家不必被迫写作去取悦观众;其次小剧场演出使观众能够近距离地看到演员的脸部表情和小动作,感受演员说话的语气,获得细微的舞台效果。

《父亲》出版的时候,自由剧院还没开张,而《朱丽小姐》完成之际,自由剧院已经演出一年之久了。斯特林堡深受感染,他想建立独立小剧院的愿望如此之强烈。1889年3月,他以安托万为榜样,在丹麦哥本哈根建立了斯堪的纳维亚实验剧团。但由于丹麦严格的审查制度,实验剧团前后存活不到一个月就夭折了。而斯特林堡建立亲密剧院的梦想足足推迟了18年才在他的祖国瑞典实现。①

2. 斯特林堡的自然主义戏剧观

安托万的创业精神成为自然主义运动的重要突破,但是几年之后,一些从前追随左拉的年轻小说家,逐渐对自然主义事无巨细的描写感到厌倦,于是和自然主义分道扬镳,同时颓废主义者也从自然主义作家中分离出来,转到象征主义旗下。同样,斯特林堡也开始信马由缰,践行着他自己独特的自然主义戏剧观。

(1) 对心理进程的挖掘:生活是思想的对峙和斗争。

自然主义运动主要关注真实的社会问题,即描写社会宏大的事件,如战争、自然力量的冲突,也强调对自然环境中细节的忠实模仿,不放过镜头前的一粒微尘,认为生活是和遗传及社会环境的斗争,被评论家认为是只见树木,不见森林的片面描摹。而斯特林堡的自然主义主要从人物内心世界挖掘素材,在他看来,"自然主义要面对生活的真实,而这个真实是内心的真实和心灵的真实"。(周宁,2008:788)② 斯特林堡的戏剧形式深入人的内心,表现了人的心灵的对峙。这一时期,他对伯恩海姆(Bernheim)的心理学深感兴趣,潜心研究了他的催眠术理论。于是深信,生活是人的思想的斗争,每一个人都试图把自己的意愿强加给他人,强有力的思想就像是带电粒子一样,会去吸引那些疲软粒子。在《大脑的斗争》(The Battle of the Brain,1887)一书中,他断言:"所有被施了催眠术的人都易于受到传导,这种传导只存在于强者对弱者的胜利中,这一过程不被觉察地发生在我们日常生活中,涉及政治的、宗教的、文学的争论,甚至家庭争吵。"(Sprinchorn,1968:123)

这种思想深深影响到他的自然主义作品,《父亲》叙述的是男女之间的权力之争,强者是妻子劳拉,上尉是弱者,她对他施行了催眠术,并最终导致上尉的死亡,作者深信,男人在即将到来的女权制社会"会像动物世界中的雄性一样退出社会舞台",(斯特林堡,2005:3,150)作品描述的就是女权制带来的罪恶。《朱丽小姐》中,仆人"让"对小姐进行了思想传导,在他们发生性关系之后,为了逃避道德的惩罚,"让"说他们应该私奔,到旅游度假地

---

① 1907年,58岁的斯特林堡和青年法尔克合作在瑞典创立了亲密剧院,上演他最新创作的室内剧和他之前创作的自然主义戏剧及历史剧等。
② 周宁.西方戏剧理论史[M].厦门:厦门大学出版社,2008.

去开旅馆,这一想法立即被朱丽小姐采纳,并变成自己的意志;"让"担心伯爵回来受到惩罚,暗示朱丽小姐自杀,后者欣然接受,并请求"让"给他下命令。作品以一个家庭成员的心理斗争象征了一个古老贵族家庭的衰落和新兴阶级的兴起。在舞台表演上,斯特林堡也主张舞台气氛对观众的传导,他反对传统现实主义和自然主义把真实的生活呈现在舞台上,他愿意留给观众以想象的空间,以演员的表演和简洁的布景、道具及音乐等手段创造神秘的氛围,制造幻觉,对观众施以传导。

(2) 简洁而富有象征性的舞台布景和道具。

现实主义剧作通过对细节的堆砌来唤起读者和观众对真实生活的想象力,美国情节剧《在煤油灯下》(*Under the Gaslight*,1867)演出时,火车从舞台上开过;英国喜剧舞台上不仅有门,还有门把手;在法国喜剧《安全预订》(*L'Ami Fritz*)中,舞台上的樱桃树繁花朵朵,美味的晚餐的香气在剧院飘荡。直到19世纪80年代,这种对真实的追求仍然是经典戏剧舞台表演的主流布景。斯特林堡认为这些有关细节的舞台设施的堆砌会削弱作品的整体意义,在《朱丽小姐》的序言中他指出,希望布景成为唤起观众想象力的一个积极的因素。而实现这一目标的方式之一就是赋予有限的舞台道具和装置以象征意义。斯特林堡对象征情有独钟,在《父亲》和《朱丽小姐》中,舞台提示只提到了一张桌子、两把椅子和几件道具,如鸟笼、灯台和紧身衣等。他一直欣赏左拉富有象征意义的道具选择,然而他在艺术实验上比左拉更为彻底,因为他的作品在于表现人物的心理冲突和意志冲突,简洁的舞台布景和道具无疑是实现心理聚焦的一个重要手段。

《朱丽小姐》中,作者选取了等待被擦亮的伯爵的靴子这一简单的道具,作为伯爵和贵族阶层的象征,仆人"让"占有小姐之后,忽然开始颐指气使起来,仿佛自己已经成为上流社会的一员,但伯爵的靴子猛然使他意识到自己的下等人身份,使其"奴性缠身附体"。鸟笼里的小鸟是"朱丽小姐"的"唯一朋友","让"残忍地手刃小鸟,象征着贵族小姐在新旧势力交替的社会现实中必然的悲剧命运。而对故事发生地点——厨房的选择,摒弃了客厅和会客厅等传统戏剧的舞台背景,象征了朱丽小姐屈尊低就到下等人的世界,这种与其身份格格不入的性格,以及摆脱其出生环境的行为也相异于同时代的大多数自然主义戏剧。斯特林堡说,"就布景而言,我借用了印象派绘画中的不对称和剪裁的技巧,我确信产生了幻觉的效果,由于无法看见整个房间和布置,这样就使观众有想象,从而调动起幻象后主动去补充"。(斯特林堡,2005:3,244)

在演技方面,斯特林堡践行着自然主义的标准,要求演员摒弃传统的激越的台词表现手法和夸张的手势,以更自然的、有节奏的日常语言再现真实生活,甚至以喜剧的元素去表演悲剧。然而,20年后,他在亲密剧院重排《朱丽小姐》和《父亲》的时候,自然主义已经席卷欧洲大陆。斯特林堡公然宣称要摒弃自然主义和现实主义,要以一种宏大的悲剧表演方式来演绎这两部作品,使主人公显得更加高尚、高贵。这无疑表明,斯特林堡钟爱的表现主义戏剧艺术已初露端倪,而斯特林堡的戏剧艺术实验还在探索中。

第四节 表现主义时期的斯特林堡
——以《被烧毁的庭院》和《塘鹅》为例阐释室内剧叙事艺术

室内剧(chamber play)作为斯特林堡戏剧的一个重要组成部分标志着他的艺术形式的成熟期,马丁·拉姆认为,室内剧在表现斯氏戏剧艺术革命精神上超越了他的任何其他剧目。(Lamm,1961:132)[①]首先,"舞台叙事者"的设置成为对其"主观戏剧"艺术的发展,体现了经典到现代戏剧叙事结构的萌芽。其次,哲理性对白、内心独白和旁白在斯氏的作品中风格独具,前两者因主题而发,成为和传统线性叙事并行的隐性叙事与发散性叙事,而旁白实现了对白的叙事化功能。再次,音乐在其室内剧中富有深刻的象征意义。这些艺术创新表现了现代戏剧萌芽时期的戏剧叙事艺术的探索和发展,也成就了斯特林堡作为现代戏剧先驱者的不可撼动的地位。

被誉为西方现代主义戏剧先驱的斯特林堡创作了 60 多部戏剧,他的作品深刻、无情地揭露了社会的黑暗和人类的悲剧,他的写作风格奇异瑰丽,他的现代意识超前于他的时代。斯特林堡的戏剧创作涵盖自然主义、象征主义和表现主义,读者熟知的有以《朱丽小姐》(*Miss Julie*,1888)为代表的自然主义悲剧、以《古斯塔夫·瓦萨》(*Gustav Vasa*,1899)为代表的莎士比亚式编年史剧,以及表现主义梦幻剧《一出梦的戏剧》(*The Dream Play*,1902)等。而晚年创作的奏鸣曲形式的室内剧,作为斯特林堡戏剧的重要组成部分标志着他的艺术形式的成熟期。在 2010 年出版的斯特林堡传记中,埃斯特·斯尔泽(Eszter Szalczer)指出,以《鬼魂奏鸣曲》(*The Ghost Sonata*,1907)和《塘鹅》(*The Pelican*,1907)等为代表的室内剧对 19 世纪末期分崩离析的欧洲世界和现代意识做出了最精确的戏剧表达。(Yde,2012:311)[②]

1. 室内剧

1907 年,饱受贫穷和精神疾病折磨的斯特林堡,在异乡漂泊多年后终于回到了他的祖国瑞典,并创办了一家独立小型剧院——亲密剧院(intimate theatre),在这个只有 161 个观众座席、24 平方米舞台的名副其实的独立小剧场,斯特林堡和合伙人——青年法尔克(August Falck)精心设计:深绿色的地毯、深绿色的座席和柔黄色的灯光营造出梦幻氛围;舞台的两边悬挂着仿勃克林的画《生之岛》和《死亡之岛》,暗示剧中描写的人都是从噩梦中醒来回到现实的人;他们还装设了"高科技"设备——可以打出三种不同颜色的舞台灯光的电控设备。(拉格尔克朗斯,2005:388)[③]多年的梦想成真,他为剧院一口气写下了

---

① Lamm Martin. Strindberg and Theatre[J]. The Tulane Drama Review,1961,6(2):132-139.
② Yde Matthew. August Strindberg (review)[J]. Theatre Journa,2012,64(2):310-311.
③ [瑞典]拉格尔克朗斯. 斯特林堡传[M].高子英,译. 北京:人民文学出版社,2005.

4部室内剧,分别是《风雪天》(The Storm,目前没有中译本)、《被烧毁的庭院》(After the Fir,以下简称"《庭院》")、《鬼魂奏鸣曲》和《塘鹅》。在给朋友阿道尔夫·保罗(Adolf Paul)的信中,他提出了室内剧的座右铭:"形式小巧,主题简单,描写细腻,人物要少,观点要伟大,想象要自由,但是要建立在观察、经历和细心研究的基础上,简单,但是不能为简单而简单,不要大的道具,不要过多的配角。"(斯特林堡,2005:1,19)①4部作品都是对最简单的生活现实的象征性描写,是梦境和粗糙的现实的别具一格的结合,而这些形式简单、效果良好的剧作正是第二次世界大战后才活跃于小剧场舞台上的现代表现主义戏剧的前奏和先驱。

室内剧理念来源于"室内乐"的概念,他的4部作品均以贝多芬晚年创作的钢琴奏鸣曲编号,前两部作品中刻意创造一种氛围,后两部直接把音乐引入戏剧演出。他摒弃了以往的单一主人公设计而倾心于创作几个看似同样重要的人物,目的在于创设一种基调和氛围,而人物中有一个个体和周围病态的、腐化的人物截然不同,这个"舞台叙事者"有能力洞察某种超自然的现象,并剥掉其他人的谎言和行为的面具。在主题上,这几部室内剧秉承了斯特林堡一贯的悲凉的调子。在拥挤的室内,在高墙下,在被烧毁的庭院的废墟前,家庭成了地狱,尘世成了疯人院,命运被各种错综复杂的织网包围。在叙事者眼中,过往的黑幕一点点曝光,父母、夫妻、兄弟、母女、亲戚之间,互相倾轧、陷害、仇视、谋杀。

经历了1896年前后"地狱危机"(Inferno-crisis,精神分裂症)的斯特林堡,成为一个神秘主义者,他开始把这股神秘力量放在四堵墙里,使貌似平常的故事处处透出神秘的富有梦幻气质的象征寓意。由于剧作家在艺术上的超前革新意识和剧作蕴含的深意很难为同时代的人接受,在斯特林堡生前,这4部室内剧,包括现在享誉世界的《鬼魂奏鸣曲》当时都被当成不宜上演的小作品,除在亲密剧院首轮演出外,很少有其他剧院问津,直到德国优秀导演莱茵哈特把它们一一搬上舞台,斯氏特殊的风格魅力才受到瞩目,这也直接导致了表现主义戏剧在德国的蓬勃发展,奠定了斯特林堡表现主义正宗先驱的地位。而瑞典导演英格马·伯格曼(Ingmar Bergman)也将斯特林堡的室内剧从舞台推上银幕,开创了室内电影的形式。今天,斯特林堡的室内剧成为世界各地最受欢迎的演出剧种之一。2005年秋,在"斯特林堡在中国"纪念活动中,为配合在北京大学联合举办的"斯特林堡国际学术研讨会",北京大学世界文学研究所的研究生排演了室内剧《被烧毁的庭院》,在北京大学公演。2011年瑞典导演马福利(Mathias Lafolie)来到北京,和中国演员合作,在第二届南锣鼓巷戏剧节上上演了中文版的《塘鹅》,马福利把它称为一部大胆、清新、具有革新性的作品。

2. "舞台叙事者":"主观戏剧艺术"走向成熟

19世纪末20世纪初,现代戏剧的先行者们意识到戏剧作品需要表达现代人内心的孤独、苦闷和愤懑,传统的以人际互动为中心、以对白为载体、以情节为推动的戏剧形式已

---

① [瑞典]奥古斯特·斯特林堡.斯特林堡文集:第1卷[M].李之义,译.北京:人民文学出版社,2005.

无法满足表达追忆、梦幻等内容的需要。正如斯特林堡在《朱丽小姐》序言中指出的,戏剧"以一种濒临灭亡的艺术形式正被人们抛弃,因为我们缺乏欣赏它所必备的条件……一方面新思想还未来得及普及,另一方面人们还未找到适合新内容的新形式,无法让新酒撑破酒瓶。"(斯特林堡,2005:3,232~233)① 处于传统到现代过渡时期的戏剧家,包括易卜生、契诃夫、梅特林克、豪普特曼等,开始尝试解决戏剧主题与形式之间的矛盾,而斯特林堡作为其中最突出的代表之一,勇于探索和创新,他把自己内心的欲望、爱恨、对世界的敏感理解作为创作素材,将其赤裸裸地曝光展示在聚光灯下。他说:"人们如何能知道别人的头脑中发生些什么?如何能了解另一个人的行为背后的隐秘动机……是的,人们去编。……人们只了解一种人生,他自己的……"(周宁,2008:790)斯特林堡自称其形式为"新自然主义",即要面对生活的真实,而这个真实是内心的真实和心灵的真实。彼得·斯丛狄(Peter Szondi)把斯特林堡的戏剧形式称为"主观戏剧艺术"或"自我式戏剧艺术",即"让心灵生活这一本质上隐秘的事物成为戏剧的现实"(斯丛狄,2006:37)②。斯特林堡的戏剧形式深入人的内心,表现了人的本质和内心深处,《父亲》(*The Father*)和《朱丽小姐》最早把人的心理冲突列为戏剧行为的主要动机,《一出梦的戏剧》中,他的这种"主观戏剧艺术"得到发展,该剧以"场景剧"的形式围绕中心人物"因陀罗的女儿"松散地排列出一系列独立的场次,以对象化的方式体现了"人真可怜"的悲剧母题。而他晚年的室内剧进一步探索实验,创设了"舞台叙事者"的人物形象,将"主观戏剧艺术"推向成熟。作品借叙事者的语言和目光,透视出人物内心深处的心理过程,同时饱满地呈现出斯特林堡眼中的主题世界:罪恶的、神秘的、悲剧的世界。

《被烧毁的庭院》是"斯特林堡最难把握的作品之一",(斯特林堡,2005:5,序7)③ 主人公"陌生人"侨居国外30年后重归故里,追寻童年的旧梦,却不想故居在前一天晚上毁于一场大火,整个故事在一个庭院废墟旁展开。第一幕采取了双线结构,明线是类似易卜生式的分析,为了查清火灾原因,警察介入,问询与这个庭院有千丝万缕联系的邻里;暗线是阔别家园多年的"陌生人"站在废墟前,他发现,象征家族财富的檀木家具在灰烬中露出了枫木的本来面目,中空的墙壁成了藏匿走私物品的秘密所在。他意识到自己过去引以为荣的家庭极不光彩,原来自己的父辈以非法走私起家。他怀疑,染坊主哥哥极有可能纵火烧了自己的房子而嫁祸于与他妻子有暧昧关系的大学生。随着和邻里、故交的相遇、交流,在"陌生人"——"舞台叙事者"的眼里,表象下的真实世界以对象化的手段呈现出来:油匠因儿时色盲检查没有过关而对"陌生人"充满仇恨,酒店老板娘曾是他家的仆人,这个被人们信任的忠实女仆十几年来却一直在偷主人家的东西,而女仆的丈夫被"陌生人"30年来一直认为是有趣和善良正直的朋友,却不想是个伪君子;石匠做伪证,涂改合同,帮助

---

① 奥古斯特·斯特林堡.斯特林堡文集:第3卷[M].李之义,译.北京:人民文学出版社,2005.
② 彼得·斯丛狄.现代戏剧理论1880—1950[M].王建,译.北京:北京大学出版社,2006.
③ 奥古斯特·斯特林堡.斯特林堡文集:第5卷[M].李之义,译.北京:人民文学出版社,2005.

染坊主侵吞家产;自诩为笨蛋、天天哭穷的园林管理人却老奸巨猾,银行里存有巨款。"陌生人"作为作者的主观代言人,乔装成普通的戏剧人物出现在人群之中,通过揭开不光彩的家族发家史和这群有着各种亲属关系的人内心的肮脏、丑陋、谎言和罪恶,表现出在神秘的世界织网笼罩下,人在"迷途者和疯人的世界"中的可悲命运。已知的、未知的,都被杂糅到内心的主观眼光之下,"舞台叙事者"有时洞晓过去和当下,通过对白揭示他眼中的丑恶人生;有时他又一无所知,借对白推搡心中的圣洁与神圣;有时,他喃喃自语,自说自话;有时他激情澎湃,大声呐喊;有时他又不动声色,娓娓道来。有趣的是,前一条明线警察对纵火案的调查,由于"陌生人"的突然出现而被作者半路抛弃,谁是纵火者已经不重要,作品的重心转向"陌生人"的视角,他的所见和所思,表现了戏剧作家的主体意识和哲理性观念。19世纪末,西方现代主义戏剧的观念性、哲理性,以及主题先行的特点,显露出戏剧的叙事情节不能完全承载剧作家与导演的创作意图,而出现明暗叙事范式交错的现象、戏剧情节与剧作家的主观意图两条叙事线索平行发展的态势。

这样,通过"舞台叙事者",主观探寻之路代替了客观情节,面对返乡的游子,这个曾经熟悉的世界显示出它的对象化,"陌生人"是作为与其他人物平等的戏剧人物出现的,然而在他深深卷入这个家庭织网的同时,却能够超越他人,"我现在把自己看成另外一个人,观察和研究这个人和他的命运……我能看穿人类,阅读他们的思想,倾听他们的观点……"(同上:33)"我从来没有感觉到我跟你们是亲戚,我对我的同类或者我自己从来没有什么感情,我只是觉得看一看他们很有意思。"(同上:34)这样,无意识的东西被有意识的自我当成某种陌生的东西,自我的主体被异化,这体现了主体与客体对立的基本叙事结构。

《塘鹅》中的"舞台叙事者"是儿子弗里德里克,在儿子目光的追逐之下,貌似受人尊敬的体面家庭背后的欺骗、迫害、寡情和乱伦一点点呈现,而现代人只能在谎言的掩盖下,自欺欺人,在梦游中寻求心灵的暂时安宁。不同的是,《被烧毁的庭院》中的"舞台叙事者"欣欣然走向光明,给人们暗示了一条通向彼岸世界的宗教之路;而《塘鹅》中的叙事者却一把火将这个家庭烧得干干净净,以毁灭的方式寻求救赎,以死向生。

另一部室内剧《鬼魂奏鸣曲》前两幕也设置了一个洞察住在大厦里的人们的过去和现在的老人何梅尔,然而这个主观观察者在被揭穿所犯罪恶后自杀了,因此没能完成舞台叙事者被赋予的任务,一个形象既要表现主题,又要完成形式赋予的任务,这就造成了矛盾。正如斯丛狄指出的,"叙事性结构已经出现,但是在主题上它还被掩盖起来……这突出地表明了世纪之交时期戏剧的内部矛盾,矛盾的解决是将主题性的叙事转化为形式"。(斯丛狄,2006:49)毫无疑问,斯特林堡室内剧中"舞台叙事者"的形象将"主观戏剧艺术"推向成熟,在一定程度上解决了传统戏剧到经典戏剧内容与形式的矛盾,既服务于作品表现人物内心世界的主题,也体现了传统戏剧到现代戏剧叙事结构的萌芽。

3. 哲理性对白、内心独白和叙事化旁白的运用

(1) 哲理性对白。

西方现代主义剧作家由于受现代哲学思潮的影响,作品中表现出强烈的主体意识、哲理思辨,并通过戏剧艺术的形式将其表现出来,这样,剧作家对现实的哲理性思考始终伴随着戏剧情节向前延伸、发展,成为和传统戏剧叙事明线并行的叙事隐线。斯特林堡深受叔本华悲观主义和斯威登堡神秘主义哲学思想的影响,因此他的戏剧语言富有很深的哲理性。

对白是斯特林堡室内剧语言的基本形式,但以揭露内心隐秘为目的的对白和传统的呈现人际互动、推动情节发展的对白并不是一种风格。斯特林堡主张,在室内剧中,要以简单的人物和场景,在有限的时空内,利用对白去揭示人物的内心状态与具体情境中人物间的心理对峙,以此刻画意义深远的主题。因此斯特林堡式的心理对白充满了哲理性,甚至玄机重重,《被烧毁的庭院》中,这样的例子比比皆是:"埋在雪里的东西,雪化了就露出来了(斯特林堡,2005:5,22)""幽灵喜欢生活在废墟里(同上:59)""磨难产生耐心,耐心产生经验,经验产生希望;但是希望不会让人感到耻辱(同上:57)"等。但是这种哲理性对白的现代叙事方式也经历了一个从批判到接受的过程。这部剧1907年12月在亲密剧院首映,在评论界引起轩然大波,评论家布·贝丽曼说:"面对一锅大杂烩和各种廉价的哲理,真让人恶心死了。"(同上:序8)在潮水般的批驳中,这场剧只演了7场就被迫中止,此后在瑞典无人问津,直到26年后才被复排。然而,此剧在斯特林堡去世后几年就在德国柏林上演,后又在伦敦上演,均获得好评。

斯特林堡早在《朱丽小姐》序言中就写道,人物不能"坐在那里提一些愚蠢的问题,然后引出明快的回答,大脑要像现实中一样不规则地工作,不使每一次谈话都十分明了,而是让一个大脑像齿轮一样带动另一个大脑"。(斯特林堡,2005:3,242)因此,斯特林堡作品中的对话就像一组乐章中的主题一样,深刻而含蓄,随着故事的深入不断发展、反复、深化。这些哲理性对白成为戏剧发展的心理契机,形成了现代戏剧中情节的叙事与剧作家哲理性叙事同时并存的复调现象。

(2)内心独白。

为了表现心理进程,斯特林堡还借用了古老的内心独白的手段。"通过独白既可以表白人物的内心情感,又能表露人物的思维过程,而且可以触及人物的潜意识深层。"(彭彩云,2006:149)[①]因此,斯特林堡的独白不同于传统戏剧的独白。他所开创的表现主义戏剧内心独白是一种透视人的心灵、追寻心理变化流程的艺术,在叙事方法上表现为一种散发性叙事,往往与线性叙事并用。其独白不是像经典戏剧中的独白一样起源于情境,睹物思情,有感而发,而是起源于主题,融入日常的对话。"陌生人"对染坊主哥哥说:"……人年轻的时候,能看到织布机在织布;父母、亲戚、同学、朋友和仆人都是经线;生活阅历再深一些的时候,能看到纬线;现在能看到命运的梭子带着线穿梭不停……随着阅历的增长,目光越来越敏锐,人们发现各种花纹组成了一种图案……这就是生活!这就是世界织女织的布!这就是我们的命运之书。"(斯特林堡,2005:5,25~26)借长篇累牍的内心独

[①] 彭彩云.西方现代主义文学专题研究[M].长沙:湖南大学出版社,2006.

白,"陌生人"传达了作者对世界的本质和人的命运的认识,揭示了"世界织网"的主题:一个互相撒谎、争吵、仇恨、偷盗、陷害、可怕的世界,人被命运织网裹挟其中,无路可逃。

斯特林堡原来为这部作品取名为《世界织女》,"世界织女"是斯特林堡的一个神秘词语,他在自己的多部作品中使用过,大意是,有一种神秘的规律叫卡多玛,它决定了人的命运,每一个人从生下到死亡都在编织自己的命运,像茧一样一根线一根线地把自己缠起来,丝吐完了,自己被缠在里面,完成了自己一生的自我创造。而个人的命运又和他人的命运编织在一起,父母、兄弟、亲戚、朋友都在这个巨大的织网中构成经线和纬线,"我无论走到哪里……那里都会有我的同胞,共同的仆人……我富有过,也贫穷过,高贵过,也低贱过,经历过海上遇险,也碰到过大地震,不管生活怎么变化,我总能发现一种联系和一种重复……而有些事件对我来说纯粹是不可避免或者是命中注定的"。(同上:26)故事发生的这片街坊俨然一张脏兮兮、臭烘烘、罪恶肮脏的"复杂织网",利益关系将大家的命运编织在一起。正如剧中人物所说:"凡是来到这里的人,来了就不想再走,搬走了的人迟早都还会搬回来,直到他们死后被送进这条街顶头的那座陵墓。"(同上:11)甚至家里屋檐下的鸽子在夜里庭院着火时居然飞来飞去,最后又飞进了火海,因为"他们无法离开自己的老巢",洼地的居民被亲缘关系、经济关系给"网"住了,他们压抑、猥琐,互相仇视,互相猜疑,互相诽谤,互相折磨,亲戚们"丑陋,汗腥味儿,臭烘烘;衬衣不净,袜子很脏"(同上:46)。一方面,剧作家以这般神秘罪恶的角色关系象征现代社会群体性的令人窒息的生存环境。他看到在互利共生的金钱和欲望的驱使中,人变得虚情假意和表里不一,其"集体努力"形成的社会肮脏氛围,致使人最终窒息痛苦、精神异常。另一方面,这种互相交织的命运也体现了斯特林堡的神秘主义思想,他相信生活是由某种神秘的东西所控制着,那"看不见的东西""那未知的东西"掌控着人类的命运,没有谁能逃脱。

斯特林堡式的心灵自白的另一个特点是梦幻的、无意识的,带有很大的随意性。剧中人把自己内心深处的无意识外露出来,全面展示出自己的心灵世界以及意识的流程。《被烧毁的庭院》中的台词凌乱、不集中。斯特林堡在致友人的信中说:"你们看到,我的台词又回到冗长和独白的老路上了……因为生活本身充满计划破产、心血来潮和各种各样的设想。因此它们可以弥补对话的不足,成为激情的源泉。"(斯特林堡,2005,5,序8)在废墟边,"陌生人"摇身一变成了诗人:"你,小小的地球!在你上边的人是那么沉重,呼吸、搬运东西都显得沉重;十字架是你的象征,但是可能已经变成丑角的帽子或紧身衣——迷途者和疯人的世界!上帝,人的地球是否在宇宙中迷失了方向?它是怎样运转的,你的孩子变得头晕目眩,并且失去了理智,他们已经看不清事物,只能模模糊糊地感受?"(同上:39~40)这段内心独白充满了诗意,思想意识流动快、跳跃性比较大,将人物一瞬间的心理状态展现在舞台上。作者借"陌生人"之口,向上帝发出了呐喊,质疑上帝的同时,祈求上帝对人类怜悯,拯救人类于水火,这也是斯特林堡对世界的终极思考,作者大声疾呼冥冥之中的上帝,求上帝保佑他的孩子。

正如契诃夫的戏剧一样,独白有了诗歌的语言,看似梦呓、无逻辑、无足轻重,实则举足轻重,这样,语言偏离了传统戏剧对白的基本特征,从社交谈话过渡到孤独的诗歌,过渡到无意识时那种随意、无序和放射性思维的叙事模式。这种瞬间的、表现开放式的心理活动的散发性叙事是对传统线性的、封闭性的叙事方式的补充和创新,而内心独白的大量运用后来成为表现主义戏剧的一个重要特点。

(3)叙事化旁白。

《被烧毁的庭院》中还出现了多处旁白。第二幕一开场,"陌生人"的对白就脱离了当下,他不再提问,也不再回忆,而是以"无所不知"的第一人称叙事人的角色出场:

"陌生人:他们幸灾乐祸地站在那里,等待着那个牺牲者,看来那位牺牲者将成为大家关注的焦点。有人纵火已经被他们认为是事实,因为他们希望有人这样做! 所有这帮家伙都是我年轻时的朋友、同学,由于我继母的关系,我还跟运死尸的马车夫成了亲戚……

〔大学生上,用眼睛找人〕

陌生人:他在找那位夫人,他的眼睛就说出了他知道的一切!"(同上)

这种旁白的形式,实现了对白的叙事化功能。这里的叙事化虽然还远没有达到布莱希特的史诗剧的叙事化"距离",布莱希特主张观众看戏时不要被"戏剧性"吸引并与之共鸣,而要像阅读史诗一样边看边想,与舞台上的"戏"保持着客观、思考的"距离",但这里,主体客体化的风格,以及叙事化的语言已经展露端倪。舞台叙事者"陌生人"利用旁白使自己与戏中的自己和他人的世界隔离,用陌生、离间的局外人的眼光评判和思考着这个"疯人院"般的世界中人类的命运。这种离间化的对白也是斯特林堡室内剧的一个重要特色。正如斯丛狄指出的,"19世纪出现了内容与形式的矛盾,现在它从这一矛盾中摆脱出来,对白必然转向叙事性"。(斯丛狄,2006:48)

(4)静态:无意义的对白。

《被烧毁的庭院》中还有无数的沉默、停顿、无序和无意义的对白,正如斯特林堡所言,这种凌乱和不集中的台词体现了生活本身的无序状态。"陌生人"向石匠询问他未曾谋面的嫂子的情况,他们之间有5个回合的小对话,没有增加任何新的信息,对白变成一种无意义的言谈,作者摒弃了推动情节发展的戏剧语言的本质,不再表现戏剧人物的性格,一切变成静态,时间仿佛凝固,这让我们想起梅特林克《群盲》中席地而坐的男男女女在静止中的无尽等待,想起在大树下等待戈多的两个流浪汉之间的无意义的言谈,这种碎片式对白是斯特林堡对戏剧叙事艺术的超前探索,影响到几十年后的荒诞派戏剧。正如冉东平指出的,西方现代派戏剧在表现剧作家哲理观念时,在叙事中强调剧作家的非理性意识,强调瞬间的、无序的、琐碎的无意识活动,因此戏剧往往直喻地将碎片式的戏剧观念、碎片式的戏剧语言、碎片式的舞台形象、碎片式的故事情节呈现在舞台上,这种戏剧是对传统戏剧情节整一的叙事原则的挑战,在这方面瑞典戏剧家斯特林堡是一个先行者。(冉东

平,2009:131~137)①

4. 富有象征意义的音乐和舞台声音

西方现代戏剧的整体叙事包括多手段叙事,阿道尔夫·阿庇亚指出,舞台设计者"必须运用他所掌握的一切手段来强调整场布景的戏剧性的象征手法"。(袁联波,2008:229)②舞台上的音乐、灯光、布景已经获得了一种艺术形象的价值,服从于作者的整体艺术构思,直接表现着作者的观念。斯特林堡《塘鹅》中音乐和各种舞台声音的多种手段的配合使用大大加强了作品的叙事能力。

斯特林堡在《致亲密剧院的公开信》(*Open Letters*,1908)中主张,"戏剧主题决定了形式,没有固定的形式可以束缚剧作家的创作"。(Lamm,1961:135)正是由于他的这种主张,他接受了当时流行的"室内乐"形式,使音乐形式与戏剧的主题相适应,并保证了戏剧风格的一致。通过主旋律音乐重现、回响的方式,以烘托强烈的情感,创造某种气氛与情绪,而戏剧的主题在音乐中被重复。早在《朱丽小姐》中,他就实验过用《仲夏节舞曲》制造气氛,表达狂欢的内心渴望,而室内剧中他赋予了音乐更多的主题象征。《鬼魂奏鸣曲》剧终幕落之际,舞台上的房子消隐了,天幕上浮现出勃克林的画作《死亡之岛》的背景,岛上传来轻柔的音乐,恬静而悲凉,这幅画造成了一种凄凉寂寞和神秘可怖的气氛,它和悲怆乐曲相得益彰,一起烘托出一幅死亡结局的悲惨画面。

《塘鹅》中的音乐有所不同,音乐和主题构成的不是统一关系,而是反讽。第一幕背景音乐"肖邦钢琴幻想即兴曲,作品序号66"创造了梦幻般的舞台意境,然而,我们读到的文字并没有传达出温暖和谐的家庭快乐,相反,这个家庭的一家之主——母亲一出场就烦躁不安,几次让仆人关门,并责问儿子为什么弹琴,这种反差一下子抓住了读者。第二幕开场的背景音乐是戈达德的歌剧《摇椅》中的《摇篮曲》,这首宗教题材乐曲旋律优美,唱词恬静:"愿你沉睡入梦乡/有天使在你周围飞翔/当夜晚出现金色光芒/啊 宝贝/别忘这美妙的景象/睡吧 黎明还遥远/愿圣母守卫在你身旁",传达出在无微不至的母爱的关怀下儿女幸福入眠的画面,然而剧中的一双儿女却在绝望与痛苦中控诉着母亲和情人杀死父亲的恶行。第三幕的背景音乐是女儿叶尔达婚礼上演奏的华尔兹——费拉利斯的《他对我倾诉》,但剧中的人物并没有延续婚礼上开启的幸福生活。女儿的婚姻生活变成了噩梦,母亲和女婿的乱伦关系浮出水面,这样,音乐成了一种反语,逆向传达了作品的主题,阐释了现实世界和梦幻世界的反差,人的躯体活在现实的谎言中,心灵在梦幻的世界中备受痛苦折磨,生不如死。这种理论上的升华也与斯特林堡的宗教神秘主义有联系,在他最后的年月里,这种神秘主义一直萦绕在他心头,因为那双"看不见的手"主宰着人类的命运。他认为,"生活无疑是一种惩罚,一座地狱"。(拉格尔克朗斯,2005:366)这张"复杂纠结的

---

① 冉东平. 突破西方传统戏剧的叙事范式——从叙事范式转变看西方现代派戏剧生成[J]. 广东社会科学,2009,140(6):131-137.

② 袁联波. 西方现代戏剧文体突围[M]. 成都:巴蜀书社,2008.

网"无关人的意志,是命运的安排。人在命运面前是无能为力的,人面对这一切所能做的,只有怀抱希望,忍受苦难。

　　各种舞台"声音"在《塘鹅》里也充满了象征意义。"〔沉默。母亲,一个人,双手交叉放在胸前很长时间,随后她走到窗前……为了跳出去用力跨了一大步……她听见儿子在屋子里吼叫。〕"(斯特林堡,2005:5,166)儿子的吼叫引起了母亲的幻觉,她仿佛听到了多年前丈夫寻找夜不归宿的自己,在烟草地上绝望的呼号,她分明听到了敲门声,恐惧攫取了她,仿佛是丈夫的鬼魂来了,"〔她藏在沙发后边。这时候风像刚才那样刮起来,纸被吹得空中飘。一个花盆被风吹到地上。她开了所有的电灯;关上被风吹开的门;摇椅被风吹得摇了起来;她在屋子里转来转去,后来一头扑到沙发上,把脸藏在枕头里。〕"(同上:167)风声、被吹开的门、被吹落的花盆和摇晃的摇椅,都渲染出一种阴森恐怖的死亡气氛,母亲倒在沙发上,但她依然在梦游中,不愿醒来,婚礼的舞曲麻醉着她。这时,"〔有人敲了三下门,音乐很快停止,从外面传来儿子的吼叫声。〕"。舞台提示中,不断响起的敲门声、风声和儿子的吼叫声,象征着父亲的亡魂,他含冤而死,留书信给儿子,又借助自然的风声、门声和儿女的合力,来执行对"母亲"的惩罚,她终于醒了,在火海中跳楼而亡,而反复响起的《他对我倾诉》预示着"最美的幸福是一场空"。受到神秘主义的影响,斯特林堡在《塘鹅》里以音乐等舞台提示的方式渲染气氛,它和人物语言、动作、舞台上的景和光一起构成了作品的整体叙事。

　　斯特林堡一生酷爱音乐,他喜欢瓦格纳、贝多芬,也受到尼采的影响,在尼采眼中,音乐是狄奥尼索斯精神的体现,一切梦幻、疯狂和神秘力量等在其中自在张扬。"斯特林堡强调布景的写意与象征……而且,从某种意义上讲,它已经具有某种超现实主义的怪诞意味了。"(周宁,2008:793)

　　斯特林堡性格敏感,腼腆,害羞,不善言辞,他待人彬彬有礼,但内心深处狂热,冲动,像一团火一样炽热,他是一头狮子,一种坚强的自尊伴随着他一生。他常年流亡海外,饱受贫困之苦,经历两次精神分裂,作品不断被封杀,被嘲笑,被弃之不理。1907年,搁笔3年后祖国给了他最好的礼物,亲密剧院的建立使他把满腔热情投入室内剧的创作。经历过"地狱危机"以后,斯特林堡的创作变得更加随心所欲,天使鬼魂、梦里梦外、天堂地狱皆可入戏。他的"舞台叙事者"的实践使"主观戏剧"艺术达到成熟,借助哲理性对白和内心独白实现的隐性叙事、散发性叙事等叙事化功能实践在戏剧创作艺术上成为后人借鉴的宝贵财富,而将奏鸣曲、各种音乐和声音引入戏剧更使他的室内剧独树一帜,加强了戏剧作品的叙事能力。这种不拘于外部现实,而一意在舞台上制造幻境表达主观内心世界的戏剧观念深深影响了后来的表现主义、超现实主义、残酷戏剧和荒诞派戏剧。而他的几部室内剧中人类心灵解脱之路的探索又表明了他复杂的宗教和哲学思考。正如莫言指出的,斯特林堡是一个"敢于拷问别人的灵魂同时更敢于拷问自己灵魂的作家……是一个从自我出发、以个人经验为创作源泉的作家,能够深刻地洞察人类灵魂的思想者……他是一个真正的现代派,先锋派,一个超越他时代的艺术家,他的作品,是真正从灵魂深处发出的呐喊"。(莫言,2007)[①]

---

① 莫言. 漫谈斯特林堡[EB/OL]. [2014-12-13]. http://review.jcrb.com/200709/ca641118.htm.

第三章 象征主义戏剧:《玛莱娜公主》

> 当我们说完了要说的话,做完了要做的事,在谜一样的生活面前,人是不是会感到巨大的焦虑感或者别的情感?我们为什么要去禁止这种持续不断的、令人恐怖的和遥远的恐惧感从黑暗中升起,活跃在戏剧舞台上?
>
> ——维利耶

第一节 象征主义戏剧前夜:梅特林克的早期创作

梅特林克邂逅巴黎文学的时候,正赶上象征主义宣言刚刚发布,因此他的写作生涯一开始就受到维利耶(Villiers)、魏尔伦(Verlaine)、拉法格(Laforgue)、马拉美(Mallarme)等的影响。尽管这场文学运动没有预料到或者说甚至在某些程度上对舞台实践不赞成,但梅特林克的戏剧的确代表了象征主义在舞台上的应用,这主要表现在两个方面:一是利用舞台表现了象征,二是利用戏剧手法展示了那些存在的但不被注意的、不以为然的,而且从未仔细观察的内部生活。梅特林克前期的诗歌和散文,的确打开了他后来持久探索的戏剧之门。

1. 初露锋芒

1891年,新闻记者哈里特(Huret)出版了《进步文学调查》一书,里面收录了他当年对64位当代作家所做的采访实录。哈里特富有远见地采访了很多甚至思想完全相左的作家,反映了当时法国文坛百花齐放的真实图景,也留下了珍贵的一手资料。他采访过马拉美、左拉、莫泊桑、魏尔伦、佩拉丹(Peladan)和法郎士(France)等作家,探讨了他们的思想,详细评论了一些有争议的话题。他设计了这样一些主题栏目,如象征主义和颓废派、帕尔纳斯流派、自然主义者、心理分析学家等,涉及各种流派和多个作家。其中"象征主义和颓废派"作为当时风头正劲的渴望在文学领域领导未来潮流的文学学派,占据了很大的篇幅,而比利时戏剧家、诗人、散文作者,不甘心当律师的梅特林克就是其中一个采访对象。

梅特林克是凭借戏剧《玛莱娜公主》和他的并不相识的伯乐、评论家米尔波在《费加罗报》上的极力引荐走上法语文坛的。"比利时的莎士比亚"这个过高的赞誉在评论界引起了广泛的争议,一些媒体甚至站出来全面抹杀他的独创性。可怜的梅特林克深为不安,连忙声明自己还年轻,配不上这个称号。他给友人的信中还开玩笑地说,看来他们要把这个荒唐和高不可攀的标签刻在我的墓碑上。(Mallarme,1973:i.128~129)①但是这头衔的确伴随了他多年的文学生涯。

　　梅特林克何许人也？为什么哈里特把这个几乎没人认识的比利时作家列为他采访的文坛明星人物之一？他采访的开场白部分非常有趣地描述了年轻作家的特有气质和他作品的基调："在一个疾风骤雨的早晨，我到达了根特。放眼望去，一片荒凉。到处都是泥泞和水坑，烟煤布满天空，街上空荡荡的，有少量的裹着雨衣的行人在压抑的静默中快速穿行，间或可以听到乌鸦的一声鸣叫，这简直就是他戏剧作品中令人心生畏惧的场景。可以想见，作家梅特林克一定捕捉到这里的忧郁感和压抑的痛苦，我眼前浮现出他的外貌：举止狂热，灰蓝色的眼睛，不，27岁的年纪，应该是体格健壮，宽肩膀，金色的短须，面容俊朗，脸颊微红，眼睛清澈，是一个典型的佛兰德斯人的样子。"(MaGuinness,2000:16)哈里特的联想应该代表了大多数读者的内心期盼：一个焦躁不安的颓废诗人，一个制造恐怖的剧作家，一个文章中大谈特谈疾病、悲痛、无意识的人，一个热爱翻译吕斯布罗克神秘主义著作的译者。但是他见到梅特林克本人后多少有点意外，眼前是一个条理清晰、思维敏捷、身体健康的年轻人。这种反差说明，梅特林克的作品刻画的图画远不如自己心灵的宇宙安详宁静。

　　当时，梅特林克只去过两次巴黎，是为了学习法律，第一次待了一个月，第二次待了6个月。第二次在巴黎学习的时候，他结识了象征主义先锋派成员，参加了一个年轻作家团体，他们都是维利耶的追随者，其中有几个人对未来的象征主义剧场产生了决定性的作用，如基亚尔(Pierre Quillard)发表了《论毫无用处的现实主义产物》，罗克斯(Saint-Pol-Roux)后来发展了他的戏剧理论"理想写实主义"。他们还一起创办期刊《七星诗社》，那是1886年，梅特林克《暖房》(*Serres Chaudes*)里的几首诗最早就是发表在这里的。梅特林克的第二次巴黎之行正值象征主义自身最后定位为诗歌派别的关键时期，其中，最重要的事件就是莫雷亚斯(Moreas)发表了文学宣言，"象征派"最终宣布从"颓废派"中分离出来成为一个独立的存在。那是一个大辩论的时代，诗人团体和过去的"敌人"展开斗争，以获得文学主权，获得对理论版图的控制，获得资格可以使他们得到尊敬的前辈魏尔伦、马拉美、兰波和维利耶的认同。当时魏尔伦不知是酒醉，还是清醒，瞧不起这个新的派别，而维利耶本人认为象征派和颓废派过于疯狂。

　　当时象征派和颓废派的争论与其说是诗歌创作手法不同，还不如说是诗人的个性不同使然。正如哈里特的访谈录表明的，法国文学舞台由多家自成风格的中心构成，这些派别有着不稳定的、互相交叉的理论渊源。他们的对立有时是艺术上的，有时是性格上的。可以说，有多少作家就有多少派别，有多少象征主义者就有多少个象征主义，梅特林克短期逗留的巴黎成了一个不稳定的、各自为政的文坛。而比利时的先锋文学当时还未定型，对各种现代主义也更趋于包容，自然主义、帕尔纳斯、颓废派和象征派可以在一家评台上发表观点，和谐共处。再加上不同于法国的独特的文化元素，大多数比利时象征派作家都是佛兰德斯人，他们的作品既受法国文学的影响，又深深扎根于本土文化。

---

① Mallarme Stephane. Correspondence Ⅳ(1890—91)(2 vols.)[M]. Paris: Gallimard, 1973.

因此，梅特林克的早期创作表现出方向的复杂性，他在《七星诗社》上发表的文章，既有自然主义小故事，也有颓废派诗歌。在众多的创作实验中，他在给朋友的信中都提到自己在写一个题为"哥特故事和死亡手册"的故事集，虽然这部书最后没有完成，但这些故事打开了他后来戏剧创作的主要方向。梅特林克对睡眠、死亡、梦的解析、梦游、心灵感应和幻觉等现象表现出极大的兴趣，他有时称它们为"下意识"，有时又使用"无意识"一词，他专注于这个领域的研究，乐此不疲。

第一个名为"伤寒的幻觉"（Typhoid Visions）的故事描写了一段路途中遭遇神秘启示的由伤寒引起的噩梦。语言没有意象，路途没有终点，主人公在筋疲力尽的幻觉中来到隐没的森林，然后遭受了地狱般的折磨。这个故事不仅受到吕斯布罗克的影响，还受到兰波和拉法格的影响，这个故事旨在说明，强烈的疾病造成的幻觉是达到身体和精神超验体验的途径。对此，梅特林克在《戏剧小谈》(1891)中也提到："也许，病态描写是真正的诗歌……疾病、睡眠和死亡可能是既深刻又神秘的未被发现的肉体的节日。"（Maeterlinck, 1985:58~59）

如生病的头脑一样，生病的身体没有变成残疾，反而接近了完美，人意识到一种潜力，成为全新的纯净的自我。错乱的思维和身体受到疾病迫害而变形，混乱无章地反作用于健康和常态，达到的不是完美状态，而是走向完美的中间地带。这个故事基本上承袭了颓废派的传统：发烧的形象、反常的草木以及畸形的植物变化等。另外，它还使现代文学对"词汇"（文字）的讨论神学化，使其成为象征主义的一个专用术语，因为"词汇"被赋予了内涵。"伤寒的幻觉"是梅特林克早期创作中最具有"象征"性的作品，它还开启了即将主宰戏剧舞台的两个主题：语言和沉默的相互作用和底层意识。

在第二个名为"梦想家"（Onirologie，1889年）的故事中，梅特林克同样使用了第一人称叙述，但是对梦进行了更"科学"的调查，进入到胚胎时期压抑的或者是忘却的记忆中。故事显而易见受到爱伦·坡和德昆西（De Quincey）的影响，而且揭示了弗洛伊德定义的前期无意识时期的混乱状态。但是，和"伤寒的幻觉"不同，这个故事和爱伦·坡一样严谨，叙述有组织。预期的小事件和幻觉打乱了故事，充满怀疑的质询在常人眼里看来毫无可疑之处。梅特林克说："我感到自己常常被那些无意识的活动所吸引……我应该研究直觉，在其指引下，进入到预感，进到那些没有被表达的、忘却的或者消失的官能和想法，进入到非理性动机，进入死亡的神奇中，进入睡眠的神秘之中。尽管日常的意识非常强大，但是我们能够不时地瞥见真正的、谜一般的、原始的自我。"（同上：81）这些初步的认识都成为日后梅特林克戏剧舞台表现的内容。

泰纳在《论智慧》(1870)中提出，可以使用舞台模式来揭示思维和其他隐藏的感官的关系。他把聚光灯比作人的感官，他说："我们因此可以把人的思维比作充满深度的舞台，聚光灯虽然很窄，但是脚灯可以延长舞台的宽度。在所有的灯光下，一次只有一个演员。一个人上台，用他的手势表演一会儿，然后退场，另一个演员又出场，如此这般。在背景的两翼是模糊的人影，他们有时突然被叫上前台，在舞台的灯光下，在脚灯照耀中，一个一个地，从观众眼前走过。那么聚光灯是什么？我们的思想为什么会在舞台上获得充分的展示？"（McGuinness, 2000:23）

梅特林克的"梦想家"得益于泰纳的戏剧理论，并且预言了他的某些戏剧舞台效果，比如梦境演变成"黑夜的剧场",布景的各种手段和相关性对梦的解析产生了重要的作用。这样,梦境消融了演员和布景的界限,装饰变成情绪的烘托和反映,只剩下梦游者在其中生活和呼吸。"梦想家"中黑夜场景的意义在于,梅特林克的创新几乎找不到传统戏剧的蛛丝马迹,他即将开创"不可言说的戏剧",开创带有压抑动机的、动作隐秘的、逻辑不连贯的戏剧。梅特林克认为,梦之沉默和梦中世界的物质对于我们的空间观念和固态观念来说是完全陌生的,他说:"在我看来,梦几乎总是无声的,所有的人物在一个柔和的、完全无声的世界里移动,说话。睡梦中人的耳朵是无用的……他只用耳朵来感受原始的心灵感应。"(Maeterlinck,1985:29)

不久以后,由此发展而提出的"沉默剧场"和"二级对话"成为梅特林克静剧理论的重要内容。10多年后,梅特林克在三卷本的《戏剧集》序言中再次回应了他早期提出的戏剧暗喻,他说自己的舞台人物"缺乏迅速听到和做出反应的能力,他们是略微失聪的梦游者,不断地从痛苦的梦中被撕裂"。(Maeterlinck,1929:7~8)[①]这些短故事标志着梅特林克的舞台模式的形成,那就是舞台是用来表现梦境的,梦境描述的还是舞台。

2. 颓废诗人

当作为戏剧家登上法国文坛,填补了象征主义的类型缺陷的时候,梅特林克在他的祖国比利时已经是一个小有名气的诗人了,《暖房》(1889)共收录了33首诗歌,由乔治·米纳制作插图,由亲近象征派和颓废派诗歌的瓦尼埃出版社出版。在米尔波对《玛莱娜公主》发表著名评论的前一年,维尔哈伦(Verhaeren)1889年在《现代艺术》一文中以毫无争议的、激动的言辞表达了对《暖房》的肯定:"这些诗歌是现代诗歌的转折点,它们所传达的新意足以动摇我们一贯以来熟悉的传统。"(McGuinness,2000:27)

《暖房》既是颓废派诗歌,又是对20世纪现代诗歌的开拓。有的评论家把它称为一种奇妙的模式,是颓废派文学筋疲力尽的机械自动主义的表现;也有的评论家认为,它和拉法格、谢利、罗克斯的诗歌一起是战后诗歌运动的真正的先驱。比利时象征主义期刊《瓦隆》的编辑默克尔(Mockel)说这本集子的出版超越了它所处的时代几十年:"所有的诗歌,包括阿波利奈尔(Guillaume Apollinaire),后来都从梅特林克那里汲取营养,通过有意为之的不连贯性,把技巧进一步推向极限。但是在1888年,读者还不适应这种风格,他们还没有经受立体主义、达达主义和超现实主义的三重冲击,当时的读者困惑无措。"(同上:27)

因此,《暖房》是最难归类的象征主义颓废派时期的诗歌,既可以看作是颓废派最后的昙花一现,也可以看作是从象征主义到20世纪初诗歌的过渡。从结构来看,其中的25首是韵体诗,8首是自由体诗,清晰地表现了传统和革新尴尬并存的局面。第一首诗就为全书的主题定下了基调。

    哦 大森林中的暖房!
    你的门被死死关闭!
    哦 你圆屋顶笼罩下的所有!

[①] Maeterlinck Maurice. Theatre, Vol. I [M]. Paris: Fasquelle, 1929; orig. 1901.

第三章　象征主义戏剧:《玛莱娜公主》

我的灵魂所及被你的同类禁锢!
一个公主挨饿的思考,
一个水手在沙漠的麻烦,
一曲铜号吹响在死症病号窗前。
奔赴最宛转的拐弯抹角!
简直像晕倒在收获时节的妇女;
老弱病残收容院里有驿站马车夫;
远处,过去一位驼鹿猎人,变成了护士。
月光下好生检查!
(噢没有东西不错位!)
活像众法官面前的一位疯女人,
一艘战舰乘风破浪在一条水渠上,
几只猫头鹰栖息在百合花上,
一声丧钟临近中午敲响,
(就在那些大钟下!)
一个病疗站设在牧场上,
一阵醚味飘散在艳阳天。
我的主!我的主!我们何年何月
会有雨、雪和风在暖房!①

以"暖房"作为诗集的名称,这个形象本身就有象征意义,给读者诸多联想和暗示。"花草树木"长年累月被死死关闭在密不透风的玻璃房子里,空气凝滞,霉气滋长,阳气不足,潮气有余,接受的是经过歪曲了的阳光和月光。风雨、霜雪、雷电一律与自己无缘,这是一个什么样的世界?"一个公主挨饿的思考""一个水手在沙漠的麻烦""猫头鹰栖息在百合花上",诗歌的这些内容杂乱而不连贯,表现出令人不解的静止,或者被冰冻的状态。象征主义文学批评的术语似乎关闭了,而不是打开,阅读过程和通常采用的阅读习惯似乎被阻塞,不是因为含义隐晦难于捕捉,而是诗歌一再提及的与世隔绝。麦克圭尼斯认为《暖房》是唯一一首可以称得上"颓废中的颓废"的诗歌。

《暖房》颓废的艺术手法,在梅特林克的笔下,培育了这些新型的、脱离常轨的"植被"。在闪着微光的象征和类比之下,一个个意象变成碎片,互相碰撞,而我们期待的整体统一结构也分崩离析。阿尔托最早敏锐地意识到这些诗歌的意义,他仔细研究了干涸的词汇和他们所表现的革新的能量,认为《暖房》是世纪之交的伟大诗歌。他说:"梅特林克是第一个把潜意识的多层色彩引入文学的作家,他诗歌里的意象不是按照常规意识接受的原则在我们面前铺开,他所提到的各种物体还是原始状态,感觉也是字面上的……这是现代诗歌的潮流。"(McGuinness,2000:33)梅特林克在《蓝色笔记》里写道:"拉丁民族的语言,是死亡语言的碎片,缺乏直接的表现力,在物体和心灵之间投射了寒冷的永恒的阴影。即

---

① 梅特林克介绍及其诗[EB/OL].[2017-01-28]. http://blog.sina.com.cn/s/blog_4e88bd9301000cc6.html.

使是使用语言表达了意义,也无法洗干净死尸的味道。"(Meaterlinck,1976:139)①

就诗歌来说,《暖房》对象征主义和颓废派诗歌的贡献是不言而喻的,如果诗人后来没有转向戏剧创作,毫无疑问,梅特林克定会在世纪之交的先锋诗歌阵营中占有一席之地。但是如果我们把诗人梅特林克和创作了《群盲》《无形的来客》和《玛莱娜公主》的戏剧家梅特林克割裂开来,那就是大错特错了。正如破坏和重置诗歌语言一样,戏剧家很快就开始挖掘破坏戏剧的第一基本要素——语言,并发展了静剧理论。尽管诗歌丰富的病态描写和质朴的极简主义原则下的独幕剧有着巨大的差距,但是语言的中心议题——语言的围困和变形,使得《暖房》和他的戏剧创作如出一辙。

第二节 象征主义戏剧开端:《玛莱娜公主》

19世纪80年代,一些有远见的象征主义理论家如马拉美已经预见了象征主义戏剧的诞生。马拉美说:"我在研究一种新的戏剧形式的前沿碎片,它正在法国形成。它耀眼的光芒会照亮最伟大的人民,罗马皇帝和亚洲的王子也比不上它灿烂。这是我的目标,工作艰苦卓绝,不可一蹴而就。"(Mallarme,1965:159)②

1. 理论准备

(1)象征主义戏剧面临的困境。

事实上,当梅特林克出版《玛莱娜公主》的时候,法国的象征主义戏剧理论研究正如火如荼,戏剧原则提了不少,但是戏剧实践却少得可怜,而且大家观点各异,争论持久,即使对《玛莱娜公主》的评价也不是完全一致。这个时期的理论准备值得注意的主要有马拉美、维利耶、莫里斯(Morice)等人的观点。

马拉美和维利耶尽管思想有差异,但是他们关于戏剧创作的实验和讨论基本都还是停留在纸上,并没有完成付诸舞台的质的转变,他们一直在等待合适的材料和合适的外部条件使戏剧走上舞台,可以说他们的仿效性正在于他们的文本性。事实上,两个人不同程度地反对戏剧的上演。维利耶宣称他的《阿克塞尔》"完完全全不是为舞台创作的,只要想想演出,自己就无法接受"。马拉美倒是说自己的作品"毫无疑问可以演出,只是不适合现在的舞台,它需要自己的舞台"。这就对戏剧舞台的社会空间提出了要求,舞台可能希望容纳他的作品,但期待和拒绝同时存在。马拉美说:"文学归根结底,是艺术和科学,它给我们提供了戏剧舞台,在舞台上的表演将是真正的现代宗教……我希望能够揭开面纱的一角,表现出诗歌所传达的这些,这将是我的幸福,也是对我的折磨。"莫里斯也提到象征主义戏剧的矛盾性,他说:"你怎么敢说戏剧……艺术性消失了……但是戏剧也是我们期待的最高级的宴席。"(McGuinness,2000:49~51)其实,这种似是而非、自相矛盾的声音在象征主义处理其与舞台关系的时候从始到终都可以听到,他们拥有戏剧梦想,又没有实际的行动,这从一个侧面反映了象征主义诗人们希望把文字的统治地位置于表演地位之上的信仰。

---

① Meaterlinck Maurice. Le Cahier bleu[J]. Annales de la Fondation Maurice Maeterlinck,1976(22):7-184.
② Mallarme S. Correpondence Ⅱ (1871-1885)[M]. Paris: Gallimard, 1965.

麦克圭尼斯认为,这样一些言论背后的故事只有一个,那就是马拉美和维利耶努力想把戏剧付诸表演但是没有成功,因为同时马拉美反复在思考将哑剧和舞蹈形式引入舞台的可行性。因此,对于象征主义者来说,"文字的不可侵犯"和"戏剧舞台对语言的亵渎"这样的提法主要是基于他们受伤后的撤退而不是勇敢的进攻。梅特林克自己在《玛莱娜公主》出版一年后也曾说,"人类最伟大的诗歌都是不适合搬上戏剧舞台的,甚至《李尔王》《哈姆雷特》《奥赛罗》《安东尼与克里奥佩特拉》也不适合表演,去观看演出是有风险的"。(Maeterlinck,1985:83)这样,我们就掌握了在当时的背景下,象征主义者对戏剧的基本立场,他们对戏剧满怀希望,同时又嗤之以鼻,包括梅特林克在内,写了戏剧后又指责戏剧,这种"文字"和"剧场"的冲突和张力深嵌于象征主义者心中,他们为心中的戏剧而努力,开拓属于自己的剧场,同时书写着他们自己的戏剧。

(2)维利耶的独特贡献。

这里需要提一下维利耶对梅特林克和象征主义戏剧的影响。事实上,大家对维利耶的敬仰超越了文学上的争执,正是维利耶的个人成就为先锋派指明了"未来戏剧"的方向。梅特林克早在巴黎学习期间就受到维利耶的强烈吸引,并且终身保持对他的尊敬和热爱。他晚年在自传里说维利耶是"一个受到上天垂青的人物,在那个特定的年代,指明了并决定了自己的命运"。他这样回忆道:"大约56或57年前,我碰上了一个人,他对我的影响超过其他任何人,他改变了我的文学存在……玛莱娜公主、梅丽桑德、阿斯特莱尼、赛丽赛特以及追随着他们的魂灵们,所有我作品中的人物都来自维利耶在我心中创造的那个世界,他们破茧而出,获得生命。"(Maeterlinck,1948:196)[①]

1891的梅特林克已经是一个卓有成就的戏剧家了,彼时,《无形的来客》和《群盲》已经成功上演,但他在接受哈里特采访时,还是充满无比敬意地谈到维利耶:"所有的一切都归功于维利耶,读他的作品比和他交流对我的帮助更大,我对他的作品爱不释手。"也就是说,维利耶关于未来剧场的许多观点预言了象征主义者心中的憧憬。维利耶反对传统的情节剧,那些墨守成规的公式和陈旧的话题几乎无孔不入。他意在寻求创作一种超验的、哲学的、诗意的剧场,戏剧可以表达观点,但是这些观点是通过一些琐事传导到"无知的"观众心中。维利耶在《反叛》的序言里清晰地表明了对传统戏剧陈规的鄙视和对新的戏剧形式的展望:

"今天,不需要多少力量就可以推倒那些戏剧规则,它们会被非常轻而易举地埋进废墟……大众们——你们总是后知后觉,但你们是唯一的法官——因为写作是要服务大众的,你们很快就会注意到我们为数不多的人所追求的目标,你们也许会不以为然,但是我们的决心是不可动摇的,我们将付出所有的努力,孤立无援地,成为历史舞台上的创造者而不是仆人……在戏剧作品中,那些被称之为基础的天才情节,原以为离开了这些,戏剧会坍塌,今天我们明白,那些情节是毫无用处的,只会浪费我们的时间。"(McGuinness,2000:53～54)

维利耶认为人物和戏剧动作都是次要的,重要的,唯一值得观众注意的,至少对一部

[①] Maeterlinck M. Bulles Bleues:Souvenirs Heureux[M]. Monaco:Editions du Rocher,1948.

分有思想的人来说,是和"表演"完全不同的那些东西,而"表演"只是它的面纱。他说:"当我们说完了要说的话,做完了要做的事,在谜一样的生活面前,人是不是会感到巨大的焦虑感或者别的情感?我们为什么要去禁止这种持续不断的、令人恐怖的和遥远的恐惧感从黑暗中升起,活跃在戏剧舞台上?"(McGuinness,2000:56)这和梅特林克在《谦卑者的财富》里表达的观点完全一致。

梅特林克深受维利耶的鼓舞,加入到对传统戏剧的批评和对新戏剧的讨论中,他确信,会有一种新的、和平的、没有悲伤只有美丽的戏剧,他在多篇散文中表达了类似的观点,他说:"现代戏剧已深入到人类的意识,事实上,我们越深入到人类的意识,我们发现的冲突就越少,它会拥有不确定的激情和愿望,永远更加平和、有耐性、更为有益、抽象和普遍,因此,更高贵与更理智的感情之间有更少的冲突,或者至少不再那么激烈。"(梅特林克,2004:245)①受维利耶"大众戏剧"观点的启发,梅特林克日常悲剧的观点开始孕育:"现在我们很少再听到那高昂的呼声,再看到那流血的场面及热泪盈眶,而今只需在一间小屋的桌子旁,靠近火炉,人类的一切快乐和痛苦就决定下来了,在这个世界的一角,我们痛苦着,或使他人痛苦;爱恋着,或死去。"(同上:242)在这一点上,我们完全理解梅特林克对维利耶的敬仰之情,因为从梅特林克后来的戏剧之路一直到他哲学散文对生命的终极探索,我们都会和他一起记得维利耶——梅特林克的指路人和文学上的导师。

维利耶给梅特林克和象征主义戏剧带来了什么启示?首先,他对传统资产阶级戏剧原则的批判,表现了超验戏剧的梦想和根深蒂固的社会现实剧的冲突,他的呐喊为梅特林克及追随者树立了榜样,包括象征主义在内的现代戏剧创新无不从对传统佳构剧和现实主义戏剧的批评开始他们的旅程,因此维利耶可以说是象征主义先锋剧的拓荒者。其次,他呼吁观众的眼光不要只停留在物质世界的表面行动和某些昙花一现的现象上,他倡导戏剧发现那些代表了普遍意义的问题,并且坚持认为这样的问题能够合理和有效地在舞台上找到表达方式。这也在理论上提出了当代戏剧和新戏剧辩论的焦点,而梅特林克和象征主义者正是拿起了维利耶的接力棒,在新戏剧的道路上继续前行。

这样,有了维利耶新戏剧理论的指引,在喜悦和折磨,喜欢和厌恶,希望与怀疑,这种跷跷板的两极构成的象征主义者对戏剧的思考中,就是在这样的背景下,《玛莱娜公主》横空出世,梅特林克以其辛勤的工作在象征主义的花园浇灌出戏剧之花,并提出了自己的静剧理论。梅特林克戏剧的十年是象征主义戏剧独一无二的十年,尽管当时人们对其还是充满争议,但从今天回首再看,我们对比利时作家只有说不尽的感谢。

2.《玛莱娜公主》

(1)比利时的"莎士比亚"的诞生。

1889年4月,梅特林克在家乡根特借钱出版了《玛莱娜公主》,只发行了30册。米尔波阅读了马拉美寄给他的剧本,第二年8月24日发表了那篇著名的评论:

"莫里斯·梅特林克先生给我们呈现了最有创意的,我们时代最出色的和清新的作品,我可不可以这样说?它的美妙可以和莎士比亚最美的作品相比,甚至

---

① [比]莫里斯·梅特林克.梅特林克随便书系:蜜蜂的生活/双重花园[M].李斯,董广才,译.哈尔滨:哈尔滨出版社,2004.

更出色。这本书就是《玛莱娜公主》。世界上读过它的人超得过 20 个人吗？我很怀疑。"(Mirbeau，1890)①

米尔波不是第一个盛赞作品的人，蕾蒂（Adolphe Retteé）最先发现了《玛莱娜公主》的价值，1 月份就热情称赞说这是象征主义成功步入戏剧的证明。在此之前，比利时作家维尔哈伦早在 1889 年 11 月就迅速做出反馈，宣布说：我们在其他任何地方都没有见到过在如此大程度上独立于传统的，表达了如此强烈的和传统决裂的愿望的作品。而吉尔金（Gilkin）也说《玛莱娜公主》一定是一部标志了现代戏剧史上的重要时刻的作品。谢利说："我们确信正在见证戏剧的诞生，因为我们第一次可以在法国（在比利时，在根特，在法语地域）看到一种抽象戏剧，我们能够不需要翻译就轻松阅读它，它的永恒悲剧性堪比本·琼森、马洛、莎士比亚、西里尔·图尔纳和歌德。"（McGuinness，2000：48）

为什么米尔波把《玛莱娜公主》和莎士比亚的作品比较？首先，第一幕一开场，两个宫廷侍卫的对话让我们想起《哈姆雷特》的第一幕也是两个宫廷侍卫的对话，次要人物出场交代了故事发生的时间、地点、人物和冲突缘起。其次，邪恶的安娜王后和发疯的夏勒玛尔国王唤起了我们对麦克白夫人和李尔王的记忆。另外，莎翁善于用外部世界表现人物的心理，这也是《玛莱娜公主》的表现手法，当然后者走得更远。由此可见，梅特林克显而易见是借鉴了莎翁剧中的某些元素。

故事发生在一个无法确定地点的中世纪宫廷，异常之象和各种征兆从一开始就接二连三地浮出水面，这也是梅特林克后来作品的一个重要表现手法。哈尔林根宫廷外面的花园里，国王马尔赛吕斯的两个侍卫斯代法诺和瓦诺克斯在花园走过，他们先是看到了一颗彗星划过天际，然后是洒满城堡上空的流星雨。瓦诺克斯说这是"大难将至的征兆……扫帚星预示公主的死亡"，斯代法诺也表示同意，"是的，可能预示战争，也可能预示要死一些国王"。(梅特林克，1983：6)果然，在当晚哈尔林根公主玛莱娜和阿依赛勒蒙德的夏勒玛尔王子的订婚宴上，国王夏勒玛尔和国王马尔赛吕斯拔刀相向，两国之间的战争一触即发。马尔赛吕斯国王劝说女儿玛莱娜公主忘掉敌国的王子夏勒玛尔，但性格看似柔弱的玛莱娜坚持说自己第一眼就爱上了夏勒玛尔，国王一怒之下，将女儿和她的奶娘关进了高高的塔楼。等到她们几天后从塔楼跑出来的时候，眼前的一切让她们目瞪口呆。哈尔林根宫廷已被夷为平地，到处是尸体和烧焦的废墟，而国王和王后也已经死于战火。举目无亲的玛莱娜公主在奶娘的陪伴下，穿越森林，徒步去阿依赛勒蒙德寻找她心中的爱人夏勒玛尔王子，但是，以为玛莱娜已死的王子已经和国王新欢安娜王后带来的女儿为格利亚娜公主订婚。为了扫清绊脚石，丧心病狂的安娜王后在半疯癫的国王的帮助下，把身染疾病的玛莱娜公主关在房间里，并用绳子勒死了她。

（2）血腥的"玛莱娜之死"。

玛莱娜之死是一个非常暴力的戏剧情节，梅特林克后来创作的戏剧里再也没有出现过这样的安排。尽管该剧吹响了象征主义戏剧的号角，剧中的不祥和死亡征兆比比皆是，但是暴力事件是传统戏剧在梅特林克身上的残留，正如西蒙斯（Symons）指出的，《玛莱娜

---

① Mirbeau Octave. "La Princess Maleine"[N]. Le Figaro. 24 Aug. 1890.

公主》更多地体现了伊丽莎白时期戏剧的影子,比如约翰·福德(John Ford)的《安娜贝拉》。剧中描写乔凡尼和妹妹安娜贝拉的乱伦之爱,他们面对命运,采取一种英雄式的、高超的姿态,以残酷回应残酷,最后乔凡尼用刀尖将妹妹的心脏掏出,血溅舞台。的确,梅特林克曾于1893年翻译并改编了该剧,并为之作序,他称这部作品为"可怕的、无艺术的,残忍爱情的血腥诗歌"。梅特林克对伊丽莎白时期的剧场表现出极大的兴趣,事实上,从《安娜贝拉》中,梅特林克有两方面的收获,一是他对复仇戏剧的喜爱,恐惧、暴力、血腥和残酷的表现方式使他大为赞赏,他在译本序言中说:"我不认为还有比这更美、更温柔、更残酷和更令人意气消沉的文学作品。"(Ford,1895:18)①《玛莱娜公主》是他在"残酷戏剧"艺术道路上的有益探索,虽然后来他更倾向于日常悲剧,摒弃了这种方式,但阿尔托接过了梅特林克的旗帜,使"残酷戏剧"之花继续开放在现代先锋剧场上。更重要的收获是,在梅特林克对血腥和谋杀无比钟爱的同时,在复仇剧中,他发现了戏剧中"没有被讲出的真实",他记录了自己对隐藏的、安静的戏剧行为下看不见的力量和发展的关注,"福德身上有时表现出莱辛,在野蛮主义的巨大狂暴中,他的女主人公具有那么温和的、坚强的和安静的内心生活……戏剧的调式也发生了变化……变得小心翼翼,更加深沉和庄严"。(同上:13)在玛莱娜身上,我们难道没有发现这种柔和、安静和优雅吗?这也可以说是梅特林克静剧理论的雏形阶段和日常悲剧的最初萌芽。

(3)梦。

《玛莱娜公主》不只是复仇之戏,隐藏在象征主义的含混不清的"暗示"背后的,是梅特林克戏剧形式的第一次探索实验,在《安娜贝拉》中从狂躁不安的野蛮行为背后发现的"内心生活",被他应用到玛莱娜身上,他开始小心翼翼地探索把"梦中的世界""黑暗环境"和"埋藏的意义"统一融合在一起。之后的几年里,他的实验游刃有余地应用在《无形的来客》和《群盲》里,并且在《佩列阿斯和梅里桑德》中结出果实。事实上,梅特林克在早期故事"梦想家"中就曾探索过这种表达,而用戏剧展现梦境,让梦游者登上舞台,这几乎是梅特林克同时代的作家无人企及的。

的确,维尔哈伦注意到梅特林克对传统戏剧形式的破坏,对有意识的生活进程和逻辑的破坏,觉察到作品中纤细如梦境般的统一性。她说:"我们看到这里的剧中人物,如同梦游者一样,幽灵般地、毫无连贯地编织了一个梦中的故事,这个梦是自成一体的,但是梦好像随时会醒似的,随时会被打破、溶解,(剧作家)用一根细线把一个插曲和另一个插曲连接起来,梦中的故事脱离了我们熟悉的平庸的日常逻辑。"(McGuinness,2000:77)。

(4)黑暗世界和内心恐惧的统一。

故事开端,次要人物登场,后来的《佩列阿斯和梅丽桑德》也是同样的处理。两个侍卫的预言,彗星,流星雨,暴风雨,一切都是大难临头的征兆。梅特林克曾说"不祥之兆就如看不见的雨落在时间的种子之上"。通过无法解释的自然现象,如闪电、暴风雨,以及移动的物体来引起预感是梅特林克戏剧象征的一个主要内容。梅特林克在三卷本的《戏剧集》前言里,说他希望戏剧可以达到"黑暗和恐惧的和谐统一",也就是以外部世界的"黑暗"

---

① Ford John. Annabella[M]. trans. Maurice Maeterlinck. Paris: Olendorff, 1895.

(包括黑暗中的火光)象征内心世界的恐惧。如剧中第五幕第一场对暴风雨中的墓地一角的描写。这里,同样全部是次要人物率先登场:

  一老妇:雷击中风磨了!……
  一农夫:对!对!一团蓝荧荧的火球!一团蓝荧荧的火球!……
  另一农夫:宫堡是不是着火了?——是的。……
  一妇女:我看世界快完了!……
  一流浪汉:港口里有一艘大军舰。
  众人:一艘大军舰?
  流浪汉:一艘黑色的大军舰。看不见有水手。
  一老人:这是最后的审判。
  [这时宫堡上空出现月亮。]……
  一农夫:月亮是黑的;是黑的……月亮是怎么回事?
  男仆:月蚀!月蚀!
  [一道强烈的闪电和一声霹雳。]……
  一农夫:十字架掉到沟里去了。
  一老人:将有大祸临头。
  另一老人:地狱简直就在宫堡四周。
  一妇女:我对你们说,这是世界末日到了。
  另一妇女:我们不要待在墓地里。
  一朝圣者:我看这是死人来审判我们了!
  另一位妇女:(对孩子们说)不要踩在十字架上!……
  男仆:瞧,天鹅!瞧,天鹅!
  众人:哪儿?天鹅在哪儿?
  男仆:在沟里,在玛莱娜公主的窗下。
  部分人:天鹅怎么啦?天鹅怎么啦?
  其余人:天鹅飞走了!天鹅飞走了!天鹅全飞走了!
  一农夫:窗户打开了!
  男仆:那是玛莱娜公主的窗户!
  [静场片刻。]……
  [他们逃走了。]……(梅特林克,1983:77～80)

  这里的雷电、火光、月蚀都是黑暗中反常的自然现象,十字架掉落,天鹅从玛莱娜公主的窗前飞起,黑乎乎的窗户忽然自动打开,不断增加的变幻莫测的物体的移动,包括有生命的和无生命的物体,合力打造了一个阴森恐怖的世界,黑暗恐怖从外部传导到内部,众人一个个仓皇而逃。因为他们,作为看不见的神秘力量的感知者,知道大难即将临头,世界末日近在咫尺,黑色的军舰已经停泊在港口等待它的客人。神秘的预言果然在阿依赛勒蒙德应验了,王后和国王残忍杀害了玛莱娜公主,王后自己也引来了杀身之祸,夏勒玛尔王子拔出复仇之剑刺向了王后,同时也结束了自己的生命,只剩下疯癫的老国王在他摇摇欲坠的宫堡里黯然神伤。

这里还需要注意的是梅特林克的语言,普通人物的对话似乎是无意义的重复,这和推进情节发展的传统戏剧对话全然不同,也不同于象征主义期待的富有诗意、充满智慧的语言,剧中人物都是喃喃自语般地翻来覆去地诉说,却说出了真理。其中"大难临头"的感叹正是梅特林克静剧独有的"二级对话",是先知从看不见的世界传递消息。

(5)极简化人物。

梅特林克对戏剧人物的塑造理念不同于同时代作家。被维尔哈伦称为"梦游者"的梅特林克剧中人物虽然自成一体,但由于抹去了外部的社会因素和心理刻画,其缥缈、不清晰、抽象和简约化的程度无人能及,评论界对他的作品褒贬不一。象征主义和戏剧界纷纷把批评的矛头对准了梅特林克。先锋派戏剧评论家爱德华·许雷坚决捍卫自己的戏剧价值观,他说:"梅特林克的戏剧有两个致命的缺点,一是人物缺乏意志,二是行动进程缺乏逻辑。"(Schuré,1904:239)①许雷的声音代表了一部分新戏剧评论家,他们认为梅特林克不仅不适合象征主义,而且不适合戏剧本身。甚至象征主义领袖马拉美也站出来表达他的观点,他在写给米尔波的信中,一方面祝贺他推出戏剧新人,同时也评论说,"《玛莱娜公主》就如远远看到的挂毯,同时从洞穴上方吹来的阵风使它摇摆"。(Mallarmé,1973:i.128)然后他开始分析这幅挂毯,指出梅特林克语言上、语义上和逻辑上的不足之处,认为他的第一部戏剧作品还不成熟。

梅特林克的戏剧理想,意在表现人物面对死亡和谜一样的生活时的内心焦虑,因此他只抽取了他需要的被减量的人物特征,他不需要展示他们的外部特征,也不需要全部性格,他只需要从人物中提取最抽象和简洁的部分去表达精神世界。他在《蓝色笔记》里这样说:"我们生活在这个世界的时空中,实际上我们是超越尘世的精灵,只是被暂时遗忘,唯有死亡可以净化我们。"(Maeterlinck,1976:101)戏剧评论家吉泽尔·玛丽赞赏《玛莱娜公主》的成功,同时表达了他对该剧的理解:"梅特林克给我们呈现的……不是对于绝对性的模糊的追求,而是对我们自身存在的理由的迫切的追问,他想知道,引导我们并时时刻刻造成人类的恐惧的外力究竟是什么?这种追问和超验的痛苦正是这部剧的主题,也是《玛莱娜公主》的创新所在。"(Marie,1973:135)②

(6)看不见的潜流。

梅特林克认为,在人类的视线达不到的地方,存在一种持续活跃的、特立独行的、恶作剧般的暗流,其中,那些无生命的物质合起伙来,不怀好意地对付人类,这是象征主义的一种超级变体。在外部表象的背后,存在一种神秘的、不可表达的内容,而在你来我往的物质世界中的那些不祥的变化,正是为了揭示风平浪静的表层下的破坏力量和不和谐声音。第四幕第三场玛莱娜独自被锁在黑暗的房间里的病床上,陪伴她的只有一条躲在黑暗角落里的哆哆嗦嗦的大黑狗:

> 玛莱娜:过来,普吕东!到这儿来,普吕东!他们把我孤零零一个人丢在这儿!他们把我孤零零一个人丢在这样的黑夜里!……我从来没有见你哆嗦成这个样子!所有的家具都跟着一道抖动起来了!——是不是你看见什么东西了?

---

① Schuré E. précurseurs et révoltés[M]. Paris: Perrin, 1904.
② Marie G. Le Théâtre symboliste[M]. Paris: Nizet,1973.

第三章 象征主义戏剧:《玛莱娜公主》

回答我,我可怜的普吕东!难道房间里有人?……[这时风吹动床上的罗帐]啊!有人碰我床上的罗帐了!谁在动我床上的罗帐?——我房间里一定有人!壁毯上的影子是怎么回事?我觉得耶稣受难十字架在墙上晃起来了!谁在碰十字架?上帝啊!这儿我不能待了!……[这时放在拜垫上的白衣服随风慢慢飘动起来]啊!拜垫上有人!影子还在墙上!——我设法闭上眼睛。[这时风声呜咽,家具噼啪作响]噢!噢!噢!现在怎么啦?我房间里有声音!……我屋子里的芦苇叫得好响呀!我一走路房间里样样都出声!……[雷声]……过道里有脚步声。奇怪的脚步声,奇怪的脚步声……我听见有人用手碰我的门![这时黑狗开始吠叫起来]……上帝啊!上帝啊!我看我的心快停止跳动了!(梅特林克,1983:58~60)

这些看不见的暗流贯穿梅氏戏剧始终,从《玛莱娜公主》到《无形的来客》,有生命的动物(如乌鸦、天鹅、狗)和非生命的物质(如风、影子、雨、挂毯、十字架)合力,它们忽而隐蔽,忽而发力,从间或的星星之火发展到翻江倒海之势,成为外部世界给予愚钝的人心的最直接的告白。到了1909年的《青鸟》,梅特林克竟然让这些灵魂直接跳了出来,运用人的语言和人对话。万物有灵,它们知道我们不知道的秘密。作者借物质的潜流象征那个看不见的世界的神秘,这也是梅特林克象征主义戏剧的艺术特点之一。

(7)舞台布景:用有形的事物去象征无形的力量。

但是,如何在舞台上表现这些风吹草动,物语鸟言?怎样才能创造这种忽而细微、忽而猛烈的强大有力的场景效果?要知道,象征主义戏剧最初喊出的口号就是崇尚极简化的舞台布景,在他们看来,"无用"的布景正是其存在的理由。马拉美主张充分利用舞台布景空间创设戏剧艺术效果。而梅特林克因为尤其喜欢语言上的极简化,减弱语言的清晰度和语言自身的目的性,所以他赞成利用非语言因素达到特别效果,如利用舞台上的灯光、黑暗、静场、道具等赋予看不见的力量以厚度,唤起人们的精神恐惧,从而达到象征的目的。也就是说,梅特林克希望充分利用戏剧舞台自身的技术,探索舞台和媒体可以提供的可能,他后来的几部剧也是这样操作的。尤涅斯库谈到梅特林克的舞台指导原则时,说了一段儿非常中肯的话:"戏剧舞台是不拒绝任何形式的,既然演员可以把人物演活,那么我们内心看不见的恐惧也同样可以通过物质呈现出来。所以,舞台作者应该不但被允许,而且应该被支持把演员变成他的道具,让布景充满活力,使象征拥有具体的形状。"(Ionesco,1964:28)①

这样,梅特林克在舞台实践中开始运用"活的物体""活生生的布景""移动的道具"和"具体化的象征",把舞台布景和道具(包括人物)的功能发挥到极致。阿尔托说,梅特林克的剧场适合用他自己的一个词去表达,那就是"不安的物质",这可以当成其戏剧的商标。他有能力唤起具体感官的原子,而这种感觉和我们内心世界密不可分。(Artaud,1923:16)这样看来,梅特林克让舞台道具不但拥有了自身的生命,而且还使物质生命的呈现和舞台上的戏剧人物发生冲突,当时这样做的人并不多。梅特林克的戏剧舞台通过广泛运

---

① Ionesco E. Notes and Counter-Notes[M]. trans. D. Watson. London: John Galder,1964.

用有形的事物去表现抽象的、看不见的意义和特别效果,尽管在有些象征主义者的眼里,这些事物显得粗俗和怪诞,他的戏剧人物显得不饱满、"缺乏意志",但是他们内心的世界又是那么自发地活跃着,拥有非常强大的支配力量,而且梅特林克的戏剧舞台对有形道具的几乎是夸张的需求也使得他和其他象征主义舞台理论的分歧越来越大,梅特林克不但放弃了诗意的语言和英雄般的人物性格,而且他特别赋予人物以支离破碎的语言,甚至让他们说不出话,使英雄般的人物从作家的笔下彻底消失。

综上所述,梅特林克的《玛莱娜公主》是象征主义戏剧的第一次伟大的实验,他以实际行动为象征主义提供了舞台范本,尽管当时各种象征主义对其争论不休,很多人没有意识到它的价值,有人赞扬它,有人否定它,但是经历了多年的痛苦和争执,100多年后的今天,我们终于可以怀着喜悦,幸福地抚摩《玛莱娜公主》的书页,重走中世纪城堡,握住玛莱娜公主温柔无力的双手,和她一同感受生命的神秘和伟大。

第四章　日常生活的悲剧性：梅特林克静剧理论

> 在日常生活中有一种悲剧因素存在，它远比伟大冒险中的悲剧更真实、更强烈，与我们真实的自我更相似。但是，尽管我们可以很容易地感觉到它，要证明它却绝非易事，因为这种本质的悲剧元素绝不仅仅是由物质，也绝不仅仅是由心理组成的。
>
> ——梅特林克《谦卑者的财富》

第一节　"日常悲剧"理论的提出

1896年，在完成最重要的8部象征主义戏剧《玛莱娜公主》《无形的来客》《群盲》《七公主》《佩列阿斯和梅丽桑德》《阿拉丁和帕洛密德》《室内》和《丹达吉勒之死》之后，梅特林克发表了散文集《谦卑者的财富》，其中有一篇文章为《日常生活的悲剧性》，在这篇文章中，梅特林克全面阐述了静态戏剧的核心思想——日常生活的悲剧性。

他认为在日常生活的背后隐藏着生活的全部神秘所在，而人的心灵可以在寂静和朦胧中感知和领悟到这神秘的启示。因此，他反对戏剧由激烈的意志冲突和戏剧化的惊人事件组成，而是主张戏剧的平凡化、静止化、内心化、神秘化。在他看来，生活的一个重大秘密——深沉的悲剧因素在被表现的时候，也大可不必惊心动魄、撕心裂肺。在沉默的日常场景中，人可以求之于内心，感受到外在力量传递给灵魂的信息，达到悲剧的庄严。

《丹达吉勒之死》在德国首次公演后，象征主义诗人赖内·马利亚·里尔克在日记中写道："梅特林克重置了戏剧舞台的重心。"也就是说，梅特林克提出的"日常悲剧"理论及其舞台呈现方式——"静剧"思想，宣布了和传统戏剧以及自然主义戏剧的彻底决裂。首先，不但是指对传统戏剧的反叛，这里的传统戏剧包括旨在娱乐消遣的法国"林荫大道"戏剧、主题戏剧和佳构剧，而且还是对自然主义戏剧以及具有古典、古希腊、莎士比亚元素的戏剧的反叛。其次，他的理论批判了传统戏剧呈现生活的方式和思维，提出了一种新的悲剧哲学。这里我们有必要区分一下两种戏剧观点，一种是实践性的，一种是理论性的，而梅特林克提出的"日常悲剧"理论在很大程度上被认为仅仅是理论性的，他自己也怀疑过是否"日常悲剧"可以在舞台上转换成"好的戏剧"，他写道："也许，有人会告诉我，静止的生活将是无形的，因而必须赐予它活泼的生气和运动，而那可以接受的各种运动，仅仅在少数激情中能够发现。我不知道静态戏剧是否真的是不可能的。"（梅特林克，2009：89）[①]
但是，事实上，梅特林克写下这些的时候，已经在积极地进行戏剧实践了，如果说《玛莱娜

[①] ［比］莫里斯·梅特林克. 谦卑者的财富［M］. 马永波，译. 北京：中国国际广播出版社，2009.

公主》还可以找到伊丽莎白时代戏剧的影子,多多少少受到约翰·福德的暴力戏剧的影响,那么《室内》《群盲》和《无形的来客》就是作者在静态戏剧之路上探索的硕果。因此梅特林克马上引经据典,说:"对我来说,它事实上已然存在。埃斯库罗斯的大部分悲剧是没有运动的悲剧。《普罗米修斯》和《哀求者》都缺乏事件。"(同上)因此,我们有理由相信,梅特林克的戏剧作品不是偶然契合了他的理论,而是从他的理论生发而来的,这段文字不是提出问题,而是梅氏象征主义戏剧的宣言。

要理解什么是"日常悲剧",我们首先需要注意梅特林克处理其主题的间接性,其次要注意他刻意为之的,把黑暗面和模糊性作为戏剧主要处理对象的手法。简单来说,"日常"就是日常语言和日常生活。语言是呈现一个戏剧故事主题的核心媒介,但是梅氏剧中人物的语言似乎并不具备导向主题的作用,似乎只是间接的、日常的、零零碎碎的、多余的话,这种间接性自有其深意,它成为梅特林克发明的术语"二级对话"(the second degree dialogue)的一个切入点。他谈道,那些"显而易见的现实生活中的对话",剧中人物"一次又一次地重复性对话",以及莎士比亚的"李尔王、麦克白、哈姆雷特讲话的言外之意",强调了模糊性对话的双关性。另外,戏剧的重心也发生了转移,他问道:"难道不正是当故事结束,我们被告知'他们很幸福'时,有巨大的不安侵扰我们吗?在他们获得幸福的同时会发生什么事呢?在幸福中,在静止的瞬间,不是比在激情的旋风中有着更深刻的危机因素和稳定因素吗?"(同上:83)这便是悲剧因素了。对于梅特林克来说,真正的戏剧始于传统戏剧结束之时,他把人们的注意力从激烈的冲突事件中转移出来,转移到之前和之后,之上和之下,以及之外的存在,他意在唤起人们感受那些不稳定性和间歇性,那些无形的、稍纵即逝的事物。然而,这正是他的新戏剧理论的立足点。他面对的是本质上难以捕捉的事物,这种日常变得平凡,甚至枯燥,剧中的人物被迫要关注身边的琐事,在静止中度过分分秒秒,而这种枯燥会不断延长,并在各种暗示之下变得令人焦躁和恐惧。这样,对事物的观察角度发生了改变,正是基于这些潜在的微弱的感知,梅特林克形成了他重要的静态戏剧理论。

第二节 戏剧、反戏剧、非戏剧

和其他象征主义戏剧理论一样,梅特林克的"日常悲剧"理论具有伟大的雄心,也有实践的缺陷。它首先描绘了一幅反戏剧的蓝图,从这个意义上来说,他的文字的确实现了左拉的名言,"一件艺术作品一定是一场反传统的战斗"。

梅特林克反对把悲剧意识和戏剧或生活的"巅峰时刻"捆绑在一起的传统观念。他使用"日常悲剧"这个术语就是要向"伟大的冒险悲剧"宣战。首先对立的就是"日常生活"和"非凡的冒险"这两个术语。梅特林克的"日常"不是置于社会环境或自然主义的逼真家庭生活场景中,也不是基于简单的心理活动,更不是建立在冲突的基础上。他说:"它超出了人与人、欲望与欲望之间注定的斗争,它超越了责任与激情之间的永恒冲突。它的职责更在于向我们揭示,生活本身就有多么美妙,并照亮灵魂在永不停息的无限之中的独立存在;它使理智与情感的交谈安静下来,以便在喧嚣、骚乱之上,能听到人及其命运那庄严的、不间断的低语。"(同上:81)因此,梅特林克的"日常"指的是平淡无奇的生活,他"日常悲剧"的目的在于追寻喧嚣之下的生活本质,这个本质是指人类的命运和无形的心灵生活。

梅特林克多次强调"观察""听觉"和"行动"的重要性,因为他知道理论不能建立在真空中,不能只是抽象的思想。一个戏剧家必须有能力去展示创作形式,并使戏剧走上舞台。虽然初看之下,似乎他的戏剧理论不能满足剧场的一般要求,但是梅特林克声称,日常悲剧的一些元素已然在传统剧场出现,因此,现代戏剧必须重新调整,为"静态戏剧"清出一条路,虽然它现在仍然受到压抑,处于次要地位,但是它已经潜伏在所有戏剧的背后。梅特林克通过对当下戏剧独特的重读,引导人们不再注意那些正在发生的事和所说的话,而是要关注模模糊糊和间接呈现的事物,也就是要关注戏剧中的静止、非动作性和"二级对话"暗含的深意。他从莎士比亚、约翰·福德、易卜生,甚至莱辛的戏剧中找到日常悲剧的元素,作为其理论的依据。

谈到真正的、深刻的和普遍的戏剧,他认为,戏剧一定要剥离其对动作和冒险行为的依赖,不能依赖于胜利或谋杀那些例外的生活事件,而是要展示生活本身。他把落后的戏剧和先进的绘画、诗歌、音乐做比较,赞赏这些艺术"学会了选择和再现那些日常生活中不太引人注意的方面,但是它们同样深刻,同样令人震惊"(同上:85)。他认为,动作、冒险和冲突只是装点了戏剧的外表,但是却窒息了戏剧真正的功能,因此,需要用深处的生活替代表面的生活,拯救腐烂的戏剧和解体戏剧的常规做法。

梅特林克重置戏剧的重心,主要包括三个方面的转移:从动作到非动作的转移;从事件到情境的转移;从传统悲剧的"无用的喧嚣"到沉默静思和内在生活的悲剧的转移。梅特林克"日常悲剧"的主要思想,通过著名的对"灯下老人"的形象的描述得到表述:

"我逐渐相信这样一个老人,他,尽管如此静止不动,却生活在一种更深沉、更人性、更普遍的真实中,超过了那扼死情妇的恋人、常胜将军、为荣誉而复仇的丈夫。他坐在扶手椅里,耐心地等待着,身旁放着灯盏;他不在意地倾听着支配他的房屋的所有永恒的法则,不解地思忖着门窗的寂静和灯盏颤抖的声音,垂首顺从他的灵魂和命运——这样一个老人,他没有认识到这个世界上的所有力量,像众多殷勤谨慎的仆人一样,正在他的房间里往来,为他守夜,他没有察觉正是太阳支撑着他俯身其上的小小的桌子,天空中每颗星辰和灵魂的每根纤维都直接关联于眼帘的合拢,或者一个思想的迸发与诞生。"(同上:89)

"灯下老人"的形象是梅特林克的戏剧理想的呈现,人在谦卑的静默中,幸福地邂逅悲剧的灵魂。在静态戏剧中,"静止"就像传统戏剧中我们看到的"动作"一样,只是表面现象,重要的是在外表的静默之下被激活的内部的场景,生活的本质是和生活中的事件截然不同的,不同于特定的人物所处的特定的场景。真正的戏剧人物不需要体验传统戏剧动作推动的摩擦和冲突,他不受外部环境影响,他在某种程度上可以比作一个"地震仪",在下意识中记录那些内在的、普遍的、断断续续观察到的"日常悲剧"。他服从,但是他的服从在形式上表现为支撑其存在的无形的和阴暗的力量。他成为一个舞台,一个不知情的和无意识的谈话对象,但是并不需要他做出答复。《无形的来客》中的老人是神秘力量的先知,在静默中,他知道,一个客人(死神)来临,和家人一起围坐于桌前,他也知道钟声敲响十二下后,客人(死神)起身离去,也会带着病床上的女儿离去,他的无意识的"二级对话"准确地预言了要发生的悲剧。麦克圭尼斯提出,梅特林克同期的几部戏剧中的主人公并不完全吻合"灯下老人"的形象,《无形的来客》《群盲》和《室内》的主人公,他们需要不断地解释他们所处的环境,并非完全沉默不语。因此,梅特林克理论上的"老人"不同于他实践中的"兄弟姐妹"(McGuinness,2000:224)。如《群盲》中十二个盲人历经数小时不断地等待和"社交性"对话,才完成对牧师死亡的确认、对无形力量的存在的确认。在"灯下老人"内心的"日常悲剧"中,他所顺从的外部力量是从上而下降临的,注视着他,是殷勤的仆人。而梅氏戏剧中的人物大都成为巨大的漠然的力量的牺牲品,不怀好意的力量的弃儿。这表现出梅特林克理论和实践并不能完全一致的地方,这也对其理论的舞台化提出质疑,即非戏剧的问题。

梅特林克在文章中赞美内心生活和静态之下的无限丰富的美,但是无论是衣衫褴褛的独幕剧(如《群盲》)中的角色,还是超凡缥缈的《玛莱娜公主》和《佩列阿斯和梅丽桑德》中的人物,在命中注定的重压之下,人很难得到欣慰和喜悦。梅特林克在1901年为他三卷本的《戏剧集》作序时,对自己早期的戏剧也表达了一种发展的观点,他认为,单独来看,这些作品并不能充分地表达散文中提出的冲动,不能适当处理短促的死亡到来之下的丰富性,不能揭示荒凉之中类似于希望的思想。这表明,他在几年之后意识到戏剧实践和他希望充分诠释的道德、心理冲动之间的差距。他说:"从之前的戏剧经验来看,似乎少谈一些死亡可能会更合理,在《阿格拉凡和塞莉赛特》中,我本来应该略去死亡的力量,更多地求诸爱、智慧和幸福的力量。戏剧并没有完全实现(我的理想)。"(Maeterlinck,1929:22)[①]对此,阿尔托有一段较为中肯的评价:"我们不能把梅特林克的所有哲学都归结到'日常生活'这一条理论上,仅凭他观察到全部生活都是静态戏剧,命运的神秘邂逅交织在其中,就认为他是一个伟大的哲学家也是不合理的。梅特林克真正的伟大之处在于对神秘邂逅的分析和他对其形状的描述。"(Artaud,1923:16)[②]

我们认为,这里大可不必以哲学家的眼光要求其理论,也不必强求其理论与实践的完全一致性,"灯下老人"体现了梅特林克的戏剧理想,为了实现理想所做的各种探索都是有益的和难能可贵的,梅特林克的戏剧实践成为象征主义戏剧的宝贵财富,对"日常生活"的探索形成了舞台上的"等待戏剧",直接影响到第二次世界大战后的先锋戏剧,特别是荒诞派戏剧的形式。另外在作品中,为了表现静默下的悲剧,作者借助"死亡"到来之前和之后紧张氛围的铺垫来阐释也是可以理解的。《无形的来客》和《室内》等,是一种基于日常、高于日常的存在,谁能说它们脱离了日常生活呢?

第三节 "日常"的含义和"日常"的变体——恐惧

梅特林克认为,虽然传统戏剧只有"血腥、眼泪和死亡",但是现代戏剧的指导原则应该使我们的生活"远离流血、战斗的呐喊和刀剑的铿锵,人的眼泪是沉默的,看不见的,且几乎是在灵魂深处的"。(梅特林克,2009:85~86)传统戏剧尽管有暴力、喧嚣和痛苦,但

---

① Maeterlinck Maurice. Theatre, Vol. I [M]. Paris: Fasquelle, 1929.
② Artaud A. Maurice Maeterlinck: Douze Chansons[M]. Paris: Stock, 1923.

是却远离了不可逃避的、与生俱来的悲剧,它的功能更是娱乐,而非揭示真理。而"日常悲剧"旨在引导现代读者和观众深入到内在的和固有的悲剧,它发生在传统极端事件之前和之后的时刻,发生在生活最不活跃的时刻。因此,"日常悲剧"必须展示传统戏剧中最不具有戏剧化特征的时刻,它的悲剧基础应该是情境而非冲突。道德上的、智力上的和社会上的上层生活不应该成为舞台的特别聚焦对象,普通人的共同特征才是悲剧表现的生活内容。戏剧不应该被情节、动作、冲突推动,不再需要奋起反抗或奋起迎接这些冲突。戏剧只需要服从,需要关注那些传统的非戏剧性的间歇时刻。悲剧表现的是内在生活,因此,梅特林克的舞台展示,应该是生活情境戏剧。这些思想表现出梅特林克对维利耶思想的继承,但是,"日常悲剧"没有容纳维利耶的夸张和奋不顾身的英雄主义。对于现代戏剧家如何处理悲剧主题,贝克特也提出类似的观点:"悲剧是赎罪的陈述,但不是对自身所处外部具体环境的悲惨的赎罪……悲剧人物代表的是对原罪的忏悔,是生来具有的永恒和原始的罪。"(Beckett,1965:67)[①]

梅特林克对传统戏剧的反判主要是通过其"日常悲剧"哲学,他的思想拒绝了传统戏剧的局部安排,为谦卑的和最广泛的共性扫清了道路,这个共性可以称为"与生俱来的原罪"(贝克特的术语),也可以用他自己的词汇"神圣的殿堂"来表达,戏剧的神圣的殿堂也就是真理的殿堂。因此,梅特林克毫不留情地批判传统戏剧的局部安排,他说:"确实,当我去剧院,我感觉我是在和我的祖先共度几个小时,他们认为生活是原始、沉闷和残忍的;但是他们的这种认识几乎在我的记忆里不存在,当然也不是我可以分享的东西。我看到一个受欺骗的丈夫杀了自己的妻子,一个女人毒死了她的情人,一个儿子对父亲实施了复仇,孩子们把父亲送到地狱,被谋杀的国王们……这有多么肤浅和世俗!"(梅特林克,2009:87)

因此,他认为戏剧应该呈现给观众现代人类生活的真实图景,而不是那些脆弱而琐碎的道德、社会和心理问题。戏剧应该怀有一颗寻找普遍象征意义的雄心。在《群盲》《无形的来客》和《室内》中,梅特林克在静止、不运动和受到限制的戏剧中找到一种舞台暗喻,他所谓的"情境剧场"是和"按照时间顺序安排事件"的传统戏剧相对立的。既然日常生活中没有佳构,没有安排和巧合,那传统"佳构剧"又有什么存在意义呢?这就是梅特林克日常悲剧的理论和实践的基础。

虽然梅特林克的其他戏剧如《玛莱娜公主》《佩列阿斯和梅丽桑德》《阿拉丁和帕洛密德》和《丹达吉勒之死》被置于纯净的神话般的王国,多少借鉴了瓦格纳的风格,但是《无形的来客》《室内》和《群盲》却表现出作者戏剧想象力的另一面,这些剧中的日常场景甚至可以辨识出现实主义甚至自然主义的模式。《无形的来客》的戏剧场景位于一座城堡一家人的客厅里,大家聚在桌前,眼望窗外,盼着修女来看望生病的姊妹。《群盲》中,十二个盲人,六男六女迷失在一片被海水包围的静谧的森林中,他们等待牧师带他们回到庇护所,却不知道牧师已在他们之中溘然长逝。《室内》中,一个老人来到一幢房子前,想告诉这家人,他们的女儿自杀身亡,尸体正在运回家的路上,然而,透过窗户看到中产阶级一家人其

---

① Beckett S. Proust and Three dialogues with Georges Duthuit[M]. London: Calder, 1965.

乐融融的样子,他犹豫而不知所措。这些场景毫无修饰,是具有现实性的社会场景,但我们读来却完全没有现实主义给我们的身临其境的感觉。这就是梅特林克的独特日常场景了,来源于日常,但是作者特意实验了艺术上的削减法,为其涂上了一层朦胧的色彩。他的人物没有名字,故事发生的地点只有最基本的交代,比如,一个房间、路边、一幢花园,它们完全没有时间上和地理上的可辨识度。因此,这些故事以日常概念为中心,但是又超越了似曾相识的自然主义场景,而故事中人物的所作所为那么琐碎、平常,不值一提,以至于他们进入到一种阴郁、无望的领域,给人以不祥之感。法国后期象征主义诗人领袖古尔蒙在《荒诞戏剧》一文中这样解释梅特林克的戏剧场景:

"他们(戏剧人物)在等待什么?他们无从知道。他们等有人敲门,等着灯光熄灭,等待恐惧,等待死亡。他们在讲话,是的,但是他们的交谈只有寥寥数语,偶然打破沉默,他们没说几句就停下,想要做什么又止步不前,因为他们又警觉地听到了什么,他们听着,他们等着,她(他)也许不会来了?哦,不,她会来的,她总会来的。天色已晚,可能她明天会来吧。于是一大帮人聚在房间里微笑着,希望着。他们听到有人敲门,这就是一切,这就是他们的全部生活,这就是全部生活。"(Gourmont,1896:20~21)①

古尔蒙对梅特林克的戏剧进程评价生动、形象、准确,甚至他还模仿了梅氏特有的重复、平庸的句式结构。他把梅氏日常场景称为"奇异的现实主义"。这种戏剧中的日常来自具体、荒凉的现实和象征主义的融合。和尤涅斯库一样,奇异之处不在于超出日常,而在于捕捉到日常的核心思想。因此梅特林克的日常理念在我们眼里既熟悉又陌生,似曾相识又无法辨认,尤涅斯库也呼应梅特林克说,最令人吃惊的莫过于平淡无奇。他说:"在我看来,不同寻常只有从最平庸和最普通的日常常规中提取,我们日常的诗歌就是这样形成的。感受荒诞,感受日常生活和语言的不可能元素,可以说是已经超越了日常生活;为了超越它,你首先必须完全浸透其中。"(Ionesco,1964:171~172)②

这样看来,日常的概念在梅特林克特定的社会意义中扮演了一个工具的角色,它从社会和情境的现实主义中被提取出来,又被毁灭性地强加在它的牺牲品上,产生了"陌生化效果",成为"恐惧"的同义词。阿多诺(Adorno)在评论贝克特发育不全的社会情境理论时,也联系到对梅特林克"日常"的理解:"他们把经验中存在的情境当成某种模式,这种经验情境一旦被隔离开来,剥夺了其自身的工具性和心理语境,就取得了一种特别的和强制的表达效果——恐惧。"(Adorno,1992:253)③因此,梅特林克的"日常"概念已经超越了其本来意义,从我们熟悉的、舒适的、毫无戒心的概念演变成为一个带有特定含义的表达工具,变成"恐惧"的代名词。

---

① Gourmont R. Le Livre des Masques[M]. Paris: Mercure de France, 1896.
② Ionesco E. Notes and Counter-Notes[M]. London: John Galder, 1964.
③ Adorno T W. Notes to Literature(2 vols)[M]. New York: Columbia University Press, 1992.

第四节 "悲剧"及其舞台诠释

我们了解了"日常"的含义,那作者提出的"悲剧"又是指什么呢?是舞台上流行的宿命论吗?梅特林克的独幕剧对悲剧提出了几方面的理解。一方面,悲剧并不是指死亡,悲剧意味着无法理解、无法交流,静止不动,指的是不断循环往复的,盲人一样的、被抛弃、被遗弃的各种感知。死亡终止了戏剧,偷偷走进了那个处在自己空间中的主人公,比如,高洛的剑刺向佩列阿斯,梅丽桑德虽然没有受伤流血,但是死亡却接近了她。瞎眼的外祖父在意识到女儿死亡之后,不停地喊"你们为什么要把我自己扔在这儿",死亡降临,无形的力量抛弃了他。王子来到七公主沉睡的大殿,然而奥赛拉却永远地睡着了,身体冰冷,她等了太久了,所有的声音都在唱着同一首歌:你来得太迟了,太迟了。十二个盲人在失去了精神向导之后,在各种不祥征兆中终于意识到老牧师已经离他们而去的时候,陷入了集体的哀怨和恐慌。另一方面,死亡的确是梅特林克戏剧中的一个主要事件,但我们的目光应该更多地关注死亡带来的各种人物的心灵感应。死亡的确可怕地出现,突然袭击,悄然降临,但是作者的聚焦更多地停留在那些在死亡降临期间,人物表现出的无法理解、无法交流的混乱状态,正是死亡掀开了神秘的面纱。因此,梅特林克剧中的"死亡"只是一个契机,而不是目的,它提出了问题,并没有解答问题,正是对无形力量的感知引发了一种深沉的悲剧意识。

在梅特林克的诗歌中,无形的力量隐藏在无数的化身之下,就像在戏剧中要寻找无数的形式来表达一样。在《戏剧集》序言中,梅特林克说:"抒情诗人不需要为这些未知的力量命名,可以给它们各种各样的称呼……这也许是为了满足诗人在某种程度上保持理论家身份的需要……但是,戏剧家就不能这样高度概括。"(Maeterlinck,1929:18)这里,我们可以看到,作为戏剧家的梅特林克,在处理真实的或者虚拟的舞台表演时,和作为诗人的自己的不同之处。因为,戏剧家必须向观众展示这些超验的、不可捕捉的力量的形态、出现的环境、遵循的原则,以及所要达到的目的。

戏剧家既主宰舞台,也服务于舞台。但是,诗歌中的各种直觉和暗示,一旦被转化到舞台上,丰富性似乎呈现出递减趋势。因为在诗歌艺术中,诗人只需要专心致志于暗示那些无形的事物,亲近于那些未知的和不可知的事物即可,而戏剧舞台艺术要复杂得多。梅特林克也在问自己,是否戏剧是一种难以处理,受到极大限制的艺术形式?是不是剧作家因此需要宣布放弃戏剧?随即他自己给予了否定的回答。因为尽管岁月更替,从古至今,艺术家内心对戏剧舞台的追求永远不曾凋谢,包括对现代戏剧艺术技巧和悲剧哲学的追求。

梅特林克在戏剧中呈现了人与其身边未知的、无形的、经常是毁灭性的力量的永恒对抗。梅特林克1901年曾自责早期戏剧过分渲染悲观的和负面的情绪,暗示戏剧应该开启一种同样有说服力的,而非走向虚无的,更鼓舞人心的真实。他说:"我们不断追求,就是希望找到一无所知、死亡、无价值的生存背后的最高真实,但是,就我们目前的理解来看,我们对此一无所知。"(Maeterlinck,1929:13)

在梅特林克所有的独幕剧中,《群盲》得到最丰富的解读,但同时也是意义最不确定的一部作品。年迈的牧师一开场就已死亡,但是,十二个盲人全然不知,徒然地从傍晚一直等到深夜,在恐惧中,他们终于听到了脚步声,等来了希望:"他来了!他来了!他回来了!""可怜我们啊,我们等了这么久……"(梅特林克,2006:28)①但是他们的希望并没有得到兑现,来的只是一条狗,修道院的狗,狗来到他们中间,领着第一个盲人去触摸一旁的牧师冰冷的尸体,通知了他们牧师死亡的讯息。牧师一句话也没有留下就离开了,尽管他的死亡有象征意义,但是牧师死后直到剧终,盲人们听到的那些窸窣作响的声音又该怎么理解呢?牧师离去,谁来填补空缺,谁来做向导?如果牧师的死亡象征着上帝之死,那么,从此以后,一切对作品的多重解读开始走向不确定:虽然牧师可能象征了上帝,十二个盲人代表了他的十二门徒,但是无法清晰地阐明从四面八方向他们压来的无形的力量,他们既看不到谁来了,也不知道对方的意图,听到长袍沙沙擦着枯叶的声音,年轻的盲女把疯癫的盲妇怀抱的婴孩(他们中间唯一有视力的)高高举起:"他能看到,他哭了,他一定看到某些奇怪的东西了!"盲人们绝望地呼喊,"脚步声已经在我们中间停止了……你是谁?……你是谁?"(同上:33)除了寂静,没有人回答。读者、观众和盲人们一样,没有人能知道是什么在那儿,如果真的有什么在那儿的话,无形的力量也是无法准确描述的。梅特林克通过这出剧把我们引领到一个十字路口,一边是古老的、逐渐失信的宗教信仰,一边是全新的、然而还没有成型的、没有被命名的无形的力量。当剧终幕布闭合,盲人们就是被抛弃在这样的地方,看不见,也说不出名字的地方,无形无名的力量与他们同在。

《群盲》把准确的象征意义转型,留给读者开放的结局和开放的象征意义。无形的力量只代表着无形的力量,梅特林克的"现代死亡"其实也不是明确的"上帝死亡",它只是向读者呈现一种极端的、不确定的、无法命名的术语上的真空。这种从无名到不可名状的转变,也标志着梅特林克从诗学理论到戏剧理论的转变,诗歌中有着多重化身,没有统一命名,而在戏剧体系中,梅特林克开始致力于为这种不可捕捉的、看不见的力量的毁灭性冲击提供形式,结果却由此发现了它们拒绝屈从于被命名的危机。

---

① [比]莫里斯·梅特林克.诺贝尔文学奖文集:无形的来客[M].李斯,等译.长春:时代文艺出版社,2006.

第五章 言语、沉默与等待：
梅特林克静剧舞台艺术

> 梅特林克的早期剧作都充溢着一种灭亡感，曾被称之为"沉默的戏剧"。剧中人都是无血肉的影子般的人物；舞台布景静止不动；不连贯的、含义隐晦而不断重复的散文对白又经常为长时间的静场所打断；剧中充斥着各种象征，从森林到脚印样样都有。他那三出著名的独幕"傀儡戏"《无形的来客》《群盲》和《室内》都充满了恐怖和死亡。
>
> ——斯泰恩《现代戏剧理论与实践》

第一节 静态戏剧

1. 等待戏剧

梅特林克主张在戏剧中减少动作，但并不是完全取消动作，只是说，没有激烈的冲突发生，也没有激情昂扬的对白。因此，尽管日常悲剧理论提出沉默和静止的情境戏剧，意味着取消对话和行动，但是戏剧实践中只能削减对话和行动，这种情境戏剧也就是"等待"戏剧，正是"等待"行为，使行动不断被延长，同时等待也创设了希望，成为静止剧场解决各种冲突的主要艺术手段，并且形成戏剧悬念。"等待"作为一种戏剧手段，得到梅特林克的充分利用，其将"日常"发挥到最大程度，甚至有点儿琐碎和平庸，同时要求最小程度化的动作性表演。这样，戏剧家就可以在舞台上实现枯燥和焦虑这两种状态的切换，控制戏剧人物和观众的空虚感，同时引导他们感受其丰富内涵。等待这一行为自身预示着希望，是戏剧传统中最灵活的一种手法，作为制造悬念的机制，古而有之。但是把它运用于呈现枯燥、无用和空虚，甚至使等待成为表现最高程度的恐惧和毫无价值感的机制，这是19世纪末梅特林克的独幕剧表现出的独一无二的现代效果。传统戏剧中等待只是一个暂时出现的工具，而在梅特林克的戏剧中，等待贯穿始终，所有的戏剧动作都在其阴影下进行，所有的动作都最终回归等待的原点。梅特林克戏剧的特点就是，人物面对的不但是难以形容的、未知的力量，而且在长久枯燥的等待中，面对无意义的等待，人物对自身的存在深感不安，因为枯燥的等待抛弃了他们，同时他们在内心深处得到启示，"日常"自身即悲剧，这就是等待戏剧所表现出的现代虚无感。

通过对"等待"的集中描述，梅特林克唤起了他在"日常生活的悲剧性"中提出的"内心戏剧"。戏剧人物每时每刻的全神贯注替代了戏剧冲突，对周围一切的极度敏感替代了动作性，同时，等待意识使人物和观众获得高度的感知力，这也成为梅氏戏剧所依赖的悬念。尽管等待的对象没有到来，如《群盲》中的牧师和《无形的来客》中的修女姐妹永远也没有出现，但是对他们的到来怀抱的希望促成了静剧中的"行动"。另外，从表面上看，似乎剧中什么事件也没发生,实际上,看似无所事事、停步不前的等待之外还有一条暗线,真的有什么事情一直在发生:在紧闭的房门内,寂静受到焦虑和恐惧的暗中感染,同时,平凡得不能再平凡的"等待"升华为一种充满敌意的虚无感,这不仅仅是戏剧制造的氛围,而且这种氛围还被再次消费在人物的吞吞吐吐的语言和缺乏动作的行为中。没有了传统戏剧中的断头台和人物刻画,梅特林克创作的缺乏事件的静态戏剧能将悬念和枯燥融为一体,仍然能够成功地登上现代舞台,这正是梅特林克的伟大之处。

2. 独幕剧的表现形式及情境性悬念

梅特林克静剧的成功也离不开他采用的独幕剧的表现形式。他创作独幕剧的时候,正是19世纪80年代后期欧洲独立小剧场运动兴起的时候,小剧场座位少、投资小,没有正统大型剧场的诸多限制,观众可以近距离接触到舞台,感受演员说话的语气,获得最细微的舞台效果,它成为当时众多先锋戏剧的实验田和诞生地。梅特林克是最早加入到在小剧场实验独幕剧形式的作家之一,而独幕剧的独立和严肃的戏剧风格也得到了认可。1888年,斯特林堡在《朱莉小姐》序言中详细介绍了独幕剧的优点:"关于所采用的戏剧技巧,通过实验,我取消了戏剧换幕的间隔,我这样做是因为我相信,正是因为换幕的停顿,削弱了观众的幻觉能力,这个暂停给了观众时间去思考,同时也使他们从作者创造的暗示中抽身出来。我的这部戏时长一个半小时……这种形式无疑是全新的,虽然,目前只有我自己使用,但是,感谢人们欣赏口味的变化,它可能被证明是适合于我们时代的精神的。"(斯特林堡,2005:3,244)①

斯特林堡写这段话的时候,还停留在自然主义时期,他青睐独幕剧,认为这种形式删除了打断幻觉的幕间休息,可以把观众锁定在他所创设的氛围中。斯特林堡把它称为"独幕心理剧",如果剧作家追求的是对被俘获的观众产生没有中断的、连续的情绪影响,这种风格可以说是最好的选择。

德国戏剧评论家彼得·斯丛狄的代表作《现代戏剧理论》也从另一方面谈到独幕剧所产生的"俘获"效果。对于斯丛狄来说,"独幕剧的使命是在人际互动关系之外帮助舞台戏剧获得悬念的要素。"(斯丛狄,2006:82)②独幕剧依赖于悬念,依赖于未来要发生的事件。但是和传统戏剧人际互动造成的悬念不同,斯丛狄认为梅特林克戏剧表现的是一种"情境性悬念",它选择的情境总是临界状态下的情境,大幕一旦拉开,灾难即将到来,而且一切不可挽回。将人与灾难隔开的是空洞的时间,不再有情节来填补这一时间。"人被置于这一具有悬念的情境之中,作为牺牲品,他在这情境中忍受痛苦。在充满悬念的时间里不会发生任何事件,只有萌生的恐惧和对死亡的反思。"(同上:84)

《群盲》和《室内》一开场,死亡就已经发生,这时甚至不再具有对死亡临近的情绪铺垫,只需要熟悉死亡。"如果缺少故事情节的时间流动不足以完成这一确认过程,空间化的方式也可以实现其辅助功能。"悬念在《群盲》的情境中表现为认识之路,盲人最终认识到他们等待的向导已经在他们之中死亡;悬念在《室内》的情境中表现为报信之路,一家人正在轻松、坦然地享受不能再平凡的傍晚家庭生活,两个知情人需要闯进"室内",打断天

---

① [瑞典]奥古斯特·斯特林堡.斯特林堡文集:第3卷[M].李之义,译.北京:人民文学出版社,2005.
② [德]彼得·斯丛狄.现代戏剧理论 1880—1950[M].王建,译.北京:北京大学出版社,2006.

伦之乐,并告诉他们,他们的女儿已经自杀身亡。《群盲》中一方是盲人们,另一方是一直在他们中长眠的向导,空间化可以理解为他们之间逐渐缩小的距离。在《室内》中空间化是一道界限,一方是表面上得到庇护的房子,房中的一家人无忧无虑地等着夜幕降临,另一方是花园,花园中两个知情人正在犹豫不决是否要将噩耗告诉这家人,消除这道界限。大幕落下之时,认识之路或报信之路走到终点,获悉灾难,悬念得以解决。因此,建立在小剧场基础上的情境式悬念的独幕剧也是梅特林克静剧的一个重要构成要素。

3. 对静剧即"等待戏剧"的批评

梅特林克充分利用了"等待"的主题和"独幕剧"的形式,限制了其戏剧人物并俘获了观众。正如一幕剧发展为整部剧的形式,作为一个暂时功能要素的"等待"也被提升成为整部戏剧的持续状态,"等待"成为梅特林克"日常"概念的一个丰富的和典型的特征。从形式上,作者把戏剧情境扩张到希望和失望两种情绪的相互作用上,从主题上,作者为宇宙间的命中注定找到了最好的暗喻——平庸,也就是说,什么事情也没有发生,但是总有什么事情在发生。法国哲学家布朗绍对此表达了他的观点:"什么事情也没有发生,这就是日常生活。但是这种静止运动有什么意义? 它发生在哪个层面上? 对谁来说,平安无事的外表之下,的确有什么事情在发生? 换句话说,什么和日常中的人物呼应? 为什么在'什么也没有发生'的日常之下,肯定会有必然的事情在发生?"(Blanchot,1993:241)①

不可抑制的内部运动藏身在外部的静止中,在梅特林克早期戏剧表现的静止运动中,时间流逝同时又静止,时间用尽,问题却悬而未决。他成功地把这种戏剧框架、前无古人的剧场效果、引发的恐惧和表现出的无用性,投射到他的戏剧氛围中。这种静剧形式在同时代作家中引起巨大反响,无论是象征主义者,还是传统主义者,"枯燥"和"恐怖"成为他们的主要评语。有的人认为梅特林克的戏剧唤起了无法忍受的焦虑,有的人认为很难理解从单调乏味到悬念的重要跨越。法国戏剧评论家赛斯(Sarcey)是一个保守的批评家,在观看完《无形的来客》首演之后,非常不满地问:"还有这么枯燥的戏剧吗?"虽然他的看法不乏偏见,但他一针见血地指出剧中乏味和空洞的"时间"概念,而这正是梅特林克的独特之处。传统派对梅特林克的"等待"戏剧不满,先锋派也对此深为不解。契诃夫的传记中记载了一个小插曲,当他的《海鸥》首演遭到失败时,梅特林克却成为批评的靶子,因为契诃夫显而易见借用了梅特林克的"无聊"实验,观众们非常不满,他们说:"鬼才知道,这是什么? 无聊、堕落。如果可以选择,我们就不会观看这部剧……"有人在座位上大喊"这简直是梅特林克"。(Rayfield,1997:395)②

赛斯想当然的评论也为后来评论界对贝克特和尤涅斯库戏剧的最初印象定下了基调。先锋派戏剧被认为"令人厌恶的枯燥",这种"沉闷"不但让人毫无兴趣,而且挑战人们忍耐力的极限。就是在这样的"批评和欢呼"声中,戏剧界迎来了后来成为先锋剧主流的新戏剧。用布朗绍发明的矛盾修辞术语——"静止的运动"来形容梅特林克非常恰当,因为梅氏静剧的特点正是由一系列矛盾组成:时间松懈延长的同时被暗暗收紧,空洞的时间表现了丰富的本质,无行动的人物在戏剧舞台上自如表演。这样,枯燥让位于紧张,平

---

① Blanchot M. The Infinite Conversation[M]. Minneapolis: University of Minnesota Press, 1993.
② Rayfield D. Chekhov: A Life[M]. London: HarperCollins, 1997.

庸让位于恐怖,无形的力量在日常生活中浮现,而日常生活不具备任何外部动作性戏剧元素。

第二节 "二级对话"和"第三个人物"

1. "二级对话"

虽然"日常悲剧"打破了传统戏剧对行动的期待,但梅特林克的"二级对话"理论打开了语言在戏剧领域的新视角。甚至不同于一般象征主义戏剧所继承的维利耶、马拉美充满诗意的语言风格,梅特林克提出的戏剧语言理论意在通过语言自身的不充分和不足来暗示无形的力量。他首先攻击的是语言和动作的合谋,虽然消除动作对于梅特林克来说是选择了一个正确的方向,但是,不同于大多数象征主义戏剧理论,梅特林克这样做并非是要重申语言的主导作用,而是他发现了一种日常语言之美,他指出:"真的,不是在行为中,而是在语言中,才能发现真正美而伟大的悲剧;这不仅仅是伴随和解释行为的语言,除了表面上必要的语言,一定还存在另一种对话。"(梅特林克,2009:93)

梅特林克不满对白对戏剧情节的直接推动,他通过研究易卜生的《建筑大师》,发明了"二级对话"这个术语,他说:"真的,戏剧中唯一重要的语言是起初显得无用的语言,因为它就是本质之所在。与必要的对话并列的,你几乎总能发现另一种看似多余的对话;可是仔细研究之下,你会深深体会到,这是灵魂唯一能倾听的深奥语言,只有在这里,灵魂才被召唤。"(同上)

梅特林克把散见于传统戏剧中的"非动作"当作戏剧的唯一观察对象;"等待"被提取出来,在形式和主题上都取得支配地位;同时,在戏剧语言上,他采用了"二级对话"的技巧,因为"正是这不必要的对话的性质和范围决定了作品的性质和不可衡量的广度"(同上:95)。这样,梅特林克的静剧理论提出了三个相关方面的转向:动作转向静止、情节转向情境、对白转向沉默和"二级对话"。其实这三个方面在传统戏剧中都有先例,只不过是分散和偶然的应用,梅特林克发现了这些技巧并把它们结合成一个整体,并发展成为完整的戏剧理论,因其在戏剧舞台的可应用性,"日常悲剧"理论将零碎的偶然艺术手段提升为连贯的、独立的完整戏剧艺术。

"二级对话"显然是额外的谈话,它独立于具有解释性功能的对白,使对话不再成为单纯的工具。初次接触,这样的谈话显得松散、无序,只是为了消磨时间,填补紧张的剧情行动和语言反馈之间的空白。如果说它是反戏剧的,攻击传统戏剧的秩序和规则,也不为过,正是梅特林克把这种反戏剧材料整理编辑成为真正的剧场理论原则。他说:

"在普通戏剧中,那些看似重要的对话反而是不符合真实的;恰恰是那些在僵硬的表面上的真理之外说出的话,才组成了最美的悲剧的神秘之美,因为这些语言符合更深的真理,这个真理无可比拟地与无形的灵魂更加靠近,正是它支撑着诗歌。甚至可以肯定,诗歌是如此靠近美与更崇高的真理,以至它消除了仅仅解释行为活动的词语,代之以其他启示性的词语,这些词语揭示的不是所谓的'灵魂状态',而是灵魂朝向它本身的美与真理的无形而不息的努力。而诗歌也就更加靠近那真正的生活。"(同上)

第五章　言语、沉默与等待:梅特林克静剧舞台艺术

这种多余的对话缺乏连贯性,常常断断续续。在传统戏剧体系中,人们有着习惯的期待,问题需要答复,行动需要反馈,身体动作和言语行为有着明确的解释性,梅特林克的"二级对话"打破了这种戏剧语言系统,成为体系之外的多余的、无用的谈话,但是,梅特林克就是借此重构了戏剧语言的真正潜力。正如外在的无行动掩护着心理行动一样,和无形的力量真正相关的戏剧人物被隐藏在人物看似无意义的言语表面之下。德国象征主义诗人里尔克观看了《丹达吉勒之死》后,谈到梅特林克的看似平凡、非诗意的语言特点:"他的语言也表现出全新的力量……就是日常生活中,那些简单用词,之前从没有这么说过。"(Rilke,1997:236)①其实,这和象征主义推崇的"文字至尚"已经相去甚远,梅特林克所做的一切与其说是维护象征主义语言的重要性,不如说是暗中釜底抽薪,蚕食了它的至高权威。

2. 第三个人物

《谦卑者的财富》还有一章叫"灵魂的苏醒",梅特林克在此详细阐述了沉默的意义,称赞莱辛在舞台上解除了动作性,但是批评他用语言取而代之。易卜生有所不同,《建筑大师》中的对白超出了对白本身,无关紧要的对话登上舞台,引领读者和观众进入一个未知的沉默和直觉的世界。易卜生通过使用"二级对话"偷偷地在舞台上呈现了第三个人物——无形的力量。在第二次接受记者哈里特采访时,梅特林克这样评论易卜生:"易卜生笔下的人物刻画细致,个人生活清晰,但是他关注的不仅是这些人物的细微之处,正是在细节描述的基础之上,他让我们感觉到无形的第三个人物,这第三个人从那些常规的、次要的谈话中脱颖而出,只有'他'的生活最深刻,最不知疲倦。比如,'他'出现在人们在死者的床边谈论天气之时,他(易卜生)总是创造了这样的情境。"(Maeterlinck,1985:156)

"二级对话"絮絮叨叨,没有连贯性,似乎和故事进程无关,但是,无形的力量借此在暗中现身,并且通过戏剧语言得到确认。这样,看不见的和无所不在的第三个人物使梅特林克的哲学思想和戏剧技巧统一起来,在舞台上,通过多样化的舞美和道具设计,再加上琐碎的语言,第三个人物以"他"或者"你"的形式进入到戏剧对话中。贝格(Christian Berg)介绍了梅特林克在戏剧语言层面的"第三个人物"概念:"梅特林克的语言不仅表达了客观性,而且还使用了一些不确定的人称代词,取得了戏剧主题和外在语义所无法达到的效果,让观众感到有什么不祥的存在如影随形,并且和所有的人物密不可分。"(McGuinness,2000:245)

"第三个人物"漂泊、流动、无法捕捉,可以说"他"藏身于多重事物中,正因为无形,根本就找不到"他"。梅特林克把"他"和语言之外的其他因素结合起来,如舞台空间、音响等,造成一种若有若无的印象。《无形的来客》中那个看不见的不速之客,只有瞎眼的外祖父可以感知到"他"的存在,《群盲》里无法解释的脚步声,停在盲人中间,婴儿受到惊吓大哭。"第三个人物"没有名字,没有明确的特征,看不见,也无法理解。作为没有缘起的力量,一个游荡的征兆,"他"的功能在于从舞台和戏剧语言两方面强化其存在。梅特林克的

---

① Rilke R M. Diaries of a Young Poet[M]. New York:Norton,1997.

同时代作家皮埃尔·奎拉德(Pierre Quillard)认为,《无形的来客》的独创性在一定程度上来源于未知的力量插入人物并影响对话的方式:"在人物对话的同时,一种令人惊恐的、不祥的力量介入其中,不请自来,触摸不到,不见其形。'他'现身于所有的人物手势中,人物的语言被赋予一种超自然的因素,就是因为'他'的存在,日常对话蕴含了不同的意义,而这种无形的力量也被变形,烙上了恐怖的烙印。"(Quillard,1891:48)[①]

独幕短剧《丹达吉勒之死》充分展示了强大、邪恶的无形力量。没有出场的藏身于塔楼的王后,为了保住自己的王座,嫉妒使她发狂,她曾杀死自己的两个儿子,这次又要策划杀害最小的王子丹达吉勒,而从姐姐伊格兰怀抱里抢走小王子的那些王后的帮凶也同样没有名字,不露身形,只用"她们"来指代。王后在我们视线之外,但是却操纵了整出戏剧。丹达吉勒说:"我听见了!……她们……她们来了啦!"(梅特林克,1983:179)可以听到过道里有人到来,听到有人摸门、晃门,听到钥匙在锁眼里的转动,任凭小姐姐贝朗热尔和老师阿格洛瓦勒使出全身力气顶门,门还是开了,手里的剑被撞断成两截。"没有一点声音,也看不见任何人。只有黑暗中的寒气钻进室内。突然间,僵直的丹达吉勒惨叫一声,从她姐姐的怀里挣脱开,跌落在门口,消失在黑暗之中。"(同上:181)第三个人物——"她们"不费吹灰之力就抢走了小王子,虽然舞台上看不到"她们",但是"她们"确定无疑地存在,既存在于舞台动作中,也存在于人物对话中。

梅特林克在1891年的《戏剧小谈》中说到"二级对话":"我们的日常生活可以比喻成在一个房间里的生活,我们怀疑死亡会突然降临,大家都对此闭口不提,但是心里想的都是这件事,表面上,大家的动作似乎和此事无关,但实际上,所有的动作、所有的准备都围绕着这一事件,我们谈论着无关紧要的事情,同时,我们知道,我们所说的话和我们正在说的事毫无关系。"(Maeterlinck,1985:60)也就是说,看起来多余的"二级对话"自有其深意。"二级对话"的含义通常是缺席的,但是又蕴含在多余的谈话中,这种暗含在日常对话之下的剩余意义也被称为"未被说出的话","未被说出的话"左右着、控制着日常谈话极力回避的深层意义。

"二级对话"不能从话语表面去理解,就像戏剧的意义不能简单地理解为舞台呈现的故事或情境一样。同样,在梅特林克的心目中,静态戏剧并不意味着无意义的静止,"二级对话"创造的是表层意义还是与之完全相反,讲话人全然不知,根据戏剧情境也无法预测。这种意义、反意义、多重意义的功能投射出一道不停移动的光谱,它反射出无穷的意义,但是同时,语言使用者却被排除在外,对此毫不知情。因此,梅特林克的人物被语言利用,被剥夺了主体知情权,只是说着一些超出他们自身理解的话语。

梅特林克的人物和语言没有所属关系,人物动作机械,缺乏意志,语言没有逻辑性,只可以称得上是松散的对白,这也使叶芝、西蒙斯等人开始注意梅特林克戏剧的梦幻性特点。但是这种印象并非完全是由作家拒绝对人物进行心理分析,拒绝刻画有棱有角的人物造成的。这种暗示的、梦幻的、不确定的戏剧是通过对剧场各种技术的综合运用实现的,通过对音响效果、灯光、舞台和舞台外空间的运用,无形的力量、"二级对话"和"第三个

[①] Quillard P. "L'Intruse"[J]. Mercure de France, July, 1891.

人物"被带入了戏剧舞台的大家庭。

3. 沉默和语言

(1)沉默。

梅特林克在语言层面上提出的"二级对话"既是对同时代象征主义诗歌语言的反叛，也是对传统功能性戏剧对话的反叛，而"沉默"是梅特林克反叛的最后一个贡献。"二级对话"技巧在很大程度上实践了梅特林克的"日常悲剧"理论，为我们呈现了十足平庸的剧场，同时"无形的力量"借助平庸的语言悄然滑入舞台。因此梅特林克的舞台人物，或说话重复，或往往一句话只说半句，口齿不清，只问不答，这些特点结合起来形成主导的语言表达模式，使观众和读者感到言犹未尽，语言表达不充分，无法捕捉到完整的意义。其实，自然主义戏剧已经开始了对传统戏剧推论性语言和诗歌语言的反叛，代之以人物的结结巴巴、犹豫不决，以及粗俗的和日常性话语。这表面上和梅特林克的日常语言一样如实地反映了生活的一个侧面，只是梅特林克的语言被赋予"二级对话"的深意，旨在表现生活的神秘性。当记者哈里特请梅特林克描述其戏剧理想的时候，梅特林克在采访中这样回答："要使舞台人物置身于平凡的和普通人生活的场景中（因为我们在不久的将来还要进一步利用一些技巧），但是我们需要悄悄地对正常视角进行取代，使他们的表演能够清晰地表现出暗中存在的无形的力量。"（同上:86）

通过取代正常的视角，也就是通过展示语言的不充分性，使语言获得不同寻常的表现力，表面上看是次要的语言，实则是意义所在，这里的不充分还包括一个内容，就是对沉默的构建。梅特林克笔下的人物经常会陷入沉默、中断，或者渐渐进入失语状态。文本和舞台表演处处可见暂停和沉默，没被说出的话和无法说出的话比比皆是。梅特林克在《谦卑者的财富》的第一章就解释了"沉默"的含义："语言并不是法国人所定义的那样，是隐藏思想的艺术，相反，它往往窒息和悬置了思想，以致没有什么可隐藏的了。语言是伟大的，但并非最伟大。正如瑞士铭文所言:言语是银，沉默是金；或者我宁愿这样表达，言语是一时的，而沉默是永恒的。"（梅特林克，2009:3）

沉默被广泛应用于剧作家的戏剧实践中，句子没有完成就悬在空中，词语之间隔着鸿沟，沉默插入人物的对话，打断了对问题的回答。和"非动作""等待"等技巧一样，"沉默"提供了一种全新的、未曾探索的戏剧艺术资源，也被从偶发事件提升为象征主义新戏剧的重要表达手段。剧作家谢利谈到梅特林克戏剧视角的创新性时，认为梅特林克发现了一种带有新的恐惧和怜悯的、独一无二的悲剧，而沉默是最好的表达手段。"沉默"代表着不断活跃的、无限空洞的日常生活，在其之上的语言只是毫无用处的、碎片式的虚饰。梅特林克认为：

"语言永远不能表达两个存在之间真实的、特殊的关系。如果此刻我向你们谈论最严肃的事情——爱情、死亡或命运，我能触及的就不是爱、死亡和命运；而且，尽管我尽力而为，我们之间还是留着一种未说出，甚至我们未想到要说的真实。可这是唯一的真实，虽然无声无息，却将与我们片刻同在，我们会全神贯注于它。而且，没有什么比沉默更为重要的了。"（梅特林克，2009:16～17）

梅特林克所开创的戏剧"沉默"和"二级对话"等被贝克特继承，成为荒诞派戏剧的重要表现手法。阿多诺从贝克特的《终局》中辨识到类似于梅特林克的语言特征:"因为静默状态还没有达到理想的效果,所以剧中的语言更像是一种替代方式,就像是打破沉默的伴奏……沉默是语言的主动衰落……那些归于沉默的二级语言、堆积的粗野无礼的词语、伪逻辑关系、被镀成某种标记的词语等,都经过改造成为否定语言的艺术语言。"(Adorno,1992:262)①

这段话概况了梅特林克的戏剧语言特点,那些多余的话为沉默解决不了的问题提供了补救措施,那些假语村言和一言半语成为打破沉默的佐餐料,必不可少。梅特林克戏剧使用沉默和衰落的语言挑战了传统语言的权威,开启了对传统语言的全面否定进程,特别是对传统体系中的重"动作"轻"非动作"、重"事件"轻"情境"、重"对白"轻"沉默"等提出抗议。语言不再代表着其全部意义,它不再是终点,否定自我成为其目的,语言成为它一度极力掩盖的沉默的附庸,被剥夺了功能属性之后,语言通过走出自我,否定了自我。

(2)和贝克特戏剧语言观的比较。

我们可以进一步比较一下贝克特和梅特林克的戏剧语言观。下面是贝克特给朋友的信中的一段话:

"让我们期待那个时刻到来,感谢上帝,在某个地方,这个时刻真的来临,当语言达到最充分误用的时候,正是语言最充分使用的时刻。我们不能一下子取消语言,我们只能在其中挖洞,诞生一个又一个缺口,直到下面潜藏的东西——可以是某个事物,也可以空无一物——渗透露出;我无法想出今天的作家还有什么别的更高的目标……词汇可怕的实用性必然需要消解……结果就是,当我们从头到尾地翻阅书页时,我们看不到别的,只有片言只语组成的一条通道高高悬在空中,它连接着无底的沉默的深渊。"(Beckett,1983:171~172)②

在贝克特看来,多余的话或"二级对话"就是语言的"误用","误用"通向沉默的深渊,正是最有效的使用。贝克特所说的给语言"挖洞",相当于梅特林克说的"穿了孔的""断断续续的对话"。贝克特也不建议完全取消语言,而是建议发展语言,发展的方式就是通过挑词选句使语言衰落,并用来对抗自身。这里,贝克特提到一个问题,那就是不得不承认,只有利用语言,才能到达沉默的深渊。梅特林克的戏剧理论和实践也同这一原则完全一致。随着梅特林克把"沉默"作为新戏剧的支配力量,他理解到沉默的意义和形式都来源于和其密不可分的语言,正是语言定义了"沉默"的轮廓,也就是说,"洞"和其诞生地关系密切。

(3)梅特林克戏剧语言的源头——马拉美。

梅特林克的"二级对话"和"沉默"理论鼓舞了贝克特和品特的戏剧之路,但是谈到师承关系,我们不能忽略象征主义诗学理论鼻祖马拉美的影响。马拉美的名言"要用阴影去唤起没有被陈述的事物"可以看作"沉默"戏剧的理论基石。沉默的阴影投射在语言之上,正如贝克特所说:"我们创作虚无总比不创作要好,因为戏剧不仅仅依赖语言完成,我们认识到戏剧中必须要构建沉默,定义沉默,创作虚无。"(同上:171)

梅特林克在戏剧领域引入"无形的力量""沉默""虚无",其意义相当于马拉美在诗歌

---

① Adorno T W. Notes to Literature(2 vols.)[M]. New York: Columbia University Press, 1992.
② Beckett S. Disjecta[M]. ed. R. Cohn. London: Calder, 1983.

第五章 言语、沉默与等待：梅特林克静剧舞台艺术

中发现空白的潜力。马拉美发现，诗句之前的空白、诗句周围的空白和打断诗句的空白，产生了深不见底的空洞，这个空洞成为无限和多重暗示的来源。它提供了无数可能的意义，同时也威胁着要取消现存的所有意义，既然需要诗歌，就需要构建空白。马拉美在谈到爱伦·坡的诗歌时说："一首诗的结构依赖于隐藏的部分，也就是隔开诗节的空行和一页纸的空白部分，富有意义的沉默和诗句一样优美。"(McGuinness，2000：252)

随着马拉美对诗歌文字的权威的质疑，梅特林克开始质疑戏剧语境下语言和动作的优先地位，"对白"一定优于"沉默"和"未被讲出的话"吗？"动作"就一定比"非动作"重要吗？"可见的事物"一定优先于"无形的事物"吗？梅特林克在传统戏剧中找到现成的资源，如"沉默""静止""二级对话"等，并将其整合，重新分配；马拉美也发现，传统诗体中包含使文字弥散的萌芽。当马拉美发现，诗行和它周围的空白的关系蕴含着对其自身逆转的可能性的时候，梅特林克发现沉默和静止已经在戏剧中存在，并且一直都被面具遮盖着。诗人马拉美和剧作家梅特林克都深深懂得，有些规则不需要打破，但是需要重置重心。将马拉美的空白理念引入戏剧，梅特林克一方面奉献了象征主义戏剧动人心魄的作品，扩大了象征主义的疆域，另一方面推翻了象征主义诗歌理论的中心原则——文字是神圣不可侵犯的。

第六章　静剧舞台的时空围城：
《群盲》《丹达吉勒之死》和《七公主》

　　时不时地，人们会抬头仰望天空，深吸一口气，侧耳聆听，然后环顾左右，考虑自己在什么地方，他想一会儿，叹口气，然后从口袋里掏出怀表，看一下时间。我在哪里？现在是什么时候？这是我们对这个世界提出的永不枯竭的发问。我在哪里？我又终将走向何处？

——保罗·克洛岱尔

　　梅特林克戏剧的观众非常吃惊地发现，舞台上实际什么也没发生，占据舞台的人物只是在等待，等待着即将发生的事情，等待某人的到来，等待舞台上的表演时间一点点耗尽，等待落幕，等待剧终。故事发生的时间一般可以粗略地推断出是黄昏到午夜期间，天色昏暗，一切都变得影影绰绰看不清楚，故事发生的地点似乎是介于两个地点之间的中间地带——路边、树林、花园或某个室内，但是这个过渡地带并不起到过渡的作用，而是自始至终地将主人公困在其中，使其不能脱身，这就是梅特林克静剧人物所生活的时空，他们无所事事，内心痛苦不堪，观众似乎感受不到时间的流动，他们的舞台动作永远发生在当下，永远是进行时。这不禁让我们联想到其几十年后的荒诞派戏剧作家贝克特的《等待戈多》，在乡间的一条路上，一棵树旁，两个流浪汉埃斯特拉贡和弗拉迪米尔每个傍晚都在这里等待，一个把鞋子脱掉又穿上，一个把帽子摘掉又戴上，日日都在重复，说同样的话，见同样的人，他们甚至不记得昨天是否来过，但是他们不敢离开，因为"戈多"答应要来，但"戈多"始终没有露面，他们的"静止"等待构成了全部的舞台活动。由此可见，梅特林克所创立的静态戏剧或等待戏剧开启了20世纪现代戏剧的一个重要舞台模式。

第一节　静态戏剧的时间："等待"是一种悬念形式

　　戏剧，通常需要在某个选定的空间地点，以时间顺序去描述某个展开的事件，因此，"现在"是一种以事件为中心的、蕴含未来的现在，事件或情节是传统戏剧的中心。而梅特林克的独幕剧把传统戏剧中隐含在背后的时间和空间这些处于次要地位的要素搬到了舞台的中央，使之成为戏剧的突出部分和主体。

　　查尔斯·摩根（Charles Morgan）在《论戏剧幻象的本质》一文中提出了现代戏剧体验的基本动力学。他说："一部戏剧上演2～3小时，直到剧终，戏剧形式潜伏在背后。在观看表演期间，我们意识不到其形式，但事件的结局在我们的预测之中，这便是一种悬念形式……它和传统戏剧的'情节悬念'不同，传统情节悬念意味着观众对所要发生的事件一无所知，它是一种结构上的巧合的安排，而现代戏剧'时间悬念'的形式是一种预期的所知结果的未完成状态。"(Morgan,1933:71~72)[①]按照摩根的定义,莎士比亚或者贝克特、詹姆斯一世时期的悲剧或梅特林克的静剧,都是建立在同样的基本构成法则上的。而时间和空间,作为悬念的形式,是舞台上的绝对的普遍分母,是舞台的基本条件。

　　梅特林克的静态戏剧所选择的就是这种持续的"时间悬念"形式,人物在等待中度日,时间在静默中流逝,似乎要发生什么事情,但预料中的结果并没有出现。《无形的来客》中众人等待的修女姐妹始终没来,《群盲》中群盲等待的牧师最终离他们而去,《佩列阿斯和梅丽桑德》中佩列阿斯意识到身边的危险,一再提出启程离去,却再三耽搁和等待,《七公主》中奥赛拉公主等了王子七年未果,而悲痛的王子也没能等到沉睡的公主苏醒。在弱行动和静止中,舞台在时空的维度中向前推进,时间成为悬念形式,而形式本身最终带来了戏剧的结局。梅特林克意识到戏剧的这种悬念形式和他对人类自身状况的理解相一致,他在散文集《谦卑者的财富》中提出,象征性的现代戏剧就是静态戏剧,就是悬念舞台、暂停舞台。"灯下老人"就是静态戏剧的一个典型形象。

　　灯下的老人安坐在扶手椅上,他就在那里,他不需要什么,只是安详稳坐,静止默然地存在,老人的形象成为一个典型的悲剧人物和戏剧形象,它是梅特林克静态戏剧的代言人,也是现代戏剧和象征主义戏剧的一个里程碑。海德格尔认为,人类的状况就是存在,戏剧形式比其他任何形式都更好地表达了这种真实,因为戏剧最自然地重现了人类的生存状况,戏剧人物一旦登上舞台,就存在于此。海德格尔所说的"存在"即一种与超验现实紧密联系的物质现实,而戏剧正是最能恰当表达这种近似度的艺术。梅特林克不但从理论上,而且在实践中探索了"存在"所涉及的一切问题。

　　《群盲》和《无形的来客》等作品围绕"等待"安排结构,尽管被等待的人始终没有出现,但是通过"等待"这一似乎静止的行动,"时间"成为观众意识中的戏剧主体。"等待"使日常的平庸、琐碎得以放大,戏剧焦点从传统的情节和冲突转移到日常的枯燥、痛苦、沉默、漫无目的的闲谈和"二级对话"。梅特林克对静态戏剧的探索不但使他跻身伟大的现代戏剧家行列,而且也在一定程度上提出了感官如何感受时间的解决办法。长期以来,心理学家一直无法解决的一个问题就是无从找到人对时间流逝的感知能力,我们的感官可以观察到空间,却无法观察时间,我们清楚时间分分秒秒匆匆而过,但是这种认知从何而来?我们看不见、听不见、闻不到、尝不出,也无法触摸到时光流逝,但是真真切切地,时间从我们身边和眼前溜走。我们的耳边响起朱自清先生的文字:"洗手的时候,日子从水盆里过去;吃饭的时候,日子从饭碗里过去;默默时,便从凝然的双眼前过去。我觉察他去的匆匆了,伸出手遮挽时,它又从遮挽着的手边过去。……聪明的,告诉我,我们的日子为什么一去不复返呢?"

　　法国哲学家路易斯·拉维尔(Louis Lavelle)认为,在期待中,人们最能够觉察到时间,而梅特林克的"等待"戏剧创设的期待悬念为我们提供了最好的对时间的理解。拉维尔说:"对未来的期待创设了某种纯粹的时间体验,而对过去的体验却没有这种效果,因为间歇总是在我们无意识中被填充,我们意识不到时间,可以说,对过去时间的表达是一个

[①] Morgan C. On the Nature of Dramatic Illusion[C]//Essays by Divers Hands. London: Humphrey Milford, 1933:61-77.

容器,而对未来时间的表达是我们体验的内容。"(McGuinness,2000:174)①拉维尔把梅特林克独幕剧对时间的呈现方式叫作"内容",摒弃或简化传统戏剧的动作和情节,也就是说,把人们的注意力从容器转移到内容上。因此,无论是《无形的来客》《室内》,还是《群盲》,观众在持续、急迫的等待的体验中感受到时间的流动。我们也可以说,最恰当地体味时光流逝的感官是"等待"。而等待的基本特性是枯燥乏味,在等待期间,什么事也没有发生,人们无所事事,甚至静默不语,这也是品味时间的最纯粹的和最真实的状态。

梅特林克认为冲突和激烈的事件不再是现代生活中的必不可少的内容,也不应该是戏剧舞台的主导,相反,静态的等待或期待,构成了日常悲剧的重要因素,因为,只有在沉默和静止中,人才可以最深切地感受到自己的心灵,发现庄严的灵魂之美。"今天,我们大多数人的生活远离了流血、战斗的呐喊和刀剑的铿锵,人的眼泪是沉默的,看不见的,且几乎是在灵魂深处的……"(梅特林克,2009:88)梅特林克的日常悲剧理论提出了独具一格的戏剧悬念形式,而静态戏剧或等待戏剧实现了悬念形式在舞台上的演绎。

第二节 静态戏剧的空间:以《群盲》为例

1. 对空间的探索

《群盲》的发生地被置于某个孤寂的海岛上,在剧本的开端,梅特林克的舞台说明详尽地介绍了故事发生的空间背景,一幅画卷缓缓在我们面前展开:

> "一片古老的那兰树林,一望无穷,在深沉群星的天穹之下。深夜中,一个很老的牧师坐在众人之中,披着一件黑外套,一息也不动。……脸色惨淡,带有静止般的蜡黑,紫色的嘴唇,上下略微张开,一双眼睛,翕然合着,不再无尽地望向外边……在右边,有六个老人,统统都是盲的,坐在大石头和枯叶之上。在左边,六个妇女也是盲的,突起的树根和大石的碎块隔开了她们。……她们像老人一样,统统穿着宽大的黑衣服,她们大多在等候,手肘靠在膝盖上,脸藏在手掌里;统统都似乎失掉了无意义的举动……高大的殡礼树——扁柏、垂柳、松树——用忠实的阴影遮蔽着她们。一球瘦削的日光兰,正在夜间开着……"(梅特林克,2006:17)②

端坐不动的老牧师身旁,右边是六个盲人男子,左边是六个盲人妇女,场景如此静谧,并且形成对称,中间的石头和突起的树根把舞台分成两个戏剧区。在黑暗的舞台上,"月光极力挣扎着要去打破树叶的昏暗"。右边三个生来即盲的男子开始说话了:"他还没回来吗?""你把我惊醒了""我也睡着了"。(同上)从三人的言语中,我们知道他们在等老牧师的回归,但是不知道他们等了多久。与他们对称的左边,有三个妇女不停地细声祷告和哀哭。我们在心中开始疑惑,为什么她们要祷告呢?(因为祷告、诵读诗歌和吟唱在梅特林克的戏剧中是一种不详之兆,总是和死亡并肩而行。如梅丽桑德之死,《无形的来客》中

---

① McGuinness Patrick. Maurice Maeterlinck and The Making of Modern Theatre[M]. New York: Oxford University Press Inc., 2000.

② [比]莫里斯·梅特林克. 诺贝尔文学奖文集:无形的来客[M]. 李斯,等译. 长春:时代文艺出版社,2006.

女儿的病逝,《七公主》中奥赛拉之死等)还有一对相向而坐的,是很老的盲人男子和很老的盲妇,一个问:"有人知道我们在哪里吗?"另一个答:"我们已经走了很久了;我们一定离开庇护所很远了。"(同上:18)第五个盲人男子是生来即聋的,他的痛苦是叠加的,而与他对应的是左边的一个疯癫的盲妇,她在哑然无声的疯癫状态里,静悄悄地抱着一个婴儿在膝盖上,这是一对生活在完全无声世界里的、承受更大痛苦的一对人物。第六个盲人男子对应着年轻的盲妇,他夸奖她道:"他们说你很美丽,好像一个从远方来的女子一样。"年轻的盲妇是十二个盲人中讲话最多的,她略带忧伤地回忆起老牧师离开时说的话,还幸福地讲起她对日光、海水、大火、山岭的记忆,作家的舞台说明里描述她"长发飘飘,年轻的容颜闪耀"。(同上:17)

盲人男子说:"自从他去后,便渐渐冷了起来。"这句话说出了从过去牧师的出走到未来大家所期待的牧师的回归之间盲人们所处的困境,牧师离开了,让他们原地等候,他们不知道等了多久,他们不知道自己身处何方,他们深受煎熬,但他们唯有等待。盲人们丧失了向导,就迷失了方向,无依无靠,在空间和时间上都处于无助的困苦之中。他们不停地喃喃自问:"有人知道我们在哪里吗?……我们应该知道我们在哪里啊!……现在是什么时候呢?……你在哪里呢?"(同上:21~22)盲人们摸摸索索,互相喊话,磕磕绊绊,努力地想了解同伴们的位置。听到远处钟声慢慢敲响十二下,他们想知道现在是白天还是夜晚,他们忍饥挨饿,开始思念海岛上破败不堪的庇护所——他们的家,想念年老体弱的牧师。在野外的无边等待中,他们只能闻到日光兰的香气和枯叶的气息,听到夜鸟倏忽飞起,以及不远处海浪撞击岩石的微声,他们用言语和感官开始一点点建立对黑暗的世界的认知。他们渴望了解环境,找到回家的路。但是从舞台启幕开始,观众就清清楚楚地知道牧师在哪里,知道他已然静坐在他们中间,溘然长逝,知道男女盲人们分成两队分别坐在他的两边,中间隔开他们的是突起的石头和枯树。因此,接下来,发现牧师冰冷的尸体的过程,以及探索他们周遭的环境的过程,就构成了故事发展的全部悬念。读者和观众了解的信息一直比剧中人物了解得多,唯一不知道的是他们在此等候了多久、还要等多久、他们什么时候能够完全找到牧师冰冷的尸体;而了解环境的过程就是接下来的舞台表演持续的过程和剧本的长度,观众一眼看去就可以了解的空间被悬念拉长,构成了整个戏剧的空间结构。因此,以《群盲》为代表的梅特林克静剧中,重要的不是故事的结局,而是时间和空间形式的持续,是悬念。

他们伸出手触摸,张开嘴发问,这里的动作和语言只体现了一个功能,那就是自我定位,而对自我环境的发现过程就构成了戏剧舞台的持续长度。他们渐渐发现了容纳他们的空间里的各种其他物体,如树干、石块、树叶和花,这些物体在他们的脑海里一字排开,看不见的环境开始在头脑中成像,随着戏剧时间推移,他们逐渐建立了对于短暂停留之地的空间关系的认识。实际上,舞台上的这些物体,观众一走进剧场就尽收眼底,读者在舞台说明的帮助下也很快就会了然于胸,但是,在盲人主导的舞台上,这些实物他们需要通过触觉去激活,在时间轴上,一次又一次地补充,再补充,舞台自身也完成了一次次的构建和再构建过程。当空间关系得到完全确认的时候,即所有的其他物品悉数呈现、牧师被发现、整个空间被激活时,也就是舞台表演闭幕的时候了。当剧场的两个阵营——观众和剧中人物、看戏的和被看的,通过不同的感知手段对空间认识达到信息一致时,形式就不再是悬念,表演结束,戏剧时间终止。

通过激活人物对物质世界的探索,观众单纯的观察经验被替代和延伸,戏剧空间增加了厚度,这一空间被前置,直到舞台空间自身在触觉、听觉和味觉的唤醒中变成戏剧本身。舞台空间就在那里,但是必须通过戏剧艺术手段去感知,麦克圭尼斯认为,客观看见的空间和主观感受到的空间构成了戏剧舞台空间的双重性。在观众眼里,"舞台空间成为一个动作场所,在此可以完成各种实际意图的调度和部署;舞台空间也是一个动作基地,在这里,活力可以被唤起并在舞台范围内迸发。这个舞台长度和宽度可以精准度量,但舞台的具体延展度,必须要依赖其他因素,如活跃的力量消失、时间悬念结束等。于是,戏剧空间一方面是客观存在的,但另一方面它只存在于舞台动作中。"(McGuinness,2000:179)

这种空间的双重性也充分体现在《群盲》一剧中,舞台空间既是一个动作场所,又是一个动作基地,观众眼里的空间一目了然,但是戏剧空间只存在于潜在的活力中,需要停泊在岛上的盲人们通过自己独有的感官去探索。在观众眼里,它可以量化,它的面积可以准确丈量,舞台上的物品对观众来说一清二楚,但是从本质上看,在戏剧表演的主观层面,它还容纳了大量的感官信息,只有通过盲人们在舞台上的探索行为和弱动作才能为其下定义。《群盲》的舞台时长可以得到这样的确认:观众需要多久可以在感官上受到触动,这个表演就需要多长时间;这个动作场所要多久才能变成动作基地,表演就需要多久;量化的舞台空间什么时候可以发生质变,变成实质的舞台空间,表演就进行到什么时候;通过观看栖息在这个小岛上的盲人们的有血有肉的表演,剧作家写在前面的舞台提示变成观众感同身受的事实,只有这时候,才到了《群盲》剧终之时。

奎拉德的象征主义格言说"文字创造的布景高于一切",而梅特林克戏剧提供了一个颠覆性的变体。"盲人"们的语言总是次要的、从属的,他们说话只是为了确认存在的事物,这里创造布景的不是文字,而是触觉和听觉,文字只是起到定位和命名的作用,在其他感官揭示了空间的客观存在之后,文字(语言)被借用来再一次确认这些客体的存在。

《群盲》一剧是否可以登上舞台,这引起了象征主义者的争论。主导象征主义戏剧批评、接受的通常是"氛围""暗示"这样一些字眼,人们对感官认识往往不予重视。象征主义者鼓吹对舞台表演的厌恶,这种大环境毫无疑问会贬低"感官"的物质体验,并对其异乎寻常的效果视而不见。马拉美对《群盲》的上演忧心忡忡,他在1890年的信中写道:"恐怕梅特林克把《群盲》交给剧院是一个错误,因为这是一部非自然化的,只适合阅读的作品。"(Mallarme,1973:151)戏剧理论家兼导演莫克莱尔(Mauclair)虽然不认同梅特林克的象征主义,但是他认为《群盲》可以使观众获得感官上的触觉,是可以登上舞台的。契诃夫也曾和导演苏沃林讨论上演梅特林克戏剧的可能性,他说:"我在阅读梅特林克的作品,我读了《群盲》和《无形的来客》,正在读《阿格拉凡和塞莉赛特》,他写的东西奇特而不可思议,深深打动了我,如果我拥有剧院,我一定要上演《群盲》。"(McGuinness,2000:180)

1891年12月,《群盲》在巴黎艺术剧院上演了,诗人保罗·福尔在回忆录里忠实而有趣地描述了12月11日晚上的演出,称其为伟大的成功,他写道:"当扮演盲人的吕奈—波的手摸索着触碰到一具冰冷的尸体的时刻,他高喊了一声:'我们中间有一个死人!'随即突然打住,发不出声音,巨大的恐怖在观众席间传递,接下来震耳欲聋的掌声响起,整个剧场沸腾了。……当兴奋归于沉寂,突然一个观众站了起来,双手抱头,痛苦地高喊:'我一点也不明白!'他猛然向剧院出口跑去,发疯一般。"(Fort,1944:39)

梅特林克的戏剧深深触动了人们的神经,对典型象征主义剧场的实践手段进行了充满活力的补充。这部戏剧通过极端外在的方式去表现象征:静止等待成为现代人生活的日常,苦苦探索周围的环境是他们对生命意义的追寻。《群盲》借助对感官的潜力进行挖掘来探索和定义空间,呈现情境,而这种外在身体体验的意义被置于语言之上,是触觉让盲人们发现了牧师的去世,并阐释了人类生存的悲剧。

2. 迷失在时空中

我们知道,盲人们对于他们所处的空间的认知是通过听觉和触觉建立的。独幕剧开始不久,第三个盲人男子在对他周围的环境有了初步的认识之后,就做出判断说:"我们知道得差不多了,所有该知道的都知道了。在等牧师回来的期间,我们且稍微嬉笑一些吧。"(梅特林克,2006:19)这里的讽刺显而易见,因为接下来的戏剧时间并不能舒舒服服地交给心安理得的嬉笑,我们知道,盲人们的探索之路还远未完成,对他们心灵的考验才刚刚开始,他们暂时获得的对所处空间的心满意足只是一个幻觉,对他们来说,周围的环境和空间还会继续给他们设置障碍,各种石块和物体仍然在阻隔着他们对牧师的发现,忽如其来的各种响声会打破他们内心的宁静,施压于他们费尽心力建立的脆弱承受力。在这个孤寂的、涛声阵阵的小岛上,他们注定要遭受心灵的磨难,困在其中找不到出路,他们会遭受幽闭恐惧的折磨;这片森林空地所代表的广袤的空间并非他们的有限感官所能认识穷尽,盲人们动作迟缓,身体不能自如行动,犹豫不决,观众目睹了他们身体力所能及的范围,包括胳膊可以摸到的长度以及拐杖够得到的边界,他们的动作即便可以丈量舞台空间,也无法达到舞台外的广袤的空间,因此他们还会患上旷野恐怖症。这渐渐给人物内心造成深切的不安情绪,再加上枯燥和痛苦的交替来袭,他们会对时间的流逝产生陌生、恐惧的反应,这样,对陌生空间的恐惧和对未知时间的恐惧同时对盲人们产生影响,彻底导致了他们的迷失。

戏剧空间本应该是一个停泊港湾,使人物获得安全感,但在《群盲》的开端,空间变成陌生的旷野,安全感全无。(但是和时间带给人的不安相比,这个障碍物重重的空间至少是可以探索的,而梅氏早期剧中的时间只会给人以死亡的预言。)我们知道,空间是动作发生的场所,对空间的理解可以使人避免对表面现象的焦虑,了解了空间,就可以找到栖身之地,找到方位和路标,找到支撑和赖以生存的希望,这是真实世界的流沙中唯一的支点。"盲人"们如何确认空间关系?

"寻找栖息地"的过程对盲人们来说一直是个难题,他们自始至终反复发问:"我们在哪里啊?有谁知道现在是什么时候?"这既是《群盲》提出并期待得到答案的问题,也是对人类的存在的终极发问。和梅特林克同时代的法国著名戏剧家和诗人保罗·克洛岱尔(Paul Claudel)曾充满诗意地写道:"时不时地,人们会抬头仰望天空,深吸一口气,侧耳聆听,然后环顾左右,考虑自己在什么地方,他想一会儿,叹口气,然后从口袋里掏出怀表,看一下时间。我在哪里?现在是什么时候?这是我们对这个世界提出的永不枯竭的发问。我在哪里?我又终将走向何处?"(McGuinness,2000:183)

3. 语言、声音对空间探索的辅助功能

那么戏剧语言、对白在《群盲》中发挥了什么作用呢？盲人们如何认识这个世界呢？他们对空间和空间关系的认识首先来自听觉，这就涉及语言的辅助功能。第一个盲人男子试图穿过舞台到达盲妇们那里，但是他只能通过听觉来判断她们的位置。

> 第一个盲人男子：等一下，我到你们的地方去。(他起身，在暗中摸索)——你们在哪里？出声呀！使我听到你们在哪里呵！
>
> 很老的盲妇：在这里；我们坐在石头上。
>
> 第一个盲人男子：(前进，跌落在倒下的树和大石上)有些东西隔着我们呢。

(梅特林克，2006:18)

这里的短暂交流实现了言语与对白的功能：对白的内容不再重要，重要的是声音传递了位置信息，语言是存在的证明。在梅特林克的戏剧中，语言既是打发时间的手段，也是证实人物存在的方式。存在有浅层次的理解，盲人们互相看不见，只能借助语言和听觉来判断对方的存在，盲人们想点点人数，确认每一个人是否都在这里，也是通过语言一一发问，并传递讯息，抱团取暖。存在还有深层次的理解，当其中一个最老的盲妇指出牧师临走时要求大家安静地等待的时候，第三个盲人男子马上反驳说："当我不说话时，我很恐慌。"这里的沉默需要被填充、打破，对白变成了一种消除不安和恐惧的途径。因此，语言成为应对陌生的空间和未知的时间的最好的工具，成为等待之旅和探索之旅的重要构成部分。这种为了打破沉寂和无聊的唠唠叨叨、平淡无味和不经意的闲谈，其实是表面的平庸，它暗示了内心的丰富和深层次的存在、灵魂的存在，这就是梅氏术语"二级对话"的含义，我们的日常悲剧、日常深刻就存在于闲言碎语的背后。

当第一个盲人男子最终发现了他们中间有一具冰冷的尸体的时候，他再一次借助对白求证。

> 第一个盲人男子："我触到一些冰冷的东西——我相信我正触到一个人的脸呢！"
>
> 第一个盲人男子：哇！——我还不知道这是怎么一回事呢——原来我们里头有一个死了。
>
> 其余的：我们里头有一个人死了？——你在哪里？——你在哪里？
>
> 第一个盲人男子：我们里头确实有一个人死了，我告诉你，我触摸到一个死人的脸！——你们就坐在一个死人旁边呢！我们里头一定有一个人忽然死了。为什么你们不说话，使我知道谁还活着？你们在哪里呢？——答话！答话呀！你们都回答呀！
>
> [盲人轮流回答，除了聋人和疯癫盲妇。那三个妇人已经停止了她们的祷告。](同上：29)

声音此起彼伏地响起，大家纷纷回答，确认自己活着，聋人和疯癫盲妇也被确认，那就只有一种可能：死者是盲人们苦苦等待的牧师。第一个盲人男子略带伤感地喊道："他不说一字，便死了。"这里从反面和表层直接论证了：语言是存在的证明，冰冷的尸体在那里直立着，但已经无法讲话，无法讲话，人就不复存在。

剧中的空间探索过程还表现出滑稽和引人发笑的一面，盲人们在舞台上摸摸索索，磕

碰在树干、石块和日光兰植物上,这些客观事物既是帮助他们认识空间方位的标记,也同时创造了戏剧舞台的喜剧效果,人物想获得对空间的认知,但是不能如愿以偿,各种障碍物和人的意图形成冲撞,客体顽固抵抗主体的认知目的,幽默效果自然天成。事实上,通过与客观事物的亲密接触创造滑稽效果,是一种喜剧表现传统。普菲斯特(Manfred Pfister)在《戏剧理论和分析》一书中指出:"当戏剧依赖于道具,这种关系更多地表现出一种滑稽元素,而非悲剧元素,喜剧和客体世界就建立了一种特殊的亲密关系。"(Pfister, 1991:274)①但在《群盲》中,喜剧表现更带有悲剧的意味,这便是喜剧表演艺术所追求的深度:喜中有悲,笑中带泪。

舞台上除了人物的对白,还有一种自然的背景声音,如林间的鸟鸣声、海浪拍打礁石的声音、远处庇护所的钟声敲响了十二下等。这些舞台外的远距离声音一方面,可以帮助盲人们建立对舞台空间的进一步认识,使他们明白他们暂时停留的林中空地只是广袤世界的一小部分;另一方面,这些声音时时刻刻提醒着盲人们,林中的这块空地只是一个过渡性场所,不是久留之地,他们注定是要找到回家之路。这些瑟瑟风声和呜咽水声给这个看不见的空间增加了戏剧厚度,围困他们的小岛在盲人们脑海中形成了一幅心理地图。舞台空间已经给盲人们的心理认知版图带来了恐惧和压力,而舞台本身又处在更大的外力的入侵之下。"夜鸟忽由簇叶间飞起,……有些东西在我们和天之间经过呢,但是我们触摸不到呀!"(梅特林克,2006:21)看不见、摸不见的力量凌驾于他们之上,盲人们惊恐不已。"一阵疾风吹动了树林,吹落了树叶……海水忽然猛烈地撞击着临近的岩石,潮声澎湃。"(同上:27)这种种外来的声音侵犯了舞台空间,无论在平行面还是垂直面上,舞台都处在看不见的、宏大的外力的包围之中。"一阵疾风卷起四周的枯死的树叶……大雪开始片片飞下。"(同上:32)不久,战战兢兢的盲人们再次听到由远而近的快速的脚步声。让我们共同欣赏剧终的一幕吧:

年轻的盲女:我听到很远的地方有人在行走啊……我告诉你,有人朝我们这里来呀……他们渐渐近了!渐渐近了!听呀!

很老的盲人:我听到一件长袍沙沙地擦着枯叶呢……是不是脚步声呢?

年轻的盲女:我听到了,差不多就在我们身边了,……他(怀抱的婴儿)不停地望着脚步的那一边,他看见了,他看见了,他一定看见了某种奇怪的东西了!

很老的盲妇:把他举高吧,使他可以看得较清楚。

年轻的盲女:[她将小孩举高在一群盲人之上]脚步声已在我们中间停止了。

很老的盲妇:他在这里了!他在我们里头了!……

年轻的盲女:你是谁?[静寂]

很老的盲妇:可怜可怜我们吧!

[静寂——小孩拼命地哭得更厉害。](同上:33)

之前舞台上发生的一切,观众都被赋予了特权,无论是雪花、树干,还是岩石和死尸,观众第一时间获得了关于舞台的全部信息,静等舞台空间和时间在盲人们的摸索中延伸,

---

① Pfister M. The Theory and Analysis of Drama[M]. Cambridge: Cambridge University Press, 1991.

静等悬念推进。包括第一次盲人们听到脚步声,舞台指导也提供了解释:来者是庇护所的一条狗,盲人们通过触觉完成了对狗的认知,狗又引导盲人们找到了牧师冰冷的尸体,至此,盲人们和观众的认识达成一致。

但临近剧终,再次听到脚步声,舞台指导噤声了,观众不再拥有多于盲人们的知识和特权,他们被剥夺了提前预知的能力,没有人知道发生了什么,不知道是谁来到了盲人们中间,观众和人物一样充满困惑和恐惧。脚步声给可怜的迷失者带来了希望,但孩子的哭声更让这些无家可归者惶恐不安。当观众不再拥有更多的信息时,以知识鸿沟为基础的戏剧讽刺闭合。但是这里的闭合不再如对第一次脚步声的探索,他们最终拥有同样的舞台知识。这一次,观众也加入到盲人的队伍,成为群盲中的成员,充满威胁的舞台放大,围困盲人们的舞台空间从台上延伸到台下,从戏中发展到戏外,芸芸众生都是盲人,都被围困在这个世界中失去了向导,都是无家可归的可怜人。

孩子的哭声象征什么?梅特林克的死亡系列剧中不止一次出现过孩子的哭声,《无形的来客》中女主人公生产后随死神而去,从没哭过的婴儿"忽然发出惊恐的哭声,哭声持续,恐怖渐渐加重,直至落幕"(同上:14)。《佩列阿斯和梅丽桑德》中,美丽的梅丽桑德临终前生了个小小的会哭的女婴,母亲死去,孩子啼哭。这些哭声似乎充满了不祥之兆,但等待之旅除了平庸和恐惧,还有期望和希望,从一个生命,再到另一个生命,生生不息,灵魂苏醒,瞥见了我们头上的那束光。

综上所述,《群盲》中的语言和舞台声音首先具有一个共同功能,那就是帮助盲人完成舞台空间的探索,其次各种舞台外的声响将探索的空间范围扩大到舞台外,超过了日常生活的空间,语言和声音闭合了一个悬念,又开启了另一个悬念,将生命之神秘抛向广袤的时空,这便是该剧语言和声音的意义所在。

第三节 被围困的空间

1. 从临时空间到永恒空间:《无形的来客》

"[在旧别墅中,有一间黑暗房子。左右各有一扇房门,在墙角里另有一扇秘密的小房门。在后边有着色的玻璃窗,大体是绿色的,并有一扇玻璃门向阳台开着。墙角上挂着一件弗兰德式老年男士外套。一盏点亮的灯。]"(同上:1)

独幕剧《无形的来客》一开场,舞台指导对场景的细致描述就呈现给观众一个典型的梅特林克戏剧舞台的看似"临时"的空间。这间黑暗的房子位于两扇门之间,还有一扇秘密的小门和敞开的窗户,在读者和观众的心目中,这似乎只是一个位于两者或三者之间的过渡性空间,闭合的门关闭了其他空间,保护了当前场景的隐私,但同时,门的存在隐约预示了其他空间的存在,又对当前场景的封闭性造成了威胁。这样,"门"既是舞台空间的必要道具,又兼具象征意义,在梅氏戏剧中,"门"可以被看成是"看不见的空间"的一个象征。"门"或"窗",无论开启还是闭合,似乎在无声中向我们不断提出问题:"来的是谁?""外面有什么?"这正是剧中人物们自始至终的追问,而这些问题他们始终没能找到答案。我们只能看到门的一侧,看不到另一侧,剧中人物们提出问题,但无人能回答,"门"从已知通向未知,从"看得见"的空间把我们引入"看不见"的空间。接下来的人物对话更加鲜明地阐释了"门"的象征意义：

外祖父：（用手指着左边的门）她听不见我们吗？

父亲：我们讲话声音不大，而且，房门又厚，护士又伴着她……

外祖父：（用手指着右边的门）她听不见我们？

父亲：不，不。

叔父：我惦挂这个小家伙甚于你的妻子呵。他出世已经几个星期了，还没有丝毫动过，还没有喊过一声：你说他会是一个蜡制的婴孩吗？……（同上：2）

到了这时，我们就明白了"门"这一舞台道具的功能及暗示：左边的门通向卧室，在看不见的房间里，护士们正在照顾病重的母亲；右边的卧室躺着新生婴儿，听不见哭闹，也有一个护士陪着他，观众同样看不到里面的情形。正如契诃夫的名言所述，如果第一幕舞台上有一支枪，那么第五幕一定会听到枪响。同样，舞台两边的两扇门必有其存在意义，梅特林克静剧中的"静物"看似不动，但其后隐藏了看不见的活跃的事物，敞开的窗户通往阳台和花园，长女奥赛拉就是通过这扇窗观察外面的空间动态，历数"入侵者"（无形的来客）到达时的各种风吹草动，甚至墙角的那扇秘密的小门也有其象征意义，因为在我们的猜测中，无形的来客正是通过这扇门悄然来到众人中间。这样，左右两扇门、窗户、秘密小门都是构成梅特林克戏剧空间整体的不可或缺的部分。再看舞台，受到看不见的空间的两面夹击，舞台外空间也对其由上施压，最后还有来自下方的神秘力量的冲击，两方面力量暗中破坏，这个过渡性的舞台空间带给我们的不确定性远远大于安全感，舞台张力聚集。剧中人物的对白将我们的视线时时引向舞台之外，暗示他们未完成的心愿和期待，证实了舞台空间的物理功能。在这样一个布景、构造充满悬念的舞台上，对白和空间布景相辅相成，进一步强化了这种构造所产生的效果。

《群盲》里的群盲们被困于陌生的林中空地，这个过渡地带成为他们的临时栖息地，他们惴惴不安，一直在问自己在什么地方。《无形的来客》的主人公们是把自家的客厅作为舞台布景的，尽管是熟悉的场所，但戏剧大幕刚刚拉开，人物同样也提出了关于舞台空间的问题：

外祖父：我觉得这里似乎不是很亮。

父亲：我们到阳台上去，还是留在房里呢？

叔父：留在这里不是较好吗？这星期天天都下雨，夜间又潮湿又冷呵。（同上：1）

舞台空间上的人物对这个空间的延展度提供了选择，尽管他们在房间里，但是他们希望能到外面——阳台上去，即便外面不是他们熟悉的家。他们选择留在室内，也就选择了一种被围困的心态和生存状态，这种包围的空间形象就是该剧的探索所在。这里的室内不仅仅是舞台动作发生的空间场地，而且是戏剧整体必不可少的一部分，它不再是传统戏剧动作和事件发生的中性场所、那个精彩故事的发生地，而是积极参与到戏剧悬念和发展中来。在梅特林克戏剧中，舞台空间不再是一个被动的容器和客体，而是戏剧主体。

时间和空间围困着梅特林克的戏剧舞台，给当下的戏剧持续施加压力，并不断挤压当前的戏剧空间。老人痛苦地高喊："希望这一晚能很快过去！"（同上：3）"我希望我在别的地方！"（同上：13）这种时时迸发的、渴望远离空间和时间的声音表达了老人不愿意做时空困局的牺牲者的愿望。通过指出某个事实迫在眉睫,通过暗示某个看不见的空间,梅特林克戏剧把"禁闭"和"非动作性"变成戏剧的主要事件;一开场看似过渡的戏剧空间也逐渐固化成永久围困地,边界地带演变成中心地带,短暂的停留演变成戏剧时长。

2. 对外部空间的主观表现:《丹达吉勒之死》

表现时空围城的另一部典型剧作是创作于1894年的《丹达吉勒之死》,不同之处在于该剧是以四幕剧的形式表现出了独幕剧的紧凑和浓缩的氛围。这部剧情节非常简单,三个人物——姐姐伊格兰、姐姐贝朗热尔、老卫士阿格洛瓦勒——在保护一个名为"丹达吉勒"的孩子,因为妒火中烧的王后,也就是孩子的祖母为了坐稳自己的宝座,决意要除掉这个年轻的未来继位者。第一幕发生在一个可以俯视城堡的小山岗上,伊格兰搂抱着刚刚远道而来的弱不禁风的小弟丹达吉勒,向他描述远处山谷中的城堡:

> 伊格兰:往那边看,在破坏风景的枯树后面,山谷深处的宫堡,你看见了吗?
> 丹达吉勒:就是那漆黑的东西吗,伊格兰姐姐?
> 伊格兰:的确是漆黑的……在黑暗的圆形谷地的中央……我们要住在那里面……宫堡本可以建造在周围的大山顶上……白天山顶郁郁葱葱……那里空气好,还可以看见大海和巉崖那边的牧场。但他们却喜欢把它造在幽深的山谷里,甚至清风也吹不到那下面去……宫堡倒塌了,也没有人管……围墙裂缝了,简直可以说暗无天日,宫堡颓圮……只剩下一个塔楼经住了风雨的考验……塔楼很巍峨,把下面的房子的阳光都给挡住了……(梅特林克,1983:169)①

坐落在山谷里的城堡对于观察者来说普普通通,如何赋予客观存在的事物以活力和感情?对于舞台外的空间的刻画,梅特林克频繁使用的一个技巧就是从观者的角度,让人物代表观众去描述这个空间,尽管在观众眼里和在人物看来都是同一个客体,但是加入了人物的声音,这个空间就增添了主观的情感,这种附加了语言注释的布景空间也就被赋予了人物的主观情绪。梅特林克在《蓝色笔记》中谈到了使用这种空间表现技巧的原因:

> 人生活在这个世界上,经历痛苦,享受欢乐,最终撒手人寰,都是以一个活生生的形象而存在和体验的,同样,舞台上的人物也是鲜活生动的,他们在这个地方讲话,并且连续不断地在他们周遭创造一个与他们的动作和心理活动相呼应的空间,如果失去了活力,人就变成了书本上的一枝枯死的花。(Maeterlinck, 1976:161)②

既然是表现活脱脱的人,就要展示他们的七情六欲,否则,人的存在便失去了意义。而他们赖以生存的空间,无论是看得见的舞台,还是看不见的外部舞台,就不仅仅是他们表演和暗示的场所,而是与人物互动的充满灵性的空间。在梅特林克的戏剧中,每一个客观存在的具体事物,都有与其对应的一系列主观说明,这些文字带领我们洞察到人物的精神状态和故事行进的氛围。在主观阐释下,一方面,暗无天日、颓废的宫堡暗示了摧毁一切的邪恶力量,另一方面,对山顶的郁郁葱葱和蓝天白云下牧场的憧憬表现了伊格兰在窒息般重压之下残留的希望。尽管多年来习惯了无依无靠的孤寂生活,尽管沉重现实不断

---

① 莫里斯·梅特林克. 梅特林克戏剧选[M]. 张裕禾,李玉民,译. 北京:外国文学出版社出版,1983.
② Maeterlinck, Maurice. Le Cahier bleu[J]. Annales de la Fondation Maurice Maeterlinck, 1976(22).

击打着她和妹妹贝朗热尔幼小而孱弱的心灵,蚕食她们的希望之火,但那丝残存的勇气仍在,这也就暗示了随后故事的发展脉络,她是怀着必死的信心和飞蛾扑火的勇气,和看不见的强大力量抗争啊!

而在群盲们抱团取暖的舞台,梅特林克的空间处理技巧更见功力,所有看得见的空间和看不见的空间都需要通过盲人们的主观感受去探索、层层剥开和解读。梅特林克的这种复杂空间——看得见的和看不见的空间、客观存在的和依靠语义建构的空间、舞台内和舞台外的空间——组织形式将戏剧空间的容量从动作发生地延伸到和人物息息相关的生存空间,由此建立了一个真正的、虚构的戏剧空间,并隐射了人类生存的物质世界和精神世界。

《丹达吉勒之死》的第二幕的场景转换到宫堡室内,贝朗热尔匆匆进入,泪如雨下地向伊格兰和阿格洛瓦勒讲述了她刚刚在塔楼过道的惊恐经历,这是一处她从未进入过的宫堡过道,她只隐隐约约听到有人耳语,但根本看不到言者的身形:

贝朗热尔:我从不曾到过的地方……点着一些灯的过道,然后是低矮没有出口的廊房,……我知道那地方是禁止去的……我很害怕,我正要往回走,这时我突然隐隐约约听到说话声……

伊格兰:一定是侍候王后的佣人,她们住在塔楼底层……

贝朗热尔:我说不清是什么……我和她们之间可能隔不止一道门,传到我耳朵里来的声音好像是被人卡着脖子发出来的……我尽可能凑得近些……我什么也听不真,但我相信她们是在谈论一个今天刚到的孩子和一顶王冠……她们好像在笑……

伊格兰:她们在笑?

贝朗热尔:对,我想她们是在笑……如果不是在哭的话……她们讲起王后要见的那个孩子……今天晚上她们可能上来……(梅特林克,1983:173)

对于城堡内错综复杂的空间构造,梅特林克同样借助了多元处理,既有我们看得见的三姐弟容身的室内,也有看不见的阴暗的禁入区域:迂回盘旋的过道,一扇又一扇厚重的门。这种复杂空间结构和《群盲》的处理一样,也是通过听觉去感受,人被禁锢在有限的时空中,他们可以获得的信息有限,一切来源于感官。看不见的、层峦叠嶂的、回环往复的巨大的宫堡结构挤压有限的舞台空间,深陷其中的人更深深体会到四面楚歌的惶恐。"只闻其声,不见其人"的恐惧感在舞台上仅有的四个人物心中放大,从空间到精神给他们施以强压,那些看不见的人逐渐变成高大、厚重、不可战胜的怪物。王后被描述成一个邪恶、突变、神秘的舞台外形象。"她不露面,她一个人住在塔楼里,她想一个人统治……她从不下楼,塔楼上的门都关着……听说她长得不美,并且胖得臃肿了……她有一股别人不理解的力量,我们住在这儿,好像有一块沉重的石头无情地压在心上。"(同上:169~170)"多年来,她在她那巍峨的塔楼里把我们家的人一个个吃掉……她在那儿像墓石一样压在我们心上。"(同上:174)同时,贝郎热尔听到了一个重要信息,就是"她们"要在今晚采取行动,小王子丹达吉勒的命运就在今晚见分晓,这也使势单力薄的姐弟们在恐惧中积蓄了勇气,他们要抱着必死的决心和恶势力斗争。

到了第三幕,当这些隐身的力量从幕后开始进发到前台,变成了毁灭性的戏剧舞台重力时,人物从身体上和心灵上都遭受到无形力量的彻底打压和围困。但是梅特林克在戏剧高潮并没有让这些隐身人现身,而是从始到终维护了她(他)们的神秘性。

姐弟们首先听到了过道里的脚步声,不是一个人,而是一群人,空气变得凝重,压力一点点集聚,他们听到"她们在晃门……你们听……她们在耳语……她们轻轻摸着……[听到钥匙在锁眼里的转动声]"(同上:180)。

和《群盲》一样,语言和声音对于空间的扩展起到辅助的引导作用,暗指无形的力量潜入,登堂入室,变成摧毁一切的势力。但是,对于这样一场力量悬殊的生死之战,由于梅特林克不愿意让"第三个人物""她们"显形,有限的人物感官和对白已经不足以表现丹达吉勒被掠走的激烈和惨痛,于是梅特林克必须插入精确的舞台指导予以说明:

[静场。门微开。吓慌的阿格洛瓦勒将剑横拦着门缝,剑头插在门框的柱子中间。该死的推门的压力把剑咔嚓一声折成两段,断剑沿着楼梯哐啷哐啷地滚下去。伊格兰抱着昏厥过去的丹达吉勒跳起来,她、贝朗热尔和阿格洛瓦勒白白用了全身力气,试图把门顶住,但门还是慢慢开了,没有一点声音,也看不见任何人。只有黑暗中的寒气钻进室内。突然间,僵直的丹达吉勒惨叫一声,从她姐姐怀里挣脱开,跌落在门口,消失在黑暗之中。伊格兰跳起来追上去,也消失在黑暗之中](同上:180~181)

梅特林克引入舞台指导的另一个原因还在于他不仅刻意使外在的力量保持无形,还希望使其保持"无声",我们听到的都是有形世界的声音,但我们听不到无形力量的声响,这个看不见的、无声的力量就是"第三个人物"。"第三个人物"是梅特林克戏剧艺术的独特发明,该技巧在《丹达吉勒之死》一剧中大放异彩,"第三个人物"没有明确的特征,他(她)或他们(她们)插入人物并影响人物的对话和行为,与此同时,一种令人惊恐的、不祥的力量涌现,这种无形的力量也被变形,打上了恐怖的烙印,并深深影响到舞台上的每一个人。

贝格(Berg)在谈到梅特林克戏剧语言层面的"第三个人物"概念时说:"梅特林克的语言不但表达了客观性,而且还使用了一些不确定的人称代词,取得了戏剧主题和外在语义所无法达到的效果,让观众感到什么不祥的存在如影随形,并且和所有的人物密不可分。"(McGuinness,2000:245)《丹达吉勒之死》一剧中,这个无形的力量从天而降,看似有所指,实则具有普遍意义,它不仅是以王后为代表的庞然大物和恶魔,而且是笼罩弱者和迷失者,笼罩人类精神的一种普遍力量,死亡无时无刻不在我们身边,我们徒劳地反抗,跪求它的慈悲,愤怒于其无情,但在其面前,我们无能为力,只存一丝希望,希望一窥其神秘。

这里梅特林克沿用了道具"门"的象征表现手法,听到有人在晃门,感到门被外力推动的力量,还听到门把剑折成两段的声音,但是看不到来人,如同《无形的来客》一样,父亲听到神秘的小门发出嘎吱嘎吱的声音,责怪女仆靠在门上,但女仆否认她碰到了门,因为她站在离门三尺远的地方。这样,随着观众的注意力被引向外在的神秘力量,舞台外的空间再一次被激活,到了第三幕的尾声,丹达吉勒被抢走,眼前舞台空间被抛在后面,三个人都追随远去的丹达吉勒冲出房间,台上空无一人,只留下远远的丹达吉勒微弱的呼唤声:"伊格兰姐姐!……伊格兰姐姐!……"

第六章　静剧舞台的时空围城:《群盲》《丹达吉勒之死》和《七公主》

第四幕,伊格兰追着声音,一步一个台阶地爬上了黑魆魆的塔楼楼顶,一扇可怕的大门挡住了她,这是一扇用整块铁铸成的冰冷大门,没有锁眼,也看不到铰链,看到夹在门缝里的丹达吉勒留下的金色发卷,伊格兰明白,这就是杀人恶魔王后的居所。她对着铁门疯狂地拳打脚踢,而门的另一侧,那看不见的一侧,传来丹达吉勒微弱的呼唤声,他央求伊格兰姐姐给他开门,说自己什么也看不见,但听得见,听到了王后尾随在他身后的喘息声:"伊格兰姐姐……你要不给我开门,我就要死了……(梅特林克,1983:184)"但任凭伊格兰推了又砸,坚不可摧的铁门纹丝未动,丹达吉勒绝望地哭泣着:

> 丹达吉勒:她在那儿!……我再也没有勇气了。伊格兰姐姐,伊格兰姐姐!……我感觉到她了!……
> 伊格兰:感觉到谁呀?……谁呀?
> 丹达吉勒:我不知道……我看不见……已经不可能了吗?……她抓住了我的脖子……她已经把手放到了我的喉咙上……噢!噢!伊格兰姐姐,来这儿呀……
> 伊格兰:我来,我来……
> 丹达吉勒:[声音极低]这儿……这儿……伊格兰姐姐……
> 伊格兰:从这儿,从这儿我亲吻你,你听见了吗?再吻一次,再吻一次!
> 丹达吉勒:[声音越来越低]我也吻……这儿……伊格兰姐姐!……伊格兰姐姐!……噢!
> [铁门那边传来小孩身体摔倒的声音。]……
> [伊格兰瘫倒在地上,继续在黑暗中轻声抽泣,两臂伸向铁门。](同上:185~187)

小王子之死这一幕从情节本身来说,又回到了梅特林克情有独钟的、略带血腥的伊丽莎白时期的传统题材上去,约翰·福德成为他的艺术导师,梅特林克在恐怖、残忍和血腥中发现了温柔、安静、深刻和庄严,并在此基础上提出了自己的日常悲剧理论和静剧实践原则。他自己的作品也一再借用这样的暴力题材,如柔弱的玛莱娜公主被险恶的王后残忍勒死(《玛莱娜公主》),高洛王子嫉妒年轻貌美的妻子梅丽桑德与弟弟佩列阿斯暧昧而拔剑杀死手足(《佩列阿斯和梅丽桑德》),年轻的王后阿拉丁爱上了帕洛密德,国王一怒之下把他们逼入地下岩洞双双自尽(《阿拉丁和帕洛密德》)。《丹达吉勒之死》也是一个传统凶杀故事,权力欲膨胀的老王后先后杀死了自己的两个子嗣,多年来自居为王,但是当小孙子丹达吉勒在遥远的他乡健康成长的时候,她寝食难安,不辞劳苦把小王子骗到宫堡,并于当天晚上就迫不及待地行凶杀人。但是,梅特林克戏剧绝不仅仅是简单的情节剧,正如《佩列阿斯和梅丽桑德》和《阿拉丁和帕洛密德》所拥有的梦幻色彩和高于自然主义的人性光芒,《丹达吉勒之死》一剧使梅特林克对"无形"的舞台的实验达到了最高峰。情节剧在梅特林克只是一个假托和外壳,与之相反的"无形"原则才是戏剧的中心和力量所在。借助对白,小王子一点一点"直播"了自己的死亡进程,而那步步紧逼、紧密围困的神秘力量在小王子的口中也获得了客观的存在,使"缺席"的事物通过具体感知穿上了外衣,使其具有了隐约的形状,使无形产生有形的效果,这便是《丹达吉勒之死》的最大贡献。

象征主义诗人里尔克称《丹达吉勒之死》是他最喜欢的梅特林克戏剧。在他眼里,这不但是一个文本,而且是可以表演的戏剧,它可以把舞台空间拉伸到包罗万象的极致,他

对剧中表现出的贯穿并弥漫人物内心的"恐惧"情感大为赞赏,他把压倒一切的恐怖感情和人们睡梦中体验到的广阔的情感做了比较:

  在梦中,我们知道,人的情感是压倒一切和无所不在的,在梦中所有的故事都发生在一个场景中,某种情感可以跨越天际并高高笼罩在所有事物之上。同样,梅特林克的戏剧(《丹达吉勒之死》)也是由一种情感——恐惧——发展而来,这巨大的灰色的恐惧情感变成永恒,笼罩在所有人的心头,飘浮在戏剧空间的天际,当幕布开启之时,它就在那里,无论伊格兰怎样诅咒,恐惧如影随形,不曾一丝一毫离开他们。这部剧的力量和我们熟悉的现代戏剧是如此不同!(Rilke,1997:235~236)

在里尔克看来,《丹达吉勒之死》一剧中,梅特林克不但重置了戏剧的重心,使情节冲突和动作让位于空间悬念激发的情感,而且表明,这种静态戏剧艺术与其说分散了戏剧表演的浓度,还不如说是强调和集中表现了戏剧的张力。"还有什么会比这种舞台艺术取得更恰到好处和值得期待的效果呢?"(同上:136)

第四节 把室内搬上舞台:《七公主》

1. 双重空间

  尤涅斯库认为戏剧潜在的功能之一就是可以找到一个地方把那些看似什么也没有发生的、动作缺失的情境以戏剧化的方式表达出来。"戏剧是唯一可以表现非事件的场所,静态戏剧是戏剧舞台的特权。"(Ionesco,1964:200)梅特林克创作于1891年的《七公主》是舞台上静剧实验的又一个杰出的范例。

  舞台空间分成室内和室外两个界限分明的区域:室内指城堡内的一座云石大堂,室外包括大堂落地窗外面的阳台,以及从阳台上望去的村落以及两岸夹杂着杨柳的运河。戏剧人物也被分成了两组,正在大堂内的云石台阶上熟睡的七位公主;王后和国王站在大堂外的阳台上,既可以从落地窗观察到睡着的公主们,又可以眺望运河,迎接来客。剧情如下:七个公主日日盼望、等待的王子——她们的表哥马塞瑞——终于乘着战船来看望她们了,但是她们却睡着了,她们生病了,睡得如此安详,从午后一直到夜幕低垂,她们仍然熟睡不醒,国王、王后和王子隔着落地窗注视着这几个美丽的人儿,王子特别关注的是奥赛拉——那个他深爱的姑娘,但是阴影遮住了她的脸庞,无论如何也看不清楚她的样子。要不要叫醒她们,告诉她们王子归来的喜讯?王后和国王陷入了两难的选择,因为他们不想打扰七个可怜的公主的睡眠。夜深了,姑娘们自顾自地睡着,远处水手扬帆起航的歌声传来,王后终于意识到公主们的睡眠不太寻常,决定要叫醒她们的时候,才发现,宫堡大堂的门窗紧闭,根本无法推开进入,任凭他们怎样敲击门窗,公主们毫无反应,门窗和这堵墙已经将他们永远隔开。他们能否跨越两个世界的藩篱,进入到另一个世界?两个世界的界限能否被打破?王子能否唤醒他深爱的公主?喧嚣的看客能不能惊醒熟睡的灵魂?这里的秘密没有人知道。

  和《群盲》《无形的来客》《室内》等剧目一样,《七公主》的舞台叙述时间也建立在"等待"的基础之上。国王、王后和王子三人站在城堡的阳台上,他们一边从窗户外观察室内

第六章 静剧舞台的时空围城:《群盲》《丹达吉勒之死》和《七公主》

沉沉入睡的公主们,一边等待她们醒来。天黑了,灯光下的她们安详、静默地沉睡。时间在等待中度过,他们三人聊起了七个公主的病情,隔窗看着睡得像小孩一般的奥赛拉,盼着她和她们能醒来,但是她们毫无知觉,一动不动,时间悬念在王后拒绝叫醒她们的拖延中前行,直到不详的征兆袭来,王子从地下室进入大堂室内,叫醒了她们中的六个,这条室内、室外的空间分隔线才被打破,双重空间在某种程度上归一,静止、沉默的公主们得知了王子归来的消息,两个世界、两个空间的信息重叠,时间和空间悬念闭合。

舞台提示首先给我们描述了室内的空间和由内向外隔窗望去的景象:

> 有一座云石的大堂,桂花、欧薄荷花和莲花各插在瓷瓶里。一连七级的云台阶把大堂分割成七部分,七位公主身穿白袍,赤裸着臂,睡在台阶上,睡处铺着灰白丝被。一盏银灯照着她们。大堂的后门紧闭着,此门左右各有大窗户,窗户直达地面。窗的后面有阳台。这时日已西沉,望窗看出,可见到一个灰暗低湿的村落,其中有池沼和松橡林。与其中一扇窗口垂直的,是一条暗淡的运河,两岸种着杨柳,在地平线上正驶着一艘大战船。(梅特林克,2006:37)

室内,七个公主的动作静止了,沉睡是她们唯一的存在方式。

接着,视线转向室外的空间。"国王、王后和差役走到阳台上来,望着战船驶近。"(同上)他们明白王子即将上岸,于是开始从后窗口望向大堂,公主们可是等候了王子多年呢,国王提醒说该叫醒她们了,王后回答:"我不敢呵!我不敢呵!……她们病得太厉害了……"(同上:38)王子马塞瑞来到了阳台,投入到爷爷、奶奶的怀抱,祖孙抱头痛哭。当王子问到他的七个表姐妹的时候,王后领着他从窗口向里望去:

> [他们贴近窗边望入大堂。一段长久的沉默。]
>
> 王子:这是我的七个表姐妹吗?我看不清楚……
>
> 王后:请你望向大堂尽处的镜子里……你便会看见她们,你便会看见她们了……来这里,来这里;你或许可以看得较清楚也说不定。
>
> 王子:我看见!我看见!我看见了!我看见了她们——所有七个!……一、二、三(他犹豫片刻)、四、五、六、七……我很难辨认她们……我完全不能辨认她们了……噢,她们所有七个都这么白呵!噢,她们所有七个都这么美丽呵!……噢,她们所有七个都这样灰白呵!……但是为什么七个全都睡着呢?
>
> 王后:她们常常都是睡着……她们从中午便开始在这里睡着了……她们病得这么厉害呵!……你不能再叫醒她们了。她们不知道你会回来……我们不敢叫醒她们……我们一定要等一等……她们一定会自己醒来……她们不快乐……

(同上:39)

首先让人震惊的是室内空间的非动作的静态,"沉默"是梅特林克"日常悲剧"的一个重要术语,散文《谦卑者的财富》第一章就以"沉默"为题,作者讴歌沉默,告诫人们要珍惜来之不易的沉默的机会,因为沉默可以让我们"倾听另一个心灵",让我们"自己的灵魂瞬间显现",它将"揭示你的爱和你的灵魂的本质"。而"睡眠"是一种极端的沉默形式,梅特林克将其归为"被动的沉默"。他认为,在深沉的睡眠中,特别是在病榻上的枕边,"所有秘密的珍宝开始向沉睡者闪光"。以睡眠表现静态形式梅特林克使用得不多,典型的例子是《无形的来客》中的外祖父,一家人围坐在桌边长久等待修女姐妹的到来,夜深了,老人打盹睡去,小睡醒来之后,老人的感官异乎寻常地灵敏,他听到了秘密小门上的敲门声,觉察到了坐在他身边的不速之客的到来,意识到人们心中的惊恐,断定他的女儿会在今晚遭遇不幸。小睡之后的老人成为一个了解生命秘密的人,尽管眼盲看不见,但他的感知准确、敏锐,超出了有视觉能力的众人。但也有人物长睡不醒,如《群盲》里的牧师,他的沉睡而逝带走了所有的生命秘密,将一众盲人丢弃在白茫茫一片大地上。显然梅特林克在戏剧中对"熟睡"的应用极为小心翼翼,一方面,受到戏剧舞台表达的局限性的制约,另一方面,"睡眠"——这种导向永恒的沉默的"日常生活"在梅特林克哲学观下,是一种极为稀有的灵魂苏醒的方式。如果说之前的戏剧对"睡眠"只是局部地、间歇性地使用的话,那么"七公主"的睡眠,无论从时间悬念,还是从空间悬念上看,都是梅特林克的静态戏剧日常悲剧理论在舞台上的彻底的和全的实验。

与静态空间隔窗相望的是另一个世界,两个年迈的老人,絮絮叨叨,说东道西,还有新加入的王子马塞瑞,他们用停顿、重复、吞吞吐吐的语言和漫无边际的固执等待支撑起了戏剧舞台的时间进程。这又是我们熟悉的梅特林克"日常悲剧"的一角,这些语言是显而易见的现实生活中的对话,剧中人物一次又一次地重复它们,但这些对话并不指向主题,而是使日常生活变得平凡,甚至枯燥。在静止等待中度过分分秒秒,这种枯燥被不断延长,并在各种暗示之下变得令人焦躁和恐惧。这样,窗外世界中的旁观者掌握了某种潜在的微弱的感知,同时,这些看似枯燥的题外闲话暗示了言外之意,多余的话成为揭示生活神秘的真理,七个公主,她们在梦境中看到了什么?是什么让她们着迷而不愿醒来?

2. 元戏剧

从戏剧空间处理来看,梅特林克把"七公主熟睡"这一原始材料对象化,用旁观者的视角去阐释,使其抽离出来并获得舞台的关注。因此我们也可以说《七公主》是一部非常成功的"元戏剧"创作,它没有把室内空间的"行动"原材料作为成品直接呈现在读者和观众面前,而是引入了剧中观众(国王、王后和王子)的观察者功能,在"观众至上"原则的统领下,组织和解读另一个空间的戏剧事件。这里的戏剧化不但在于表现特定空间所发生的事件和行动(七公主熟睡),而且采取了把内部空间孤立化和陌生化的表达方式。室内发生的一切来源于室外观察者,从观察者口中,我们瞥见了她们灰白的和美丽的脸庞,也得知了她们的近况:

王子:她们多么美丽呵!她们多么美丽呵!……

王后:她们自从来到这里,便似乎不再能生存——她们自从父母死后,便来到这里了……这个城堡里太冷……她们来自温暖的国家……她们常常都在寻找日光,可是这里几乎完全没有……今天早上在运河上略有些日光,但是树林太高,阴影太多,完全没有什么,除了阴影……雾也太浓,天气永远不会晴朗……噢,你这样看着她们!——你看到了什么特别的事吗?

王子:噢,她们都这么灰白。所有七个都一样!

王后:她们还禁食……她们已经不能再留在花园里,草圃已经使她们头晕目眩了……她们患了热症……她们今天中午彼此牵着手回来……她们都这么衰弱,现在难以独立……她们七个发烧颤抖,可是没有人知道是什么烦扰着她们……她们天天都睡。

第六章　静剧舞台的时空围城:《群盲》《丹达吉勒之死》和《七公主》 · 95 ·

  王子:真奇怪!噢,噢,她们真奇怪!我不敢再望向她们了。这是她们的寝室吗?
  王后:不,不是,这不是她们的寝室……你显然看见了,这里没有卧具。她们的小床是在上边——在塔里面……她们在这里,等候黑夜呵……
  王子:但为什么那盏灯还点着呢?
  王后:她们常常把它点着。她们知道会睡得很久。今天中午便把它点着了,使她们不至于在黑暗中醒来……她们怕黑呵……(同上:39～40)

  在室外空间的观众的视角下,我们看到了室内的陈设:三脚架上有一个大水晶花瓶,室内点着一盏灯,公主们脸色灰白地昏睡在大堂台阶上;从王后口中,我们还得知,七个公主生活得不快乐,城堡阴暗潮湿,不见阳光,她们日渐消瘦,吃不下饭,她们患了热症,发烧颤抖,她们身体虚弱,天天都睡。王后和王子以及国王的对话平淡无奇,停顿和重复比比皆是,充分体现了梅特林克戏剧的语言特色。同时,梅氏日常话语中的双关——"二级对话"的深意也时时浮出水面:王后反复强调公主们怕黑,她们常常在寻找日光,但是无法获得,只能被困在浓荫遮蔽、雾霭沉沉的城堡里,这里,看不见阳光的城堡象征现实世界对她们的施压,使她们找不到出路;她们原本盼望的日光和希望(王子的到来)日渐暗淡,于是只能在黑暗的世界里寻求拯救,这里,在与日俱增的绝望中,她们转身投入长长的黑夜,把希望寄托于黑暗,黑暗的世界象征潜意识的世界,在潜意识和梦中,她们希望自己的灵魂飞升,获得自由和幸福;她们身体的活力一天天耗尽,只能依靠睡觉来维持生命,这里,身体的虚弱是个明显的信号,暗示了她或她们将不久于人世,睡觉则是永恒的沉默和死亡的序曲;而黑暗的大堂里常留的一盏灯,暗指她们希望在另一个世界里有灯火的指引,不至于迷路,灯光也象征了另一个世界里的光明与希望。因此,在旁观者的多余的话中,我们可以感知七个公主的命运归宿,而"老人"——这里尤其指"王后",被梅特林克塑造成智慧的长者的象征,他们的片言只语似乎预言了即将发生的事件和人物的命运,如同《无形的来客》里的"外祖父"、《丹达吉勒之死》里的年迈的老师"阿格洛瓦勒",《佩列阿斯和梅丽桑德》中的老国王"阿凯勒",他们都是了解人生秘密的先知,是隐含的作者指定的神秘世界的代言人。

  室内人物纹丝不动,室外人物同步解说,这样,"不运动"似乎被赋予了"运动"的意义,如果沉默和断断续续的多余的"二级对话"是冰山之下意义的表象,那么七个公主的睡眠也可以被解读为象征"二级运动"的静止表象,丰富的含义和动作被置换为舞台上的"静态戏剧"。舞台,作为一个真实的或者虚拟的空间,给存在于其上的每一个事物都赋予了意义,包括那些动作和非动作、说出的或不可言说的话,这样看来,非事件的静止舞台总是大于非事件的静止生活,因为舞台本身就是象征。英国戏剧家马丁·艾斯林(Martin Esslin)曾这样总结戏剧符号学的关键:"正是舞台或银幕扮演了意义的主要生产者的角色,在真实世界中,无论多么微不足道的一个事件、多么不值一提的一个物品,一旦被搬上了舞台和银幕,它们就立刻被上升到象征的平台。"(Esslin,1987:53)[①]

---

 ① Esslin M. The Field of Drama: How the Signs in Drama Create Meaning on Stage and Screen[M]. London: Methuen, 1987.

这里，元戏剧舞台"宫堡大堂"既是一个舞台空间，也是套嵌在一个更大的舞台之内的一个场所，老人们和年轻人徘徊在外，他们带领我们一起观看了一场静态戏剧，指导我们挖掘其象征，认识到这个静止舞台上演的"日常悲剧"。梅特林克在《日常生活的悲剧性》一文中曾说，人们一度反对"静态戏剧"，他们的理由是"没有运动的生活是不可见的"，也就是无法表演的，因此，《七公主》无疑是对梅氏理论的最强有力的捍卫。这里的"没有运动"不但是可以看得见的，而且服从于观众的戏剧化精确审视之下，表现出最紧张、激烈的一面。静态戏剧如何在舞台上变得可行，如何把平庸无奇的、没有逻辑的非动态日常生活变成可行的戏剧材料？《七公主》的成功实验在一定程度上回答了这个问题，把静止生活抬升到一个意义丰富的平台，使其有了灵性，因此，《七公主》的元戏剧语境使戏剧空间变成了意义的载体。

俄国形式主义文学评论家什克洛夫斯基（Viktor Shklovsky）在研究诗歌语言的时候提出了"陌生化"的概念，他认为，普通的词汇要上升到诗歌词汇必须经历"陌生化"的过程，而读者对诗歌语境的艺术性理解，是词汇达到"陌生化"的前提。也就是说，积极的、活跃的感知所获得的价值要超出词汇或词汇所指事物本身固有的价值。在他看来，诗歌语言之所以区别于日常语言，是因为诗歌是一种可感知的结构，很多时候，我们感受到的不是词汇的结构，而是在一个美妙的建筑物中对这些词汇的搭建和使用，触动我们的不是词汇本身，而是对它们进行的排列和组合。是诗歌的语境使读者获得美的感受，而不是词汇本身。诗歌使词汇陌生化，为其披上了美丽的外衣，日常生活也一样，戏剧舞台为其打造了绝美的空间。

陌生化强调新鲜的感受，强调事物的质感，强调艺术的具体形式。《七公主》采用的元戏剧手法也是一种"陌生化"的表现手段，在这种双重空间结构中，梅特林克使日常生活"陌生化"，正如日常词汇摇身一变成为点缀诗歌的精灵一样，公主们睡觉这样的普通得不能再普通的生活也在舞台上获得了华丽的转身，"陌生化"使生活获得了感知的力量。通过"陌生化"的手法，静态的、平庸的生活不再被人们漠视，相反，它使生活脱离了原生态，并将其提炼和升华，以使观众以全新的眼光看待生活。

梅特林克并没有刻意为"日常生活"梳妆打扮，以使这些原生生活变得鲜活有趣，他引入元戏剧和观察者的过程也没有任何的夸张手法。室内公主们睡觉就是睡觉，窗外的老人和王子质朴地、实心实意地关心着公主们的病情，害怕吵醒她们而宁愿苦苦等待。虽然梅特林克一直怀疑是否真的可以把"没有运动"的表演搬上舞台，但他的作品的确触及了"戏剧"和"反戏剧"的问题，因为"静态戏剧"自身即存在着"反戏剧"的元素和"非戏剧"的风险。尽管如此，通过引入观察者和被观察者这一辩证关系，他似乎找到了一条捷径，可以将静态事物搬上舞台并获得关注，这也在一定程度上破坏了"非戏剧"这个术语的稳定性，动摇了象征主义长期坚守的"非戏剧"思想的根基。《七公主》聚焦于"没有运动"的室内，但是它的舞台化激起了人们的极大兴趣，这表明，非戏剧性材料可以是完美的戏剧材料，这也是梅特林克长久以来的发现和为之奋斗的目标，"静止"和"戏剧"并不互相矛盾，相反，静态戏剧可能是戏剧的最纯粹的状态，因为它涤除了"动作"中的意外事件，使戏剧空间和戏剧时间在艺术上更加原汁原味。

3. 表层世界和潜意识世界的互动

《七公主》中观察者和被观察者的对立主要来自两个方面,首先在信息方面,熟睡的公主们不知道她们日思夜盼的王子马塞瑞已经到达;其次在空间位置方面,有一道墙(包括墙上的门和窗)把他们隔开,人物们只能在墙的两边——室内和室外——分别活动。信息上的不对等和结构层面的分治构成了《七公主》的戏剧性讽刺。还有一个要素也是该剧戏剧性讽刺的贡献者,那就是时间悬念,王子到来的喜讯被王后搁置,她站在中间硬生生地、人为地阻挠表兄妹们的团聚,隔开了马塞瑞和奥赛拉这对相爱的年轻人的团聚,执意要求王子等待,不断拖延时间,延迟叫醒沉睡的公主们,并为"等待"一而再、再而三地找寻借口,这样的阻止和拖延有七次之多:

(1)当国王提醒王后,王子即将上岸,应该叫醒公主们的时候,王后只是回答:"我不敢呵!我不敢呵!……她们病得太厉害了……"(梅特林克,2006:38)

(2)当国王提出去打开大堂的大门时,王后慌忙阻止:"不,不!等一下!我们且等一下!她们怎么还睡着呢?……她们不知道他已经来了——我不敢叫醒她们,这是医生禁止的……我们不要叫醒她们……"(同上)

(3)当王子问及几个公主时,王后拉着王子从窗口往里望去:"她们病得这么厉害呵!……她们不知道你会回来……我们不敢叫醒她们……我们一定要等一等……她们一定会自己醒来……"(同上:38)

(4)当王子提出想除掉落地窗上的雾气以便更清楚地观察室内的时候,王后坚决制止:"不,不要触动窗、门!她们会被惊醒的!"(同上:40)

(5)王子隔窗一一辨认出七个公主后,请求叫醒她们,王后再一次劝住他,并劝说王子和国王离开窗口,让公主们安心睡觉。"不,不,还不行……我们不要再看她们吧,来,不要再看她们吧,她们会突然做噩梦的……走,走吧,我谈谈别的事情……走,走吧,她们会害怕起来,倘若她们转过头来,看到我们统统都在窗边……蒙上帝之爱,你们俩请不要逗留在窗边……来这里,来这里,转到别处吧!她们生病了……我们且到较远的地方去……让她们去睡吧!……"(同上:41~42)

(6)国王决定要做些什么事情,不愿意一直等下去,他决定去轻轻敲门,王后喊道:"不,不可以!绝不可以……你会敲得太大声的,噢,小心!她们什么都会害怕……等一等,等一等……"(同上:45)

(7)最后王后终于意识到姑娘们睡得反常,她贴着玻璃绝望地啜泣:"拯救她们啊,拯救她们啊!——她们细小的心怎么这样熟睡?——你不能够听到她们细小的心了!——这是一个可怕的睡眠呵!……我不能再忍受看见她们这样了!……我可怜她们呵!我可怜她们呵!……可是我不敢叫醒她们!……噢,光线这么暗!……这么暗!……这么暗!可是我不敢叫醒她们呵!……"(同上:46)

王后为什么要不断延迟叫醒公主们呢?为什么不敢叫醒她们?为什么怕把她们惊醒?为什么要竭尽全力确保她们安然稳睡呢?这里的剧情走向和梅特林克的神秘主义哲学观息息相关。

梅特林克认为宇宙是由四大物质的和精神的经验主体维系的:一是看得见的世界,二是看不见的世界,三是看得见的人,四是看不见的人,即心灵。我们生活在看得见的有形世界中,实际上是生活在蒙蔽之中,看不到生活的意义和价值,人世所谓的快乐仅仅具有短暂的、相对的价值,财富、荣誉这些有形的东西并不能给予我们终极幸福,真正的幸福则是灵魂的幸福,那就需要进入存在于我们生活的表象之下的那个看不见、无形的世界去洞悉生活的神秘性。生活的绝对价值就在于生活的神秘性,神秘包围着我们,存在于无形的世界,但是梅特林克认为,在成人的世界中,只有极其偶然的机会,我们才能感受到神秘的力量。在散文《谦卑者的财富》中一篇《命中注定》文章里写道:"我们真实的生活不是我们眼前的生活,我们感受到的最深最内在的思想与我们的外在自我非常不同,因为外在的我们与我们的思想和梦幻完全不一样。只有在特殊的时刻——也许凭借最微小的意外——我们才过着自己的生活。"(梅特林克,2009:47)

但是怎样能够接近神秘主义呢?梅特林克主张依靠直觉来把握真理,他尤其推崇沉默的智慧,认为语言会惊扰灵魂的静思,只有在沉默中的人才能停驻脚步倾听自然和灵魂之声,在阴影中摸索未知。梅特林克可以感受到事物之间奇特的巧合和惊人的相似,含糊、震颤、短暂、隐秘,这些东西往往在被认识之前就已消失,因为"语言往往窒息和悬置了思想""只要我们一发言,就有什么东西警告我们神圣之门正在关闭"。(梅特林克,2009:5)只有沉默才是永恒的认知的钥匙,而神秘只能感知,却不可言说。

七个公主的沉睡无疑是一种沉默,梅特林克认为,彼时的神秘是以梦的形式向睡眠者传递信息,散文《灵魂的苏醒》里有一句话:"当精神之海被风暴蹂躏,海面动荡不息、波涛翻滚,那时就是伟大灵魂出现的成熟时刻,如果它在沉睡之时到来,它的话将仅仅是睡眠的梦。"(同上:33)在这样一个听得到运河上风声、雨声的夜晚,正是姑娘们倾听灵魂神秘之歌的绝佳时机,这也就解释了为什么王后不允许打扰公主们熟睡,而且不允许发出一点声响。无形的力量从天而降,姑娘们在黑暗中沐浴着神秘的光泽,即将拥抱心灵的秘密和幸福,此时此刻,谁敢去打扰她们的灵魂之约?又有谁敢去惊扰神秘和庄严?谁又有权利阻止她们寻找真理的步伐?因此只能等待她们自行决定她们在两个世界的来去之路,旁观者,只能也必须等待。正如梅特林克在《沉默》一文中所描述的:

"恐怖的时钟已经敲响,沉默来到你的灵魂面前。你看见它从生活不可言说的深渊、从惊恐和美的内心海洋深处升起,而你没有逃之夭夭……那是在启程回家的前夕,在大欢乐中,在死亡之榻的枕边,在可怕的不幸临近之时。想想所有秘密的珍宝向你闪光的时刻,想想沉睡的真理一跃而起的时刻,告诉我,那时是否沉默美好而必要?"

我们一定还记得七公主们熟睡的宫堡大堂,和梅特林克的其他戏剧一样,这也是介于两者之间的一个中间地带,一个暂居的流浪之所,她们睡在大堂的台阶上,身边没有卧具,这不是她们楼上的卧室,这可以说是一个行进途中的驿站,她们寻找心灵归宿的驿站。在这个封闭的栖息地,一方面她们可以隔窗感到大海的波浪滔滔,另一方面可以把外部世界完全阻隔开来,在内部世界安安静静地聆听心灵的召唤。她们睡去的时候,落地窗外就是行驶在运河上的大船,如果我们熟悉梅特林克的作品,马上就可以意识到他不断使用的一个特定象征,如果"船"或"军舰"行驶在"河"或"海上",一定是离别和死亡的象征,那么谁会离去?谁又会到来?

王后是可以感知神秘的使者,当灵魂即将苏醒,神秘到访,一定会有我们无法解释的迹象在日常生活的旁边震颤,那他们发现了什么?让我们回到舞台,回到宫堡外的阳台上,当王后拉着国王和王子离开大堂的窗户,望向田野和运河的时候,不详的征兆开始在空中飞舞:

  国王:天忽然阴起来了……
  王子:杨柳树中有些微风呵……
  国王:杨柳树中早晚都有微风的,我们离海不远——听呵,已经在下雨了……
  王子:人们会说城堡里有哭泣声呢……
  国王:这是雨落在水面上,很温柔的雨……
  王后:人们会说空中有哭泣声呢……
  王子:噢,墙壁间的水怎么静止不动呢……
  王后:水常常都是这么静止,它已很久了……
  王子:天鹅已经在桥上栖息了……
  国王:附近有农人已经带着他们的羊群回家了……
  王子:在海的那边是什么呢?
  国王:下边那里吗?——那是些花儿吧,寒冷已经扼杀了它们……[在这个时候,田野的远处,可听到枯寂无味的歌声,只其余音可隐约听见,它间隔着一定的时间而合唱。]
  远声:大西洋! 大西洋!
  王子:是水手呀……我想他们正要转舵……准备离开了……
  国王:他们真的不再来了?
  远声:我们不再回来了! 我们不再回来了!(同上:42~43)

  "阴天、微风、细雨、哭声",一切都是那么静谧,甚至"天鹅"和"水"也一动不动,花儿在寒冷中死去,远处水手们转舵挂帆,空中隐约弥漫着他们的歌声"大西洋! 大西洋!""我们不再回来了! 我们不再回来了!"梅特林克为公主们的灵魂之旅绘制了一幅多么美妙的画卷,在无限的寂静中,在深沉的沉默中,她们的心灵温柔绽放,梦中的人儿在哭泣,梦中的人儿在歌唱,她们不再忧郁地哭泣,她们是因为幸福而歌唱。

  《七公主》的死亡征兆和梅特林克之前的作品截然不同,《玛莱娜公主》一开场,天空划过彗星雨,如鲜血一样溅落在城堡上空,紧接着阴云密布,电闪雷鸣,一切预示着大难将至,玛莱娜公主的死亡命运是通过狂暴的自然现象来预言的。《无形的来客》中死神的拜访是通过一系列动态的、让人神经紧绷的、毛骨悚然的风吹草动和鸟飞门响等征兆预言的。只有《七公主》,将沉默捧在手心,无声地表达了梅特林克对看不见的世界的庄严和虔诚的爱。

  在梅特林克看来,我们的一生都有神秘与我们同行,他们生活在我们看不见的世界里,"我们被他们的命运所压迫",但是,更多的时候,我们意识不到他们的存在,因为只有在生与死近在咫尺的时候,他们才会无声地来到我们中间。所以,梅特林克认为我们的生活和他们的生活最为接近的时期有两个:一是在我们的孩提时期,二是在我们死亡的前夜。其余的时候,他们只是在我们的身边无形地游走,有时用某种迹象警告我们,有时我们能倏忽在别人的神态、举止和眼神中发现什么,但是我们无法证明,正如梅特林克所言,

"他们走向我们,我们的目光相遇;我们沉默地分开,我们清楚一切,尽管我们一无所知。"(同上:49)梅特林克在散文《命中注定》一文中亲切地把神秘的灵魂称为"兄弟",神秘在我们还是孩提的时候与我们最为接近,因为那时我们的兄弟"仍然在生与死之间的神秘国土上摸索自己的道路"。到了我们20多岁时,他们匆忙地离开我们,"压低脚步,仿佛刚刚发现自己选错了居住地点,即将在他们不认识的人中开始生活"。(同上:37)文中的比喻非常有趣,灵魂被比作一个不老的少年,他曾陪伴无数个"我们",出生入死,进出这个光怪陆离的世界,他不属于我们的世界和生活,"在生活的对岸",但他又和我们心灵相通,我们的兄弟远在天边,近在咫尺,他在别人的眼里、在我们的心中,注视着我们,但是我们看不见他,无法打破那道墙,直到下一次他的殷勤来访,将我们无声托起,就是我们和这个世界道别的时候,也就是死亡来临之时。梅特林克曾如此描述神秘的兄弟与我们的再次邂逅:"最后一个时辰到来,确证了比友谊、同情与爱更为严肃、深刻、人性、真实的事物的到来,这样的事物可怜地在我们的喉咙里拍打着翅膀,渴望发出声音——这曾是我们的无知粉碎的声音,我们过去不曾说起,我们将来也不会说出,因为生命本来就在沉默中度过!"(同上:39)对于死亡,除了即将离去的人自己可以预知,旁观者也会收到讯息。梅特林克说:

"我会注意到同样严肃的手势和动作,注意到走向近在咫尺的目的地的脚步,我注意到让血液变冷的、固定不动的呆滞目光,——我在那些不久要离开人世的人身上注意到这些特征,甚至是那些被意外夺去生命的人,那些死亡将突然从虚无中将其攫取的人。……他们的行为都带着同样的谨慎、沉静和警觉。他们没有时间挥霍,他们必须同时做好准备,这结局如此完美,没有任何先知能够将其预言,正是这结局变成了他们的生活本身。"(同上:43)

七个公主之一奥赛拉的死亡为什么如此静谧、安详和美丽?因为她听到了灵魂的低语,找到了属于自己的生活,回归了无形和永恒的世界。还有比这更美妙的结局吗?梅特林克在几部剧中对死亡的塑造不尽相同,有被动的死亡,如丹达吉勒之死和玛莱娜之死,也有主动的死亡,如公主奥赛拉之死,梅丽桑德之死也有一定的主动性,因为小小的擦伤根本不足以要了她的命,无论哪种死亡,他或她都有一个共同的特点,就是主人公们在世俗的世界过得不快乐,他们丧失了生活的目的和意义,他们需要找到一个向导,于是,死神到来,拯救他们的灵魂的伴侣的来访就是自然而然、恰到好处了。梅特林克在散文《命中注定》中这样描述死亡对人的引导:

"死亡是我们生活的向导,我们的生活除了死亡别无目的。我们的死亡是我们的生命在其中流动的模型:死亡塑造了我们的特征。只有死者才能绘制肖像,因为只有他们是真正的自己,他们在一个片刻,揭示了自己真正的面貌。在最后的时辰,当纯粹、冰冷、单纯的光照临,变得辉煌的是什么样的生命?也许,同样的光飘浮在儿童的面孔周围,当他们对我们微笑;那时,在我们中间悄悄潜行的寂静类似于一个永远和平的房间。"(同上:43~44)

还记得公主们安睡时大堂里她们点亮的灯盏吗?还记得王后多愁善感的哭泣,还有空中传来的呜咽声吗?还记得小王子丹达吉勒的哭泣吗?还记得梅丽桑德的眼里噙满的泪水吗?死亡的光辉如此温柔、高贵、伟大,充满了和谐和友爱,公主们熟睡的大堂就是这样一个永远和平的房间,他们终于到达了命中注定的世界。

《七公主》的双重空间舞台和元戏剧技巧完美地演绎了梅特林克心中的两个世界,王后和国王几次提到自己年弱体衰,不会在这个世界上弥留太久了,他们眼睛看不清楚东西,耳朵也开始变聋,他们在衰败、阴暗的城堡里度日如年,他们又何尝体会不到公主们的哀愁与不幸呢?作为旁观者,他们分明觉察到了公主们身上透出来的细微、无声的警觉,在她们的睡眠中感受到某种熟悉的东西。王子到来的好消息是天大的喜讯,足以让姑娘们重见阳光,但是,他们灵魂深处的声音阻止他们采取行动,到底是叫醒她们,还是不叫醒她们?他们难道要在集体的等待和拖延中护送着姑娘们乘船到达彼岸?从王后身上,我们看到了难以调和的、非常痛苦的矛盾:

> 王后:〔她的脸贴着玻璃,忽然涌出眼泪〕噢,她们怎么睡得如此熟呢,她们怎么睡得如此熟呢?……拯救她们呵,拯救她们啊!——她们细小的心怎么这样熟睡?——你不能够听到她们细小的心了!——这是一个可怕的睡眠呵!——我可怜她们呀!她们不快乐呵!整个黑夜中,七个小小的灵魂!七个小小的孤独无助的灵魂!七个毫无亲友的灵魂!……她们怎么这样熟睡呵,她们怎么这样熟睡呵?小小的女王!……我可以断定她们不是睡!……叫醒亲爱的心灵吧!叫醒小小的女王吧!叫醒小小的姊妹们吧!全部七个!……我不能再忍受看见她们这样了!我可怜她们呵!我可怜她们呵!……可是我不敢叫醒她们!……噢,光线这么暗!……这么暗!……可是我不敢叫醒她们呵!……〔她贴着窗,绝望地啜泣。〕(同上:46)

《七公主》不同于梅特林克其他戏剧作品的明显之处在于,舞台的环境更加突出地成为戏剧表现的主体,双重舞台的隐喻表达清晰,空间的象征意义更加明确。如果说《七公主》静默不语的元戏剧舞台是梅特林克心中通往无形世界的潜意识边界,那么王后、国王和王子暂时停留的室外和阳台就象征着我们生活的有形世界,一道墙将两个世界隔开并分别围困,梅特林克正是希望通过《七公主》为我们刻画表层和潜意识两个世界的对话图景。外部世界的人的生活灰暗沮丧,混沌一片,他们密切注视着潜意识世界里的梦中人儿,将希望的目光停留在那个隐隐约约的沉默世界,平庸的日常对话蕴含深意,一方面,他们欣喜而迟疑地观察和解读着即将降临于姑娘们的幸福,另一方面,物质世界的理性又使他们希望打开那扇大门,把她们叫醒,希望她们得到拯救。同样,大堂内的姑娘们也在迟疑,她们的灵魂也在惊涛骇浪中漂浮徘徊,站在两个世界的边界,她们排着队,等着神秘的力量呼唤她们的名字。一边是表层世界,一边是那个神秘的看不见的世界,外面的人渴望进去,他们羡慕沉睡的公主们,而大堂里面的人儿在潜意识的海洋里却没有自我选择的权利,是进是出,取决于舞台上的这道墙,两边的声音,她们要听从谁的召唤?外面的人可以打破这道藩篱吗?心灵世界祥和的蓝色海洋何时平静?

4. 静止与喧嚣:梅特林克戏剧中的死亡图景

当王后和国王终于发现公主们的沉睡异乎寻常时,不安袭上心头;当推门、敲窗的一切努力被证明是徒劳的时候,理智战胜了情感,他们决定派马塞瑞通过大堂后边一个废弃多年的地下通道进入城堡,去叫醒沉睡的公主们。其实这是马塞瑞已故的父母的墓道,墓道的另一个出口就在大堂的云石台阶一侧。马塞瑞离开后,两个老人站在窗前,凝神屏气,焦急万分。远处的水手们高声欢呼,载歌载舞,扬帆起航之后,反复的吟唱隐隐传来:

"大西洋,大西洋!我们不再回来了,我们不再回来了……"大船随即消失在河岸的杨柳深处。王后和国王面面相觑,他们一会儿望向运河,喃喃自语:"他们深夜前将在大海上了。"(这里的"二级对话"象征死亡的来临)一会儿他们又望入大堂,努力互相安慰,反复默念:"只要他(马塞瑞)不在黑暗里迷失了自己。""只要他的小灯不熄灭!"马塞瑞手持的灯盏象征着有形世界的生命之火,他自己则代表着表层世界的希望之光,他小心翼翼经过地道里的十字架和那个"稍微垂着头"的半身雕像,他肩负着爱和嘱托,要从迷离的世界将公主们唤醒,带她们回到有形的世界。那么公主们的命运何去何从呢?

当地下通道出口的墓石被举起,铰链转动得嘎吱嘎吱作响,王子提着灯出现在云石台阶上的时候,奇迹发生了,六个公主在墓石的转动摩擦声中慢慢睁开了她们的眼睛,她们举起了手臂,站了起来,她们注视着眼前的王子,眼神里充满了"讶异、迷惑和孤寂"。但是只有一人——王子深爱的姑娘奥赛拉——仍在沉睡,此时的大堂内外呈现出截然不同的两幅对立的图景。

室外人生鼎沸,王后和国王高声喊着奥赛拉的名字,喊马塞瑞,喊吉斯德宝,喊卡莉拉以及其他公主的名字,他们脸贴着窗户大声呼唤,敲了一扇窗户,又不停地大力敲另一扇窗户;但任凭窗外世界如何喧嚣,大堂内的世界听不到外面的一丝风吹草动,内部空间呈现给观众的是一出只有动作而无声音的哑剧,王子屈膝触摸到了奥赛拉冰冷地裸露在丝被上的小手。六个公主交换了一个惊恐的眼神,她们颤动着一起弯腰把已经没有了呼吸的奥赛拉高高抬起,她的身子已经僵硬,飘飞的长发垂直而下。在神秘的边缘,一行人已经知道了神秘的朋友前来拜访,知道了她们的姐妹已步入灵魂之海,她们以神秘的仪式沉默而冷静地为她送行。

死亡的图景通过观察者的眼光,在喧嚣的外部世界的衬托下静谧而深沉,两个世界,一动一静,形成鲜明对照。王后和国王以及城堡里的众随从在大堂的各窗户边尽力敲打和呼喊,他们对着水面喊奥赛拉的名字,他们对着草坪喊,他们朝着每个地方大声呼喊,他们呼唤室内的公主们把水撒到奥赛拉身上,好让她醒来,但是那堵耸立的高墙把两个世界完全隔开,静止舞台空间完全屏蔽了室外观察者的奔走呼号,他们的喧嚣没能打通两个世界的围墙,但是却打破了戏剧舞台的第四堵墙,舞台观众仿佛置身其中,参与到国王和王后奔走的那个狂风暴雨般的世界,在死亡面前,惊慌失措,恐惧不已,并被这个世界的无能为力而深深震撼。剧终的一句台词是这样的:"大众:[摇动着门,敲打着各窗]快开呀!快开呀!快开呀!……"(同上:51)这里的大众包括了你我等芸芸众生。这样,戏剧舞台的观察者不但充当了元戏剧的解说者的角色,而且充当了中间人,将戏剧空间之外的观众拉入剧中,使戏剧空间的外延扩展,使外部的生活融入其中。

但是,我们不禁要问:马塞瑞为何没能唤醒他心爱的姑娘?我们可记得,外面世界的人推不开门,打不开窗,阻挡两个世界的大门严丝合缝,从来不曾开启一丝余地,王子是通过地下通道进入到大堂的呀!吱吱转动的墓石惊醒了六个公主时,还记得公主们看到王子的表情吗?她们日夜思念的表哥终于来看望她们了,带着希望之光,她们本应该高兴啊,但是迎接他的不是惊喜和拥抱,而是"讶异、迷惑和孤寂"的神情,她们的灵魂之梦受到了惊扰,美的海洋离她们而去,他不是公主们等待的人。同时,她们有更重要的任务要去完成,因为随着王子从地下通道一同前来的,还有她们神秘的兄弟——死神。"石块发出声了,……石块哭得像小孩一样!"一个姐妹——奥赛拉——在睡梦中踏上了朝上的阶梯,瞥见了闪光的神秘珍宝,她们是要为她祈祷和送行的。

六个公主将奥赛拉高高举起的送别仪式是梅特林克特意安排的死亡结构,在其他的死亡戏剧中,我们也可以发现类似的场面。《玛莱娜公主》一剧中,就在玛莱娜公主死亡前夕,有七个修女一边唱经一边从其房间外的过道上经过;《无形的来客》中,中年女子死亡之际,一队护士站立于门前,身着黑色,一边鞠躬,同时一手画着十字;《佩列阿斯和梅丽桑德》中,当梅丽桑德在病榻上合上双眼之时,宫中的女仆自动涌进房间,不声不响地沿墙边伫立。这样的死亡仪式安排一方面来自基督教传统,另一方面,我们还可以在梅特林克的散文《命中注定》中隐约找到其神秘主义哲学依据。他曾这样描述被死亡之手引导的人:"当我的记忆盘桓在他们身上,我看见一队儿童、青年和少女,他们似乎从同一所房间而来,一种陌生、奇异的友爱已经把他们联在一起,他们也许凭借我们无法发现的胎记彼此辨认,他们秘密地交换沉默的庄严信号。"(梅特林克,2009:45)这就是梅特林克所信仰的人在死亡之际的灵魂的感知。

表层的世界看似热闹非凡,实则是黑暗、孤寂、等待、不快乐的生活,长期的浓荫密布使公主们生病、睡去,以奥赛拉为代表的公主已经完成了生的使命,在旁观者的喧嚣中,由动向静,沉默地走入真正的生活。然后,在另一边的深层世界,深不可测的沉默的深渊并不是静剧舞台展示给我们的鸦雀无声,它的丰富和美丽超出了我们的认知,引导死亡之人的首先是灯火通明,歌声荡漾,水手们"大西洋、大西洋"的号角响彻天际,姑娘们的送行和祈祷如此庄严虔诚,心灵深处的生活定然充满了笑语和阳光。在《七公主》中,梅特林克描绘了喧哗骚动的室外和静止无声的室内,他笔下的两个空间、两个世界相互作用,互为置换,为观众和读者奉上了一场象征主义戏剧的死亡图景的盛宴。

第七章　沉默,没有被说出的真理诉求:《无形的来客》

> 言语是银,沉默是金;言语是一时的,而沉默是永恒的。那些比别人更经常地与沉默相遇的人也比别人更富有。他们踏上朝向光的阶梯,从来不会迷失,因为灵魂也许不会上升,却从不沉沦。
>
> ——梅特林克《谦卑者的财富》

第一节　梅特林克静剧中沉默的表现形式及其来源

梅特林克早期静剧中一个普遍的主题就是死亡,死亡的外力笼罩着剧中人物,他们虽然不知道神秘的死神何时到来,因为灵魂无法冲破阻隔,但是他们又有某种预感。首先,剧中人物欲语又迟,说话断断续续,对别人的问题沉默不语;其次,还有那些剧中未出场的、活在其他人物对白中的静默人物,他们成为死亡的载体,而作家本人也沉溺在神秘主义的哲学中,对自己作品的深意不发一语。梅特林克作为神秘主义的代言人又在剧中选择秘密代言人,他们在剧里剧外,无言地交流,又将这秘密悄悄传达给读者和观众,而沉默成为梅特林克实现其静剧艺术和表达其哲学思想的最重要的途径之一。

沉默作为梅特林克静剧的主要特点,一个重要表现在于主人公的无声。这些处于焦点的主人公,读者看不到其身形,抑或听不到其言语。他们成为外在力量之下无助的受害人,死亡的外力主宰着《无形的来客》《群盲》和《丹达吉勒之死》的主人公,死亡悄然来到《佩列阿斯和梅丽桑德》《七公主》《室内》和《阿拉丁和帕洛密德》中的主人公们的身边。如《无形的来客》中既没出场又不曾发声的奄奄一息的母亲;《七公主》中我们可以见其形,却从未闻其声的公主们;《群盲》里的中心人物牧师就在众人之中,但是追随他的朝圣者们却寻他不着;《室内》里我们能观察到一家人的言笑晏晏,但他们交流的内容完全脱离读者的掌控力。从埃斯库罗斯的哑剧人物得到启发,梅特林克进一步发展了这种人物呈现技巧,并为其涂上了神秘的哲学色彩。如此看来,梅氏舞台上的人物只是一些减量的不完全的角色,与此同时,看不见的和推动宇宙的神秘外力成为舞台的中心。在这种有趣的并置之下,梅特林克创作出众多引人入胜的戏剧人物。

不善言辞是梅氏戏剧人物的重要特征,这是由作家本人的"日常悲剧"理论和神秘主义思想决定的。梅特林克的戏剧人物说出的远远大于他们所知道的,而作家本人却始终惜字如金,这也给读者留下了很多未解之谜。如梅丽桑德临终之时究竟想说什么?是谁叫来了众女仆列队为她哀悼?为什么要把丹达吉勒叫回家中去送死?阿拉丁和帕洛密德是怎么从教堂地窖的折磨和溺水中逃生的?诸如此类的细节剧中都没有明确交代,而演员的意图和表演动作之间也由于人物沉默寡言的特点显得缺乏合理的关联。作家有意通过这种表现技巧,强化观众的困惑情绪和神秘感。观众不得不心存疑问,步步紧跟舞台人物的表演。然而,出人意料的是,在放弃艺术家对故事发展了如指掌的有利地位的同时,梅特林克也承认了艺术家作为人的自身局限性。他说,创作者本人和他的朝圣者一样,也充满怀疑的痛苦,忍受确信死亡必将到来的折磨。梅特林克抛弃了以时间为序的传统戏剧进程,转而依赖静默和无声的表达,这无疑体现了他的神秘主义哲学观,而他本人,作为秘密的讲述者,也同样不能从神秘中幸免,相反,他必须倾尽全力去揭示被高深莫测覆盖和保护的精神智慧,但同时又不能破坏那不可思议的神秘。

梅特林克关于艺术家作用的现代观念以及他对戏剧场景中语言、沉默和节奏的内在关系的理念源于象征主义的影响和他自己的诗歌实验。1886年到达巴黎之后,他发现自己的神秘主义哲学和艺术创作思想与象征主义思想相符,特别是与马拉美和维利耶的思想相符。马拉美的艺术哲学以及他身体力行的诗歌创作实践深刻影响了象征主义诗歌的发展方向。布洛克(Block)在评论性著作《马拉美和象征主义戏剧》中总结了马拉美美学的核心思想:"通过模棱两可和间接描述唤起情绪,从而引起神秘感和缺失感。……马拉美深知,对象征主义戏剧的需求将极大地改变19世纪80年代的法国剧场,他预言会有一种神秘戏剧取代轻歌舞剧,取代主题剧和自然主义戏剧。"(Block,1963:34)[①]马拉美专注于戏剧批评和理论研究,他的思想推动了象征主义戏剧萌芽、生长和发展,而梅特林克成了他的理论的践行者。

梅特林克静剧不仅受到马拉美的影响,维利耶也曾鼓励他避开浪漫主义,采用象征主义的技巧。在维利耶的作品中,我们发现了这种情绪唤起的实验手法,人物从物质现实跃入神秘世界,并且使用了"沉默的语言"。但是,维利耶的语言技巧趋于传统,充其量只是一种初级表现,而使用非言语或言语缺失手法表现谜一样的生活本身,梅特林克给我们提供了最精致的、最完美集中的和最富有经验的范本。

梅特林克戏剧中的人物大多身陷困境,无力反抗神秘的力量。剧中门窗紧锁,却往往不可思议地自然开启。人处于石窟、迷宫般的洞穴以及城堡中,无法脱身。他们身不由己,心理上承受着莫名其妙的压力,语言上则表现为断断续续、不连贯、静止、沉默和无意义。玛莱娜公主被锁在光线阴暗的城堡里,无法找到逃生之路,事实上,围困她的不仅是阴森的城堡,更是在电闪雷鸣中不断麻痹她的心理恐惧。同样,《无形的来客》中一家人围坐在桌边,等待来访的修女姊妹来看望卧病在床的女主人公,不料却等来了不速之客,无声无息、不可抗拒的死亡之神在沉默中强力闯入门窗紧闭的房间,将奄奄一息的女主人公的生命之火攫取。《群盲》的场景在室外,无门无窗无锁,十二个盲人由于身体缺陷围坐一圈,互相依偎,寻求安全感,而他们身处孤岛,四周是围成一圈的无法跨越的水域,他们如林中困兽,不知道带他们前来的向导已在他们中间溘然长逝,他们毫无察觉,那个侵入者——死神来临,并将他们包围。

对于梅特林克来说,将人自身和宇宙隔绝开来的与其说是门窗、水域、城堡,还不如说

[①] Block H M. Mallarmé and Symbolist Drama[M]. Detroit: Wayne State University Press, 1963.

是一种深深的沉默。沉默的空气如泰山压顶,令人窒息,无法穿透。剧作家通过戏剧人物语言和场景的运用,寻找到特有的日常之上的内在真实。这种品质特异的语言"沉默",打破了传统戏剧的对白模式,融现实主义与神秘哲学为一体,成为梅特林克静剧思想的一个重要组成部分。

第二节 《无形的来客》中未被说出的真实

从第一部作品《玛莱娜公主》(1889年)问世开始,几年间,《无形的来客》《群盲》《七公主》《佩列阿斯和梅丽桑德》《阿拉丁和帕洛密德》《室内》,一直到《丹达吉勒之死》(1894年)出版,都表达了同一艺术创作思想,而《无形的来客》是其中的佳作,因为这部作品中他表达的不是精神的、经验主义的,或者是超自然主义的真实,而是真实所创造的最强烈的情感。

《无形的来客》创作于1890年12月,第二年5月在保罗·福尔(Paul Fort)创办的艺术剧院首演。巴拉基安(Balakian)把这部作品称为"象征主义的珠宝"。出人意料的是,公演并没有给梅特林克带来鲜花和掌声,相反,他受到评论界的攻击,他被指控剽窃他的同乡——比利时法语作家勒伯格(Lerberghe)的《追踪者》一剧。这对梅特林克来说并不公平,两部作品虽然都含有死神拜访年轻女子的故事情节,但后者对死亡是有心理预期和准备的,死亡受到强烈的抵抗,作品中的动作和语言也采用的是传统戏剧化结构。梅特林克的《无形的来客》有所不同,没人知道死亡即将来临,看不见,不可预测,也无法抗拒。神秘的力量对门窗等客观物体产生效果,令其自然开启,剧中人物的紧张情绪愈演愈烈,形成了一条暗线,宣告了侵入者迫近、到场和离开的全过程。

《无形的来客》的创作成功也离不开独幕剧的紧凑结构。断断续续的无意义的闲谈加剧了故事的紧张气氛,一家人的狂暴无法释放,直到死神完成使命而离开。统摄在单一场景之下,人物的对话依赖于一系列主题形成有机的联系,这些循环往复、对立统一的主题可以归纳如下:室内/室外、安全/危险、平静/焦虑、有形/无形、光线/阴影、话语/沉默。这些不同的对话单元相互作用,或隐或现,形成了梅特林克静剧中令人迷惑的语言和故事结构的张力系统。

《无形的来客》的开场对白介绍了故事的主要人物:80多岁失明的外祖父和他的三个外孙女,还有孩子们的父亲和叔父。是舒舒服服地待在室内的灯光下,还是到室外平台上吹吹夜晚的冷风呢?他们举棋不定。原来,女孩子们的母亲产下一男婴后,就病得厉害,护士一直守在紧闭的屋里她的床边。病病殃殃的女儿身体怎么样了呢?医生今晚还来吗?这些,老人都不知道,但是凭着直觉,他决定,一家人应该留在房间里。"我想,她的情况还不是很好……"老人说不出令他不安的原因,也不愿意继续沿着他的思路说下去,于是他不再讲话,戏剧语言戛然而止,从絮絮叨叨的担心陷入沉默。父亲想平息老人的忧虑,向他保证说:"但是自从医生向我们诚实地说过,我们便……"父亲的话没说完,这意味着,他并不是真的内心平静如水,他并不确信妻子真的病情好转,"担心"这个字眼在对话中反复使用,含蓄地强调了在场的人物的不安情绪。叔父也想消除老人的紧张情绪,他批评道:"你知道你的外公,特别喜欢无谓地恐吓我们。"这句话的前因后果我们不得而知,然而,我们禁不住想问:外祖父之前什么时候吓唬过家人?他的担心是真的毫无根据吗?老人回答叔父说:"我不是像你们一样可以眼见事情。"这句话传达的意义要比其表面含义深刻得多,但是叔父并没有理解,只是理所当然地认为失明的老人自然看不到。"那你就应该相信我们有眼可见的人……"(梅特林克,2006:1)①匆匆结束了对话。其实,老人的回答有其深意:那些眼可视物之人正是缺乏洞察力之人,他们必须求助盲人,来引导他们去寻求精神的光明。根据梅特林克的神秘主义哲学,老人可以理解为在某种程度上洞察看不见世界真相的人,即"神秘的先知"和"秘密的讲述者"。但是他不再继续和叔父谈他的不安,也不想为此遭受责难,他若有所思,退居沉默之中。剧本在第一个对话单元中就通过主旨性对白导出了全剧反复循环的主题,而没有被说出的话处处设疑,体现在沉默的应对、沉默的主人公、双关的话语(即梅氏的术语"二级对话"),以及作为灵魂交流的媒介——沉默自身之中。梅特林克曾说:"语言也是伟大的,但并非最伟大。正如瑞士铭文所言:言语是银,沉默是金;或者我宁愿这样表达,言语是一时的,而沉默是永恒的。"(梅特林克,2009:3)②

故事一开始,父亲和叔父就都表达了希望享受美好宁静夜色的愿望,但是外祖父的插入,使谈话发生了转向。梅特林克在全剧中反复运用这一基本模式:即老人造成了对话的不稳定性和流动性。他问道:"为什么今天我不能见我的女儿?"想见女儿不能实现,老人因此非常不安,欲言又止。叔父总是那么现实和实际,他提醒老人医生禁止拜访病人,又说:"干吗要杞人忧天?……"然而,叔父未讲完的、中断的话语,明白无误地表明,他自己已经在担忧了。生病、焦虑以及各种吵闹的声音把这段对白和下一段对白联系起来,大家开始担心新生婴儿的身体状况,孩子自打生下来,几周了就没有哭过,还有其母亲的病,似乎暗示是生产造成的。对女儿的担心引出对婴儿的不安,老人犹犹豫豫地说:"我相信他会耳聋,而且会哑……这就是表亲结婚的后果……"(梅特林克,2006:2)他的声音越来越低,又陷入短暂的沉默。不但是老人的语言,还有他未讲完的话的含义,这些通过沉默的斥责相互烘托,形成了责备性陈述。

提到婚姻,话题就又回到了生病的母亲身上,她正等着她的姊妹——修道院的院长——来看望她。这是剧中第一次清晰地提到"等待"一词,但是期待的氛围和静默的盼望已经持续很久了,自从孩子生下来,母亲生病,修女姊妹就一直答应要来。静默的等待是梅特林克静剧及后来的许多"没被说出"的戏剧的一个共同特点。戏剧时间的处理方式是非常重要的。父亲说现在已经过了九点了,但是没有说出的言外之意是:晚上九点一个修女独自出门到城堡是不安全的。随着时间渐渐推移,她的到来或者说安全到达的可能性越来越小了,这时候,大家的焦虑从病病殃殃的母亲转向对修女的担心。外祖父问:"你们不再挂虑了吗?"叔父回答:"我们为什么要挂虑?"的确,为什么要担心呢?叔父的答复合情合理,但是他没有被说出的焦虑正在渐渐升起。这里,话语/沉默、平静/焦虑的主题再次出现,虽然父亲和叔父拒绝直接表达他们的担心和忧虑,但是老人不无担心地宣布:"希望这一晚能很快过去!"

---

① [比]莫里斯·梅特林克. 诺贝尔文学奖文集:无形的来客[M]. 李斯,等译. 长春:时代文艺出版社,2006.
② [比]莫里斯·梅特林克. 谦卑者的财富[M]. 马永波,译. 北京:中国国际广播出版社,2009.

三姐妹进到房间里查看婴儿，确保孩子安然无恙地熟睡之后回到了客厅。为了度过等候的时间、转移紧张的气氛，她们把目光转向窗外，外面有月光，可以隐约看见花园里的林荫道，这里又重现了一直以来的主题：室内/室外、清晰/模糊、声音/沉默。父亲担心修女姊妹，问外孙女："奥赛拉，你没看到谁来吗？"外孙女说"没有"，对于大家"是否看到有人"的再三提问，姑娘再三予以否定回答。但这似乎和花园里的动静不相符，因为夜莺惊飞，不再唱歌，天鹅显然是受到惊扰，游到了池塘对岸，小狗也害怕地躲到了狗窝里，林荫道上，有冷风吹来。显而易见的解释是：虽然看不到，但修女一定来到了花园。这里的描述充分体现了沉默的作用，既是剧中人物的沉默，也是作者的沉默。在这部静剧中，梅特林克始终没有告诉我们修女究竟去了哪里，我们不知道那个无形的来客到底是谁。神秘感不但被唤起，而且得到不断延续和深化。焦虑不安的老人最先嗅到了死神的靠近，然后恐惧扩散。花园如此安静，父亲终于喊出："我觉得像死一般寂静。"在这句典型的双关式的台词里，父亲说出了超出他所知的话语。

梅特林克像一个真正的神秘主义者一样，满足于提出大部分问题而不予作答。他诚挚坦率地说道："能够清晰谈论这些事物的时刻尚未到来。"沃克利为2004年《梅特林克随笔书系》的中译本作序，他说："梅特林克也许是胚胎时期的哲学家，也许是柏拉图洞穴中的坐而论道者。但是，他珍视每一个可能流露出崇高的微妙时刻，高贵的神秘的思想会随时降临，如白色大鸟一样从他的心中，也在他的作品和读者心中飞过，他的缄默不语体现了一个真正的灵魂追求者对美持久和不知满足的爱。"（梅特林克，2004：1）①

一直默不作声的外祖父的插话再一次转换了话题："奥赛拉，所有的窗户是开着的吗？"说到窗户，外孙女提到门，通往花园的一扇门一直关不上，怎么用力都没用，门被卡住了，风从这扇微开的门吹了进来，也带来了死亡的气息。合理的解释让位于沉默，当外祖父听到类似磨镰刀的声音而猛然颤栗，旁边的叔父也受了惊吓："奥赛拉，那是什么声音？"女孩儿不肯定地回答也许是园丁在割草，父亲故作镇静："园丁在那里割草哩！"他想以此回答掩饰自己的不安。叔父显然对这个答案不满意，他追问："他在夜间割草吗？"（梅特林克，2006：4~5）没有人知道。

随着老人进入梦乡，屋里的紧张气氛得到缓解。他因为女儿生病而忧心忡忡，已经三个晚上没怎么睡觉了。剧中的老人陷入了静止，父亲和叔叔谈到了老人的疾病，看似无关的对话，巧妙地表达了剧本的主题思想——疾病、光线、静止、失明，即现代人所处的精神状态。梅特林克在这里充分展示了剧中对白的二元技巧，闲谈既是家常对话，又充满了神秘意味，揭示了冰山下的真理。他们表面谈的是老人的失明，但暗中也揭示了他们自身的状况。叔父说，他宁愿死，也不愿意像失明的老人这样活在阴影中："不知道一个人在哪里，不知道一个人由哪里来，不再能辨别午后与午夜……常常就是那种黑暗……我宁愿不生存也罢……"这里的戏剧人物语言超出了他的所知，断断续续的独白暗中道出了讲话人所代表的普通人无法破解的神秘困境，面对重重忧虑，叔父担心、迟疑、徘徊，而又一次沉默之后，他终于找到机会避开严肃的话题："……但是他不……完全盲吧？"父亲看似合情

---

① 梅特林克.梅特林克随笔书系：谦卑者的财富；智慧与命运[M].孙莉娜，高黎平，译.哈尔滨：哈尔滨出版社，2004.

合理但又不无深意地回答:"他还可以分辨强烈的光线。"(同上:6)这是多么含蓄的二元对白啊! 人无不在黑暗中追寻着光明,希望找到神秘背后的真实,梅氏"二级对话"得到充分的应用。

这种"二级对话"在梅特林克来说是象征,但是从宗教神秘主义对超验的上帝的体验角度来分析,"圣灵有可能出现在对话和人际的对话交流之中,作为神奇的不可预知的东西,作为突然的启迪和突如其来的'感化人心'的认识。因此,在对话中可能出现某些比对话更多的东西"。这便是人对看不见的心灵的神秘体验。

外祖父被报时的钟声惊醒:"我是面对着玻璃门吗? 没有人在玻璃门那里吗?"没有人回答。老人更为不安,他的直觉感到有什么不熟悉的事情来临,他执着地重复他的问题。接着,突然想起他们在等待修女的到来,老人的问题又把剧本带回到"等待"的主题:"你们的姐妹还没来吗?""太晚了,她现在不会来了。"叔父想尽快结束这个令人焦虑的话题。但是父亲承认说:"我已经开始担心她了。"这句轻描淡写的台词,本意是要让大家包括他自己安心的,却不料隐藏了未说出的话。现在,不仅是担心了,时间这么晚,修女却迟迟不来,一切显然已经令他心烦意乱了。楼下的动静似乎显示出有人来的迹象,叔父迫不及待地喊:"她在这里了,你们听到了吗?""是的,有人已经进了地下室。""一定是我们的姐妹,我认得她的脚步声。""我听到慢慢在走的脚步。"(梅特林克,2006:6)当父亲、叔父、外祖父努力地辨认台阶上的声音确信是修女的脚步声时,他们的合理的对话,从另一方面,同步地让位于双关的怀疑的压力。

父亲:她轻轻地走进来哩。

叔父:她马上便会上来;他们会告诉她我们在这里。

父亲:我很高兴她已经到了。

叔父:我证实了她今晚一定会来。

外祖父:她上来得太慢呵。

叔父:但是,这一定是她。

父亲:我们不希望是别人。

外祖父:我没听见地下室有什么声音?

父亲:我叫一声女仆吧。我们要知道什么是我们所希望的呵。(他拉动摇铃绳)(同上:6~7)

当仆人被叫来帮助他们确认来人,减缓压力的时候,仆人并没有带来他们希望的消息,这时焦虑开始升级,巨大的担忧在房间内传染、发酵。外祖父不断地询问:"谁在叹气呢?""她在哭吗?"而他对大家的解释全然不信,这无疑加剧了紧张的气氛。父亲原本是最平静的,但是他坚持说听到了开门声,听到了吵闹的声音,他不听女仆的解释,斥责她碰了门,弄出声响,这一荒唐的小插曲暴露出父亲极大心理压力下的失控心态,他对一切都不再确信。最后,他索性打发走女仆,不许她再"弄出声响"(而对此女仆一直否认),叔父也附和着一起撵走女仆,他们希望借此短暂的间隙和空间恢复他们不正常的感官和思维。

外祖父再一次把大家的注意力(关于门是否发出响声的争执)从室外拉到了室内。父亲、叔父和外祖父之间连珠炮似的对话暂时掩饰了紧张心理。而这种紧张,只有老人具有特殊能力能够说出来和觉察到。

外祖父：她已经进来了？
父亲：请问是谁呢？
外祖父：女仆呀。
父亲：什么，她不是已经下去了？
外祖父：我以为她还在桌边坐着哩。
叔父：女仆？
外祖父：是呀。
叔父：嗳，正少了她一个人哩。
外祖父：没有人进到房里来吗？
父亲：没有，没有人进来。
外祖父：你们的姐妹也不在这里吗？
叔父：我们的姐妹还没来。你的思想飞到哪里去了呢？
外祖父：你们想骗我。（同上：8～9）

  老人觉察到一个陌生人坐在桌边，他一个问题又接着一个问题，着魔一般地重复揭示了循环的主题：室内/室外，表面性失明/暗喻性失明，真相/欺骗。呼应之前问到的关于花园里奇怪响声的问题，外祖父开始努力表达其他人无法说出的真相，那些无法看到的、无法用语言形容的神秘。这些人谁讲的话是真话？和他们一起围坐在桌边的第七个人到底是谁？他们究竟隐瞒了什么？作为一家人的精神领袖，老人要求坐在身边的五个人（父亲、叔父、三个孙女）一一报上名来，因为他能觉察到身边坐着第七个人，一个陌生人，他确信，他直觉所感受到的并不能单凭经验就证实。

  当油灯灯芯跳动，光线暗淡，预示着生病女人即将离开人世的时候，在昏暗的房间里，我们知道，一家人因为深夜的没完没了的等待和焦虑，已经精疲力竭了。一阵沉默之后，经历了担心、恐惧、痛苦、沮丧和被忽视，老人情感上终于爆发了，他滔滔不绝，朝着身边的人发了火："为什么你们要骗我？……为什么你们吹熄了灯？"长久的静默给了老人勇气、力量和智慧："我的眼睛上像是挂了磨石一般，孩子，告诉我这里有什么事情发生？……告诉我……你们能见的人……我在这里，只是独自一人，陷在无限的黑暗中！……"老人说话断断续续，他讲出了自己所遭受的痛苦折磨：在家人的集体谎言中，他就是一个牺牲品；在隐身的不速之客的操纵之下，他一样无能为力。这里，虽然，老人发泄的对象是他的亲人，但是，没有说出的是他无法与死亡正面交锋的沮丧。

  油灯完全燃尽，黑暗最终笼罩了整个房子，还有无边的寂静。一家人不再依赖不停地讲话来驱散恐惧，他们不需要再假装可以掌控现实事件的发展，也不需要说话来逃避。他们将一切交予沉默，愿意接受事实，而不再徒劳地编造借口以抚慰他们饱受折磨的心灵。当真实的恐惧越走越近，剧中人物基本上陷入了瘫痪一样的沉默。偶尔打破沉默的只有反反复复的、梦游般的、支离破碎的、没有多少意义的几句话。

叔父：我觉得她们今晚的脸色很苍白。（静寂）
外祖父：我现在所听到的是什么呢，奥赛拉？
长女：没什么，外公，这是我双手紧握的声音吧。（静寂）
外祖父：我所听见的是什么呢，我所听见的是什么呢，奥赛拉？

长女：不知道，外公，或者是我的妹妹们吧——她们有些发抖呢。（同上：13~14）

　　一线月光从窗户的一角射入房间，同时钟声敲响了十二下，宣告了午夜的来临。"钟声敲响十二下"是梅特林克戏剧创造的独有象征，和"帆船""军舰"即将起航一样，它们代表了不祥的征兆，更多情况下象征了死神的召唤，这时，剧中的人物之一就要离开这个世界了。听到有人从桌边起身，老人急迫、反复地询问："谁站起来了？"此时紧张气氛达到高潮。尽管父亲和三个女孩子轮流回答："我没有站起来！""我也没有！""我也没有！""我也没有！"老人坚持说："有人在桌边站起来哩！"的确，在梅特林克的戏剧舞台上，有无形的来客靠近，他进了房间，和大家同坐，又起身离去，这个无形的来客就是死神。几乎同时，另一个房间里传来婴儿的哭声，穿一袭黑衣的修女悄悄地从内室出来了，她手画十字，无声地宣告女人的死亡。寂静中，家人明白了无声信息的含义，他们拥进了内室，由于他们的年龄、心理准备，以及和逝去女人的关系不同，他们对失去亲人的死亡体验也不尽相同。通过沉默，梅特林克引出的不仅仅是无法看到的和不可言喻的反应，还有对决定我们生存的力量的无法表达的和不可表达的反应。

　　这里的戏剧高潮没有传统戏剧的喧嚣和台词的集中爆发，而是沉默的传达。梅特林克的其他作品也不例外，如《室内》，女儿的遗体越来越近，一家人的和谐必将被打破，窗外报信儿的老人太紧张了，重压之下，无法承受，他用尽全身力气冲进房间带去噩耗，从室内跑出来的一家人却没有歇斯底里地爆发，相反，梅特林克式的沉默取而代之，顷刻间，舞台又归于平静，攒动的人影消失殆尽，透过窗户，只见婴儿安然入睡，舞台上只剩下陌生人喃喃低语。梅特林克对死亡是这样解读的："恐怖的时钟已经敲响；沉默来到了你的灵魂面前，你看见它从生活的不可言说的深渊，从惊恐和美的内心深处升起，而你没有逃之夭夭……"（梅特林克，2004：10）他认为，死亡的来临是不可抗拒的，而此时，灵魂踏上朝上的阶梯，也许不会上升，却也从不沉沦，因为此时的灵魂更接近真理。

　　《无形的来客》走向了剧终，其他人都退出，只有老人被单独留在黑暗中，他不停地喊："你们到哪里去——你们都到哪里去了？——孩子！——他们留下我单独一个人呵！"（梅特林克，2006：14）家人的沉默不语证实了老人早就知道的答案。大概自从女儿生下了那个不会哭的婴孩，他就已经知道了。他曾经使出全部力气提醒家人迫近的危险，他固执地不让自己说出那无法说出的真相，真相就是女儿注定要死去。梅特林克运用了间接语言艺术，以沉默作为答复，他的静剧艺术主要着眼于那些没有被说出的语言，而不是不能说出的语言，但是，在死亡面前，没有被说出的那些话不仅是无法表达的，而且是不能说出的。他说："语言永远不能表达两个存在之间真实的、特殊的关系。如果此刻我向你们谈论最严肃的事情——爱情、死亡或命运——我能触及的就不是爱、死亡和命运，而且，尽管我尽力而为，我们之间还是留着一种未说出，甚至我们未想要说出的真实。可这是唯一的真实，虽然无声无息，却与我们同在。"（同上：13）

　　在这部多维度的独幕剧中，引起我们兴趣的是静止的主题：生病母亲静止不动，六个桌前的人物静止不动，连死神也坐着一动不动。然而，和静止性并置的是随着时间的推移人物的情绪变化和二元性戏剧对白。在日常生活的层面上，语言承载了现实意义，他们等待，他们听到各种声音，试图找到合理的解释，他们听到时间流逝的脚步。但是，在神秘主义层面上,在这个层层围困的中心,被剥夺的灵魂们静默地交流。他们预感到危险来临,体验到危险侵入,看不见的危险使他们分崩离析,而灾难又让他们团结一心。在言语缺失状态下,无穷无尽的生与死的不断变换在想象中被一次又一次扮演,在暗中被无数次无言地交流。

我们还应该关注静默的戏剧人物,他们自始至终的沉默引人注目。《无形的来客》中年轻的生病母亲,我们未见其人,也未闻其声,与之形成鲜明对比的是,她是剧中人物对话的中心。家人们关心她的健康、她的命运,也预感到她的死亡。产后疾病使她虚弱不堪,使家人担惊受怕,大家去请医生,等着修女的到来,并整夜守护。其实从戏剧一启幕,对观众和读者来说,她就已经死亡了。同样,成为大家担心和焦虑对象的《群盲》里的牧师,也是一开场就死亡了,只是盲人们不知道这一点,他活在群盲们焦灼的谈话中。梅特林克让未出场的静默人物活在戏剧人物的对白里,这种技巧是沉默戏剧的一个主要贡献,影响到20世纪的戏剧创作和实践。

第三节 作家的沉默

《无形的来客》还有一个显著的沉默就是作家的沉默,梅特林克刻意回避用语言去表达他的神秘哲学。因为他懂得,沉默是最合适的传达他的思想的媒介。剧中,人物年龄、性格、对危机的反应各有差异,外祖父、父亲和叔父之间的冲突表现得和现实生活一样自然而紧张。梅特林克并没有要求读者相信老人的观点就是正确的、别人的观点是错误的,他没有直接表达自己的观点,而且将选择权利交给了读者。他让我们自行判断花园里无法确定的各种响声、阵阵冷风,以及许多其他无法准确定义的现象。神秘的第七个人好像来到我们读者中间,坐定,又离去,我们感受着紧张的表达了的和未表达的情绪,这成为我们日常体验的一部分。选择将戏剧行为安置在一家人的日常场景中,选择将生病的母亲、新生的婴孩、死亡的来访作为戏剧的主要结构内容,梅特林克将其神秘哲学置于最自然的生活场景中,无言地叙述着他融为一体的"日常悲剧"思想和静剧创作艺术。因此,梅特林克的静剧既包括了其沉默的语言技巧,还刻画了静默的剧中人物,另外还包含了作者缄默的姿态。梅特林克含蓄地表明,他自己没有发言权;相反,他鼓励用静默的剧场去表达情绪,通过静默的反应追寻超自然的真理。

象征主义运动研究者西蒙斯认为,梅特林克的象征主义剧场自身就是一个象征,但是对于当时19世纪90年代的前往剧场看戏的观众来说,他们并不热心解读象征(Halls,1960:40)[①]。情节缺乏吸引人的悬念,人物缺乏像样的交流,也听不到有序、连贯的对白、欣赏不到充满感情的表演,正如巴拉基安所言,由于没能给观众带来娱乐和教育意义,这部剧根本不具备戏剧性。取消了戏剧舞台的最基本的娱乐观众、提升观众的功能,梅特林克只专注于神秘死亡主题的少许的变体,而这一主题的活力很快就被消耗殆尽。

尽管梅特林克的静剧作为文学实验没有持续多久,但是评论界公认梅特林克是其后

---

① Halls W D. Maurice Maeterlinck: A Story of His Life and Thought[M]. Oxford: Clarendon Press, 1960.

几十年间沉默剧场和荒诞剧场语言革新的先驱。契诃夫戏剧语言的沉默回馈和间接对白的复杂性无疑受到了梅特林克的影响,在契诃夫笔下,未被表达的沉默及微妙的语言的成功运用成就了一代天才人文艺术家。

第八章　无形的世界:《佩列阿斯和梅丽桑德》

> 梅特林克先生的艺术如此与众不同,他把剧场写进了著作！……舞台上的《佩列阿斯和梅丽桑德》散发着书页的香气。戏剧艺术将沉默无声和抽象表现到这般程度,舞台上的每一时刻都在奏响美妙的音乐,那么恰到好处,甚至不需要添加任何别的乐器,即使如泣如诉的小提琴,也毫无用处。
>
> ——马拉美

第一节　从戏剧到歌剧

《佩列阿斯和梅丽桑德》发表于1892年,第二年5月17日上演,可以说是梅特林克最著名的剧作之一。剧作家兼演员的吕奈－波创立了作品剧院,用于演出实验诗剧,开幕式上演的就是《佩列阿斯和梅丽桑德》和易卜生的《罗斯莫庄》,梅特林克莅临现场,这也是他第一次观看自己作品的演出,吕奈－波亲自扮演了高洛。吕奈－波认为这出戏应该分为18个舞台造型,他把每一个造型都装点成一幅装饰画。他自己设计的服装,一眼就叫人联想到中世纪。画家保罗·沃格勒(Paul Vogler)画的布景像一个梦幻世界——一个庞大的古老厅堂,一片浓密的森林,背景布像一块古老的大挂毯。吕奈－波的灯光设计,使得时间和空间仿佛都成了无止境的,而对自然界、对黄昏和黑夜、对月亮和风的着重表现,就更为强烈地渲染了这种气氛。演员们活像月光下的幻影,人物塑造成为一个有机的整体,体现的都是抽象的概念。他们的动作简化到只限于手和臂的缓慢移动,用以加强每一行台词的分量,他们的语言像是唱出来的,表现出犹豫和重复。法布尔(Fabre)为该剧配乐,《佩列阿斯和梅丽桑德》给观众留下了深刻的印象,这部作品先是以戏剧成名,进而被改编为歌剧。麦克圭尼斯认为,作为象征主义戏剧的代表,该剧使同时代的戏剧黯然失色,它的国际声誉也超出了剧作家之前的任何一部独幕剧,只有1909年出版的《青鸟》才可以与其比肩。马拉美当初说任何乐器都无法表现其音乐魅力的时候,没有想到,正是歌剧的成功决定了它的未来。(McGuinness,2000:126)①

歌剧《佩列阿斯和梅丽桑德》给这出象征主义戏剧带来了活力,使其经久不衰。对于歌剧的改编者德彪西来说,音乐不仅仅是对戏剧的添加,而且使戏剧达到完美。他说诗人梅特林克"仅仅通过对事物的暗示,使我把自己的梦想移植到他的梦想之中,他想象中的人物故事没有发生的时间和地点,他也不会把'规定的场景'强加于我,这使我比他有更大

---

① McGuinness Patrick. Maurice Maeterlinck and The Making of Modern Theatre[M]. New York: Oxford University Press Inc., 2000.

第八章 无形的世界：《佩列阿斯和梅丽桑德》

的自由，可以随时自由发挥，来完成对他作品的改编"（同上：127）。

张裕禾和李玉民1983年翻译《佩列阿斯和梅丽桑德》第三幕第二场著名的"塔楼垂发"场景时，一开场是梅丽桑德在塔楼窗口吟诵诗歌，等待心上人，两位译者特意选取了歌剧版本的唱词，他们为此解释说："克罗德·德彪西谱的同名歌剧所依据的脚本与此戏剧本无大差异，只有这首诗不同。译者比较了这两首诗，觉得歌剧脚本中的诗与剧情更贴切，故选译了歌剧脚本中的这首诗。"（梅特林克，1983：127）①译诗如下：

"宫楼入晚弄残妆

长发如波足下流

一头金丝待君理

明月人倚楼

终日盼君君不至

深宫幽苑使人愁

圣达尼埃勒 圣米歇勒

圣米歇勒 圣拉法埃勒

奴家生在礼拜日

午时落地定情由。"（同上）

译者的倾向性反映了歌剧的广泛接受度和流传度。女孩等待情郎、期盼心上人的心情一览无遗。

德彪西是第一位，也是最著名的对该剧进行歌剧改编的音乐家。梅特林克那咒语般的吞吞吐吐的对白，早期以音乐性见称。当得知德彪西要对《佩列阿斯和梅丽桑德》进行改编时，音乐评论家厄内斯特·纽曼就针对作者另一部剧作《乔赛尔》(1903)指出："梅特林克的不明朗的语言必须配上音乐才能把其中全部的意思传达出来。……正是梅特林克戏剧的歌剧脚本特色才阐释清楚了那许多离奇的场景：一个人物向着街上那个令人厌烦的人不断地重复一些显然无关紧要的词句，而对方却全然不懂他的话的意思。"（斯泰恩，2002：278）②而梅特林克在《日常生活的悲剧性》一文中也谈到过音乐这种艺术形式对"日常生活"的强大表现力，他赞赏其他艺术形式，如音乐和绘画"学会了选择和再现那些日常生活中不太引人注意的方面，但是它们同样深刻，同样令人震惊"（梅特林克，2009：85）③。也许就是因为音乐的独特表现力契合了梅特林克的"日常悲剧"理想，梅特林克的作品才引起了见解不同的各派作曲家的兴趣，弗雷（Fauré）、勋伯格（Schoenberg）和西贝柳斯（Sibelius）创作了不同的《佩列阿斯和梅丽桑德》歌剧版本。而且，至今仍能上演的为数不多的梅特林克的作品很大部分也是歌剧作品，因此斯泰恩认为，这证明了对某些象征主义流派来说，歌剧是比戏剧更好的一种表现媒介。可能的确如此。同时，一部戏剧作品在音乐界引起如此广泛的反响，也从另一个方面说明，充满暗示的、瞬息即散的、深藏动机和模

---

① ［比］莫里斯·梅特林克.梅特林克戏剧选［M］.张裕禾，李玉民，译.北京：外国文学出版社出版，1983.
② 斯泰恩.现代戏剧理论与实践（全三册）［M］.刘国彬，等译.北京：中国戏剧出版社，2002.
③ ［比］莫里斯·梅特林克.谦卑者的财富［M］.马永波，译.北京：中国国际广播出版社，2009.

棱两可的话语的、包含多种沉默和间歇性言语的梅特林克的象征主义戏剧具有深远的开放性,梅氏戏剧有着无限的解读可能。

第二节 朦胧的情节剧

1. 情节剧元素

在写给魏尔伦的信中,梅特林克谈到了创作《佩列阿斯和梅丽桑德》的初衷,主要是为了改变他一直以来的以创造紧张氛围见长的独幕剧风格,他说:"目前,我在写一部简单直接、充满感情的戏,我的心情如此平静,也许,这部戏可以让我从此以后摆脱'恐怖'诗人的头衔。"(McGuinness,2000:127)

因此,比起他擅长的描写人在死亡面前感知到各种神秘暗示的《群盲》和《无形的来客》,《佩列阿斯和梅丽桑德》在风格上更接近他的第一部戏剧《玛莱娜公主》和随后创作的《阿拉丁和帕洛密德》(1894)。《佩列阿斯和梅丽桑德》全剧分为五幕,故事发生在传说中一个无法确定的地方,类似于象征主义的奇幻风景,这里有阴暗的古堡、幽深的洞穴、荒凉的岛屿、无依无靠的王族血亲,还有人物身边发生的一切预兆。该剧对传统情节的继承也和《玛莱娜公主》一样显而易见,如故事的主线是高洛王子嫉妒年轻貌美的妻子梅丽桑德与弟弟佩列阿斯暧昧而拔剑杀人,这和玛莱娜公主被险恶的王后残忍勒死一样,都是略带血腥的传统戏剧情节。

我们不知道主人公梅丽桑德从哪里来,也不知道她的身份,虽然她的衣服被荆棘撕破,但是她的穿着很像一位公主,她头戴的王冠掉到水里去了。高洛王子在一片森林的泉水边初遇她的时候,她正在哭泣,像个孩子。她是那么美丽,那么胆怯,那么柔弱,她对于高洛王子的大多数问题都避而不答,我们只知道她从遥远的地方来,是逃出来的。已到不惑之年的高洛王子对梅丽桑德一见钟情,不顾国王为他安排的政治婚姻,私自决定娶她为妻,并把她带回了王宫。梅丽桑德的出场如童话世界一般纯美,故事叙述被剥离了衣食住行的现实生活,只剩下似梦非梦的画境和纯洁的情感。来到阿勒蒙德王宫的梅丽桑德和年龄相仿的小王子佩列阿斯经常一起游玩,他们在泉水边嬉戏,在岩洞里探险,不知不觉中,两个年轻人相爱了,爱得单纯、沉默、简单而干净。佩列阿斯要去参加朋友的葬礼,两个年轻人相约在花园里的一池清泉边告别,被嫉妒冲昏头脑的高洛猛然冲出,刺死了弟弟佩列阿斯,并擦伤了梅丽桑德,美丽的姑娘自此躺在病床上,生下一个女儿三天后,永远地睡着了。正如医生所说:"她出生得莫名其妙……也死得莫名其妙。"(梅特林克,1983:157)似乎,她生下来就是为了死一样。

《阿拉丁和帕洛密德》有着相似的故事结构,国王阿布拉莫把一个美丽善良的年轻女奴阿拉丁带回了王宫,并娶她为妻。当发现阿拉丁爱上了与自己妹妹阿斯特莱纳订婚的帕洛密德时,国王勃然大怒,两个年轻人被逼到一个地下岩洞,后来跳进深泉而死。这三部剧虽然清新委婉,哀怨动人,富有诗意,各种象征随处可见,但都借鉴了传统戏剧的情节。但是,梅特林克的戏剧绝不仅仅是简单的情节剧,戏剧中的梦幻色彩是传统情节剧所不具备的。他将全新的元素融入固有的戏剧结构,建立了一种完全不同的戏剧模式。同时代的很多作家和评论家都意识到了这一点。马拉美认为,《佩列阿斯和梅丽桑德》似乎是古老的情节剧的高级变体。德彪西也说，比起自然主义戏剧对生活的如实模仿，《佩列阿斯和梅丽桑德》增添了人性的光辉，因此自己的音乐可以捕捉到"真正的人"的微妙的内心变化。当代英国作家阿什(Ash)用诗歌说出了《佩列阿斯和梅丽桑德》中熟悉和陌生相互交织的独特性：

"看第一次

这是个简单的故事

再进一步，我们瞥见覆盖其上的薄雾。"(Ash,1984：41)①

梅特林克在写给哈利(Harry)的信中也谈到了该剧的变化，他说《佩列阿斯和梅丽桑德》展示的风格和传统的期待有着天壤之别，剧中的动作不仅是内心动作，而且连人物也对其一无所知。他又以莱辛的戏剧为例证，解释说，在传统戏剧中，人物只有借助于语言才能理解对方的意思，他们不能静默不语，因为如果这样的话，人物就无法立于舞台，传统戏剧不具有"无形原则"。(McGuinness,2000：32)因此，情节剧在梅特林克只是一个假托和外壳，与之相反的"无形原则"才是该剧的中心和力量所在。

2. 潜意识的探索

从第一部作品《玛莱娜公主》开始，人物对话就已经现出裂痕，语言没有时间流，不知道他们是在讲述过去，还是在谈及未来，人们似乎在说着过去的事情，而且说着毫无联系的话语，实际上，梅特林克对语言的消解一直进行着。为什么他会如此破坏语言的功能作用？梅特林克解释道："我全神贯注，静默聆听人类模糊的声音，我发现自己被某个人下意识的动作吸引，他们发光的双手轻轻拂过巧妙设计的牢狱的缝隙，而我们都被困在这牢狱之中。"(Materlinck,1985：81)由此可见，梅特林克专注于对下层潜意识的探索，在梦游中向下旅行，进入到从未被触及过的幽深自我。梅特林克的散文处处可见向下运动的动词，这意味着他的理想主义不是向上的提升，而是向下的挖掘；不是象征主义剧场激昂的雄辩，而是模糊不清的、未被表达的、非常规的、忽明忽暗的底层意识。他继续说："我想研究所有那些不成形的事物，无论生命还是死亡都不曾对此有过表达，那些事物都在追寻内心的一个声音，我希望能研究人的直觉和预感，那些无法解释的、被遗忘的、被压制的思想和感官能力，研究非理性的动机、奇妙的死亡和神秘的睡眠。尽管理性专制，但是偶然之下，我们可以瞥见闪闪发光的真实的、神秘的、原始的存在，我们灵魂的未知的力量，我们放松警惕的那些时刻。儿时的秘密是那么奇异，因为那时我们相信超自然的力量，儿时的秘密又是那么恐惧，由于源源不断的噩梦，我们仿佛真的来自恐惧的深渊。"(同上)由此可见，梅特林克认为，原始的、神秘的存在是每一个意识、每个人背后真实的主导力量，因此戏剧应该去挖掘内心深处人的潜意识，而不是要勇攀高峰。

3. 空间的模糊性

在《佩列阿斯和梅丽桑德》中，对下意识的探求表现在故事时间和空间的模糊性上。梅特林克作品中的主人公，如梅丽桑德、玛莱娜和阿拉丁，都是被作者空降到一个结构错综复杂的王国的城堡中，这个地点她们全然不熟悉，读者和人物一样茫然不知所措，无法

---

① Ash J. The Branching Stairs[M]. Manchester: Carcanet, 1984.

获得方位感和空间感,长长的通道,门窗紧闭或者自行开启,在通道里穿行,走着走着就迷了路;打开窗户,听得见大海波涛翻滚,看得见远处的灯塔和船帆;站在阳台上,下面是无尽的旷野;被关在室内,她们如同与世隔绝一样,弱不禁风,无人保护,眼前都是幻影,明明看到窗口有什么东西,转眼之间,又空无一物。城堡下面通常还有地下室,秘密通道等着她们开启神秘的大门。就像艺术家设计的迷宫一样,梅特林克的故事空间只可以感知,却无法准确描述。这个无形的王国固若金汤,自成一体,不提供可以辨识的线索。主人公就是置身于这样的环境中,陷落、迷失、飘忽不定,在囚牢里迷迷糊糊地漫步。可以说,这样的情境已经远离现实生活的外部环境,它只是内心情境的一个反映,是梦中的王国。

4. 时间的不确定性

《佩列阿斯和梅丽桑德》第一幕一开场,我们目之所及是森严高大的宫堡大门。和《玛莱娜公主》一样,也是次要人物首先登场。洗刷门槛和台阶的女仆们帮着门丁使劲拉门,门缝里可以看到阳光。大门终于慢慢被拉开。

　　门丁:吱吱嘎嘎声多响呀!快把所有的人都吵醒了……
　　女仆乙:(出现在门口)噢!外面天已大亮了!
　　女仆甲:太阳在海上升起了!
　　门丁:门打开了……大门敞开啦!……
　　[所有女仆在门口出现并跨出门槛。]
　　女仆甲:我先来洗门槛……
　　女仆乙:我们永远也洗不干净这一切。
　　其余女仆:提水来!提水来!
　　门丁:对,对,倒水,把淹没世界的洪水全泼上,你们也休想洗干净……(梅特林克,1983:106)

该剧的启幕画面开启了读者和观众对未来的期待,为什么要清洗门槛?为什么"永远也洗不干净"台阶上的污渍?污渍从哪里来?怎么弄在台阶上?戏剧悬念由此升起,但是直到剧终,答案才被揭晓。这个场景一下子将故事推向未来,同时也引申了对过去朦胧的暗指,读者和观众既期待即将发生的事情,同时暗自揣测,一定是有什么事情已经发生过了。这样,戏剧第一幕的开场描绘就将未来和过去交织在一起,给故事指引了两个发展方向,一是展望,二是回顾。污渍哪里来?悬念所设的机关一直到第五幕也就是最后一幕的第一场才在仆人们的口中露出了端倪。

　　老女仆:宫中降临的可不是福……
　　女仆乙:是你在门口发现他们的吗?
　　老女仆:当然是,当然是,是我发现他们的。……反正我五点钟起身,当时天还没有大亮。我心里想,我穿过院子,然后去开门。好,我就踮起脚轻轻走下楼梯,并打开大门,像平常开门一样……我看到什么啦?你们猜猜,我看见什么啦?……
　　女仆甲:他们在门口,是吗?
　　老女仆:他们俩都躺在门口!……和挨饿的穷苦人一模一样!……他们紧紧挨着,就像胆小的小孩互相靠着似的……小公主已经奄奄一息,大高洛身边还

放着他的剑……门槛上有血……(同上:154)

我们终于知道,高洛王子亲手杀死了弟弟佩列阿斯,并追赶梅丽桑德到城堡大门的台阶上,而门槛上的污渍就是血迹——罪恶的谋杀的痕迹,这也就是第一幕"门槛场景"中污渍冲刷不掉的暗中原因。《佩列阿斯和梅丽桑德》表现出故事时间上的循环和错倒性。过去预示了未来,未来实现了过去。过去发生的事件存在于预测之中,未来的讲述解答了过去的疑问。预叙指向过去,倒叙完成了未来的进程。正如我们无法定义故事的空间一样,"门槛场景"的时间同样模糊不定,没有现在,只有过去和未来的汇流。这完全符合梅特林克"梦想家"的场景和记忆,在缥缈的超越现实的薄雾中,潜在的无意识闪闪发光,终日奔流。

5. 太阳和大海

还要提一下"门槛场景"里的太阳和大海的象征意义。梅特林克早期戏剧以阴暗的森林、城堡等表现人的心灵的幽深之处,故事总是发生在夜晚阴影之下,偶然出现的月光照亮心中的善和美,在无形的力量之下,人只能屈从,太阳似乎永远没有升起过,强烈的阳光会让人迷路,将人从睡梦中唤醒,打碎一切,因此太阳不属于梅特林克戏剧的主人公,属于他们的只是阴影和黑暗。只有局外人可以看到太阳,因为他们在庸庸碌碌中苟且,没有机会感受生命的真谛。正如王后在向初来乍到的梅丽桑德介绍她们生活的处所——城堡——时所言:"我初来之时也很惊讶,人人都感到惊讶。有些地方从来透不进阳光。但您很快会习惯起来的……您看那边,大海的水光……"(梅特林克,1983:112)大海在梅特林克的多部戏剧中出现,一般大海上可以看到帆船和灯塔,海风、海水、浪花象征着起航和离别,在梅氏戏剧中,伴随它们的往往是剧中人的死亡,一个灵魂的离去。如《群盲》中伴随着声声海浪,牧师永久地安息了;玛莱娜公主在一个狂风暴雨、海浪滔天的夜晚被谋杀,一艘黑色的军舰停泊在港湾;帆船从海上驶来,水手们在大声欢呼,《七公主》中王子所爱的公主奥赛拉却睡着了,身体僵硬,永远不会再醒来。另外污渍无法洗掉则为梅特林克戏剧语言——二级对话的创新,真理蕴含在无用的、多余的对话中。日常的、重复的、唠唠叨叨的闲话从表面上造就了完整的情境,实际上,神秘在暗中窥视,赋予了讲话人暗中的真实,同时,二级对话超越了讲话人所知,神秘莫测只存在于静默的心灵之中。

第三节 无法定型的人物

1. 遥不可及的梅丽桑德

《佩列阿斯和梅丽桑德》第一幕第二场,故事的主人公登场了,高洛王子在森林中狩猎迷了路,无意间发现泉水边一位年轻貌美的姑娘在哭泣。她的衣着虽然破旧,但看起来是个公主的打扮。她从哪里来、为什么哭,高洛有一肚子的问题要问这个姑娘,但是梅丽桑德似乎没有完全理解这些问话,她的答复像是答复,又像是自说自话。他们的对话体现了梅特林克刻意为之的所答非所问的静剧对话模式之一,似乎在说话,但是没有获得期待的信息。

高洛:是谁欺负了您?
梅丽桑德:所有的人!所有的人!

高洛：他们怎么欺负您的呀？

梅丽桑德：我不愿说！我不能说！……

高洛：好了，不要这样哭泣了，您是从哪里来的？

梅丽桑德：我是逃出来的！……逃出来的……

高洛：好，那您是从什么地方逃出来的呢？

梅丽桑德：我迷路了！……我在此地迷了路……我不是此地人……我是在那边出生的……

高洛：您是哪里人？您出生在什么地方？

梅丽桑德：噢！噢！离这儿很远……很远……很远……（同上：107）

高洛看到水下什么东西在闪闪发光，姑娘说是她不小心掉下去的王冠，谁给她的王冠、王冠从哪里来，梅丽桑德以同样的对话方式拒绝提供更多的信息。这样，剧本的第一主人公具备了谜一样的身份。她可能有过什么痛苦经历，她可能是某个王国的王后或公主，她逃了出来，逃离了她的历史。现在，美丽的姑娘两手空空，孤独一人，纯净如一张白纸地来到了大家面前，她现在的身份变成高洛王子的妻子——阿勒蒙德王宫的王妃，但是她的过去、她的目的，我们自始至终一无所知。即使后来深爱她的、与她年龄相仿的佩列阿斯也没有从她口中获得更多的个人信息，两个孩子一样的年轻人的见面是那么轻松愉快，他们天真无邪，他们嬉戏在花园里的一池清泉边，这眼废弃的古泉被称为"盲人泉"，因为传说中，泉水曾经使人复明，这里也暗指可以获得美和真理的地方，"盲人泉"边就是这对年轻恋人约会的地方：

佩列阿斯：这儿总是异常寂静……您愿意在大理石的水池边上坐下歇歇吗？那儿有一棵菩提树，阳光从来照不进去……

梅丽桑德：我来趴在大理石上。我想看到泉底……

佩列阿斯：不要这样往下弯腰……

梅丽桑德：我要碰到泉水……

佩列阿斯：他遇到您也是在泉边吗？

梅丽桑德：是的……

佩列阿斯：他都对您说了什么？

梅丽桑德：什么也没有说，我已经记不起来了……

佩列阿斯：但是他离您很近吗？

梅丽桑德：对，他想吻我……

佩列阿斯：您不肯吗？

梅丽桑德：是。

佩列阿斯：您为什么不肯？

梅丽桑德：噢！瞧！我看见水底有个东西溜过去……（同上：114～115）

两个年轻人在菩提树的阴影下玩得非常开心，当梅丽桑德一如既往地对小王子的问题回避的时候，观众和佩列阿斯一样都没有得到想要的答案。为什么梅丽桑德拒绝高洛的吻，她当时是害怕？难道不爱他吗？爱她的佩列阿斯同样也无法看清她，他对她的记忆有时竟会模糊起来，他自言自语地说："有些事情我已记不起来，有些时候就像已经有了

第八章 无形的世界:《佩列阿斯和梅丽桑德》

一百多年没有见到她了……如果我就这样走了,我就一无所获……而所有的这些记忆……就像我用纱布袋子装走的水一样……"(同上:146)。这里,剧作家暗指神秘世界里他们的灵魂似曾相识和相知。童心大发的梅丽桑德趴在水边的大理石上,将结婚戒指高高抛向空中,用手接住,再抛,再接,终于她没能接住,戒指掉到水里了。戒指掉下去的时候,钟声正好敲响十二下,与此同时,在森林里打猎的高洛,突然莫名其妙被狂奔的马掀了下来,受了伤。十二下钟声是不祥之兆,掉落戒指和摔下马受伤,这里的巧合有着神秘的象征意义,就是从这一刻开始,梅丽桑德和高洛的爱情出现了裂痕,同时,高洛的复仇之剑高高举起。要知道,他是天生的猎手,他在森林中猎获了梅丽桑德,那他下一个跟踪捕猎的对象又是谁呢?

梅丽桑德忽略高洛和佩列阿斯的问话,使我们无法在心目中定位一个准确的人物形象,那她这样做是有意为之吗?是心中藏着巨大的秘密吗?她有什么企图吗?答案是否定的。她就是那么一个飘忽不定的人物,既无来处,也无归处,连她自己也不了解自己:"我自己说的什么,我也弄不懂。您看……我不知道自己说的是什么……我不晓得自己知道什么……我想说的再也说不出来了……"(同上:157)

飘忽无形的梅丽桑德缺乏远见和洞察力,也无法控制自己,她的动作和语言似乎意味着什么,而她自己又全然不知。梅特林克剥夺了她的意志力,也剥夺了这个人物的稳定心理性格,同时,她的话语也不再具备工具指向作用。在这样一部神秘莫测的剧中,人物说话断断续续,有时话语前后衔接不上,有时又突然沉默不语,而更引人注目的是,这样一部旨在表现人物心理的戏剧全然没有心理描述和分析,看似对问题的解决没有提供任何办法,故事没有结局。而整部戏剧就是建立在这样一个半缺失的中心人物之上。

那么,嫁给高洛,又爱上佩列阿斯,梅丽桑德拥有着怎样的爱情生活?我们能够看到对爱的清晰表达吗?让我们首先看一下"塔楼垂发"这幕场景,梅丽桑德探身窗外,长发飘飘,散落在塔楼外的佩列阿斯头上:

佩列阿斯:噢!噢!这是什么?……你的头发,你的头发垂到我身上来了!梅丽桑德,你的全部的头发都从塔楼飘落下来了!……我用手捧着它,我用嘴唇吻着它……我把它抱在怀里,我把它绕在颈上……我今夜再也不松手了……

梅丽桑德:放开!放开!……你会把我弄跌下去的!……

佩列阿斯:不放,不放,不放……我从未见过这样美的头发,梅丽桑德!……你看,你看,它们从这样高的地方垂下来,一直垂到我的心上……细密、柔软,好像是从天上飘落下来的!……我透过你的头发看不见天,你头发上美丽的光泽胜过夜晚的天色!你看,你看呀,我的双手已经捧不住它们……它们从我的手中逃走了,逃到了柳树之上……飞向四面八方……像一只只金色的小鸟在我手中欢跳、雀跃、扑动;它们喜欢我,胜过你喜欢我千百倍!你再也离不开我了……我吻你的头发,就好像拥抱了你的全身。在你火热的金发里,我不再感到痛苦……

(同上:129~130)

在这一段描述中,我们注意到,头发是两个年轻人表达爱情的媒介,佩列阿斯拥抱热吻的不是梅丽桑德,而是她的头发,我们不禁想知道,对头发的爱真的会如此迫切和激烈吗?在表面之下,是否有潜藏的暗流和没有表达的意义?我们注意到,除了梅丽桑德和佩列阿斯在最后一幕走向死亡之前的热吻,剧本一直刻意避免对男女身体的接触的描写。而在这幕戏中,梅丽桑德的头发被赋予了生命,"像一只只金色的小鸟在我手中欢跳",这使佩列阿斯发抖,激动不已,头发绕在佩列阿斯的脖子上,松不开了,两个年轻人的心也被拴在一起,无法分开。深沉强烈的爱欲似乎找到了一个替代物。实际上,这里借对头发的狂热表达了隐晦的、没有表达的性爱力量,头发属于梅丽桑德,头发又使两个人相隔,这样,它成为一个匿名的中介,如水一般飘飘而下的长发如火一般热烈,这里的水和火的意象悄悄指向了他们的身体之爱。他们的爱就这样无意识地被头发置换,风平浪静的"塔楼垂发"表面下包含了无形的隐身的力量。而最后一幕"盲人泉"边两个年轻人终于互相表白了,生离死别之吻同样惊心动魄:

  梅丽桑德:(低声地)我也爱你……
  佩列阿斯:噢!你说什么,梅丽桑德!……我几乎没有听见!我们已经用烧红的烙铁破了冰!……你说这话的声调好像来自世界的尽头!……我几乎没有听见你的声音……你爱我吗?——你也爱我吗?……你从什么时候起爱上我的?
  梅丽桑德:一直爱你……自从见到了你……
  佩列阿斯:噢!这话说得真好!……你的声音好像已经越过春天的大海!……我至今从未听到过这声音……它像天上的甘露洒在我心田!……好像是清水滴在我的嘴唇上!(同上:148)

梅丽桑德第一次承认爱着佩列阿斯,而且是一见钟情的爱,水和火的意象再一次出现,"清水滴在我的嘴唇上""烧红的烙铁破了冰",爱的誓言下无形的生命之火、熊熊的爱的火焰落在清泉之上,此时无声胜有声。梅特林克再次以象征向读者传递真爱,包括灵魂之爱和身体之爱。

  跟踪梅丽桑德,猎捕并杀死亲弟弟之后,高洛依然紧追不放。梅丽桑德在病榻上奄奄一息了,高洛还在残忍地逼问:"你们是否有过不正当行为?说,说,有过吗?有过吗?有过吗?"虚弱的姑娘回答:"没有,没有,我们不曾有过不正当的行为……"高洛不相信她:"在临死的时候,不要再这样撒谎了!……看在上帝的面上,请你对我说真话!""真话……真话……"(同上:159~160)这是梅丽桑德在死亡的病榻上最后的回答。

  我们读到这里,不禁愤怒于高洛的逼问,这个猎手被嫉妒冲昏了头脑,"血"与"剑"是伴随高洛报复之路始终的两个象征。从马背上摔下后,他躺在床上,血迹落在枕头之上,这是血光之灾的第一次预兆;在佩列阿斯即将动身远行的当天,高洛额头上带着血,粗暴地推开梅丽桑德,来找寻他的剑,也就是他行凶的武器,这里的预兆更加明确和阴森恐怖;和佩列阿斯共同探寻宫堡下的地下岩洞时,高洛就曾起了杀心,险些把自己的弟弟推入无底的深潭;"盲人泉"边,当他终于猎杀了自己的弟弟之后,嫉妒之心仍然在他心中作祟,梅丽桑德的答案不能让他释怀。但是,对美丽的姑娘香消玉殒痛惜之余,我们要问:梅丽桑德说的是真话吗?她和佩列阿斯真的没有突破身体的界限吗?我们隐约记起来,梅丽桑德在"盲人泉"边丢失了戒指,却骗高洛说是在海边岩洞里丢失的;我们想起她说的话,"我只对你哥哥撒谎"。那么真相是什么?梅丽桑德撒谎了吗?我们不愿意相信,但我们的确不知真相,梅丽桑德把她的秘密永远带走了,带到了另一个世界。由此看来,剧作家对梅丽桑德的爱情描写，同样停留在水波清冽的表层，她的爱在何处安歇、她为何撒谎，这和她的历史一样，没人知道，这就是梅丽桑德，既近还远，在可触空间之上，在观察距离之外，可怜而可爱，美丽而神秘。

梅丽桑德是梅特林克塑造的一个脱离了动作、脱离了心理刻画，甚至不能称之为完整人物的典型戏剧人物。梅氏戏剧中，总有老人以作者的代言人出现，能说出一些别人看不见，也不理解的秘密，预言到未来发生的事情，如《无形的来客》中的盲人外祖父预感到死神的到来，《七公主》中的国王和王后，"看到"七个无助孤独的灵魂后，绝望地哭泣。《丹达吉勒之死》里的老人阿格洛瓦勒，"颇有勇气"地预言了不战而败的结局。《佩列阿斯和梅丽桑德》中，这个无意识的秘密讲述人是老国王——两个王子的祖父阿凯勒，梅丽桑德在老人的眼里是个可怜的孩子，正是他预言了姑娘的悲剧命运。他对她说："自从你来到宫堡里，生活在这儿的人们总是围着一间关着门的卧房窃窃私语……真的，我可怜你，你高高兴兴来到这里，就如同盼着过节的孩子一样，但当你走进前厅时，我就看见你的脸上变了，可能心灵也变了，就像人们中午走进一个过于阴冷的岩洞时不由自主地脸色要变一样……你神情奇异，神思恍惚，像一个总是在阳光下、在美丽的花园里等待大祸降临的人一样……"（同上：142）如此看来，梅丽桑德成了一个没有过去，也没有未来的人物，她的存在只为了走完人生的这一段阴郁的旅程，她少言寡语，娇小美丽，她没有自己的意志选择，她是猎物，是高洛之妻，是佩列阿斯的恋人，她在阴影下哭泣，在黑暗的泉水边颤抖，在病榻上撒手而去。她只是被剑擦伤，"连小鸟也不会因为这点伤死去"，但是她已经走完了要走的路，她是为死而生的啊，似乎死亡是她全部的目的和意义。正如医生所说："她就要死了，……她本来就活不了的……她出生得莫名其妙……是为了死……。"（同上：156～157）梅丽桑德这样一个人物，近在咫尺，但又飘忽无形，遥不可及，她生命的秘密，也许就在死亡中，而这又何尝不是我们的生命秘密呢？

2. 摇摆不定的佩列阿斯

佩列阿斯是一个一直活在"死亡"和"出走"双重阴影下的人物。留下来，等待他的命运就是成为被猎杀的动物；离开宫堡，他可以拥有另一片天。留下还是离开？对佩列阿斯来说，这是一个问题。

第一幕第三场，佩列阿斯的第一次出场就是向老国王请求远行。

佩列阿斯：祖父，我在接到哥哥的信的同时，我还接到另外一封信，我朋友马尔赛吕斯的来信……他将不久于人世，他叫我去。他想在去世前见我一面……

阿凯勒：你想在你哥哥回来之前就走？——你朋友不见得病得像他自己想的那么严重……

佩列阿斯：他的信写得如此凄惨，连字里行间也透出了死亡的气息……路程很远，如果我等高洛回来，可能就太晚了……

阿凯勒：然而必须等些时候……我们不知道你哥哥回来后会发生什么事。再说，你父亲在这儿楼上，他也许病得比你的朋友还厉害……你能在父亲和朋友之间做出选择吗？（同上：111）

老国王不愿意他离开的理由似乎合情合理，在父亲和朋友之间，该怎样选择？从第一次登场，就有一个"出路"摆在佩列阿斯面前，他可以离开这个阴森恐怖的宫堡，他可以摆脱高洛的诱捕和猎杀,但是尽管他屡次提及他的行程,如"明天我可能就动身出门",前前后后共提过五次,但是他始终没有出发。梅丽桑德曾问:"啊,您为什么要动身出门呢?"佩列阿斯从未给出过解释,他每天都做好准备,即将登船出发,箭在弦上,逃生的出口就在那里,只不过他一次次错失良机。佩列阿斯的启程之路不断被延宕、拉长,在此过程中,作为一个暂时无法离开的人物,他在等待,等待离开,等待死亡。

他是一个活在阴影下的人物,几乎佩列阿斯的所有出场都在黑暗中、夜色里,或者阴影下。在花园中的"盲人泉"边和梅丽桑德游玩,他建议他们待在大大的菩提树下,因为"阳光从来照不进去"。塔楼垂发一幕,他在夜色掩护之下亲吻梅丽桑德垂下的长发,表达自己的爱慕之心。在黑暗中,他和梅丽桑德立于房间,互相看着,寂静无声,充满了忧伤,又哭又笑。"他们不开心,可是他们还在笑。""他们总是在黑暗中哭泣。"(同上:136)他们似乎预感到大祸将临。在漆黑的夜里,佩列阿斯和梅丽桑德到海边石窟去寻找丢失的戒指,"有人进去以后再也没有走出来",阴森森的石窟传递出令人恐惧的信息,他问梅丽桑德:"是石窟里的回声使您害怕吗?是黑夜之声或寂静之声……您听得见我们身后的大海吗?今夜的大海好像很不平静……"这里需要注意"大海"的象征意义,大海在梅氏戏剧中相当于死亡的先兆,果然,在洞穴的暗处,他们看到三个穷苦的白发老人靠在一起睡着了,"睡得正香"。要知道,"睡着"在梅氏戏剧中往往也是死亡的象征,如《七公主》中奥赛拉公主睡着后再也没有醒来,《群盲》中老牧师睡着后一动也不动。因此,死亡的征兆以各种方式暗示佩列阿斯,如果他不离开,只有死路一条。在他和高洛一起探查宫堡下的地下岩洞的时候,站在发出异味的深潭边,高洛一度动了念头要把他推进黑魆魆的深不见底的潭水,高洛骗他说:"您俯身下去,不用怕……我拉住您,给我……不,不,不要手……给我胳膊……"幸好,高洛的慌张和颤抖使佩列阿斯感到诧异,他抬起身来看高洛,高洛以颤抖的声音掩饰说自己刚才是在晃动灯,想照照岩洞的四壁。

这样,在死亡的阴影下,佩列阿斯等待着,等待着合适的机会离开,一切的征兆和预感都让他坐立不安。终于,朋友家人来信了,马尔赛吕斯病逝了,希望佩列阿斯出席他的葬礼,他再一次找到理由向老国王请求,要求离开,但祖父语重心长的劝说再一次让他无法辩驳:

  阿凯勒:您瞧,一切都在挽留您,不让您去做这无益的旅行。您父亲的健康状况,我们至今一直瞒着您;他可能没有什么希望了,仅仅这件事就应该足以使您在临行时改变主意。何况还有很多其他的理由……眼下,我们的敌人羽翼已丰,老百姓挨饥受饿,怨声四起,您在这时候是无权抛下我们远走高飞的。为什么要做此次旅行呢?马尔赛吕斯已死,人有比吊唁、上坟更严肃的责任。……您要做的事和您要履行的责任就在路上放着……您从来没有见到过吗?……如果您认为这次旅行是出自内心的要求,我也不阻拦您,因为您肯定比我更清楚您应该给自己的命运做出什么安排。我只要求您等到我们弄清楚不久即将发生的事……

  佩列阿斯:要等多久?
  阿凯勒:几个星期;也许几天……
  佩列阿斯:那就等吧……(同上:123)

在启程之路和等待之路的博弈中,佩列阿斯表现得软弱而无意志,和梅丽桑德一样,他屈从于权威,屈从于命运,毫无决断之力,就像羊栏里等待被屠宰的羔羊。为什么他如此犹豫不决?他在等什么?他拥有怎样的内心世界?对于我们来说,一切都是谜。他也是生来就是为了赴死的吗?

父亲的病开始好转了,他认出了小儿子,但是他对他讲话的态度和讲话的内容一样那么奇奇怪怪:"是你吗?佩列阿斯?瞧……你的面容庄重而和善,就像那些活不长久的人一样……应该出去旅行旅行……应该出去旅行旅行……"(同上:140)梅氏戏剧中的老人时不时地被赋予了先知的使命,他似乎明了暗中的一切,能感知无形的事物。有了父亲之命,佩列阿斯满心欢喜,他终于下定决心要离开了,他约梅丽桑德当晚在花园的"盲人泉"边见最后一面,和她告别。在他生命的最后一个晚上,我们可以读到佩列阿斯唯一的一段内心独白:

"这是最后一个夜晚……最后一个夜晚……一切都该结束了……我曾像个孩子在一个没有料到的东西周围玩耍……我在梦中围着命运设下的陷阱玩耍……是谁突然唤醒了我呢?我要逃跑,同时发出又快乐又痛苦的叫喊,像个盲人逃离自己熊熊燃烧的房屋时那样……很晚了,她还没来……我最好不见她就离开这里……这次我一定要好好看看她……"(同上:146)

这段话是梅特林克独有的二级对话,说话人无意中会说出背后的真实,这其实是作者的创作思想。佩列阿斯是在梦中遇到梅丽桑德,真爱让他的灵魂欢笑和哭泣,他"高兴地流下了眼泪",虽然忧伤,他还是在笑着,明知梦中探索心灵的旅程布满了艰辛、痛苦、危险和陷阱,但是他不愿意醒来,不愿意逃离,他寻找各种理由拖延旅程,因为在梦中,他的灵魂是自由和幸福的。因此,他再一次拒绝逃离,在危险的等待和胜利大逃亡的两难抉择中,他又一次选择了等待,选择了死亡之旅。在黑暗里,拥抱着的佩列阿斯和梅丽桑德首先发现了高洛藏身在一棵树后偷窥,但是他们静立不动,静默不语,两个人抱在一起狂吻,时间如静止一般。当高洛提着剑向他们冲过来的时候,佩列阿斯没有做出任何反抗,就那么倒在清泉旁边。梅丽桑德逃跑的时候,一面逃一面喊:"噢!噢!我没有勇气!……我没有勇气!……"(同上:152)到这里,我们终于理解了佩列阿斯的"软弱",他是怀着无与伦比的勇气慷慨赴死的。

因此梅特林克笔下的戏剧人物是梦中的人物,飘忽不定,无法定型,不符合现实生活的常态,也没有符合逻辑的心理分析,他们没有来处,只有永恒的归处。缥缈无形是他们的华丽外衣,沉默不语是他们的有力武器,静止不动是他们恪守的行动准则。他们的存在如瞬息即逝的流星光芒四射,在人类生命探索的漫漫长路上,他们美丽的影子照亮了永恒的夜空。

第四节 黑暗中的光与影

1. 黑暗的象征

这个戏剧故事的发生地位于虚构的阿勒蒙德王宫,这座宫堡古老、阴森、幽深、寒冷,周围的花园和森林同样幽暗阴郁。宫堡下面是深不可测的钟乳石岩洞,深潭死水散发着难闻的气味。几乎所有的对话和事件都是在阴影和黑暗中进行的。两个王子的母亲日内维埃芙说,阳光从未到达过阿勒蒙德,梅丽桑德说她哭泣是因为从来不曾见到晴朗的天。梅丽桑德和佩列阿斯的几次约会地点或者在大大的菩提树下,或者在夜色掩映下,或者在黑暗和星光交错的岩洞里,甚至月光都不敢探身窥视。不仅宫堡的上上下下都笼罩在阴影里,人物的对话所谈也离不开阴暗的环境。

在第二幕第三场,佩列阿斯和梅丽桑德下到海边石窟找寻丢失的戒指,佩列阿斯语调激动地说:

"对,就是这儿,我们到了。夜是这样漆黑,哪儿是石窟的入口简直分不清……这边没有星星……有些地方很危险……石窟又大又美,有许多形似植物和人体的钟乳石,里面到处是蓝莹莹的幽光。人们还没有把整个石窟探查清楚,据说有人曾在里面藏了大量金银财宝。您在里面会看到古代船舶在这里遇难后留下的残骸。没有向导可别进去,有人进去之后再也没有出来。我自己也不敢走得太近……要是在里面点上一盏小灯,石窟的穹窿好像布满了繁星的天空一样。据说,那是一小块一小块的水晶或盐晶在岩石里闪闪发光。——您瞧,您瞧,我看快要看见开阔的天空了……把您的手给我,不要哆嗦,不要这样哆嗦。没有危险。见不到大海的水光,我们就停止前进……是石窟里的回声使您害怕吗?是黑夜之声或寂静之声……"(同上:122)

两个人来到石窟,探寻地下的世界,这里对钟乳石和闪闪发光的岩石的思考让我们想起剧作家早期的诗歌集《暖房》,向下的思考其实就是深入到人的潜意识。同时,石窟作为一个拱形结构,形状上类似于我们生活的穹顶,模糊了我们生活的世界和潜意识的世界的界限。叶芝说,象征主义就是用外部世界表达心灵的状态,梅特林克同样认为,象征就是在人物和布景之间建立一种双重联系。因此,梅特林克所钟爱的黑暗和阴影下的戏剧,就是在戏剧舞台上实现梦和潜意识表达。佩列阿斯和梅丽桑德往往会融入他们所处的环境,人物处在黑暗中,无法辨识人物和环境的边界;人物的语言也被消融,取而代之的是沉默和未被说出的言外之意;在表面的静止下,心灵深处翻江倒海,潜在的内心世界悄悄侵蚀并破坏了高高的穹顶之下的外部世界,外部世界的各种事物为深层意识提供了一种关联,这种象征强调的是人物内心和所处外部世界的关联,不必纠缠于固定的和特定的象征,也不需要剧中人物面对面或直接讲出。波特文(Portvin)这样评价梅特林克的情境戏剧:"法国戏剧从来没有出现过和外部世界如此亲密接触的戏剧人物,他们和景物、外部事物、和那些出现的征兆都融为一体。人物和世界融合并且强烈地呼应。"(Portvin,1954:246)①因此,梅特林克的黑暗世界是其特有的象征模式,是心灵深处对外部环境的感应,是人的意识下降到潜意识和梦境的一个通道。

2. 佩列阿斯和梅丽桑德的世界

为了进一步阐明梅特林克对看不见的深层意识的探索,我们有必要把《佩列阿斯和梅丽桑德》和剧作家两年后创作的另一部戏剧作品《阿拉丁和帕洛密德》(1894))做一个比

---

① Portvin A. Les Paysages de Maeterlinck et de Kafka[J]. La Revue nouvelle, 1954.

第八章　无形的世界:《佩列阿斯和梅丽桑德》

较,两部剧有着相似的故事结构。国王阿布拉莫把一个美丽善良的年轻女奴阿拉丁带回了王宫,并娶她为妻。但是阿拉丁爱上了与国王妹妹阿斯特莱纳订婚的帕洛密德。国王对两个相爱的年轻人围追堵截,把他们逼到一个四面都是钟乳石的地下岩洞:

帕洛密德:似乎天空一路跟着我们到了这里……

阿拉丁:上面开满了长生不老的花儿……

帕洛密德:满是奇奇怪怪的长生不老的花儿……还有水……那是水吗?……比地面上的水更纯净更美丽……瞧啊,我们周围亮起来了……亮光不敢中断,我们一起来到了天堂的入口……你能看到各种珍宝镶嵌的穹顶吗?它们鲜活的生命生机勃发,似乎在对我们笑呢;成百上千盛开的蓝色玫瑰慢慢爬上石柱……

这里的环境同样是人物潜意识的关联和象征,地下岩洞的景观融入了两个年轻人的自我心理投射,但是和《佩列阿斯和梅丽桑德》的略显单调、质朴的描述不同,黑夜不再遮蔽人的双眼,他们的心灵之光照亮了黑暗,他们看到了一个开满鲜花和镶嵌着珍宝的世界,阿拉丁和帕洛密德可以看到他们想象中的"天堂的入口"。

在黑暗中,他们的心灵可以任意驰骋,内心世界投射到环境中,所有的美丽的景物都对他们微笑。但这时,来救他们的阿斯特莱纳正在凿破岩洞,一道强烈的光线透进岩洞,破坏了他们美丽的幻梦,阳光似乎告诉他们,他们的天堂只是昏暗的、破碎的岩洞。(阿斯特莱纳本来是来救他们的,但是年轻人误以为她是来杀害他们的)帕洛密德惊呼:"新天堂的大门在我们灵魂深处开启,大门的铰链正在唱歌。"他大喊:"又一道光线透进来……"随着越来越集中的阳光侵入他们的领地,他们梦幻的天堂也被摧毁了,剧本的舞台提示暗示了场景的潜在意义:

* [静立着,惊慌着,他们简直无法相信看到的光亮,他们眼望着石头被慢慢地一块一块地取走,一道道光线更密集了,洒到岩洞的角落,悲哀地向他们揭示,他们原以为神秘的天堂只是一个普通的岩洞;不可思议的湖水变成深黑色,充满不祥之兆,奇珍异石从他们的眼前消失了,鲜活的玫瑰原来是尘土和碎石。最终,整块的岩石突然坍塌到岩洞里面,耀眼的阳光射进岩洞,听到外面人们的叫喊声,阿拉丁和帕洛密德退后一步。]

帕洛密德:我们是在哪里?(同上:149)

这里,黑暗和阳光的对比象征了梦幻和现实的冲撞。这对年轻人希望通过想象的投射,选择他们栖息的世界,不料却发现幻梦破碎,万事皆空。他们需要的是超自然的灵光,但是他们面对的只是自然阳光,幻影破灭。躺着即将死去的时候,帕洛密德用尽全身力气,不断喃喃自语:"它们不是宝石……这些花儿不是真花儿……那些亮光多么冷酷……我一点也不渴望太阳……我没有活下去的渴望了……"

和梅丽桑德一样,阿拉丁和帕洛密德之死也毫无缘由,医生说他们得了一种"未知的疾病"。这些人物都是梅特林克戏剧中典型的缥缈无形的人物,他们生得无缘无故,死得莫名其妙。帕洛密德和阿拉丁的生命旅程虽然走向终点,但是他们获得了高级的力量,被赋予了真正的意识。这在梅特林克的戏剧中是一个突破。相比之下,佩列阿斯和梅丽桑德的探索之路略显逊色,尽管他们勇敢走向死亡,但他们对环境的想象力和创造力不足,他们没能按照他们的心灵愿望想象出一个诗意的栖息地,他们时时刻刻活在阴影和黑暗之中,他们没有找到未知的世界和更深的自我,黑暗没能建构一个理想的空间,只是为他们的内心世界提供了外部关联,因此他们至死都糊里糊涂,他们没能瞥见内心深处的亮光,没有得到灵魂的安详和喜悦,对生命的探索虽勇敢却终无意识。

　　黑暗和阴影是佩列阿斯和梅丽桑德生活的全部世界,他们在黑暗中成长、变化、发展。剧中有一个小情节,一个晚上高洛归来,听到脚步声,小儿子伊尼约从房间跑出来迎接"好爸爸"。父子俩拾级而上,在黑暗中,小伊尼约举起灯照向等待高洛归来的佩列阿斯和梅丽桑德,惊奇地发现,就在他离开的间歇,"好妈妈"和叔叔都像哭过了一样。他们究竟缘何而哭?剧本没有交代。我们有理由相信,在黑暗中,在沉默中,在戏剧时间和空间的间歇,总有什么事情在发生,梅特林克"沉默"的语言技巧不意味着人物不说话,而是蕴含潜在的、未被说出的言语。在梅特林克看来,如果两个人彼此还不了解,那他们就不敢一起保持沉默,而如果沉默真的降临,爱才会从他们心里流出。他在《谦卑者的财富》中写道:"我们已经彼此深深相爱,每当沉默降临于我们,每当我们感觉自己的灵魂在跪求怜悯……但是沉默的时辰一定会到来。它是爱的太阳,它使灵魂的果实成熟,就像天上的太阳使大地的果实成熟。"(梅特林克,2009:15)

　　黑暗和阴影同样和戏剧"动作"相伴。佩列阿斯和梅丽桑德的爱情正是在黑暗中,在我们的视觉看不见的地方,无声发生,舞台上发生的动作和人物的对话只不过是舞台下不断发生的看不见的事件和变化的反映。这种黑暗对人物心理发展的掩护造成的舞台动作表演空缺是和剧作家对人物下层意识发展的关注是一致的,因此,梅特林克的戏剧人物总是隐身在黑暗中,并在黑暗和沉默中成长和变化。《佩列阿斯和梅丽桑德》表现了梅特林克静剧独特的动作技巧,这是一种看不见的、未知的、无形的动作,它处于戏剧"情节"之外,并推动人物的进程,但同时是无法解释的变化,而人物自身对这些变化一直毫无察觉。

第五节　影子剧场和木偶剧场技巧

　　早在1890年创作的《戏剧小谈》一文中,梅特林克就在探索戏剧舞台的呈现方式,他认为,真正的剧场不是生活的模仿,而是梦想的殿堂,观众从日常生活中脱离出来,可能希望体验与更高的存在的神秘交流。而在现代剧场中,戏剧艺术的诗意与其说是在舞台上实现,不如说是在舞台上被摧毁。演员的表演过于肤浅,无法传达诗歌的象征内涵。他说,戏剧最好是阅读,而不是观赏,因为戏剧诗歌的深意会在表演中丧失殆尽。真正愧疚的应该是演员们,他们一出现在舞台上,戏剧体验的强烈象征就化为泡影。演员永远也无法表演伟大的人物,人物形象即使不被演员完全毁灭,也会在他们的诠释中不可避免地削弱。因此,他说,观看名剧的表演实则暗藏风险,也许可能永远错过与伟大的作品的灵魂交流。演员带到舞台上的是他们自己的性格、自己的外表、有限的作品解读能力,因此他们不可避免地削弱,甚至扭曲,最终可能完全破坏了他们希望塑造的伟大人物。那么,如何去修复梦中的神殿,演员们曾经如此粗鲁地侵入它的势力范围,怎样恢复其固有的灵性?用什么去替代演员演出?用移动的阴影吗?还是反射的人影?抑或雕塑?木偶?其实,梅特林克对这些技巧都有过探索和实验。

　　在《佩列阿斯和梅丽桑德》一剧中,部分对话表现出梅特林克对影子剧场的钟爱,这也

第八章　无形的世界:《佩列阿斯和梅丽桑德》

与他致力于表现潜意识的戏剧理念相一致。梅丽桑德和佩列阿斯在"盲人泉"边最后的告别一场,他们在黑暗中热情地拥抱,梅丽桑德说:"今晚我们的身影多么修长!……"佩列阿斯说:"我们的影儿搂在了一起,一直投到花园尽头……噢!让我们的影儿离我们远远地互相拥抱吧!……你看!你看!……"(梅特林克,1983:150~151)这里,他们的影子拉长,替代了人物,成为内心世界潜意识的投射,影子从人的身体中被分离出来,我们的注意力转向影子——而不再是活生生的人,影子在戏剧舞台上自发占据了主动,成为表演的主体,佩列阿斯和梅丽桑德注视着他们自己的影子——他们的内心世界的象征,注视着两个人的身影结合在一起,似乎置身于热恋高潮之外,影子登上了舞台,灵魂开始执行表演,真实的内心世界被静默地放大,也就是演员和人物退场的时候了。

可惜的是,无论梅特林克的影子剧场技巧,还是他先前提出的木偶剧场和蜡像剧场技巧,都只能停留在理论上。《七公主》一剧的场景和《室内》类似,中心人物——七个公主的活动在城堡的大殿里,而三个讲话人透过窗口望着里面大殿的情形。因为该剧不适合舞台演员表演,梅特林克和一个叫作"纳比斯"的演出团队合作,尝试过蜡像表演,但是演出效果不佳。因此他又回归到演员剧场中,尝试利用演员表现木偶、蜡像或傀儡的效果。在吕奈-波主演的《佩列阿斯和梅丽桑德》中,导演和剧作家通过精心彩排、特意设计的手势和几乎是吟唱的对白,以及演员自身空灵的嗓音,似乎神奇地接近了作家梦想的蜡像人物的效果。该剧一个典型的戏剧片段是第三幕第五场,这里的场景几乎取消了语言,人物全然变成沉默的木偶。高洛的嫉妒使他时时刻刻都疑神疑鬼,他不直接进入房间,而是把儿子伊尼约高高举到窗口,让他汇报所看到的室内梅丽桑德和弟弟佩列阿斯的举动。

　　高洛:……往里看,往里看,伊尼约!说话小声点,他们在做什么?
　　伊尼约:他们什么也不做,好爸爸,他们在等什么。
　　高洛:他们相互离得很近吗?
　　伊尼约:不,好爸爸。
　　高洛:嗯……床呢?他们离床近吗?
　　伊尼约:床吗,好爸爸?我看不见床。
　　高洛:小声点,小声点;他们会听出你的。他们在说话吗?
　　伊尼约:没有,好爸爸,他们没在说话。
　　高洛:那,他们做什么?——他们总得做点什么吧……
　　伊尼约:他们瞅着灯。
　　高洛:两个人都在瞅着灯吗?
　　伊尼约:是的,好爸爸。
　　高洛:他们什么话也不说吗?
　　伊尼约:没说,好爸爸。他们连眼睛都不眨。
　　高洛:他们没有互相走近吗?
　　伊尼约:没有,好爸爸,他们一动也不动。
　　高洛:他们是坐着吗?
　　伊尼约:不是,好爸爸,他们靠墙站着。
　　高洛:他们一动也不动吗?——他们不互相看吗?——他们没有眉来眼去

吗?……

   伊尼约:没有,好爸爸。——噢!噢!好爸爸,他们眼都不眨一眨……我害怕极了……(同上:138~139)

  房间里的佩列阿斯和梅丽桑德在灯光下如凝固一般,他们靠墙站立,睁着眼睛,一动不动,一言不发,就像两个木偶,或是蜡像,人的特性被消除,取而代之的是机器人、傀儡,西蒙斯称他们是现代影子剧场最著名的范例,他认为梅特林克的木偶人物挑战了传统戏剧的人物理念:"这里不存在戏剧人物,他们没有人的特征,他们只是戴着面具的影子,在白色幕布前跳舞的剪影。他们的外观高深莫测,有着迷人的魅力,他们发着光,像宝石,如幽灵,同时机械不动,阴森恐怖。"(Symons,1925:28)①梅特林克静剧意在表现人的潜在意识,而人物外表的静止不动恰恰在于强调内心世界的千变万化,木偶或蜡像的形象在这里成为内部世界的一种整体象征。这对年轻恋人尽管缄默不语,却在无形中诉说着千言万语,尽管没有眼神交流,但是心的顾盼已经跨越他们的距离;尽管没有牵手拥抱,但是爱的温度已经融化了冷血的木偶。这也就是梅特林克选择使用沉默的木偶技巧表达爱情的原因。《谦卑者的财富》的第一篇文章主题是"沉默",剧作家以热情洋溢的笔触赞颂沉默的爱情,他说:"语言永远不能表达两个存在之间真实的、特殊的关系。如果此刻我向你们谈论最严肃的事情——爱情、死亡或命运——我能触及的就不是爱情、死亡和命运。"(梅特林克,2009:15)他又说:"如果我告诉什么人我爱他——就像我告诉成百之众那样——我的语言无法把任何东西传达给他,如果我确实爱他,但随之而来的沉默将向他清楚表明我的爱扎根有多深,这转而会产生一种确信,那本身就是沉默。"(同上:17)梅特林克认为,沉默是灵魂的本质,"在它面前人人平等,在死亡、悲伤或爱情面前,皇帝和奴隶的沉默展现出同样的面貌,将同样的财宝隐藏在不可穿透的掩蔽之下"(同上:11)。在沉默中,梅丽桑德和佩列阿斯的灵魂相约,一起去探寻属于他们的美丽王国。难怪在梅丽桑德临终之际,先知人物老国王阿凯勒提醒大家:"注意……注意……应该低声说话。——不应该再使她不安……人的灵魂是很安静的……人的灵魂喜欢单独离开人世……"(梅特林克,1983:162)在静默中,梅丽桑德回归到她的"最不可侵犯的避难所"。

第六节 解读象征

1. 沉默

  梅特林克戏剧语言的特色一是重复,二是沉默。沉默伴随着语言暂停、断片儿,话说一半就戛然而止。这不仅是《佩列阿斯和梅丽桑德》的特色,也是他所有早期戏剧的语言特色,很多舞台提示特意强调剧中的沉默。对于梅特林克来说,沉默的意义不亚于语言的表达功能,就像破折号后面可能意味着谈话中断,或者是令人吃惊的事情要发生,省略号后面,谈话的动力逐渐减弱,句子消失为空白,对话隐去,句子停在半空。这是一种孕育深意的暂停,中断具有语义上的解读。因此,梅特林克的沉默并不是和"话语"相对立的空

---

 ① Symons A. Dramatis Personae[M]. London: Faber and Gwyer, 1925.

白,而是和话语一样具有表达意义的沉默。就像动作停顿的间歇,木偶和蜡像表达了静止的戏剧意义一样。同样,没有说出的话,那些沉默的间歇也是戏剧意义的表达。梅特林克认为,沉默是我们隐秘生活的基础。"蜜蜂只在暗中工作;思想只在沉默中工作;德行只在隐秘中工作。"(梅特林克,2009:3)

《佩列阿斯和梅丽桑德》关注的是暗中的生活,梅特林克的目的在于探索我们日常生活的表层水面下静默的水流的深度,他坚持使用向下的语言和意象,因此《佩列阿斯和梅丽桑德》影影绰绰的日常生活和地下探险有着显著的象征意义。如果说,日常生活象征表层的梦,是接近意识的部分,那么地下探险就象征深层的梦和潜意识的生活,如佩列阿斯和梅丽桑德深入到海边石窟的情节、佩列阿斯和高洛去探查王宫地下的岩洞和深潭的情节。王宫的生活是外在的表象,真正的生活是城堡下的、潜在的生活。而沉默就是人从表象走向内心神秘世界的通道之一。在摇摇欲坠的城堡的社会和政治生活之下,地下岩洞和深水正在破坏城堡的根基,表现在戏剧语言中,就是在常规对话和心理的表象之下,沉默的王国充满了力量和动机,它们对人物施加了看不见的压力,人物只能在沉默中追寻内在的真实。

除了上面我们提到的两个年轻人如木偶般静默不动的例子,《佩列阿斯和梅丽桑德》剧中,语言和动作的沉默和静止的例子还有很多。梅特林克的哲学思索使他发明了一系列戏剧术语,如"静态剧场""沉默剧场"和"二级对话",他在努力探索传统戏剧技巧不足以表达的形式。他创新技巧目的在于把人的灵魂的声音和潜意识梦幻舞台化,这和他哲理性散文关注的是同一个中心,他相信,正是沉默使语言具有了深度和表达性。他说:"嘴唇一旦静止,灵魂就苏醒,继而开始劳作;因为沉默中充满了惊奇、危险和幸福,在沉默的自由中灵魂拥有了自己。"(同上:11)"如在纯净的水中称出金银的分量,灵魂在沉默中称出自己的分量,而我们的语言脱离了包裹它们的沉默就毫无意义。"(同上:17)说出来的语言在梅特林克眼里只是沉默的海洋中升起的海岛,而海岛下面是连绵的高山,说出来的语言象征着我们的日常生活,只是看得见的海上岛礁,而我们存在的本质却在那看不见的静默的海洋中。

因此,梅特林克的戏剧语言的意义在于,它为没有说出的和无法说出的语言做了广告,戏剧对白指向了下面的那个永远存在的、沉默无声的、未知的世界。其实,梅特林克的戏剧更多的是个人哲学思想的体现,是一种个人化的象征。正如托多洛夫(Todorov)在《解读象征》中提出的,梅特林克的戏剧并不是常规象征主义所倡导的,暗示和揭示着多元性的解读,静态戏剧和沉默戏剧对他来说具有明确的指向性,这也是他的受欢迎度不能持久的原因之一。托多洛夫说,读梅特林克的剧本或观看戏剧"要求读者或观众的共谋,他们必须时不时地解读语言和动作背后的意义,他们必须明白,需要进一步加工和思考所看到、听到的对白,以产生共鸣和获益。但是时代不同了,今天的读者和观众不再,也无法在同一个情景中交流,这样戏剧文本就流于表面,因为它要求的那种接受方式不复存在,也无法支持其潜在意义。"(Todorov,1978:83~84)[①]

---

① Todorov T. Symbolisme et interpretation[M]. Paris: Seuil, 1978.

而托多洛夫指出的梅特林克的不足正是德彪西感兴趣的,断断续续的语流欲言又止,沉默的间歇静止不动,这个短暂的思考空间正适合用音乐去填充,德彪西说:"正是在这里,使情感共鸣的语言的敏感性在音乐中找到了延伸的方式。"似乎《佩列阿斯和梅丽桑德》需要的正是音乐。除了剧中未表达的暗流,剧本的沉默不断要求读者和观众补充和完成其潜在的意义,这赋予了德彪西解读的自由,而"沉默"是现成的材料。他说:"事实上,我完全自如地使用了剧本中某种材料,它对我来说如此珍贵,那就是'沉默',它是一个表达的天使,也许是唯一可以使感情达到深层的方式。"(McGuinness,2000:158)由此看来,梅特林克的"沉默"并不是有意制造一种模糊,而是一种戏剧技巧,具有工具功能,它创造的空间使德彪西准确地定义了剧作家的思想,并将其传达给更多的舞台观众。

2. 闭合的世界

首先是地域上的闭合。梅特林克的作品人物通常处在一个闭合的空间,无法离开,也无法摆脱命运,从最早的象征主义诗歌《暖房》开始,几乎早期的戏剧作品无一例外。《无形的来客》中一家人被困在客厅里,等待修女姊妹的到来;《群盲》中十二个盲人只能迷失在海岛的森林中徒劳地等待被解救,四周涛声阵阵;佩列阿斯和梅丽桑德双双被困在城堡,成为高洛的猎物;《丹达吉勒之死》中的小王子更是被邀来到王宫城堡受死;《七公主》和《室内》更不用说,人物的活动都在室内,我们只能从窗户外隐隐约约看到他们的活动。梅特林克在笔记中说,他希望表达的"最重要的就是,人物被围困的窒息感,在无法呼吸的恐慌中,他们想逃跑,想离开,想获得自由,但是却无法移步。他们想挣脱恐怖的命运,但无异于用头撞墙,命运只会将他们束缚得更紧"(同上:159)。

《佩列阿斯和梅丽桑德》故事发生的空间——阿勒蒙德王宫,本身就提供了一个极具象征意义的地形,其中具有半传奇色彩的城堡符合了一般象征主义者对中世纪异域情调的偏爱。这个想象中的城堡模仿了传统中世纪城堡的历史和地理的真实因素,所有的舞台动作和语言都由此诞生,这反映了梅特林克的戏剧情境中的外部世界的重要的意义。在故事发生地阿勒蒙德,观众不但能看到外部世界和舞台,还能看到城堡内部的房间、城堡地下的洞穴、一眼望出去的森林;另外,戏剧对话不断为我们打开新的图景,远处的大海、变幻莫测的天空、阳光永远照不到的一片片狭长地带、破败的城堡,甚至是饥寒交迫的百姓和衰败瓦解的社会。该剧的地貌特点——在时间上和空间上提供的这个闭合的世界——对该剧的结构安排起到关键的作用,这种地域的封闭性也是梅特林克的戏剧中地貌的基本特点。

其次是各种情境重复和语言重复等创作了一种封闭的、与外界隔绝的氛围。梅特林克在《佩列阿斯和梅丽桑德》中使用了很多重复技巧,这包括人物语言的重复、情境的重复、意象的重复等。雅克·杜波依斯(Jacques Dubois)在《论〈佩列阿斯和梅丽桑德〉中的重复》一文中谈到语言的重复,他说:"人物不仅使用同样的词汇和结构,而且他们互相对话也使用同样的词汇。"(Dubois,1962:485)[①]语言的重复成为多余的话,引出"二级对话"之象征。情境和意象的重复,如佩列阿斯和梅丽桑德两次在"盲人泉"边约会,每次都是在

---

① Dubois J. La Répétition dans Pelléas et Mélisande[J]. Revue des Langues vivantes,1962(28):483-489.

大大的菩提树的阴影之下,这种重复的技巧为作品提供了丰富的象征,象征灵魂的生活和真爱。另外,动作和语言的匮乏与重复配合起来创造了一种受限和受困的氛围。

情境的重复还有一个典型的例子就是我们前面分析过的宫堡"门槛场景"的前后呼应。戏剧一开场宫堡门槛上的血迹的悬念,直到故事临近结束才揭晓。我们再一次回到宫堡门口,听仆人们絮絮叨叨地讲述前一天晚上在这里发生的凶杀故事,前后呼应,解开谜团。另外还有佩列阿斯两次造访地下岩洞等,这些都属于情境上的重复。与之配合的语言层面上的重复指向了隐藏的真实,所有的场景和人物交流与之前的谈话都拼凑到一起,主要形象和暗喻也都再次结合到一起并重新分配。这样,语言和情境两个层面上的重复给读者呈现了一个闭合的空间,这种闭合性和受限性形成了全剧的一致格调。主人公就是这样无助地被囚禁在循环往复的地貌中。

评论家波特文以《群盲》为例,分析了梅特林克的戏剧世界。在他看来,梅特林克的世界是"一个狭长的、无法定义的、脱离客观存在的世界,它反映了栖息于此的人物的原始心灵活动。无法确定这个世界的具体时间,也无法定义准确的地点,因为人物无力计算时间,也缺乏理性的精神,他们无法停泊、驻足,他们不知道被森林和高墙包围的地点位于何方"。他认为梅特林克的戏剧景观是一个"缩小的和悲观的世界,人物从未感到上帝的一丝亲近,他们也从未曾描绘出超自然的伟大的跳跃,因此他们只能绝望"(Portvin,1954:249)。

因此,梅特林克的戏剧世界中,人物缺乏表达能力,无法看清一切,世界中心没有超自然的力量的指引,人生活在这个封闭的世界中,却又无家可归,这便是梅特林克封闭世界的象征意义和本质意义。

第七节 马拉美谈梅特林克

马拉美观看了当时著名导演和戏剧理论家莫克莱尔(Camille Mauclair)导演的作品《佩列阿斯和梅丽桑德》,并于1893年在《国家观察家》期刊上发表了评论文章。他说:"舞台上的《佩列阿斯和梅丽桑德》散发着书页的香气,这些舞台造型简洁而高级,拒绝了任何备用的和机械的舞台布景装置,这里展示给观众的是经过萃取提炼的,似乎是完全不需要表演的演出。戏剧艺术将沉默无声和抽象表现到这般程度,舞台上的每一时刻都在奏响美妙的音乐,那么恰到好处,甚至不需要添加任何别的乐器,即便是如泣如诉的小提琴,也毫无用处。"(McGuinness,2000:163)他热情称赞同行莫克莱尔以极简主义的风格完美地在舞台上呈现了这部作品,给予观众美的享受。在马拉美看来,尽管舞台表演变得具体和实物化,但是演出却保留了戏剧作品的抽象化和无形的特点。他对舞台无声的乐感给予极高的评价,认为天然而成的乐感超越了所有的伴奏。因此,音乐和文字的两种相异特质同时在《佩列阿斯和梅丽桑德》中得到完美展示,一方面是不需要乐器演奏的自始至终自给自足的沉默的乐章,另一方面是透明的模棱两可的抽象的文字。

米尔波向马拉美借阅《玛莱娜公主》之后,以热情洋溢的文字表达了他对这一象征主义戏剧新星作家的极度赞誉,他把梅特林克称为"比利时的莎士比亚",向戏剧界和文学艺术界隆重推荐这一新人。在米尔波的观点的基础之上,马拉美认真地把年轻的梅特林克和莎士比亚做了一番比较,他说:"李尔王、哈姆雷特、奥菲莉娅、科迪莉亚这些人物隐匿在遥远的地方或存在于传说中,他们充分表现在生活中,真实强烈,有形有实,他们从纸上跃然而出,栩栩如生。但是,《玛莱娜公主》有所不同,阅读作品度过了最奇特的一个下午,我迷失在循环萦绕的布景之中,在其中,出于某种原因,我没有找到任何完全可以恰当表现生活的人物。"(同上:164)因此,马拉美认为,莎士比亚的人物是有形的,有血有肉的,而梅特林克的戏剧即使在表演过程中,也会规避有形,对佩列阿斯和梅丽桑德的描述就是这样。在他看来,梅氏戏剧人物就像影子投射在不真实的背景中,然后匆匆从人们眼前消失,对于没有经验的观众来说,眼前空无一物,一切都没有发生。他认为,正是比利时的原始的土壤,也就是梅特林克的出生地和成长的故乡——布鲁日和根特这两个荒凉小镇,养育了这样气质独特的剧作家。

第九章　哲学思想的舞台具现:《青鸟》

青鸟站在那束月光之上，
它落的地方太高，
他们没能够得着它……

——梅特林克《青鸟》

莎士比亚曾说："我们是爱做梦的家伙，这短暂的一生不过是大梦一场。"戏剧评论家麦克圭尼斯说："戏剧作为一种梦的暗喻被诱发，是心灵的无意识活动。"据梅特林克传记作家马赫尼记载，《青鸟》里一些动人的情节来自作者的一系列梦。梦中的形象会按照自己的意愿行事。这就是为什么所梦之事会出人意料，并被运用在创造性作品中，实际上，人被梦牵引着看到它想让你看到的东西。梦醒了，记忆可能会保留很少或根本不留下痕迹，可是谁能知道，这正是伟大故事的来源。梅特林克同意亚里士多德的观点，认为梦是恐惧或者警告。

梅特林克的戏剧把读者带入了梦幻之乡，无论是玛莱娜公主，还是梅丽桑德，这些笔下人物如梦如幻，飘飘欲仙，无不显示出超凡脱俗的清丽气质，因为剧作家相信，只有在睡眠中，灵魂才会苏醒，纯洁的心灵在梦中才会变得更加富足和纯净，只有在梦中，我们才能有机会窥见真实的生活，而我们眼前的生活，眼见的一切，不过是障眼的迷雾、虚假的现实，人的使命，就是要探索心灵的世界，感受生命的神秘，发现无形世界的真实。那么如何可以触摸到灵魂的真实？梅特林克1909年的六幕梦幻剧《青鸟》又一次将我们引入了童话般的梦境。

樵夫的一对儿女蒂蒂儿和米蒂儿在圣诞夜无比失望地进入梦乡，梦中的他们仿佛忽然醒来，窗外迷人的彩灯、漂亮的马车、欢快的音乐吸引了两个孩子的目光，原来有钱的邻居家里正在庆祝节日。但是樵夫家里没有这些，他们没有点心和水果，没有圣诞树，没有马车，没有舞蹈，眼前的一切让两个孩子羡慕不已……正在这时，一个妖婆从天而降，来到了孩子们睡觉的卧室，她自称是贝里吕娜仙姑，她命令孩子们去寻找青鸟，因为只有青鸟可以挽救她奄奄一息的孙女，她给了孩子们一粒魔法钻石，转动魔法钻石，一众小小人儿现身，开始在房间里欢呼、跳跃，仙姑选择了"火""水""面包""糖""光明""狗""猫"这几个自然界的动物和物品的灵魂，让他们陪伴蒂蒂儿和米蒂儿，一同踏上寻找青鸟的旅程。孩子们的找寻之路实则是他们的梦境，换句话说，《青鸟》就是一出有关梦的奇幻戏剧。

第一节 青鸟的由来

1. 文学渊源

青鸟在哪里？青鸟是什么？为什么要寻找青鸟？"青鸟"就是蓝色的鸟儿，中文翻译为"青鸟"赋予了它以神奇和纯洁的意味，比"蓝鸟"更能激发读者的丰富想象力。在民间传说和文学故事中，我们可以找到若干关于青鸟的原型。在法国东北部的洛林地区(Lorraine)，一直有"蓝鸟"的古老传说。据说，拥有了"蓝鸟"就拥有了幸福，因此，"蓝鸟"就发展演变成一种生活在人们梦中的奇异的蓝色国度的神鸟。另外，在法国和西班牙接壤的庇里牛斯(Basque)地区，传说中也有一种小鸟，这种小鸟被赋予了"讲真话"的特异功能。传说女人们为了自身的利益欺骗国王，说自己生下的头胎孩子是一只猫，第二胎孩子是一条狗，第三胎孩子是一头熊。但是，国王身边的"小鸟"可以洞察一切，它揭穿了女人们的谎言，使她们受到了惩罚。这类"揭示真实"的鸟儿的题材还散见于其他文学作品中，如《一千零一夜》中"两姊妹"的故事。17世纪，法国作家奥诺伊伯爵夫人(The Comtesse D'Aulnoy)就据此创作了一系列公主和王子的故事，有一个故事说，王子和两个堂弟踏上了寻找真理之鸟的征程。不同之处在于他们要找的是一只"绿鸟"而非"蓝鸟"，这只"绿鸟"拥有神奇的天赋，它可以洞悉万物的奥妙，知晓过去、现在和未来要发生的事件。王子们历经磨难，甚至被诬陷入狱，最终，奇瑞公主找到了"绿鸟"，将哥哥们解救。由此可见，文学传统中的"蓝鸟"或"绿鸟"是一种可以知晓世间真理的，可以给人们带来好运和幸福的小鸟。另外，古老的《圣经·传道书》中有这样的诗行："飞翔的鸟儿高声鸣叫，扇动着翅膀实情相告。"这里，鸟儿被赋予了传递真知的使命，这种认识在民间口耳相传，因此梅特林克以鸟儿象征真理是最合适不过的了。

《青鸟》在很大程度上借鉴了民间文学中鸟儿的寓意，剧中诡计多端的猫姑娘偷偷去给代表黑暗势力的黑夜之宫的"黑夜夫人"通风报信，让她藏好唯一能在阳光下自由飞翔的青鸟时，就明白无误和忧心忡忡地指出，如果人类找到了青鸟，他们就会洞察一切秘密，看到所有的真相，那时候，黑暗势力就会丧失所有的法力，只能销声匿迹了。所以，"青鸟"的象征意义虽然从"幸福"到"真理"不断演变，但是其基本意义却是一脉相承的。虽然有一些评论家认为梅特林克的《青鸟》是借鉴了巴里的《彼得·潘》的童话故事，但是通过以上对"青鸟"象征意义的分析，我们认为，梅特林克的创作渊源和取材更大程度上来源于法国及其周边地区的民间传说。

无独有偶，中国古代神话中也有"青鸟"的传说，《山海经·西山经》记载："又西二百二十里，曰三危之山，三青鸟居之。"(刘向、刘歆，2017:114)[①]另外，《山海经·海内北经》记载："西王母梯几而戴胜。其南有三青鸟，为西王母取食。"(同上:597)这种神鸟色泽亮丽、体态轻盈，传说为西王母的使者，共三只，又称三青鸟，西王母驾临前，总有青鸟先来报信，青鸟是具有神性的吉祥之物。汉代画像砖上常见于西王母座侧，以色泽艳丽的凤凰为原

---

① 刘向,刘歆.彩色详解山海经[M].思履,注释.北京:团结出版社,2017.

型。另外也传说西王母与汉武帝传情,就靠青鸟传信,一只传信,两只护驾随行。西汉班固的《汉武故事》记载:"有顷,王母至。乘紫车,玉女夹驭,载七胜,青气如云,有二青鸟如鸾,夹侍王母旁。"(鲁迅,2005:37)[①]所以青鸟也可以隐喻爱情。文学上,青鸟被当作传递信息的使者,唐五代诗人李璟有诗云:"青鸟不传云外信,丁香空结雨中愁。"我们熟悉的还有李白《相逢行》中的诗句"愿以三青鸟,更报长相思",以及李商隐的"蓬山此去无多路,青鸟殷勤为探看"(《无题》)。因此,青鸟在中国文学传统中被视为传书的信使,它的使命是将吉祥、幸福、快乐的佳音传递给人间。同为"青鸟",而中西方文化所传递的信息不尽相同。

2. 神秘主义渊源

从青年时代起,梅特林克就对宗教神秘主义产生了浓厚的兴趣,他先后阅读了吕斯布罗克、诺瓦利斯、普罗提诺、雅各布·贝姆等人的著作,而对他影响最大的当推哲学家、科学家和宗教神秘主义思想家斯威登堡,神秘主义思想也影响到剧作家对"青鸟"的题材选择。斯威登堡在散文《科学通信录》中指出,精神世界和物质世界是相通的,世间的万物都蕴含了特别的精神意义。他认为,圣洁的鸟儿代表了真理,因为美丽、温柔又纯洁的鸟儿指向神秘的真知;与之相反,丑陋不洁的鸟儿象征了虚伪和谬误,比如生活在黑暗之中的猫头鹰和浑身乌黑的渡鸦只会给人以误导。但象征真理的鸟儿是什么颜色的呢?在神秘主义者的信仰中,天国的天空碧蓝如洗,众神就栖息于湛蓝的天国,而基督徒们也虔诚地相信,他们的灵魂注定会到达蓝色的天堂。(Rose Henry,1911:8)[②]这也解释了梅特林克作为斯威登堡的学生,为他作品中的鸟儿涂了一抹蓝色的原因了,青鸟象征的真理是天际的、天国的、神圣的、最高的真理。这样看来,《青鸟》不仅仅是一部充满奇思异想的儿童文学作品,以蒂蒂儿和米蒂儿为代表的人类追求的也不是浅层次的理想和幸福,也不是物质世界的满足和幸福,而是神秘的真理和人类的心灵幸福。

一些评论者认为,青鸟象征了人类对幸福的追求,这种理解正确,但并不全面。在梅特林克看来,青鸟象征的不仅仅是幸福,而是神圣的真理,获知真理就可以获知幸福,因此,如果找到了青鸟,就找到了存于宇宙的真理,人类也就获得了幸福。

第二节 看不见的世界

1. 万物有灵

梅特林克在长期的哲学思考中,对人和世界及其相互关系形成了自己的独特理解。他认为宇宙是由四大物质的和精神的经验主体维系的,它们分别是看得见的世界、看不见的世界、看得见的人和看不见的心灵。他认为,看不见的世界和心灵是实在的,而看得见的世界和人只有同看不见的世界和人融为一体,成为其象征,才具有存在的意义。从梅特林克的哲学观不难看出柏拉图的理念论对他的影响:那无形的世界就隐藏在有形的表象

[①] 鲁迅.鲁迅全集·第九卷[M].北京:人民文学出版社,2015.
[②] Rose Henry. Maeterlinck's Symbolism: The Blue Bird and Other Essays[M]. New York: Dodd Mead and Company, 1911.

之下，它通过大量的预示和征兆把神秘的真理传递给人类。梅特林克成为由此发展而来的新柏拉图主义的信徒，他赞赏普罗提诺、斯威登堡的智慧，翻译他们的作品并宣扬他们的理念。他说："终极之诗的本质，它唯一的目标是让从可见通往不可见的大路敞开。"（梅特林克，2009：161）他在戏剧、诗歌和随笔中认真关怀着大自然的风吹草动、动物世界的聚合迁徙，置身于自然界中人类的生生死死，探索那存在于物质世界之内的神秘。儿童文学奇幻作品《青鸟》通过梦境的形式，为我们铺开了一幅自然万物皆有灵的画卷。

贝里吕娜仙姑是以"妖婆"的丑陋形象造访孩子们的小木屋的，驼背、跛足、独眼、鹰钩鼻子、又老又丑，但是当蒂蒂儿一转动魔法钻石，周围的一切忽然发生了无比奇妙的变化。老妖婆摇身变成美丽的仙女，屋内砌成墙壁的石块变成了珍贵的宝石，闪闪发光，绚丽透明，破旧的家具变得古色古香，发出奇异的光彩。最神奇的是，座钟的小门里跑出来十二名少女，时间的十二个时辰原来是这些美丽的姑娘掌管的，她们蹦蹦跳跳，在美妙的乐曲声中翩翩起舞。神奇的幻境继续变化着：大面包的灵魂从橱柜里挣扎着爬出来，呆头呆脑，穿着面包色的紧身衣；火的灵魂从炉膛里跳了出来，他哈哈大笑，追赶着大面包；屋里一角的水缸变得晶莹剔透，从里面跳出水的灵魂，娇滴滴的，披散着湿漉漉的头发；牛奶的灵魂修长而腼腆；麦芽糖的灵魂穿着半白半蓝的长衫，虚情假意地咧着嘴笑，油灯倒了，火苗腾起，变成一位光彩夺目的绝色少女，光明的灵魂披着长衫，纹丝不动，若有所思；鲜艳的布匹和破衣烂衫有着同样美丽的灵魂，她们从阁楼鱼贯而下，熠熠生辉……动物们的灵魂也苏醒了，蜷缩在橱柜脚下的狗变成了一个矮小的戴着狗面具的男人，他惊喜地一跃而起，扑向蒂蒂儿，搂抱着小主人，诉说衷肠，原来他就是忠诚的蒂罗；猫姑娘蒂莱特也袅袅婷婷地站起来了，她梳了梳头发，洗了洗手，缓缓走向她的女主人米蒂儿，她并不着急向她的主人表达心意。

在梅特林克的梦幻家园，所有物质的灵魂都复活了，他们载歌载舞，尽情欢笑，两个小兄妹无比惊奇地睁大了双眼，他们惊喜地看到了身边的有形事物的灵魂，这些灵魂有男有女，老少各异，高矮胖瘦各具，他们围绕在他们身边，高声打着招呼，言笑晏晏。但是，他们对人类都是友好的吗？他们有善恶之分吗？可惜的是，蒂蒂儿和米蒂儿似乎从来都不知道。

2. 被蒙蔽的双眼

当两个小朋友对邻居家的圣诞节羡慕不已的时候（"他们家多好呀！……我们的家！屋子又黑又小，还没有点心吃……"），贝里吕娜仙姑不屑地指责他们："两边的家完全是一样的，你就是没有看出来，……"她接下来的一连串发问让两个小朋友窘迫不已："我长得怎么样？……好看还是不好看？你们不愿意回答？……我是年轻的，还是年老的呢？……我的脸是粉红色的还是蜡黄蜡黄的？……我的左眼是瞎的吗？……跟你们说，讨厌鬼，我没有瞎！……左眼比右眼还好看呢，……像蓝蓝的天空一样……"妖婆用手摆弄着两小绺灰白色头发："你们看，我的头发怎么样？……像麦子一样金黄的……像纯金那样明亮！……我的头发又多又密，飘飘垂肩……我手上拿着的，你们看到了吗？"当蒂蒂儿坚持认为自己清清楚楚地只看到几根头发的时候，仙姑生气地感叹道："人哪，真是怪透啦……自从仙女们死了后，他们就什么也看不见啦，而且，自己看不见还不知道……"（梅特林克，1983：310～311）

第九章 哲学思想的舞台具现:《青鸟》

首先,在梅特林克的哲学思想中,物质世界表现的并不是真实的世界,肉眼所见的贫富并不是真实的,可见的美丑也只是一种表面的假象而已。人以为自己耳聪目明,看得最清楚,实则是看不清的,他们是有形世界的盲人。梅特林克在戏剧中尤其喜欢安排眼睛看不清的老人甚至盲人做主要人物。《佩列阿斯和梅丽桑德》中的祖父老国王阿凯勒年迈而眼睛看不清,《七公主》里的老国王和王后也总是抱怨眼睛看不清楚东西,《无形的来客》中的外祖父是盲的,只能凭借听觉来感受身边所发生的一切,而《群盲》中的十二个盲人占据了全部的舞台空间和时间,借人物之口,发出悲鸣:谁能告诉我,我在哪里?这里的象征不言而喻,你、我,以及生活在大千世界的芸芸众生,原来都是看不清事物真相的盲人啊,梅特林克的象征让人不寒而栗。但我们同时需要注意的是,尽管梅氏笔下看不清的人或盲人给人以悲剧的情感和启迪,但是,作家还要让他们肩负特别的使命,那就是让他们去认清周围的世界,认清事物所承载的神秘根源,找到心灵的家园。因为,在自然界的花开花落中,在草长莺飞的萌动中,在死亡的病榻前,真理的征兆悄然降临给这些人,梅特林克作品中的年老视力不清的人正是能感受到来自无形世界的征兆的智者,他们都是神秘主义的先知。《青鸟》中的蒂蒂儿和米蒂儿也不例外,他们义无反顾踏上寻找青鸟的征程,但是,"人啊,你什么时候可以擦亮双眼呢?你怎么才能消除眼前的迷障呢?"

"狗是人类忠实的朋友",这句话的含义超出了其字面意义。蒂罗对小主人蒂蒂儿的爱谦卑而坚定,甚至不惜牺牲自己的生命。寻找青鸟的队伍中,除了光明是智慧、理性的化身,毫无条件地引领两个小孩子前行,只有狗对人类是忠诚的,其他如面包、麦芽糖、水、火都是见风使舵,对人类漠不关心的代表。当笑里藏刀的猫伙同森林里的一众树精和其他动物精心策划,想将蒂蒂儿兄妹置于死地的时候,只有狗挺身而出。橡树、椴树、桦树、榆树、栗树、白杨树等树精纠集了兔子、牛、猪、马、驴各种动物的灵魂聚在一起,他们决定用青鸟引诱蒂蒂儿兄妹赴约,同时还必须除掉蒂蒂儿的忠实保护者——蒂罗。陷害狗当然是猫姑娘蒂莱特的拿手好戏了:

猫:……您干吗把狗带来呢?我不是跟您说过吗,他同大伙儿的关系搞得都很糟,……他在这里碍手碍脚,我真担心,什么都要让他搞砸锅啦……

蒂蒂儿:我就是甩不掉他。[威胁狗]你还不滚开,讨厌的畜生!……

狗:我什么话也不说,离老远跟着……我给您耍把戏,用后腿站着走路,好吗?

猫:[低声对蒂蒂儿]这样不听话,您能够容忍?朝他的鼻子给几棍子,他真是讨厌透啦!……

蒂蒂儿:[打狗]教训教训你,让你学会快点儿听话!……

狗:[号叫着]哎哟!哎哟!哎哟!……

蒂蒂儿:这回舒服啦?

狗:您既然打了我,我得亲亲您!

[狗热烈地拥抱、亲昵蒂蒂儿]……

猫:您把狗打发走……

蒂蒂儿:[对狗]你还不滚开!

猫:正好青藤过来了,他带的绳索很结实……

蒂蒂儿：趴在地上，……你要顺从青藤，让他把你牢牢地捆起来，若是不听话……

青藤：[把狗捆成一个包袱状]把他抬到哪儿去呢？我把他的嘴塞得严严实实……他一声也哼不出来了。（同上：352~358）

这段文字让我们读来痛心，愚昧的人啊，轻而易举就听信了谗言，落入了圈套，敌友不分，让亲者痛、仇者快。人类看不到狗的忠诚、猫的背叛、动物和植物的险恶用心，对迫在眉睫的危险毫无察觉，直到落入狼、猪、马、驴的围攻，寡不敌众，万分危急之时，蒂蒂儿才想起来他的朋友——狗。他大声呼救："救命啊！救命！……蒂罗！蒂莱特！来呀！……"猫小姐佯装受伤动弹不得，只有狗，奋不顾身，拖着挣断的绳索，从橡树后面蹿出来，在树木和动物中间左冲右突，发疯一样地保护他的主人，骨折牙断，浑身是血。

狗顺从于人，视人类为神明，毫无保留地恪尽职守。虽然《青鸟》中人的眼睛始终没能分辨出是非，报答狗的深情厚谊，但梅特林克专门写过一篇散文《狗》，讴歌狗对人的殷殷情谊。他认为人在这个世界上是绝对孤独的，在我们周围的生命形式中，唯有一种生物——狗——成功地穿越屏障，展示出对人类的爱，除了狗之外，没有谁与我们结盟。"它生来就是我们的朋友，在眼睛还未睁开时，它就已经是相信我们的。甚至在降生以前，它就已经把自己献给了人类……它爱我们，尊敬我们，像对一个使自己从无到有的恩人那样，最重要的是，它对我们满怀感激，比我们的眼睛还忠实可靠。"（梅特林克，2011：10~11）[①]

《青鸟》中狗的细节安排，一方面，暴露出有形世界的人的无知，另一方面，狗忠心救主的行为无不流露出作者的赞赏和钦佩之情。狗忠实、虔诚、义无反顾地认同人类的优越性，并且全心全意地俯首称臣，绝不事后反悔，狗的这种毫无疑问的确信、朴实又开放的认识来自哪里？狗是如何获得比我们的眼睛更可靠的感知呢？而我们人却对事物的本质一无所知，只能依赖于表象。狗的这种超越一切的从自身发掘的道德，从哪里而来？它是怎样拥有真理和这种笃定的崇高理想呢？在这个星球上，人类生活在孤独的状态下，被蒙蔽了双眼的我们必须苦苦追求真理，寻找青鸟。追寻生命奥秘的路途艰辛遥远，但在孤寂之中，幸运的是，还有一种生物爱着我们，陪我们前行，我们也爱它，那就是狗。

3. 真假幸福

蒂蒂儿和米蒂儿要去寻找象征真理和幸福的青鸟，但什么是真正的幸福呢？他们必须擦亮双眼。孩子们拜访的下一站叫"幸福园"，青鸟是藏在"幸福园"里吗？很有可能。"幸福园"，顾名思义，一定是幸福充溢的理想殿堂了！在幸福大殿，首先映入他们眼帘的便是一派流光溢彩、歌舞升平的幸福景象：

"大殿中央摆着一张碧玉镶金的漂亮极了的大桌子，桌上堆满了香烛、水晶器皿、金银盘碟，盛满了丰盛的珍馐美馔。餐桌的四周，世间最肥胖的幸福正在大吃大喝，他们有的高声叫唱、摇头晃脑，有的在野味珍果和水壶酒瓮之间横卧竖仰，他们全都身体滚圆、满面红光，身着绫罗绸缎，镶金戴玉。一个个有姿色的

[①] 梅特林克.诺贝尔文学奖获奖者散文丛书：万物如此平静[M].王维丹，译.南京：江苏文艺出版社，2011.

婢女往来穿梭,端上色彩鲜艳的佳肴和泡沫四溅的美酒。以铜管为主的音乐粗俗噪耳,浓重的红光笼罩全场。"(梅特林克,1983:374)

蒂蒂儿一行对眼前的一切惊喜不已。米蒂儿的目光被美味的糕点所吸引;狗发现了香肠、羊腿和牛肝,喜不自胜;"面包"看到了更大、更胖的同类,无比兴奋;"麦芽糖"为华美的甜食骄傲。肥胖的幸福殷勤邀请大家就坐入宴,并一一介绍光顾"不散的宴席"的各位来宾,他们是"产业主幸福""虚荣心满足了的幸福""不渴还喝的幸福""不饿还吃的幸福""一无所知的幸福""什么不懂幸福""无所事事幸福""不困还睡幸福""狂笑幸福"……这些快乐的家伙,整天什么也不干,只是忙着吃、喝、睡,陶醉于美酒和享乐,这便是"幸福园"的快乐人生。但是,人眼见的幸福是真的幸福吗?

梅特林克以享乐主义幸福象征人对物质和金钱的追求,虽然青鸟和人一样,不会贪图眼前的享受,而为暂时利益所迷惑,不会错把这里认作其永恒的家园,但是,正如象征理性和智慧的"光明"所言,"谁也难保不会一时走入迷途",人世间,多少人将物质利益当作毕生的追求?又有多少人可以擦亮双眼,辨清真假幸福?《青鸟》的"幸福园"之旅便是一幅逼真的虚假幸福图景。

既然我们看得到的物质财富不是真相,那在物质主义殿堂的背后又是什么呢?当蒂蒂儿战胜自我,扭动魔法钻石的时候,便是享乐主义幸福原形毕露的时候了:筵席的长桌顿然消失,光天化日之下,肥胖幸福们的锦衣华服全部脱落,碎成破布,如泄了气的皮球,他们全身赤裸、干瘪而丑陋,这些家伙面面相觑,羞愧难当,惊慌失措,竞相逃命。和"幸福园"一墙之隔的就是"痛苦谷",这些所谓的幸福在绝望之下,慌不择路,大部分逃到了痛苦的洞穴。由此可见,幸福是假象,痛苦才是真相,物质主义的幸福和痛苦只是一步之遥,享乐主义浇灌的幸福只是痛苦灵魂的遮羞布,如果你寄希望于在物质主义的殿堂中找到青鸟,那就只会坠入痛苦的深渊,万劫不复。

《青鸟》的最后一幕,当蒂蒂儿和米蒂儿寻找青鸟归来(第二天早晨从梦中醒来),被洗涤的灵魂使他们能够看到完全不同的真实,小木屋的室内陈设和启幕时一模一样,但是,墙壁、气氛、室内的一切在孩子们眼里都发生了神奇的变化,阳光从百叶窗缝隙射进来,一切都显得清新、欢快、幸福。当蒂蒂儿拥抱母亲,讲述一年来的探险之旅时,母亲惊恐地睁大了眼睛,她认为孩子们在讲胡话,他们正在生病,她担心这两个孩子会疯掉,会病死。这里,梅特林克的象征不言自明,在看得见的世界愚昧丛生,而真正接近真理的人被当成疯子,这岂不是人类最大的悲哀?

第三节 寻找真理

1. 黑夜——自然界的秘密

寻找青鸟之旅是寻找真理的旅程,不仅路途遥远而漫长,追寻者们还必须克服重重险阻,冲破黑暗的迷雾。大自然的奥秘是什么?生命的秘密是什么?是什么在阻碍人类认识这个世界呢?孩子们要过的第一道关口就是"黑夜之宫",把守黑暗大门的是黑夜夫人,她虚情假意地声称要帮助孩子们,却把真的青鸟藏在了大殿的最后面,她希望借助手下的威力把孩子们吓住,让孩子们望而却步。大殿通向几个幽深的玄武岩洞穴,和人类为敌的各种各样的灾害、病魔、恐怖的奥秘就深藏其中。第一个洞穴里住着"幽灵",第二个洞穴里住着"病魔",第三个洞穴里是"战争",第四个洞穴里是"黑暗"和"恐怖","寒冷"占据第五个洞穴,"星辰和自然界黑暗的芳香"在第六个洞穴,最后一道门是命运之门,据说里面关了人间所能想象出来的所有怪诞、恐怖的东西,黑夜夫人吓唬孩子们,谁敢打开门缝窥视一眼,就会被拖入恐怖的深渊。

在梅特林克的哲学世界里,人和自然是完全对立的,在他看来,人对生命的探索包括对自然界的真理的认识,在人类历史的长河里,人饱受疾病之苦,战争、冻馁之苦,在自然的威力面前噤若寒蝉,忍饥挨饿,人若想探索物质背后的真实,必须要认识自然,理解其神秘和法则。

剧作家在描述人类的科学进步和自然的拉锯之战时,有个小细节非常有趣。谈到钻到洞里不敢露头的病魔的命运(疾病对人类的威胁),黑夜夫人一声长叹,她说:"那些可怜的小家伙,他们老实得很。他们挺倒霉的——一段时期以来,人向他们发动了一场大战!特别是人类发现了细菌以后……因此,你看,所有的病魔身体都不舒服,而且都病得厉害,垂头丧气……"(同上:343)当蒂蒂儿打开洞穴大门之时,只有一个矮小的病魔,穿一件便袍,戴一顶小帽,从洞穴里窜出来,在大殿里跳来跳去,原来他就是最小的名为"鼻炎"的病魔。读到这里,不禁让人忍俊不禁,我们可以冒昧大胆揣测,作家本人一定是鼻炎患者,忍受此顽疾困扰多年。即便是100多年后的今天,现代医学仍然没有找到确切有效的治愈鼻炎的办法,小小鼻炎精仍然在快乐地跳舞。回望梅特林克的时代,他认为细菌的发现就可以将所有的病魔打倒,令其奄奄一息,不禁感叹和钦佩梅氏的乐观主义精神,而在今天看来,这又是一种过度自信的盲目乐观。

梅特林克相信,以黑夜为首的各种灾难是与人类为敌的,人类的进步在其看来是他们生存的最大威胁,如果人类了解了自然的奥秘,物质世界的假象和谎言就会丢失大片阵地,因此,象征真理的青鸟被藏在最后一个洞穴里,孩子们会被"黑夜夫人"的恐吓吓住吗?他们找到青鸟了吗?

2. 真假青鸟

勇敢的蒂蒂儿在忠实的狗——蒂罗的陪伴下,把钥匙插进锁眼,打开了巨大的石门,眼前突然出现了一个梦境般的月光下的花园,无边无际,令人震撼。"花园里梦幻的青鸟漫天飞翔,难以计数,在星河之间,它们触到哪里,哪里就一片光辉。它们从一堆宝石跳到另一堆宝石,从一处月光飞向另一处月光,美妙和谐,永不休止。那些青鸟像是这奇妙花园的气息、蔚蓝色空间的精髓。"(同上:348)

孩子们快活地呼唤着,是青鸟,而且有成千上万只青鸟,伸手去够,每个人都抓到了好几只。他们从花园里跑出来,手里抓着满把的青鸟,把鸟儿举向光明,但是,意想不到的事情发生了,所有的鸟儿都忽然垂下了脑袋,没了气息,他们是见光就死的假青鸟啊!

寻找青鸟的路途不可能一帆风顺,孩子们这次抓到的就是"黑夜夫人"用来以假乱真,欺骗孩子们的假青鸟,你看它们虽然曼妙无比,但却以宝石为停泊之地,以啄食月光为生,象征真理的青鸟绝不会贪图金银财宝,也绝不会吸食光明的精华。

孩子们不止一次遇到假的青鸟。当猫和森林里树的灵魂密谋陷害蒂蒂儿兄妹的时候,也是以假的青鸟为诱饵,那只假青鸟就落在"橡树"的肩上,美丽动人。还有孩子们从未来的蓝色王国带回来的青鸟,降临到人间却变成了红色。当孩子们来到"记忆国"拜访他们已故的爷爷、奶奶时,炊烟袅袅的茅舍前,鸟笼子里赫然就是一只"青鸟",但是,当满怀喜悦的兄妹俩离开"记忆国"之后,笼子里的青鸟突然变了颜色,它不再是青色的了,已经变成了黑色。正如爷爷所说的,这只青色的鸟儿已经习惯了"记忆国"逝去的灵魂的安静生活了,它已经不适应"世上那种忙忙碌碌的生活"了,它已经不属于人间,那么,能在阳光下生活、象征人间真理的青鸟在哪里呢?猫说:"青鸟站在那束月光之上,它落的地方太高,他们没能够得着它……"(同上:349)

并不是所有的蓝色的鸟儿就是人类寻找的"青鸟",有的蓝色的鸟儿属于记忆的家园,有的蓝色的鸟儿属于未来的王国,有的蓝色的鸟儿被邪恶的灵魂操纵,变成了邪恶的蓝鸟,人类寻找的是那只代表真善美的、象征真理的、能给人们带来幸福的善良的"青鸟",它高高在上,投下一束清光,遗憾的是,他们没有发现"它",人类还需继续追寻。

3. 人和自然:动植物世界是敌是友?

人类要寻找青鸟,不仅要知晓自然现象的秘密,还要通晓动植物世界的奥秘,识破动植物世界对我们设下的陷阱。《青鸟》第二幕第五场,蒂蒂儿为代表的人类受到了除了狗之外几乎所有的动物和植物灵魂的集体围攻,险些丧命。这样的安排和梅特林克的个人认识有关,在他的哲学思想中,人与自然界是完全对立的关系。

他认为,人在这个世界上是绝对孤独的,周围的生命形式,大多没有意识到我们的存在,对我们漠不关心。尽管植物世界静止不动,却是在静静地反抗。在散文随笔《双重花园》中,他说,植物就如同"哑口无言的奴隶,舍弃自我而为我们服务,……他们就是无能的囚徒,无法逃跑的受害者,一旦离开我们的视线范围,它们就急忙地背叛我们,回归它们从前的荒野和肆无忌惮的自由土壤。假如玫瑰和小麦有翅膀,就都会像鸟儿一样在我们靠近时飞走。"(梅特林克,2011:8)他认为,动物世界的大多数也是对人类无感的,如同一棵树或一块石头一样,在我们身边,它们不懂我们,基本不注意我们,它们不理解我们的生与死、悲与喜,我们和它们毫无联系。

动物世界的一部分动物是多少有感知的,但是它们和人类大多保持一种暂时的驯服关系,梅特林克曾经分析过几种动物的性格。他认为,马喜怒无常而又胆小懦弱,它只对疼痛有反应;驴逆来顺受又垂头丧气,没有任何生活目标,只会听命于棍棒;从来没有过自我意识的母牛和公牛,只要有食物果腹它们就觉得幸福;绵羊除了惊恐之外根本不懂得感恩;母鸡忠于养鸡场是由于在那里它能比在草地上找到更多的食物。还有猫,《青鸟》里的猫是邪恶的象征,梅特林克对此有过说明,他对猫的厌恶甚至使他不愿意提起这种动物。他在散文《双重花园》里说:"猫生性凶残,它那把一切都不放在眼里的天性,之所以能容忍我们,只是因为在我们的家里能容忍它这种好吃懒做的寄生虫似的生活方式。至少,它会在心里咒骂我们。"《梅特林克,2004:207》当然,狗是除外的,狗和人的友爱是这个世界上最重要的纽带,是上天赐予人类的厚礼。

这样,我们也就理解了《青鸟》中人找寻真理的路上,需要打破动植物的围攻的原因了,因为这些生物,对人类是生而不友好的,它们与人为敌,拒绝人类了解它们、进入它们的世界、洞悉它们的秘密,因此,它们千方百计阻挠人类寻找青鸟,不惜置人于死地。

但是,人类能够穷尽自然界所有的奥秘吗?这是一个没有答案的问题。在梅特林克的超验哲学中,万物有灵,但是这些灵魂和人的灵魂是怎样联络呢?这是他苦苦思索的问题,他渴望灵魂苏醒的那天,可以洞悉看不见的世界中所有灵魂的奥秘。

从生态批评角度来看,梅特林克持典型的人类中心主义立场,这也可以说是他那个时代自身认识的局限性。在看得见的现实世界里,自然界的风雨雷电、疾病灾难无时无刻不在威胁着人类的生存,即使今天高度发达的现代科技也仍然无法穷尽自然界的秘密。"人类至今仍然在心灵的荒原徘徊,我们的出路在哪里?"(殷雪雁,2014:60)[①]生态主义者主张人与自然的和解,荷尔德林认为,人不能以自身为尺度,而应当以神性作为尺度:"只要善良、纯真与人同在,人便会欣喜地用神性度量自身。"(刘小枫,2001:203)[②]因此,生态主义批评者指出:"长期以来,在人类中心主义及对自然的过度征服的思想指导下,以天地所代表的自然与人类疏离对立,人类既失去了自然家园,也失去了精神家园,成为无家可归者。只有与万物和谐相处,人类才有可能真正诗意地栖居。"(殷雪雁,2014:61)今天的文学作品更成为一种试图解决生态危机的救赎性作品,扬·马特尔的小说《少年派的奇幻漂流》是一个关于人类在宇宙中位置的寓言,作品深刻表现了现代人对人与自然的关系的思考。电影《阿凡达》抛弃了人类中心主义的优越感,以平等的理念看待来自外星球的纳美族和他们信仰的灵魂。100多年后的今天,我们怀着朴素的虔诚,希望找到一种人与自然的和谐共生的原则,动植物对人类友好也罢,敌对也罢,它们就在那里,无声安静地注视着我们,我们只能接受它们。但在看不见的世界里,我们追求真理的心灵仍然怀揣着剧作家一个多世纪以前同样的理想,在寻找青鸟的旅途中艰难跋涉。

第四节 过去和未来

贝里吕娜仙姑指着魔法钻石,对两个孩子说:"你看,这样拿着,多转一小圈儿,你就能看到过去……再转一小圈儿,就能看到将来……"(梅特林克,1983:312)手持神奇的魔法钻石,他们可以看到自己生命的时间,并穿越时空的隧道,穿越生与死,拜访过去和未来的家园。

1. 记忆之土

人死之后会去哪里呢?我们的灵魂是以什么形式存在的?墓地里有亡灵吗?《青鸟》的两个小主人公怀着忐忑的心情,引领我们来到了一处乡间墓地,他们看到许多青冢、木质的十字架、整齐排列的石刻墓碑。钟声敲响十二下,战战兢兢的兄妹俩扭动魔法钻石,只见从开启的各个坟墓里冉冉升起一团团水雾,渐渐呈现为乳白色,弥漫了整个空间。孩子们没有看到让他们恐怖的鬼魂或亡灵,相反,眼前的一切神奇而美丽,墓地变成了一座婚礼庆典一样的仙人乐园:"朝露晶莹,百花盛开,微风徐徐吹动树叶,蜂群嗡嗡,鸟儿醒来,唱出几支晨曲,歌颂太阳和生活,听了令人心醉。"两个孩子手拉着手,吃惊地在花丛中散步,寻找墓碑的痕迹,他们惊奇地发现,灵魂的世界里"没有死人"。

梅特林克早期(19世纪90年代)戏剧中充满了一种紧张压抑的死亡气息,总是以死

[①] 殷雪雁.《少年派的奇幻漂流》中的生态主义情怀[J]. 电影文学. 2014(10):60-61.
[②] 刘小枫. 拯救与逍遥[M]. 上海:上海三联书店,2001.

亡作为结局,他本人也被冠以"死亡"剧作家。先不谈那些在无形的力量面前的令人紧张得透不过气的、死亡迫近的幽深恐惧,单是对"墓地"场景的描述就有很大的不同。创作于1891年的《玛莱娜公主》第五幕第一场也是以墓地一角为布景,以众人看到的各种征兆象征公主的死亡,那是一个暴风骤雨、电闪雷鸣的夜晚,月亮变成黑色,黑色的大军舰停泊在港口,十字架掉到河沟里,宫堡的石墙轰然坍塌,阴森墓地的死亡征兆如此狂暴和激烈。但是近20年后的梅特林克对"死亡"的思考发生了变化,他不再纠结于消极的宿命论,不再苦苦徘徊在无尽黑暗的神秘主义探索通道中,而是以积极的姿态为我们刻画了一个人死之后的静谧美丽的世界,这也体现了梅特林克对探求生命秘密和根源的信心和希望。

梅特林克在1901年为他三卷本的《戏剧集》作序时,对自己早期的戏剧也表达了一种发展的观点,他认为,单独来看,这些作品并不能充分地表达散文中提出的冲动,不能适当处理短促的死亡到来之下的丰富性,不能揭示荒凉之中类似于希望的思想。这表明,他在几年之后意识到戏剧实践和他希望充分诠释的道德、心理冲动之间的差距。他说:"从之前的戏剧经验来看,似乎少谈一些死亡可能会更合理,在《阿格拉凡和塞莉赛特》中,我本来应该略去死亡的力量,更多地求诸爱、智慧和幸福的力量。"(Maeterlinck,1929:22)[①]

《青鸟》中,我们就看到了这种爱和幸福的积极的表达。既然无形的世界不存在死去的人,那这些人到了哪里去了呢?离开了我们的先辈和亲人,他们的脚步在何处停歇?贝里吕娜仙姑送给寻找青鸟的孩子们一份大礼,在"记忆国"里,他们可以和已经过世的爷爷、奶奶团聚,共进晚餐。原来,在记忆之土上,人们惦念的死者,生活得就像活在世上一样地幸福呢,他们根本就没有死亡。

"记忆国"一样浓雾弥漫,乳白色的光线散漫开来,逐渐消散,在绿荫环抱之中,眼前出现了一座秀丽的农舍,"房上爬满了藤蔓",屋檐下面"排列放着几个蜂箱,窗台上放着几盆花、一只鸟笼子,里面栖息着一只山鸟。靠近门口有一条长凳,一位老农和他的妻子坐在上面酣睡,他们就是蒂蒂儿的爷爷奶奶"。(梅特林克,1983:327)孩子们兴奋地搂着爷爷、奶奶亲吻,房前屋后,就和他们在世的时候一样,一切都没有变,房前的橡树、鸟笼里的山鸟、沉甸甸的蜂箱,爷爷、奶奶和从前一样没有变,因为人死之后,就不会再变老了,时间停滞,老人们再也不用担心什么,也不再生病。在这个无忧无虑的"记忆国",他们还看到了夭折的七个兄妹,他们相互拥抱,手舞足蹈,最小的妹妹还是只会在床上爬……

《青鸟》和梅特林克早期对死亡的神秘描述不同,据其传记作家马奥尼(Mahony)回忆,后期的他更加确信等待着人们的是一种不同的生命——一种超验的存在。他说:"死亡就是告别虚幻的蝶蛹进入真实的存在,死亡让我们超越意识的层面。"对于梅特林克来说,死亡就是一个媒介,连接了我们的前世今生。他还说:"死亡是个不幸的词汇,但是背后隐藏了我们所等待的伟大的睡眠,苏醒之后,我们又是一个生命。"(Mahony,1984:150)

2. 未来王国

未来王国在梅特林克的笔下充满了诗情画意,这里的主基调是蓝色,蓝宝石柱子,天

---

① Maeterlinck, Maurice. Theatre, Vol. I [M]. Paris: Fasquelle, 1929.

青的石板,从光线到背景墙,直到最小的物品,所有的一切全都是浓厚的、童话般的蓝色。而未来王国的小主人们也是一群身着深蓝色长裙的蓝孩子,他们是将要降生到大地的未来的人类。这些蓝孩子成群结队,个个身怀绝技,有的制造工具,有的培育鲜花和果实,有的是未来的哲学家,有的研制药物,还有的肩负铲除地球上不公正的重任,也有的蓝孩子得意扬扬地说要把几种疾病带到大地上去。蓝孩子们和另一个世界来的小客人热情交谈,蒂蒂儿还认识了他未来的兄弟,这些没有降生的孩子什么都不懂,对什么都好奇,他们不知道"钱"的概念,不明白人为什么会"哭",在这个单纯、丰富的世界里,他们排着队,静静等待时间老人的呼唤,呼唤他们离开未来王国,降临人世。

梅特林克的"离别"场景再一次运用了他固有的"大客船"和"音乐"的象征。"乳白色的石门慢慢打开,传来大地的嘈杂声,好像远处的音乐声。在朝霞的粉红雾气铺成的码头上,停泊着一艘大船。接着,一阵快乐和期望的歌声,从远处传来,好像发自深渊的底层。"(梅特林克,1983:402;406)这里,掌管未来与现在大门的时间老人,是一位白发飘飘的高个子老人,孩子们争先恐后地从四面八方跑过来,蓝孩子们对大地之家太渴望了,有些不到时辰就迫不及待地希望蒙混过关,降临人间。但是时间老人明察秋毫,出生日期是早就安排好了的,不能提前,也不能推后。也有一个不愿意降生到人世的蓝孩子,他苦苦哀求不愿意出生,只是因为未来王国里有他最爱的女孩子,而等到这个女孩子降生时,小伙子已然不在人世。这对儿小情侣,竟然也要经历生离死别,他们紧紧拥抱,泪眼婆娑,说着讲不完的情话,约定留下一个记号,希望能够再次相遇。

梅特林克渴望发现人类生与死的全部秘密,更希望在生与死的循环往复中可以使有形的生命更具有积极的意义。在他的哲学思想中,超然的灵魂在时间的轨道上穿行,来世、生存、死亡只是生命存在的不同形式;过去、现在、未来,心灵在看不见的神秘世界里已然洞悉一切。他在散文《沙漏》中质问:"对生者和死者,我们为什么不一视同仁?倘若一视同仁,生命便是美好的。"(梅特林克,2006:6)①对于已逝的岁月及将来的时光,梅特林克也有他的看法:"我们若能像远眺昔日那样,远眺未来,那从未存在的乌有就不会像已消逝的生命那样令我们颓废……生命的习惯,即学会求知。昔日和未来对今日的影响几乎毫无二致,这种影响的唯一依傍,即我们自己。"(同上)他又说:"只要我们活着,昨日和明日便会存在。当我们不复存在的时候,纵然我们仍是明日,我们亦将变成昨日。"(同上:9)

第五节 舞台上的青鸟

《青鸟》一剧充满了象征,蒂蒂儿和米蒂儿是唯一的戏中人物,其他如"水""火""光""面包""麦芽糖""狗"和"猫"代表了自然界的元素、物品和动物,其中,"面包"和"麦芽糖"是软骨头的代言人,它们随遇而安,不思进取,仅仅满足于眼前的温饱,"狗"和"猫"分别象征了忠诚与背叛,"光明"象征了精神世界的智慧和理性。"记忆国"的爷爷、奶奶象征死亡

---

① 梅特林克,等. 沙漏——外国哲理散文选[M]. 田智,等译. 北京:生活·读书·新知出版社,2006.

的人和人类的过去,"未来王国"的蓝孩子们象征人类的未来。象征真理和幸福的"青鸟"的意象更为复杂,孩子们所到之处,不止一次捉到了青鸟,但是它却总是得而复失,真假难辨。剧终之时,梦醒之后的蒂蒂儿把自家的小鸟送给了邻居贝尔兰格太太,因为她生病的孙女特别想要这只小鸟,突然奇迹出现了,这只普通的笼中小鸟竟然变成了青色,小姑娘的病也霍然痊愈,但是小姑娘不慎失手,这只用爱心、善良和同情心赢得的真正的"青鸟",轻而易举地就飞走了。由此可见,人类对真理的追寻忽近又远,只有坚持向善向美的道德发展,才能找到真理和幸福。

青鸟的寓言感动了无数读者,所以这部剧一经出版,立刻轰动一时,这部剧先在莫斯科艺术剧院由著名导演斯坦尼斯拉夫斯基搬上舞台,连续上演了300多场,翌年在伦敦上演,为时达半年之久,嗣后又在巴黎上演,整个欧洲都为这部洋溢着乐观精神的伟大剧作而欢呼激动。在纽约也是连演二三百场,上自大总统,下至理发匠、白发的老翁、活泼的儿童、大学教授,还有乡间的村妇,老老少少,男男女女,很少有人不喜欢《青鸟》,这只美丽神奇的鸟儿,飞到一处,那地方的人们就立刻被感染,全都变成了青鸟粉。

据记载,1919年圣诞节刚过,为了迎接《青鸟》的作者梅特林克来访,纽约的街巷开始刷上蓝色,"青鸟周"的庆祝活动于1月5日正式拉开序幕,曼哈顿第五大街街道两旁旗帜飘扬,上面画了一只大大的蓝鸟图案,并题有配图文字"欢迎梅特林克先生"。零售布匹店协会号召店铺用蓝色的帷帐、蓝色的灯光和蓝色的小商品装饰橱窗,人们还可以买到青鸟书签、青鸟糖果和青鸟香烟等纪念品。据说,城市里最富有的贵妇,也在按照梅特林克散文《谦卑者的财富》里的标准塑造自己,她们决意做一个沉默寡言的人,在去往剧院包厢欣赏歌剧《青鸟》的途中,她们一路喃喃诵读梅特林克先生的脍炙人口的名句:"言语是一时的,而沉默是永恒的,蜜蜂只在暗中工作,思想只在沉默中工作,德行只在隐秘中工作。"还有市民发誓说,听到飘扬的旗帜下执法的交警一边做出"通行"的旗语,一边在口中背诵梅氏的文字:"美丽是我们灵魂的病痛,因为灵魂一刻也不停地四处追寻美丽。"据说,清洁工的纽扣上也是青鸟的图案。(Gilman,1920:273~274)①

20世纪30年代前后《青鸟》来到中国时,也曾引起文艺界的热烈讨论,大家抢着翻译这本书,共有五十几个团体排演它,无不对它赞叹不已。其中郑振铎先生和苏雪林女士的评论最有影响。郑振铎先生在《文学大纲》里有一段话解说了青鸟的象征意义:"两个孩子要找寻青鸟,在记忆之土,在将来之国,在夜宫中,在森林中,到处地找,却没有找到。后来他们醒了,把自家的鸟儿送给了邻居家生病的孩子,孩子的病马上痊愈,这鸟也真的变成青鸟了。但当他们把它放出来玩时,鸟又飞得不见了。"青鸟乃是幸福的象征,只有从自我牺牲中才能得到。但幸福是非永久可以在握的,所以青鸟不久即飞去了。(苏雪林)②

苏雪林女士认为梅特林克所追求的真理具有宗教意义,她认为这部剧写的就是作家彻悟后的经验。梅特林克原本是一个怀疑家,对人生和宇宙充满了怀疑,他少年时代的思想离不开叔本华的悲观哲学,同时又受柏拉图和吕斯布罗克等神秘主义哲学家的静寂阴

---

① Gilman Lawrence. An Operatic Blue Bird[J]. The North American Review,1920,211(771):273-279.
② 苏雪林,梅脱灵克的《青鸟》_乐其可知也_新浪博客[EB/OL].[2018-05-01]. http://blog.sina.com.cn/s/blog_4189a61b0100z4wh.html.

暗的爱好的影响，又带些希腊宗教和佛教的色彩，他的初期作品，如《无形的来客》《群盲》《七公主》都是表现这种悲观思想的。但《青鸟》时期的作家思想已由黑暗而趋于光明了，或者说他对于人生的真谛，在试探、思索、彷徨、苦闷之余，茫然无所得，返而求之于少年时代的宗教信仰，猛然发现了其中的真谛，《青鸟》就是对自己发现了宗教真理的纪念。（同上）

的确，醉心于"死亡戏剧"创作时期的梅特林克对神秘世界充满了敬畏之心，那种看不见的强大的力量之下的人是无力的和被动的，无法主动掌握自己的命运，只能借助死亡到达更深的生活、洞悉人生的秘密，因为死神的造访可以让人穿透象征和预兆的迷津，去认识和理解心灵和看不见的世界传递的各种信息。而到了创作《青鸟》和散文《花的智慧》之时，梅特林克已经不再像过去那样着笔于虚无缥缈，不再无限放大神秘的未知领域，在他看来，人已经洞悉了以往被无知蒙蔽的一部分奥秘，如医学领域的进步等，还将有信心洞悉和把握一切生命的奥秘，而且真实和美不仅存在于自然界，更存在于人的心中，需要用人类的赤诚之心去寻觅和探索。梅特林克在《花的智慧》中写道："我们生活在真实之中，生活在充满未知物质的宇宙，而这宇宙的思想并不难以理解，并不怀有敌意……"（梅特林克，1997:9)[①]这样看来，梅特林克此时的神秘主义就不再是悲观主义的，而是充满理想主义的对生活真谛的探究，同时蕴含了光明和深刻。

现代象征主义通过抽象来表现具体，旨在创造一种可以传达"内心梦幻"的艺术来表达无法表达的感情，梅特林克的戏剧观是符合象征主义的原则的。《青鸟》就是一个梦，是对他所钟爱的向下的潜意识领域和无形的世界的探索，梦就是走向神秘主义的通道，只是这次朝圣之旅不再是黑暗、阴郁的，有了"光明"女神做向导，也必定通往光明。脍炙人口的《青鸟》把无形而又深邃的生活意念赋予童话的表达，诗意盎然，哲理浓厚，《青鸟》具备戏剧动作性，也有具体鲜明的形象，指代意义不仅是可以琢磨的，更是明确的，比之前他的理论表述更多地展示了象征主义的积极方面，这说明，梅特林克的神秘主义思想也趋于确定。

[①] [比]莫里斯·梅特林克. 诺贝尔文学奖精品典藏文库:花的智慧[M]. 谭立德，等译. 桂林:漓江出版社，1997.

第十章　梅特林克静剧观与第二次世界大战后先锋戏剧的精神渊源

> 剧场可能是唯一一个什么事都不曾发生的空间，静止是剧场的特权。
> ——尤涅斯库

第一节　从斯特林堡到梅耶荷德

梅特林克的静剧理论和戏剧作品产生了深远的影响，秉性各异的作家、作曲家和艺术家从他们的各自领域表达了对梅特林克的敬仰。在创作方面，从斯特林堡的《一出梦的戏剧》到阿尔托的著作《戏剧及其两面性》、从庞德的早期诗歌到乔伊斯的《尤利西斯》和普鲁斯特的《追忆似水年华》无不从梅特林克汲取营养，他慷慨地分享他的体验，开启了一个时代。20世纪的晨钟敲响之后，象征主义戏剧在欧洲得到繁荣发展，英国王尔德的《莎乐美》如一幅美丽的壁画，继承了梅特林克式的不断重复与静态特色，并体现出强烈的仪式性。德国霍夫特曼的剧作带有抒情性的空幻场景，也是对梅特林克梦幻风格的回应。奥地利的霍夫曼斯塔尔追随梅特林克创作了神秘的森林古堡戏剧，在萨尔兹堡艺术节上大放异彩。表现主义戏剧的开山鼻祖瑞典大戏剧家斯特林堡大段翻译梅特林克的著作，并推崇梅氏的"摆脱了激烈情节"的静态风格。梅特林克深深影响了同时代的作家以及第二次世界大战后的先锋戏剧。

斯特林堡（1849～1812）略年长于梅特林克，他同样受到叔本华悲观主义哲学和斯威登堡神秘主义思想的影响，也主张表达心灵的内心状态和头脑中的潜意识的活动。神秘主义始终萦绕在斯特林堡心头，他认为，有一种神秘的规律叫"卡多玛"，它决定了人的命运，每个人从出生到死亡都在编织自己的命运，像茧里的蚕一样吐丝，丝尽而亡，而这一切都是因为有一双"看不见的手"主宰着人类的命运，他认为："生活无疑是一种惩罚，一座地狱。"这张复杂纠结的网无关乎人的意志，是命运的安排，人在命运面前无能为力，所能做的只有怀抱希望，忍受苦难。（殷雪雁，2015:55～56）① 可见，斯特林堡的思想更为悲观。同梅特林克一样，他也对人在这个世界上的存在进行终极思考，在室内剧《被烧毁的庭院》中，他借人物之口发出呐喊："人的地球是否在宇宙中迷失了方向？你的孩子变得头晕目眩，已经看不清事物。"（同上）这不禁让我们想起了梅特林克的《群盲》，只不过梅特林克对人类的命运的关注采用了向导死亡的象征手法。

---

① 殷雪雁. 斯特林堡室内剧叙事艺术——以《被烧毁的庭院》和《塘鹅》为例[J]. 四川戏剧，2015,175(3):52-57.

斯特林堡对梅特林克的静剧表现手法极为推崇，1901年4月，他在一封信中毫不犹豫地写道："假如你想正确了解我将来的作品，请读一读梅特林克的《谦卑者的财富》吧，这是我所读过的伟大著作之一。"（斯泰恩，2002:294）[①]斯特林堡在戏剧中积极实践梅氏的"沉默""停顿"和"二级对话"手法，他认为这种凌乱和不集中的台词正体现了生活本身的无序状态。于是，"对白变成了一种无意义的言谈，作者放弃了推动情节发展的戏剧语言本质，不再表现戏剧人物的性格，而是一切变成静态。"（殷雪雁，2014:56）

20世纪后，斯特林堡从《父亲》和《朱莉小姐》的自然主义时期逐渐转向象征主义和天马行空的"主观戏剧"艺术，主张"让心灵生活这一本质上隐秘的事物成为戏剧的现实"。（斯丛狄，2006:37）[②]我们从斯特林堡的道德剧《复活节》（1901）里特别能看出梅氏的象征主义，剧中那个十六岁的圣洁的孩子艾莲诺拉，就是以一个孩子的幻象象征人类灵魂中为他人造福的美好愿望。另外，这个时期的斯特林堡尝试将故事的背景置于梅特林克式的中世纪古堡，以梦幻的形式表达人生的哲理。如其最优秀的作品之一《一出梦的戏剧》即抛弃了现实主义的一切限制，创造了一个梦中神祇抵达人间的幻象，剧情就是在一个不明确的破败的城堡的围墙之内展开，这种情景不禁让人想起梅特林克所钟情的古旧城堡。

20世纪初，梅特林克的象征主义静剧从法国、德国来到了俄国，最伟大的现实主义导演斯坦尼斯拉夫斯基虽然深爱现实主义，却又倾心于戏剧舞台上的那种纯朴的、程式化的、印象主义的观念，于是他准备拓展现实主义，使之可以包括"内心现实主义"的内容。早在1904年，他就已经被梅特林克剧作中迂回的象征主义所吸引，导演了《群盲》和《无形的来客》这两出剧，在人们的反应不乐观之后，他又于次年创立了莫斯科艺术剧院小剧场，委托他的高徒梅耶荷德在此对象征主义及其他抽象风格进行试验。梅耶荷德对解释隐藏在梅特林克那种静态的、风格化的戏剧之内的"内心对白"非常感兴趣，在他执导梅特林克的《丹达吉勒之死》时，为了表现象征主义，他提出简化舞台的原则，让演员位于一道简单的后幕布之前，摆出各种雕像式的静态姿势，再用平静的、清楚的、镇定的语言去传达有节制的谐和或"狂喜"的特色。1906年梅耶荷德来到了圣彼得堡剧团，上演了梅特林克的《修女贝特莉斯》，他将布景放在十分靠近前台的地方，使修女们的表演显得有浮雕感，而那群乞丐和其他人用慢动作一起移动搭建了一幅中世纪墙壁的装饰。这些做法和梅特林克的"木偶"或"蜡像"表现手法非常接近，也可以说梅特林克的舞台理想虽然自己没能实验成功，却在梅耶荷德的舞台上得到发扬并大放异彩。

在戏剧创作方面，俄国剧作家安德烈耶夫（1871—1919）深受梅特林克影响，走上了探索心灵的道路，他创作了俄国第一部象征主义戏剧《人的一生》，以非冲突的、沉默的静态场景表达主题。这出剧由一系列场面组成，描写的是人从生到死的各个阶段的可悲历程，在整个演出中，"穿灰衣的人"始终待在舞台上，举着一支慢慢燃尽的点燃的蜡烛。莫斯科剧院上演了该剧并大获成功，斯坦尼斯拉夫斯基说本来计划用黑天鹅绒为梅特林克的童话剧《青鸟》做背景，但是后来发现用作《人的一生》的布景才妥当。天鹅绒可以吸收一些光线，从而消除舞台上三度空间的特色，剧中人物穿着黑色天鹅绒衣服，衬着黑色的背景，

---

① 斯泰恩. 现代戏剧理论与实践（全三册）[M]. 刘国彬，等译. 北京：中国戏剧出版社，2002.
② [德]彼得·斯丛狄. 现代戏剧理论 1880－1950[M]. 王建，译. 北京：北京大学出版社，2006.

使他们可以突然出现在台前,又可以迅速消失在无穷的空间里,这种效果适合死神引入的场景,同时也恰当地表现了安德烈耶夫沉郁的天才气质。

爱尔兰的伟大诗人和剧作家叶芝也受到象征主义和神秘主义的吸引,他阅读马拉美和瓦莱里的著作,去剧场观看过梅特林克的作品的舞台演出,虽然他对梅特林克的真诚表示怀疑,但是他的诗剧如《女伯爵凯瑟琳》(1892)和《心愿之乡》(1894)具有抒情、浪漫的民族主义情趣,这些剧作像梅特林克的作品一样神秘、抑郁,把一些最广义的象征主义和爱尔兰神话结合在一起。在戏剧实践中,叶芝发扬了静态化和仪式化的表现形式,要求演员学会在舞台上站着不动,只使用优雅的姿势作为诗行的补充,并且采用面具和暗示的风格来表达戏剧情感。而英国的艾略特更是提出用"弥撒"的形式来表现静态戏剧,这种思想在20世纪50年代又发展为象征主义的另一个分支——以热内为代表的礼典性戏剧。以梅特林克为先驱的象征主义戏剧对欧洲大陆戏剧繁荣做出了积极的贡献,但是,和梅特林克静态戏剧渊源最深的当属第二次世界大战后崛起的超现实主义的产物——荒诞派戏剧,其中最有代表性的是尤涅斯库的《秃头歌女》、贝克特的《等待戈多》和《终局》等。

第二节 等待戏剧和荒诞派戏剧

1. 从梅特林克到尤涅斯库:无形世界的舞台呈现

梅特林克扛起了马拉美的象征主义旗帜,在戏剧中隔离了现实主义的常规,以弱化的情节、静态的动作、平庸的语言或沉默塑造了一系列性格模糊的戏剧人物形象,并以此来表现象征主义的神秘,阐释宇宙的真理。但是,他不仅仅满足于马拉美的"象征要暗示活跃的人物心灵"的目的,他还希望在舞台上创造神秘氛围,同时传达神秘感,使其深入观众,打破舞台上的第四堵墙。他以感染观众为己任,在这方面做出了许多不懈的努力,因此梅特林克在理解观众和舞台的关系方面是一个先行者,这也是他"情境剧"有别于传统"情节剧"的一个重要内容。而荒诞派戏剧的代表人物尤涅斯库也把观众的参与性看作第一位的。

尤涅斯库认为,我们生活在一个集嘲笑与痛苦于一身的世界,因此他在剧中总是让陈腐的角色讲出一大堆毫无逻辑的话,以此来表现生活中的无意义,这是对梅特林克"日常悲剧"平庸语言的直接继承。创作于1948年的《秃头歌女》中,几对夫妻只是坐在那里交谈,他们的谈话内容几乎都是些毫无意义的陈词滥调,作者的象征意义在于表现他们毫无爱情可言的结合是荒唐的和平庸不堪的,进而揭示出人类精神生活的空虚和相互之间的不理解,表现第二次世界大战后西方社会的精神危机和社会中人们走投无路的绝望观念。而这种对荒唐现实的写照必须要有舞台观众情绪的参与。

梅特林克戏剧人物枯燥乏味的多余的话为的是逐级加深恐怖氛围,将戏剧舞台空间扩大到舞台外空间,唤起人们对无形世界的神秘认知。同样尤涅斯库也要利用舞台上的人物语言和弱行动,但是他的目的是制造滑稽和讽刺,他总是设法让观众把剧中的情节和自己的现实生活加以关照,产生"笑声卡在喉咙,悲伤涌上心头的效果"。尤涅斯库的象征涉及人类生存体验的方方面面,包括20世纪的文化、习俗和人们战后的心态,表达的是一种彻底绝望的情绪,相比较之下,梅特林克的象征要温和得多,他的探索只限于死亡和爱的神秘,然而从艺术表现手法上看,尤涅斯库戏剧中的很多特点可以在梅特林克的早期几部描述"沉默的死亡"的戏剧中找到渊源。

（1）用"缺席"表达戏剧意义。

有的戏剧标题是以人物命名的,比如《无形的来客》,这个入侵者和闯入者不是剧中人物,自始至终没有登台,但是人们可以模模糊糊感受到他的来临,听到房门被推开的声响,感觉到他坦然在人群中落座,但是看不到来人,当盲眼老人觉察到有人从桌边起身离去的同时,护士宣布"母亲"的死亡,这便是入侵者——死神所创造的舞台效果。《秃头歌女》也是这样,事实上,剧中既无秃头歌女,也无有头发歌女,而且根本就没有歌女,这个剧名正好为剧本增添了荒诞意义。只闻其声,不见其人。《无形的来客》用缺席表达恐惧,《秃头歌女》用缺席诠释荒诞。尤涅斯库说,戏剧舞台就是要借助语言、手势、表演和道具去表达空间,表达缺席。(Ionesco,1964:199)①

（2）运用有效的舞台布景来激发情绪。

《秃头歌女》和《无形的来客》故事发生的地点都是中产阶级的室内,前者的舞台指导描述如下：

[一个英国中产阶级家庭的内室,几张英国安乐椅。英国之夜。史密斯先生靠在他的安乐椅上,穿着英国拖鞋,抽着他的英国烟斗,在英国壁炉旁边,读着一份英国报纸。他戴一副英国眼镜,一嘴花白的英国小胡子。史密斯夫人是个英国女人,正坐在他旁边的另一张英国安乐椅上,在缝补英国袜子。英国的沉默良久。英国挂钟敲着英国的十七点钟。]（尤涅斯库,1962:2）②

这里的"英国"一词被重复15次之多,用来修饰中心词,在词语方面表现出平庸和无意义的主题,如果从椅子、炉子、眼镜到史密斯夫妇价值趋同,那么这些人和物也就失去了存在的价值,从这些熟悉的日常场景中,观众可以反思自己生活的类似客厅和卧室,从而触发同样的荒诞情绪。

梅特林克的《无形的来客》也是发生在一个类似的中产阶级客厅,舞台背景描述如下："在旧别墅中,有一间黑暗的房子。左右边各有一扇房门,在墙角另有一扇秘密的小房门。在后边有着色的玻璃窗,大体是绿色的,并有一扇玻璃门向阳台开着,墙角上挂着一件佛兰德式外套。一盏点亮的灯。"（梅特林克,2006:1)这也是一间再典型不过的法国19世纪中产阶级住所的客厅,当夜晚的林荫路上微风吹起、夜莺停止了唱歌、天鹅从池塘边惊飞、鱼塘里的鱼儿跳了起来,守夜的狗也藏了起来之时,一家人等待的修女没有出现,于是恐怖的情绪开始在众人心中传递,再听到镰刀霍霍的声音响彻死一样沉寂的夜空,中产阶级观众顷刻之间被感染了同样的恐怖幽闭症,不祥之兆在剧场内徘徊,但没有人敢说出那个名字。

梅特林克和尤涅斯库剧中的人物只是谈论着一些无聊的家常,这些熟悉的话语,再加上熟悉的环境和熟悉的话题,使观众参与到剧中情境中,这样,布景和语言相结合成为一种暗喻,在梅特林克笔下暗喻了死神的来临、生命的无常和脆弱,象征了日常生活中神秘

---

① Ionesco E. Notes and Counter—Notes[M]. London: John Galder, 1964.
② 尤涅斯库.尤涅斯库戏剧精选:爱问共享资料[EB/OL]. 高行健,译,1962[2018-10-17].

的存在。在尤涅斯库笔下,则暗喻了史密斯夫妇或马丁夫妇的荒诞无意义的生活,同时也象征了现代人荒诞的生存状态。

(3)从戏剧情节到戏剧情境。

马拉美希望在戏剧中取消事件或故事,他认为戏剧应该表现人物的心灵,但是,这种有悖常规的目标如何实现?天才的梅特林克领悟到了这一点,他通过将人物紧张情绪的累积作为表现的主题,重置了舞台的重心。彼得·斯丛狄认为,梅特林克、斯特林堡、叶芝等通过独幕剧的形式,抛弃了传统戏剧的人际事件悬念,建立了根植于舞台情境的悬念。"它选择的情境总是大幕一旦拉开,灾难即将到来,而且一切将无可挽回,将人与灾难隔开的是空洞的时间,不再有情节来填补这一时间。"(斯丛狄,2006:83)①他又说:"梅特林克创造的体裁应该用情境来命名,这些作品的本质不在于情节。"(同上:50)替代传统戏剧故事悬念的是现代情境戏剧的时间悬念和空间悬念,这在梅特林克的静态等待戏剧中尤为突出。

《无形的来客》就是一出"等待"推动的情境剧。傍晚的室内,失明老人(外祖父)的女儿三天前刚刚难产生下一个婴儿,随后重病卧床,一家人围坐在桌前等待修女的到来,父亲、叔父和三个孙女安慰焦躁不安的老人,说修女今晚肯定会来,只要安心等待即可。但是一小时、两小时过去了,大家都开始担心起来,听到了拾阶而上的脚步声,听到了推门的声音,却看不到来人,鸟鸣风动的沉默等待变得无法忍受,紧张情绪不断推进,为什么修女还不来?听到的声响是谁的?沉默和疑问折磨着人们的心灵,油灯耗尽,午夜钟声敲响十二下,这时,外祖父惊呼:"谁在我们中间站起来?有人在桌子那边站起来了呢!"父亲、叔父、三个孙女异口同声地否认:"没有人站起来!"但是在巨大的恐惧中,婴儿房里的孩子突然发出惊恐的哭声,同时病重的女儿被宣布离开人世。

我们在梅特林克剧中看不到人物性格发展,也没有故事情节的推进,但是这毫无疑问是戏剧,等待是为了唤起恐惧,这就是他所倡导的静态戏剧。《秃头歌女》继承了梅特林克的情境剧理念,只不过尤涅斯库不是采用"情绪聚集法",而是采用"荒诞聚集法",荒诞不经一点点累积直到剧终之时演变成彻底的毫无理性可言。如果说开头史密斯夫妇的家庭对话还有一点儿现实基础可寻的话,那么随后的演变越来越离谱,剧中出现了一位男士和一位女士,随着他们谈话的递进,越来越多的巧合出现在他们之间,他们竟然发现住在同一条街道、同一幢房子、同一个房间,最后他们终于明白了对方是谁,原来他们是一对感情淡漠、形同陌路的夫妻。结尾的情境没有任何发展,一切停留在原地,重新来过,只不过这次是中产阶级的马丁夫妇代替了史密斯夫妇,又一次重复了开头的表演和对话,体现了荒诞戏剧的特有手法。荒诞感替代了传统情节的钩心斗角,情境的发展不再有因果逻辑关系,人生一切都是苍白而毫无意义的。

《秃头歌女》和梅特林克静态戏剧一样,排除了人际性悬念,用情境悬念推动发展,人被置于具有悬念的情境之中,作为现代社会的牺牲品在这情境中上演平庸和荒诞,在充满悬念的时间里不会发生任何事件,只有对人存在的悲观和绝望的反思。尤涅斯库的作品

---

① [德]彼得·斯丛狄.现代戏剧理论 1880—1950[M].王建,译.北京:北京大学出版社,2006.

被称为"焦虑不安的古怪戏剧",起源于人对物质现实极度失望而形成的精神世界的夸张,我们在剧中看到的正是被各种冲动、幻觉及神经质所控制的个体牺牲品的幽灵,这反映了第二次世界大战后不久的西方知识分子的精神孤独和痛苦,是悲观主义和宿命论观点的反映。

(4)无形世界的表达。

品特 1960 年在他的创作笔记中谈到了"人物入侵"在戏剧表演中的重要性。他说,如果有一个人出现在房间里,那么很快就会有另一个人来访,而且来访者是怀揣某种目的而来的;如果房间里有两个人,那么来访者对两个人就心怀不同的意图……剧中的每个人物功能各异。来访者的目的是什么?他不可能带着胸牌或拿着介绍信清清楚楚地告诉我们他家住何处、姓甚名谁、有何贵干、何以谋生、家里人口多少等。(Attar,1981:10~11)[①]这便是戏剧需要表达的任务。

然而,如果来访者或入侵者甚至连品特所说的最少限度的信息都不提供呢?如果他是隐身出现呢?这便是梅特林克静剧需要诠释的舞台效果。在传统戏剧看来,不管含义如何隐晦,舞台上的声音必须有一个来源,人物和观众可以根据声音顺藤摸瓜,找到那个发声源。而最无解的声音是沉默,这是永恒的未知,和它能够相提并论的只有死亡,这是两种我们无法找到来源和解释的抽象存在。

在尤涅斯库的《秃头歌女》中,史密斯夫妇和马丁夫妇关于门铃声辩论不休,这正是继承了梅特林克戏剧世界对"无源头的声音"和"无法解释的动作"的戏剧表达。

[门铃响起]

史密斯先生:哎!门铃响了。

史密斯太太:我再也不去开门了。

史密斯先生:行,可是,想必有人!

史密斯太太:第一回,没人。第二回,又没人。凭什么你认为这回准有人?

史密斯先生:因为门铃响了。

马丁先生:怎么?听到按门铃,门外就是有人按铃叫门呢。

马丁太太:并不是如此。你们刚才不是看见了吗?

[门铃再次响起]

史密斯先生:哎!门铃响了,想必有人!

史密斯太太:(大发雷霆)别再叫我去开门了!你明明看见,我白跑了几趟。

经验告诉我们,听见门铃响,门外准没人。(尤涅斯库,1962:10~11)

尤涅斯库的门铃表现了戏剧中因果关系的彻底决裂,这种声音与存在的背离关系可以在梅特林克的死亡戏剧中找到源头。如前所述,《无形的来客》中不安地等待修女的众人忽然听到了花园里传来"磨镰刀"的声音,如何解释这个声音的发声源?长女不确定地猜测,可能是园丁在用镰刀割草,叔父又问:"园丁会在夜间工作吗?"父亲也追问:"明天不是礼拜天吗?你能看见他割草吗?"长女只能更加不确定地自言自语:"我看不见他,他在

[①] Attar S. The Intruder in Modern Drama[M]. Frankfurt: Peter Lang, 1981.

黑暗里。"这里的暗喻不言自明,剧中人物从镰刀的声音推断出园丁的存在,但是读者和观众却从其他的信息(礼拜天、夜晚、黑暗里看不见)得出清晰的结论,声音的发出者绝对不是除草的园丁,这个看不见的来人正是狰狞的收割者——死神。《群盲》中的脚步声也找不到来源,第一次的脚步声盲人们误以为是牧师归来,结果证明是庇护所的狗,带给人们牧师死亡的消息,第二次的脚步声伴随着长袍沙沙地擦着枯叶而来,突然停在众人之中,但是盲人们看不见来者,留给读者和观众终极的追问。

梅特林克的作品中,隐含的作者借助人物努力地"猜测"声音的来源,尽管一条条被否定,但是,毕竟呈现了一种牵强的因果关系,而《秃头歌女》中门铃声响是彻底无法解释的,门铃响了,几次打开门却没人,因此门铃再响肯定就意味着没有人,而且这种无从解释的荒诞是完全合乎逻辑的。因此,我们可以说,梅特林克静剧中因果关系的断裂只停留在初步和温和的阶段,尤涅斯库剧中的因果关系达到彻底的断裂。

听到脚步声看不到来人,听到敲门声看不见来者,借助看不见的声音来引入无形的来访者,激发情绪,引起恐惧或荒诞,这便是梅特林克和尤涅斯库对于无形的世界的表达手法。阿塔尔在《现代戏剧的入侵者》一书中表达了这样的看法:"顾名思义,这个闯入的来访者必然会干涉、侵入、冒犯对方的私人领地,在身体上、情绪上,或者是智力上对其所拜访之地或拜访之人造成影响。"(Attar,1981:9)梅特林克利用的正是这种外来的入侵的力量,但是他更钟情于采用感官上"移动的物体"或"画外音"的手段来对人物和观众的情绪产生侵扰,造成不详的预感,当这样的表现手法被用来强调那些看不见的、空缺的、非物质的存在时,舞台效果得到进一步加强,恐怖或荒诞油然而生。

2. 等待戏剧和《等待戈多》《终局》

梅特林克的静态戏剧颠覆了传统戏剧的事件悬念进程,使"等待"成为时间悬念,推动了戏剧情境的发展。他的剧中人物大多处于等待中,几乎静处原地不动,有等待修女来访的一家人,等待牧师归来的众盲人,等待七公主醒来的国王、王后和王子,等待死神降临的小王子丹达吉勒,还有一拖再拖不肯离去的佩列阿斯,大家都在等待。"他们(戏剧人物)在等待什么?他们无从知道。他们等着有人敲门,等着灯光熄灭,等待恐惧,等待死亡。他们在讲话,是的,但是他们的交谈寥寥数语,偶然打破沉默,他们没说几句就停下,想要做什么又止步不前,因为他们又警觉地听到了什么,他们听着,他们等着,她(他)也许不会来了?哦,不,她会来的,她总会来的。天色已晚,可能她明天会来吧。于是一众人聚在房间里微笑着,希望着。他们听到有人敲门,这就是一切,这就是他们的全部生活,这就是全部生活。"(Gourmont,1986:20~21)①

(1)等待结构。

梅特林克开启了等待戏剧的先河,但我们最熟悉的,也最为深入人心的等待戏剧毫无疑问是第二次世界大战后先锋戏剧的代表——《等待戈多》。美国著名戏剧评论家本特利(Eric Bentley)认为英文版的名字(*Waiting for Godot*)弱化了法文版原名字(*En Attendant Godot*)的含义,法文本是指"等待戈多期间在某些人身上发生的事",强调了人及其所

---

① Gourmont R. Le Livre des Masques[M]. Paris: Mercure de France, 1986.

处的周边环境。(Bentley, 1987: 65)①这便涉及人类的生存及意义等哲学话题。梅特林克的戏剧人物也常常对他们所处的空间发问,《群盲》中,十二个盲人僵持在一处海岛上的林地,等待向导牧师的回归,同时战战兢兢地追问他们自己的命运,并在等待的过程中逐渐意识到自己被抛弃的处境,盲人们不止一次仰天长啸:"有谁知道我们在哪里吗?"这也是人类对生存意义的终极发问。因此,梅特林克和贝克特的舞台都不再是以一系列事件来推动情节,他们把戏剧背景置于一个被离间开来的延伸地带,舞台人物困在其中徒劳地等待,和"舞台空间"并行的是"舞台时间","等待"将舞台时间放大和细化,同时强调了舞台的环境因素。因此,与其说事件推动剧情的发展,不如说时间推动情境的进展,"等待"作为时间流逝的绝佳感应器,是梅特林克情境剧的主要贡献,从狭义上来看,"静态戏剧"就是"等待戏剧"。

《等待戈多》是一出两幕剧,它没有讲述故事,而是探索一种情境。两幕发生在同一个时间和地点:一条乡间小路,一棵树,傍晚。两个流浪汉埃斯特拉贡和弗拉迪米尔说着无意义的话,做着无意义的事情,他们甚至遇到同样的人——波卓和他的奴隶幸运儿、来给他们报信儿的男孩,一切都是重复的。但是,他们不能离开,因为他们要等待戈多,这是他们尚存的记忆深处的唯一的使命。两个互相憎恶、互相依存的人在每天的等待中都会讨论关于上吊和分手的问题,第二天还是一模一样,但是他们仿佛记忆错乱,他们不再认识来报信的孩子,一切都好像新发生的事情,眼前的一切都是幻梦,等待的过程放大了无穷无尽的难熬的时间,两个人拼命地想要做点儿什么来对抗虚无,但是一切都没有意义,只有无法忍受的憎恶和痛苦,而戈多本身就是不确定意义的象征。马丁·艾斯林认为,重复中的些微变动"仅仅服务于强调情境本质的同一性——越是变化,就越是一成不变"(艾斯林,2003:25)②,戈多只是一个等待的对象,等待行为表现为本质上的荒诞,也可以理解为"信仰就是荒诞"或者说"荒诞即为信仰"。这便是荒诞情境戏剧《等待戈多》中所浸透出的虚无感和绝望感。

张月辉认为,梅特林克的等待情境戏剧结构趋于"圆锥形的螺旋结构",因为相比较而言,梅特林克的人物形象还有略微的轮廓,他们等待的行为也出现了结果。《无形的来客》中一家人等来了死亡,《群盲》等待牧师回归的同时也是认识环境的过程,最终得知牧师死亡的讯息。《七公主》中大家等待熟睡的公主们醒来,不料等来了奥赛拉公主的离世的结局。在这种圆锥形的螺旋结构中,在浑然不觉中死神悄悄来临,死亡就是人物的终点,这也反映了梅特林克的神秘主义哲学观。而在贝克特的戏剧中,人物是概念化的,他们所处的环境和行为荒诞,等待也没有结果,开头和结尾雷同,两个互相厌倦、互相依存、无法沟通的人也是无果而终。张月辉把贝克特的等待情境戏剧结构称为"圆锥形的螺旋结构",人生如陀螺,没有终点,表现了人生不可把握的痛苦与苦闷,这就是"荒诞"。(张月辉,2008:73)③但需要补充的一点是,死亡并不是梅特林克人物的终极点,死亡之后是什么?这是梅特林克最关心的哲学问题。因此梅特林克的等待结构与其说是"圆锥形的螺旋结

---

① Bentley E. Casebook on Waiting for Godot[M]. Basingstoke: Macmillan, 1987.
② [英]马丁·艾斯林. 欧罗巴思想译丛:荒诞派戏剧[M]. 华明,译. 石家庄:河北教育出版社,2003.
③ 张月辉. 梅特林克与贝克特戏剧中的"静止"[J]. 戏剧文学,2008,303(8):69-73.

构",不如说是"漏斗形结构",正如语言之下是沉默的黑洞,死亡之下也被挖了一条通道,打开了通往潜意识和神秘主义的心灵之门。这种荒诞派戏剧的圆锥形开放结构有所不同。

(2)日常悲剧。

作为一种戏剧手段,梅特林克充分利用了"等待",将"日常"发挥到最大程度,甚至是琐碎和平庸,同时要求最小程度化的动作性表演。这样,戏剧家就可以在舞台上实现枯燥和焦虑这两种状态的切换,控制戏剧人物和观众的空虚感,同时引导他们感受其丰富内涵。等待行为自身预示着希望,是戏剧传统中最灵活的一种手法,作为制造悬念的机制,古而有之。但是把它运用到呈现枯燥、无用和空虚,甚至使"等待"成为表现最高程度的恐惧和毫无价值感的机制,这是19世纪末梅特林克的独幕剧表现出的独一无二的现代性效果。传统戏剧中等待只是一个暂时出现的工具,而在梅特林克的戏剧中,等待贯穿始终,所有的戏剧动作都在其阴影下进行,所有的动作都最终回归等待的原点。梅特林克戏剧的特点就是,人物面对的不仅是难以形容的、未知的力量,而且在长久枯燥的等待中,面对无意义的等待,人物对自身的存在深为不安,因为枯燥的等待抛弃了他们,同时他们在内心深处得到启示,"日常"自身即悲剧。

贝克特继承了梅特林克的枯燥、无意义的等待戏剧模式,同时也对梅特林克的沉默、断断续续的表现日常静态的语言深为赞赏,他说:"当语言达到最充分误用的时候,正是语言最充分使用的时刻。我们不能一下子取消语言,我们只能在其中挖洞,诞生一个又一个缺口,直到下面潜藏的东西。"(Beckett,1983:171-172)[①]这里贝克特所说的"挖洞"、有"缺口"的语言,指的就是人物日常语言中重复、沉默和静场,被"误用"的语言就是那些无意义的闲言碎语,这里所表达的"沉默"和"多余的话"就是梅特林克所谓的表达戏剧意义的"二级对话"。

正如梅特林克的《群盲》中的牧师一开幕就已经死亡一样,贝克特的独幕剧《终局》也以萧瑟的死亡图景开幕:在一间左右各有一扇窗户的令人窒息的房间内,老瞎子哈姆坐在轮椅上,旁边站立的是他的仆人克劳夫,哈姆已经瘫痪,无法站立,他的日常衣食住行全部依赖克劳夫。克劳夫则不能坐下,他永远站立于一侧,侍奉主人,满足其各种无厘头的需求。在左边靠墙放着的两个垃圾桶里装着哈姆的没有腿的父亲纳格和母亲耐尔,外面的世界一片死寂,一场巨大灾难(读者无法知晓的)已经消灭了一切生命,而剧中的四个人物就是仅存的幸免于难的人。克劳夫在哈姆的命令下从窗户向外观察:

克劳夫:让我们看看……[他移动着望远镜观察]什么也没有……[他观察着]……什么也没有……[他观察着]还是什么也没有。[他放下望远镜,转身对着哈姆]……怎么样?放心了?

哈姆:没任何东西在动。一切都……

克劳夫:没……

哈姆:[粗暴地]我不跟你说!一切……一切……一切什么?[粗暴地]一切

[①] Beckett S. Disjecta[M]. ed. R. Cohn. London: Calder, 1983.

什么?

　　克劳夫:一切都什么?你想知道的是什么?[他把望远镜瞄准窗外,观察着,放下望远镜,转身对着哈姆]一片荒芜。[略停]怎么样?满意了吧?……该发生的事总会发生。(贝克特:2013:28)①

　　灾难过后外面的世界"一片荒芜",没有太阳,也看不到大海,眼前灰蒙蒙一片,连潮汐也停止了,用哈姆的话说就是"墙那边是另一个地狱"。残疾人哈姆离不开克劳夫,这个从小被收养的儿子兼仆人一旦离去,哈姆只有死路一条。而克劳夫也离不开哈姆,因为这个房间里藏着世上仅存的可以果腹的食物,而这点儿可怜的供给也变得日益匮乏,待在垃圾桶里的哈姆父母已经没有粥喝、没有糖吃了,他们不仅在事故中失去了双腿,而且失去了爱的能力,情感低能,行为怪诞,视力和听力模糊,说话有气无力,整日昏睡。外面的世界一片死寂,室内的世界也正在腐败和消亡,所有的人都在等待那最后的时刻,等待终局的到来,等待死亡。

　　哈姆和克劳夫几乎所有的对白片段都以"会结束的""该结束了""该发生的事总会发生"收尾,暗指死亡的结局。哈姆碎片化的无意义语言实则蕴含了真实的梅特林克式"二级对话",他感慨地回忆起饿死的佩吉大妈:"她很漂亮,以前,非常漂亮。"象征对过去(战前)的美好年代和太平盛世的怀念,但是他略去了佩吉大妈的死因:正是他自己的自私,没有借给佩吉大妈油灯(食物)导致了她的死亡。他癫狂地胡言乱语,诅咒克劳夫,"有那么一天,你将变成瞎子。像我一样,孤零零地感到空虚,永远地,陷于黑暗之中,[略停]你累了,就坐下,[略停]你饿了,无法起来做饭,[略停]于是你闭上了眼睛,当你重新睁开眼睛时,[略停]无边无际的空虚环绕着你,你就像沙漠中的一粒小小的沙子,[略停]除了你,什么人也没有,因为你将不会同情任何人,也不会有任何人来同情你,"(同上:34~35)这也是对人类生存状态的预言,指出了现代社会人与人之间的冷漠关系、空虚生活、被抛弃和被遗忘的生存状态。

　　除了对死亡结局的等待,《终局》还包含两条时间悬念线索,一个是哈姆反复寻问克劳夫:"还没到我服用镇静剂的时候吗?"克劳夫回答"是的"。这一问一答贯穿于两个人的无逻辑的话语之中,当他第五次问克劳夫"还没到吃镇静剂的时候吗?",终于等来了肯定的回答"到了",哈姆大喜过望:"啊!终于到了!快拿来!"但是他却等来了一场空,因为克劳夫说"再也没有镇静剂了"。哈姆无比惊恐起来:"再也没有镇静剂了?"他开始绝望地呼喊:"那我该怎么办?"(同上:63)瘫痪的老瞎子依赖镇静剂麻痹自己,暗指人处在癫狂和麻木交替的痛苦生活中,而永远也没有镇静剂了,象征人类已经无药可救了。哈姆说:"想想吧,你们是在人世间,这是无药可救的![略停]甚至不如一条狗,……""(从一出生)开始时就料到结果了,可是还要继续。"(同上:61)象征了人类如陀螺一般无法逃避的悲剧生活。

　　另一条时间线索是克劳夫几次提出要离开哈姆,哈姆是主人,克劳夫是仆人,哈姆自私、盛气凌人,克劳夫仇恨哈姆,过着受到侮辱的生活,但又必须服从他的命令,克劳夫是

---

① [爱尔兰]萨缪尔·贝克特.贝克特作品选集(7):戏剧集[M].赵家鹤,等译.长沙:湖南文艺出版社,2013.

第十章　梅特林克静剧观与第二次世界大战后先锋戏剧的精神渊源

否有勇气离开哈姆,这是该剧的深刻之处。如果他离开,那么哈姆必将死去,因为克劳夫是他的眼睛和手、足,但是出走的克劳夫也一定会死,因为外面是一个寸草不生的荒凉世界,哈姆的厨房储存着世上仅存的食品。如果克劳夫鼓起勇气离开哈姆,就不仅意味着杀死哈姆,还有自杀,他将做到流浪汉埃斯特拉贡和弗拉迪米尔多次提及但没有勇气完成的自杀。而死亡是彻底的绝望还是意味着解脱呢?梅特林克的等待戏剧总是预设了某种希望,如孩子的哭声、只闻其脚步声不见其人等。克劳夫在窗外发现了一个纹丝不动的小男孩,如摩西一般靠在垒石之上,这是希望吗?《等待戈多》的圆锥形螺旋结构表现了虚无荒诞生活的永久轮回,克劳夫何去何从,他面对着一个两难抉择。剧终之时,他打理好行装,站在门口,看着老哈姆,我们不知道他下一步走向何方,这也是贝克特留给人们的一个开放性结局,正如我们不知道戈多是谁一样。阿多诺在评论贝克特发育不全的社会情境理论时,也联系到对梅特林克"日常"的理解:"他们把经验中存在的情境当成某种模式,这种经验情境一旦被隔离开来,剥夺了其自身的工具性和心理语境,就取得了一种特别的和强制的表达效果——恐惧。"(Adorno,1992:253)①

《终局》的语言不仅是词语的重复、句子的重复、等待线索的重复,而且对白和动作性陈述消减到极致,很少有形容词,也找不到充满变化和色彩的词语,日常的单调、平庸、苍白、病态、冷酷、疯狂达到极致,而这些线索互相呼应,如单调的歌曲,反复吟唱,唱尽了人生的荒凉悲歌。再加上遍布全剧的语言的停顿、沉默、静场和无头无尾、不连贯的无聊闲谈,这些被"挖洞"的静态语言一致指向冰山之下的深刻。贝克特借剧中人物之口道出了这种碎片化语言的功能:"噼里啪啦说出的话刚一说出就死掉了;每一个词在有时间产生意义之前就被下一个词灭掉了;以至于他不知道他说过什么。"正如艾斯林所言:"贝克特剧中的对话时常建立在每句话都消灭前面说出的一句话这个原则之上。"(艾斯林,2003:53)由此可见,贝克特静剧舞台上的语言消解要走得更远。

据说生于爱尔兰的英国人贝克特刻意首先使用法语创作《等待戈多》和《终局》,为的就是利用非母语服务于表达的简洁、破碎和解体。语言的解体意味着不确定性,在没有确定性的地方,就没有确定意义,因此,不可能获得确定性也是贝克特剧作的一个主题。但是,比语言和意义解体的形式更重要的是对话本身的性质,这些对话一再崩溃,指向了一个失去了终极意义的漫无目的的世界。

梅特林克戏剧所开创的"沉默"和"二级对话"等被贝克特继承,成为荒诞派戏剧的重要表现手法。阿多诺从贝克特的《终局》中辨识到类似于梅特林克的语言特征:"因为静默状态还没有达到理想的效果,所以剧中的语言更像是一种替代方式,就像是打破沉默的伴奏……沉默是语言的主动衰落……那些归于沉默的二级语言、堆积的粗野无礼的词语、伪逻辑关系、被镀成某种标记的词语等,都经过改造成为否定语言的艺术语言。"(Adorno,1992:262)

梅特林克的日常场景重复、平庸,来自具体、荒凉的现实和丰富象征的融合,似曾相识又无法辨认,尤涅斯库也赞同梅特林克的日常手法,承认最令人吃惊的莫过于平淡无奇。

---

① Adorno T W. Notes to Literature(2 vols)[M]. New York: Columbia University Press, 1992.

他说:"在我看来,不同寻常只有从最平庸和最普通的日常常规中提取,我们日常的诗歌就是这样形成的。感受荒诞,感受日常生活和语言的不可能元素,可以说是已经超越了日常生活;为了超越它,你首先必须完全浸透其中。"(Ionesco,1964:171~172)

　　象征主义的线索沿着梅特林克的"日常悲剧"理念发展,从平庸的日常走向恐惧,从滑稽的日常走向荒诞,渐渐发展为对现实主义的批驳,从贾利、达利、皮兰德娄到超现实主义的产物荒诞派戏剧《等待戈多》,都是对梅特林克的继承和发展。梅特林克是史前拓荒者,在其提出静态戏剧理论40年后,以尤涅斯库和贝克特为代表的荒诞派戏剧同样主张对传统戏剧的反叛,主张戏剧远离生动丰富的动作、摒弃复杂紧张的情节和矛盾冲突,采用"沉默"和"二级对话"的语言技巧,在静态中表现日常悲剧。而梅特林克和贝克特、尤涅斯库等对日常平淡无奇生活的静态舞台处理艺术是现代戏剧史上的一座丰碑。

结　　语

> 每年夏天,梅特林克都要退居到一个叫作"圣旺德里勒"的地方去,那是个有着光荣历史遗迹的处所,有修道院、废墟、教堂和穹顶,这正是这位诗人想象中世纪里的国王、公主的生活,汲取创作灵感的地方。
>
> ——J.L·斯泰恩《现代戏剧理论与实践》

第一节　梅特林克静剧观的时代性

梅特林克的戏剧和散文随笔使他被誉为"比利时的莎士比亚""欧洲的爱默生"和"这个时代最伟大的神秘主义作家",他对象征主义戏剧的贡献尤为突出。

象征主义认为,在日常生活中所感受到的各种事物背后隐藏着生活的全部秘密,而人的内心可以在沉思默想的寂静中朦胧领悟这种秘密。在象征主义文学运动如火如荼的年代,诗歌和文字被认为是象征主义的精髓,因为寂静的象征很难呈现在舞台上,所以没有人能够在戏剧领域有所突破。以马拉美为首的"非戏剧"呼声高涨,但是1889年梅特林克的《玛莱娜公主》如平地惊雷,打破了象征主义无法进入戏剧的魔咒,米尔波次年发表在《费加罗报》上的一篇热情洋溢的剧评将梅特林克和莎士比亚媲美,称梅特林克为"时代的天才"。来自比利时的不到而立之年的年轻作家和诗人梅特林克,作为一位象征主义戏剧家出现在历史的舞台上。梅特林克反对现实主义戏剧,主张情节弱化和暗示性的语言,主张无个性化的体验。19世纪90年代开始,梅特林克创作了一系列表现静态生活的戏剧,这些戏剧如涓涓细流,润人耳脾,使人耳目一新,很快便在世界各国上演并获得极高赞誉。1896年他创作了散文集《谦卑者的财富》,在其中的一篇文章《日常生活的悲剧性》中,全面提出了他的静剧思想理论。

1. 梅特林克首先提出戏剧应该面向平凡的日常生活

梅特林克认为,传统戏剧在表现悲剧因素时,通常充满了冒险仇杀、撕心裂肺和英雄主义,而这些已经不适应今天的时代,日常生活中有一种悲剧性,它比巨大的冒险事件的悲剧性远为真实、远为深刻、远为符合我们真正的存在。这是因为,现代人的生活基本上已经远离了剑拔弩张和流血牺牲,这是过去的蛮荒时代人们生活的乐趣所在,如果舞台上一些剧作家仍然以为"能使野蛮人愉悦的行为也会使现代观众愉悦",那就犯了固步自封的错误了,因为现代生活是正常的、普遍的、平凡的生活,而艺术所要追求的普遍的悲剧性和戏剧性只能来源于平凡的日常生活。梅特林克用诗一般的语言指出,在喧嚣终结之后的一片正常的幸福之中,巨大的不安悄然而至,"在幸福中,在静止的瞬间,不是比在激情的旋风中有着更深刻的危机因素和稳定因素吗?难道不是那陌生、寂静的存在中,无穷的

悲剧才真正揭开了它的帷幕?"(梅特林克,2009:83)①

2. 静态戏剧是表现日常的理想方式

梅特林克认为,日常生活与过去激烈的生活的区别,就在于平静。反对刻意追求浓厚的野蛮气息,使平庸成为戏剧主格调,这是梅特林克的大胆之论和独具一格的思想。他认为应该存在一种静态戏剧来表现真实的生活。虽然他也一度对自己的看法有所动摇,他在古代的戏剧中去寻找证据支持他的理论,他发现,埃斯库罗斯的大部分悲剧是没有运动的静态悲剧,因为在埃斯库罗斯的笔下,很多戏剧没有激烈的情节,有的戏剧虽然也存在动人心魄的场面,但是里面包含了大量人物内心的静态描写,徘徊的思绪和平静的祈祷成为主要剧情。他还引用了拉辛的评价,说即使和今天最简单的悲剧比较,《俄狄浦斯王》也显得不是那样堆砌材料,总而言之,即便在未脱尽野蛮气息的远古时代,优秀的悲剧中也存在静态的表现。他的研究进一步坚定了实践静态戏剧的信念。

3. 日常悲剧的目的是表现心灵内部的活跃

静态戏剧并不意味着完全的无意义静止。平静为的是深思默想,为的是深入探索人的心灵,梅特林克认为,现代人的生活表面上风平浪静,实际上活跃的是他们的精神生活,即便是人们的眼泪也是静悄悄地流出来的,不被别人看见。在他看来,静态只是一种外在表现,心灵的惊涛骇浪存在于普遍的静态日常中,他认为,戏剧就是要描写日常生活,而在平静的表象之下,还要让人看到,在心灵永远活跃的广袤领域中的内部生活。他说:"一种真正得到启发的意识会拥有远不够确切的激情与欲望、无比多的平静与耐心……这正如没有什么水流比被大坝拦截的水流更涌动不安,更有破坏力,更无法阻挡,没有什么河流比河岸拓宽的河流更稳定、更善意、更安静。"(梅特林克,2011:43)②日常就是要表现活跃的灵魂。

4. 静态戏剧的表现形式——"二级对话"

既然人物的外在是非运动的和几乎静止的,那么如何去表现活跃而丰富的心灵呢?梅特林克提出了"二级对话"的概念。语言对戏剧的重要性毋庸置疑,他认为,不是在行动中,而是在语言中,才能发现真正的美和伟大的悲剧,但是这种语言不同于传统戏剧激情澎湃的对白,也不仅仅是伴随动作的解释性语言。梅特林克发现,在必要的人物表面上的对话之外,存在着另一种对话,这种对话起初看似无用而多余,但在其背后,并行着戏剧真正的本质和作者的真实意图,这是读者领悟作品精髓的钥匙,也是隐含的作家留给舞台的一个开启心灵秘密的密码。承担说出这种"多余的话"的戏剧人物,通常是次要人物或者是作者暗中指定的秘密代言人,于是我们在梅特林克的戏剧中发现这样一种常规结构:主要人物吞吞吐吐,静默不语,他们的行为举止反常而游离,而次要人物或者旁观者唠唠叨叨,似乎是环顾左右而言他,殊不知,此中有深意,此处有悲剧。正是这不必要的对话的性质和范围决定了作品的性质和不可衡量的广度,这就是梅特林克独特的"二级对话"理念。

他说:"恰恰是那些在僵硬的表面的真理之外说出的话,才组成了最美的悲剧的神秘

---

① [比]莫里斯·梅特林克. 谦卑者的财富[M]. 马永波,译. 北京:中国国际广播出版社,2009.
② [比]梅特林克. 获诺贝尔文学奖获奖者散文丛书:万物如此平静[M]. 王维丹,译. 南京:江苏文艺出版社,2011.

之美,因为这些语言符合更深的真理,这个真理无可比拟地与无形的灵魂更加靠近,正是它支撑着诗歌。"(梅特林克,2009:95)

5. 戏剧要表现心灵世界的无以名状的神秘

这是梅特林克戏剧观的归结,这种思想反映了作为哲学家的梅特林克的神秘主义理想。神秘主义之于戏剧传统并不是一个新鲜概念,表现"神秘"的戏剧样式,梅特林克并不是第一人,不过,之前的戏剧样式常与宗教道德教化相关联,比如中世纪表现耶稣诞生和神迹的神秘剧(mystery play)及表现圣徒殉道的奇迹剧(miracle play)。但在梅特林克看来,"神秘"似乎并不是一个抽象的概念,乃是一种真实的存在。

他认为,在我们所生活的有形的世界,不是一切东西都可以用理性和悟性来解释清楚的。心灵世界有一种魔幻般的、神奇的力量在起作用。他举例说,有时在街上遇到一位点头之交的邻居,他们之间没有交集,互不了解,但是,就在一瞥之下,双方感到一种莫名的、似曾相识的东西在相互致意,两个人互相观察,互相微笑,似乎他们的心灵早已相识。他又举例说,即便是死亡的来临,神秘的心领神会也会在即将走向死亡的同伴的心灵中传递,这些人会在树下和花园的角落聚集,笑意断断续续从嘴唇掠过,仿佛害怕秘密会逃逸开去,当活着的人靠近他们,沉默便突如其来地降临,他们冷漠的眼神藏起了凛然不可侵犯的秘密。

梅特林克说:"让我们不要忘记,我们虚弱的眼光看到的不过是灵魂最疯狂的力量的显示,在心灵内部还存在更多丰富的领域,比理性和智力更加饶、深刻和有趣。"(同上:101)正是这种无以名状的力量,表现了生活的根源和秘密,也表现了我们有形的生活与这种根源和秘密的联系。可惜的是,人们自己往往无法抓住这一瞬间,无法把握这种联系,看不到日常生活的房间里存在的神秘力量的游荡。梅特林克抱怨剧场的演出与表现生活的真实差之千里,原本观众是怀着美好的愿望来到剧院,渴望看到和自己密切相关的平凡、日常的生活,并从中领略到神秘和庄严,但是剧院上演的往往是一个人在那里大讲特讲他为什么嫉妒、为什么下毒,或者他为什么自杀。

梅特林克认为,理智所能描述的只是表象,离生活的根源和秘密十分遥远。但是那种不可捉摸、无法描述的神奇力量如何在戏剧舞台上表现呢?他在过往的传统戏剧里寻找佐证,他认为,在李尔王、麦克白和哈姆雷特的身上可以领会到无限神秘的歌声、灵魂的沉默、天空下的永恒和宿命。他认为这种不可捉摸的神秘力量至今还像神灵一样潜藏在一切生活领域之下。梅特林克除了主张使用"二级对话"的艺术手段来表现心灵的真实生活,还实践了用梦幻来展示戏剧空间的艺术表现手法。他的故事背景大多是不知年月的中世纪幽暗的古堡和森林,人物是美丽、纯洁但行动游移不定的公主或王子,这些从天而降的梦幻般的人物呈现在观众和读者眼前的是一个似真非真、似梦非梦的画境,充满了诗情画意。

那么,梅特林克所主张的那种用艺术手段来表现的日常化、静态化、内心化、神秘化的戏剧,究竟是什么样的呢?让我们重温梅特林克的日常悲剧的经典形象——灯下老人来说明这一点:

> "我逐渐相信这样一个老人,他,尽管如此静止不动,却生活在一种更深沉、更人性、更普遍的真实中,超过了那扼死情妇的恋人、常胜将军、'为荣誉而复仇

的丈夫'。他坐在扶手椅里,耐心地等待着,身旁放着灯盏;他不在意地倾听着支配他的房屋的所有永恒的法则,不解地思忖着门窗的寂静和灯盏颤抖的声音,垂首顺从他的灵魂和命运——这样一个老人,他没有认识到这个世界上的所有力量,像众多殷勤、谨慎的仆人一样,正在他的房间里往来,为他守夜,他没有察觉正是太阳支撑着他俯身其上的小小的桌子,天空中每颗星辰和灵魂的每根纤维都直接关联于眼帘的合拢,或者一个思想的迸发与诞生。"(同上:89)

现代象征主义通过抽象来表现具体,1977年版的《美利坚百科全书》称"象征"旨在创造一种可以传达"内心梦幻"的艺术来表达无法表达的感情,这和梅特林克的戏剧观是一致的。梅特林克提出象征主义静剧理论,并以灯下老人作为一种普遍的神秘精神的化身,这是他早期戏剧实践孜孜不倦的追求。到了20世纪的第一个十年,随着他个人思想的积极转变,他的戏剧意蕴也从模糊走向明朗,童话剧《青鸟》具备了戏剧动作性,也有具体鲜明的形象,指代意义不仅是可以捉摸的,更是明确的,比之前他的理论表述更多地展示了象征主义的积极方面,这也表明了梅特林克对神秘主义思想的十足信心。

在此之后,梅特林克对心灵的真理的追求充满了乐观主义精神,而且他从对人的心灵研究扩展到对植物、动物的研究,渴望掌握物质世界所有生命的奥妙。他接连完成了昆虫观察三部曲《蜜蜂的生活》《白蚁的生活》和《蚂蚁的生活》,以及散文《花的智慧》等,并赢得了1911年的诺贝尔文学奖。之后的梅特林克对神秘主义的研究走得更远,在1914年的散文《陌生的客人》一书中讨论了预感,甚至会说话的马。来自德国的这些马术佼佼者可以用马蹄拼出问题的答案,精确计算数学问题。(Mahony,1984:162)[①]梅特林克发现这些动物的表现令人不可思议,他由此得出,动物世界和人类世界一样,理性的面纱下也存在着超自然的能力。毋庸置疑,梅特林克是现代文学和象征主义戏剧文学的一个里程碑。

第二节 梅特林克象征主义戏剧的尾声

梅特林克对神秘主义的追求代表了他所处的时代。在物质主义和工业主义繁荣之下,作为一个现代预言家,他通过作品,说出了时代无法说出的情感,道出了人们的怀疑和困惑。他引导人们从物质走向精神,从对外部世界的关注转向对心灵的探索,他呼吁人们自我发展、自我实现,寻找精神的家园。在他天才的笔下,生活的意义得到全新的诠释,生命被赋予了尊严和荣耀。同时,梅特林克提倡民主的道德生活。他相信心灵的共和,反对划分道德层次。正如爱默生所说的,创造我们的灵魂没有伟大和渺小之分。梅特林克在散文《更深的生活》里说,最微不足道的小事足以使我们的灵魂变得崇高。"你缓缓沿着一束光线穿过生命之门的缝隙,你做了一件伟大的事,你为受伤的敌人包扎伤口,从此以后,你不再有敌人。"(梅特林克,2009:158)

梅特林克有过他的辉煌时代,其戏剧理论是对传统戏剧观念的一种突破,对平凡日常生活和心灵世界的关注,使他的戏剧题材和所探索的问题都达到了一定的深度和广度,符

---

① Mahony Patrick. Mauric Maeterlinck: Mystic and Dramatist[M]. Washington, D. C.: The Institute for the Study of Man, Inc., 1984.

合现代人更细致地探索心理活动的要求,但是,我们也看到,他的思想的单一性同时也制约了其创造性和生命力,尽管新的剧作不断从他的笔下流出,但是往往却回到那一成不变的关于生与死捉摸不定而又支离破碎的概念之中,或者是随时涌现的关于永恒真实之类的神秘概念。梅特林克本人对动荡变幻的现实生活感到迷茫和苦闷,深受叔本华、尼采等反理性主义思想的影响,再加上新柏拉图主义学说的影响,他在无比的彷徨中,心中灰蒙蒙一片。作为19世纪末一部分知识分子的代表,他将自己的人生探索完全交付于神秘感,并毕生陶醉其中,有时颓废,有时又突然顿悟,有时过分强调暗示和征兆,甚至成为梦魇,这都是不可取的。

至于其象征主义艺术表现手法——静态梦幻舞台的展示,在一定程度上扩充了戏剧的表现力,丰富了舞台的内涵和外延,创造了与现实主义和自然主义完全不同的演出风格。同时,梅特林克作为象征主义戏剧运动的领袖获得了声望,但持续时间较短,因为在舞台上表现象征主义毕竟受到制约,梅特林克进行的"傀儡戏"和"木偶戏"的实践均以失败告终,克雷格的象征主义"超级傀儡"将此手法发展到极致,但是后继无人,只有"面具"的表现手法仍然在使用。俄国大导演斯坦尼斯拉夫斯基尝试导演梅特林克的象征主义戏剧,但效果不好。梅耶荷德在俄罗斯实验剧院多次尝试梅特林克的戏剧并取得了一定的成功,但他在1904年导演《丹达吉勒之死》的时候,为了表现演员的静态,让他们站立不动,只能使用程式化的姿势和顾盼仪态,受到了演员的集体抗议,因为他们感到无法施展自己的表演才能。法国导演兼演员吕奈-波创立了艺术剧院并使其成为梅特林克戏剧演出的基地,这个剧院活跃了近40年,直到1929年解散,这也标志着象征主义戏剧运动的尾声。

静态戏剧艺术有其存在的时代合理性,也鼓舞了同时期的戏剧大家和导演,如斯特林堡、叶芝、莱因哈特、克雷格、梅耶荷德等,第二次世界大战后的先锋戏剧更是接过了梅特林克的精神衣钵,尤涅斯库和贝克特的荒诞派戏剧将静态等待戏剧推上巅峰。但是我们也应该看到,静态戏剧无法作为戏剧的主干长期付诸舞台,余秋雨先生认为:"静态戏剧这个概念,如果针对那些在戏剧题材和表现上的浮嚣追求或许能够显出部分合理性,而当它泛泛地针对一般概念的戏剧冲突和戏剧行动的时候,则更多地显出片面性。"(余秋雨,2007:230)[①]

据说,每年夏天,梅特林克都要退居到一个叫作"圣旺德里勒"的地方去,那是个有着光荣历史遗迹的处所,有修道院、废墟、教堂和穹顶,这正是这位诗人想象中世纪里的国王、公主的生活,汲取创作灵感的地方。(斯泰恩,2002:281)同时,这也是禁锢他思想的地方,新世纪人类的生活方式发生了日新月异的变化,无须说,他的创作风格,对于20世纪30年代后愈来愈挑剔的观众来说,显然是不合时宜的了。

梅特林克的黄金十年是他在象征主义戏剧领域开疆拓土的十年,他慷慨地分享他的体验,开启了一个时代,象征主义、超现实主义、未来主义、表现主义、早期存在主义等都从他的作品中汲取营养。20世纪晨钟敲响之后,象征主义戏剧在欧洲得到繁荣发展,英国

---

① 余秋雨. 舞台哲理[M]. 北京:中国盲文出版社,2007.

王尔德的《莎乐美》如一幅美丽的壁画,继承了梅特林克式的不断重复与静态特色,并体现出强烈的仪式性。德国霍夫特曼的剧作带有抒情性的空幻场景,也是对梅特林克梦幻风格的回应。俄国的安德烈耶夫深受梅特林克影响,致力于探索人的心灵和人类命运。奥地利的霍夫曼斯塔尔追随梅特林克创作了神秘的森林古堡戏剧,在萨尔兹堡艺术节上大放异彩。表现主义戏剧的开山鼻祖瑞典大戏剧家斯特林堡大段翻译梅特林克的著作,他推崇梅氏的"摆脱了激烈情节"的静态风格,并尝试以梦剧的形式表达心灵的状态和潜意识活动。第二次世界大战后先锋派荒诞戏剧代表贝克特和尤涅斯库成为梅特林克的衣钵传人,将日常悲剧从恐惧的日常演变成荒诞的日常。到了今天,虽然象征主义戏剧作为一个流派已经成为历史,但运用象征主义表现形式的可能性似乎是无止境的,象征戏剧的概念已经融入到不同时代、不同民族的创作中,的确,正如萨塔尔所言:"戏剧与现实无关,仅与真理有关。"(同上:492)这一切,在某种程度上都归功于一百多年前那个比利时的忧郁诗人和天才戏剧家——梅特林克。

附　　录

附录一　1911年诺贝尔文学奖授奖词

瑞典学院常务秘书 C.D.威尔森
1911年12月10日

　　今年，一些权威人士提名了数位诺贝尔文学奖候选人，其中的几位表现出伟大和非凡的品质，这也使评选工作非常难于取舍，最终瑞典学院决定把文学奖授予莫里斯·梅特林克，是经过了评委的多次提名和慎重考虑的。首先，作为作家，他所拥有的深邃的原创性和独特的才华迥异于传统文学形式，他写作才能的理想主义特质上升到一种罕见的精神高度，不可思议地拨动了我们微妙神秘的心弦。显而易见，梅特林克不是一个平庸之辈，这位年龄不足五十岁的出色作家追随着自己完全个性化的心声，充满魅力地表现出了既神秘深刻又受众甚广的生活哲理。阅读他的作品会使人想到索福克勒斯的话，"人只是一个虚无缥缈的影子"，或回忆起卡尔德隆所言，"人生如梦"，然而梅特林克深知如何以梦幻的表达使观众理解我们道德生活的细微差别。日常生活的表象之下潜藏着我们真实存在的秘密，梅特林克轻击魔杖，这些秘密就呼之欲出，我们承认，他唤醒了我们通常隐身于神秘暮色之中的最私密的特征。尽管他的戏剧作品中人物动作和舞台布景通常模糊不清——就像中国的皮影戏一样——却和诗歌的细微敏锐保持一致，他的作品没有半分假饰和矫揉造作，有的只是始终如一的稳健和一流的精雕细琢。他的作品剧情奇幻，富于传奇，但是语言却不失精准。伴随着柔和的音乐，诗人引领我们进入到心灵的未知领域，我们感受到歌德所言，"一切转瞬即逝的东西，不过是一种比喻"，我们预感到真正的家园遥不可及，我们尘世的脚步远不能踏足。在阅读梅特林克的时候，我们几乎无法穿过这种不祥之兆的迷雾，尽管他在诗歌中让我们瞥见了那未知领域的神秘。

　　莫里斯·梅特林克1862年生于根特，家境似乎比较富裕。他在圣·巴尔勃的耶稣教会学校接受教育，虽然他不喜欢这个地方，但是这所传统的学校可能对他的智力发展产生了强烈的影响，引导他走向神秘主义。毕业取得学士学位之后，梅特林克遵循父亲的意愿，攻读法律，并在根特开始了律师生涯，但是，据他的传记作家杰勒德·哈里所言，他明显表现出对律师职业的极度不适应，因为他具有"令人快乐的缺陷"，这种缺陷使得他绝对不适合在法庭上进行诉讼辩护和公开的辩护陈词。文学吸引了他，在巴黎逗留期间，对文学的热爱与日俱增，他在那里结识了许多作家，维利耶·德·李勒－亚当就是其中的一个，并对他产生了巨大影响。巴黎令梅特林克如此着迷，以至于1896年他就在那里定居了。然而，喧嚣的大都会并不真正适合性情孤独、喜欢沉思的心灵，不适合作为他的永久居住之地。于是,到了夏天,他喜欢住在圣旺德里勒,这是一所古老的日耳曼修道院,他把这幢房子买了下来,也使其免于遭受文物破坏者的毒手。冬天的时候,他隐居在气候温和、以鲜花著称的格拉斯镇,当然,他时不时地去巴黎,与编辑洽谈。

莫里斯·梅特林克出版的第一部作品是一本薄薄的诗集,题为《暖房》(1889)。这些诗歌呈现出饱受磨难的痛苦情绪,超出了人们对于外表冷静、耽于沉思的年轻作家的预期。同年他发表了戏剧奇幻之作——《玛莱娜公主》(1889)。这部戏剧风格阴郁、令人恐惧,作者刻意使用大量的台词重复手法,力图创造时间延续的氛围,因而显示出刻意为之的单调;但是令人愉悦的神奇魅力主宰着这部短剧,人们毫不怀疑《暖房》的作者的有力笔触。无论如何,这是一部重要的艺术作品。文艺评论家奥克塔夫·米尔波在《费加罗报》上对《玛莱娜公主》给予热情洋溢的赞誉,从那一天起,莫里斯·梅特林克就不再默默无闻了。接下来,梅特林克创作了一系列戏剧作品,故事大多发生在我们无法断定的年代和地图上找不到的地点。场景通常是带有地下通道的神话般的城堡、有怡人浓荫的花园,或可以眺望远处大海的灯塔塔楼。在这些令人伤感的地方,剧中人物仿佛罩上了一层薄纱,就像思想本身那样模棱两可。

在他几部最优秀的作品中,梅特林克表现为一位象征主义者和不可知论者,但是不能就此得出结论说他是一个唯物论者。诗人的本能和想象力使他认识到人不仅仅属于可触摸的有形世界,他明确表示,如果诗歌不能使我们感知到现象的根源——更深刻的和更隐秘的存在,那诗歌就辜负了自身的使命。有时,这种背景成为他独有的一种朦胧晦涩、迷雾重重的风格,如同超自然力量的合奏,人只是任其屠宰的羔羊,他又将毁灭我们自由的超自然力量归因于命中注定的至高无上的能量,但是,也有几部作品反映了他平和的心态,他开始以更多的笔墨描述夹杂着希望的神秘,不再执着于现实。梅特林克几部最优秀作品表现的普遍主题就是人类心灵上真正的隐秘而深邃的生活,这种生活精确地体现在人类最自发的行为中,并且必须在超越思想和散漫的理性的王国之外才可以获得。梅特林克善于表现这些行为,他既拥有如梦如幻的想象力和梦想家的理想主义精神,又拥有完美的艺术家的精准,同时,在不损害对主题的理解的前提下,他的戏剧技巧简化到极致。

倘若自然神论能对他的戏剧作品产生积极的影响,它们就有别于中国的皮影戏了,但是我们也不应该因此而对梅特林克抱有成见而忽视他天才的创作,正如斯宾诺沙和黑格尔一样,尽管他们不是自然神论者,却是伟大的思想家。同样,尽管梅特林克没有持有自然神论者的对世界和生活的观念,但他仍然是一个伟大的诗人。他并没有否认事物、现象,他只是发现在阴影中隐藏着的原则。另外,不可知论在某种程度上难道不是可以原谅的吗?因为人类的理性永远无法明确地表达存在起源的确切概念,在很多时候,只能依赖于直觉和信仰。如果莫里斯·梅特林克笔下的人物有时是梦中人物,他们也仍然充满了人性的光辉,因为莎士比亚说得一点儿不错:

我们是这样的一群人
做着梦
在睡梦中度过短暂的一生。

同时,梅特林克也决不是一个善变者,他的作品散发出可爱而忧郁的灵性,就诗之美而论,他超越了许多以描写人性为主的作家。莫里斯·梅特林克显然是一个思想深沉、感情细腻的人,他对真理的诚挚渴望令我们充满敬意,在这样一个容易触发非正义的世界,时时存在于他内心的律法和鼓舞人心的正义令我们心怀感念。如果经历了心灵发展的各个阶段的梅特林克有时提到"万有引力"是支配世界的动力,并且在表面上希望用它来替代宗教,那么,请允许我说一句,我们不要因此而产生误解(考虑到他的象征主义),"万有引力"这个词只是一个象征,象征了我们所服从的宗教和道德力量的法则。

　　时间不允许我一一列举梅特林克的所有作品,然而,我觉得在这个庄严的时刻,有必要简短地追述一下其中最有特色的作品。

　　要论最为深刻地表现死亡之冷酷和神秘的作品,《无形的来客》(1890)当之无愧。在所有聚集在病危母亲周围、盼望她康复的亲人中,只有失明的老人(外祖父)觉察到花园里窸窸窣窣移动的脚步、柏树叶子沙沙作响、夜莺停止了唱歌,他能感到一阵寒气袭来,听到镰刀的摩擦之声,老人推测出,一个众人肉眼看不到的不速之客已经登堂入室,安然稳坐在众人之中。夜半钟声敲响之时,身边某种噪音传来,似乎某人突然起身离去;与此同时,病重的母亲撒手人寰,命中注定的访客刚刚来过。该剧如此细微精到、充满力量地描述了死亡的征兆。短剧《群盲》(1890)在表现死亡征兆方面也许更加忧郁深沉,盲人们跟随着他们的向导——一位年老体衰的牧师,来到了一片不熟悉的林中空地,他们认为牧师探路未归,围坐而等待,事实上,他就坐在他们中间,溘然长逝。渐渐地他们发现了牧师的死亡,但是没有了向导,他们的生命又有谁来庇护?

　　在《佩列阿斯和梅丽桑德》(1892)和《阿拉丁和帕洛密德》(1894)中,梅特林克以奇异的想象力描绘了以不同形态出现的爱情的致命力量,这种爱情受到其他关系或外在环境的束缚,既不能也不应该获得美满的幸福,受到人类力量无法抵抗的宿命的挤压和毁灭。

　　毫无疑问,梅特林克最具灵感的作品当推《阿格拉凡和塞莉赛特》,它是世界文学宝库中最为纯净的一块宝石,这部作品极其深沉忧郁而又具有诗意之美。梅朗德娶了可爱腼腆的塞莉赛特为妻,不料却与贵妇人阿格拉凡互生情愫。这是一种超凡脱俗的纯洁感情,但是因为不能独拥梅朗德的心,塞莉赛特深受煎熬。最终,为了成全丈夫和阿格拉凡的幸福,这个勇敢的柔弱女子下定决心要牺牲自我,她从年久失修的角楼垛口纵身跃下,但没有像她预想的那样落入海中,而是落在了沙滩上,人们把受了重伤的她抬了回来,在濒死之际,为了不让两个她爱的人心存愧疚,塞莉赛特竭力向梅朗德和阿格拉凡隐瞒了真相,谎称自己是失足落下塔楼。这出戏蕴含着大量刻画细腻的情绪,所有的人物都是高尚而仁慈的。阿格拉凡和梅朗德都认同建立在别人痛苦之上的幸福是不能长久和徒劳无果的,如果他们仍然感到彼此之间难以克制地互相吸引,他们达成一致,决不屈从于低俗的肉体的欢愉,而是服从于心灵的强烈感情。他们与命运抗争着,当意识到他们无法实现理想的兄妹情谊,而一切将不可避免地发展为毁灭性原罪的时候,他们的抗争尤为痛苦。阿格拉凡所言情真意切:"如果必须有人受苦,那就让我们承受痛苦吧!人有上千份责任,在我看来,有一条确凿无疑,我们首先要解救弱者的痛苦,把苦难扛在自己的肩上。"这部戏剧所散发的魅力使它跻身于20世纪最优美的作品之列。

　　梅特林克的杰作《阿格拉凡和塞莉赛特》发表于1896年。1902年,作者发表了戏剧

《莫娜·凡娜》,此剧曾在瑞典上演,为我们熟悉。故事以意大利文艺复兴为历史背景展开,结构清晰明了,一改作家之前惯用的朦胧手法。"责任"这一主题思想支撑了动作行为,这也引起了各种不同见解的激烈辩论。这部剧构思大胆,激发了人们对心理学的浓厚兴趣。不过也许最能代表梅特林克艺术风格的是他那些短小精巧的象征主义戏剧,这些剧作并没有强烈刺眼的光线,但是却开启了探索人类心灵最隐秘预感的绝妙视角。

莫里斯·梅特林克具有多方面的写作才华,他创作了许多哲理性散文,尽管不是纯粹的哲学著作。其中代表之一是《谦卑者的财富》(1896),作品对神秘主义者吕斯布罗克的思想和人类的精神生活进行了阐述,包含了许多颇具灵感的章节。在崇高诗歌方面,梅特林克表达了积极的理想主义,他说,诗歌的目的就是保持从看得见的世界到看不见的世界的通道畅行无阻。书中多次出现他早先提及的思想:在我们可见的自我背后存在一个真正的自我。这种思想在经验主义者看来神秘莫测,实际上,和康德的知性学说一样合理,是实证主义特征的根源。散文《被埋葬的寺庙》(1902)表达了一种不可见的人格的观念,这是可见的世俗人格的基础。如果人们指责梅特林克是宿命论者,那请读一读他的另外一部散文集《智慧和命运》(1898),文中处处闪耀着乐观主义的光辉。他认为个人的命运掌握在自己手中,取决于人们如何运用意志,他用伟大的历史人物的失败举例,认为他们失败的原因在于失去了在错误和不幸的行动中崛起的古老的自信,失去了以必胜的信心和危险斗争的力量。

1900年,《蜜蜂的生活》问世,此书引起了强烈反响。尽管梅特林克是一位兴致勃勃的养蜂人,对蜜蜂的生活习性了如指掌,但他无意创作一部科学专著。这不是一部自然史纲要,而是一部生机盎然、蕴含思考的诗意作品,思考的结论就是无用论。作者似乎要说明,探寻蜜蜂间奇妙的合作、它们的分工与社会生活是否属于理性思考的产物是徒劳无益的。是使用"本能"还是"智慧"这类字眼是无关紧要的,因为它们仅仅暴露了我们对事物的无知。我们所说的蜜蜂本能也许是宇宙万物的本质,是普遍的宇宙灵魂的体现。人们不禁马上想到维吉尔对于蜜蜂的不朽描述,维吉尔曾说,一位思想家认为蜜蜂具有神的特性,也就是神的思想和神的精神。

梅特林克的另一部散文《花的智慧》(1907)引人入胜,大胆描绘了如动物一样富有智慧和利己之心的植物。这里同样可以发现丰富的诗意想象,以及间或的深刻的思考。

梅特林克以永不枯竭的创造力于1903年创作了令人陶醉的奇幻剧《乔娜尔》,剧中描写了经历考验和悲伤插曲之后忠贞爱情的胜利。《玛丽·玛格德莱娜》(1909)描述了一个追悔莫及的罪人的灵魂转变,她战胜了诱惑,因为天性中最高贵的一面促使她牺牲了自己,她放弃了弥赛亚在她内心创造的新的道德生活去拯救弥赛亚;也就是说,牺牲了弥赛亚至关重要的工作成果。最后,请大家来欣赏神奇的《青鸟》(1909),尽管它似乎蕴含了太多的哲学思考,以致缺乏未经雕琢的天性,但是这部寓意深刻的童话剧闪耀着童年时代诗意的光辉。幸福的青鸟只能在这易朽世界之外存在,但那些心灵纯洁的人对它的追寻永远不会徒劳无果,因为在他们穿越梦幻国土的旅程上,他们的情感生活和想象力将得到丰富和净化。

我试图根据梅特林克的作品对他的人生观进行一个全面的描述,我们无法否认他的美妙和高贵的人生观,而且它是以诗歌的原始形式展现出来,奇异有时甚至离奇,但是永远激荡人心。

梅特林克属于诗歌领域拥有天赋的作家,人们的欣赏品位可能会变化,但是《阿格拉凡和塞莉赛特》会永葆魅力。今天,瑞典,这块用英雄传奇和民歌滋养的土地,谨把这份世界性文学奖授予这位诗人,他使我们感受到了隐藏在人类心灵的美妙旋律的温柔颤动。

(殷雪雁、杨海艳 译)

附录二 梅特林克作品列表

诗歌:

Serres chaudes(Hot Houses,《温室》,或译为《暖房》,1889年)

Douze chansons(《十二首歌》,1896年)

Quinze chansons(《十二首歌》,1900年扩充成《十五首歌》)

戏剧:

La Princesse Maleine (Princess Maleine,《玛莱娜公主》,1889年出版)

L'Intruse (Intruder,《不速之客》或《无形的来客》《侵入者》,1890年出版,1891年5月21日首演)

Les Aveugles (The Blind,《群盲》或《盲人》,1890年出版,1891年12月7日首演)

Les Sept Princesses (The Seven Princesses,《七公主》,1891年出版)

Pelléas and Mélisande(《佩列阿斯和梅丽桑德》,1892年出版,1893年5月17日首演)

Alladine et Palomides(《阿拉丁和帕洛密德》,1894年出版)

Intérieur (Interior,《室内》,1894年出版,1895年3月15日首演)

La Mort de Tintagiles (The Death of Tintagiles,《丹达吉勒之死》,1894年出版)

Aglavaine et Sélysette(《阿格拉凡和塞莉赛特》,1896年12月首演)

Ariane et Barbe-bleue (Ariane and Bluebeard,《阿里亚娜与蓝胡子》,1899年出版德文译本)

Soeur Béatrice (Sister Beatrice,《修女贝特莉斯》,又译《两姐妹》,1901年出版)

Monna Vanna(《莫娜·凡娜》,1902年5月首演,同年出版)

Joyzelle(《乔赛儿》,1903年5月20日首演,同年出版)

Le Miracle de saint Antoine (The Miracle of Saint Antony,《圣安东的显灵》,1904年德文译本首演)

L'Oiseau bleu (The Blue Bird,《青鸟》,1909年9月30日首演)

Marie-Magdeleine (Mary Magdalene,《玛丽·玛格德莱娜》,1910年2月德文译本首演,1913年法文版出版并演出)

Le Bourgmestre de Stilmonde(《斯蒂尔蒙德市长》,1918年在布宜诺斯艾利斯首演,1919出版)

Les Fiançailles(《订婚》,1922年出版)

The Cloud That Lifted(《升起的云》,1923年出版)

Le Malheur passe(《厄运来了》,1925 年出版)

La Puissance des morts(《死亡的力量》,1926 年出版)

Berniquel(1926 年出版)

Marie-Victoire(《玛丽-维克多利亚》,1927 年出版)

Judas de Kerioth(《加略的犹大》,1929 年出版)

La Princess Isabelle(《伊莎贝尔公主》,1935 年出版)

Jeanne d'Arc(*Joan of Arc*,《圣女贞德》,1948 年出版)

散文：

Menus Propos(《戏剧小谈》,1890 年发表于期刊《青年比利时》)

Menus Propos(Ⅱ)(《戏剧小谈》,1891 年)

Le Trésor des humbles(*The Treasure of the Humble*,《谦卑者的财富》,1896 年)

La sagesse et la destinée(《智慧和命运》或《明智和命运》,1898 年)

La Vie des abeilles(*The Life of the Bee*,《蜜蜂的生活》,1901 年)

Le temple enseveli(*The Buried Temple*,《埋没的寺院》或《被埋葬的寺庙》,1902 年)

Le Double Jardin(*The Double Garden*,《双重花园》,1904 年)

L'Intelligence des fleurs(*The Intelligence of Flowers*,《花的智慧》,1907)

La Mort(*Our Eternity*,《我们的永恒》或《死亡》,英文版未完成,法文版 1913 年出版)

L'Hôte inconnu(*The Unknown Guest*,《未知的客人》,1914 年英文译本首版,1917 年法文版出版)

Les Débris de la guerre(1916 年)

Le Grande Secret(*The Great Secret*,《大秘密》,1921)

LaVie des termites(*The Life of Termites*,《白蚁的生活》,1926 年)

La Vie de l'espace(*The Life of Space*,《空间生活》,1928 年)

La Grande Féerie(《大魔法》,1929 年)

La Vie des fourmis(*The Life of the Ant*,《蚂蚁的生活》,1930 年)

L'Araignée de verre(《玻璃蜘蛛》,1932 年)

Avant la grande silence(*Before the Great Silence*,《在沉寂之前》,1934 年)

L'Ombre des ailes(*The Shadow of Wings*,《翅膀的影子》,1936 年)

Devant Dieu(*Before God*,《面对上帝》,1937 年)

The Great Door(《大门》,1938)

L'Autre Monde ou le cadran stellaire(*The Other World* or *The Star System*,《另一个世界》或《恒星系统》,1941 年)

回忆录：

Le Cahier Bleu(《蓝色笔记》)

Bulles bleues(《泡沫蓝色》,1948 年)

翻译和改编作品：

Le Livre des XII béguines and *L'Ornement des noces spirituelles*, translated from the Flemish of Ruysbroeck（1885年翻译出版了用佛莱忙语写作的神学家罗斯布鲁克的作品《十二宫的书》和《精神的婚姻》）

L'Ornement des noces spirituelles de Ruysbroeck l'admirable（《精神婚姻的荣誉》，1891）

Annabella（《安娜贝拉》，改编自约翰·福特的《真可惜她是个妓女》，1894年上演）

Les Disciples à Saïs and Fragments de Novalis from the German of Novalis, together with an introduction by Maeterlinck on Novalis and German Romanticism（翻译并出版了德国诗人诺瓦利斯的论文《萨依斯的信徒和其他片段》，并对诺瓦利斯和德国浪漫主义进行了介绍，1895年）

Translation and Adaptation of Shakespeare's *Macbeth*, performed 1909（翻译并改编了莎士比亚的《麦克白》，1909年上演）

参考文献

[1] ASH J. The Branching Stairs[M]. Manchester: Carcanet, 1984.

[2] ADORNO T W. Notes to Literature(2 vols)[M]. New York: Columbia University Press, 1992.

[3] ARTAUD A. Maurice Maeterlinck: Douze Chansons[M]. Paris: Stock, 1923.

[4] ATTAR S. The Intruder in Modern Drama[M]. Frankfurt: Peter Lang, 1981.

[5] BECKETT S. Disjecta[M]. London: Calder, 1983.

[6] BECKETT S. Proust and Three dialogues with Georges Duthuit[M]. London: Calder, 1965.

[7] BENTLEY E. Casebook on "Waiting for Godot"[M]. Basingstoke: Macmillan, 1987.

[8] BERGHAUS G. Avant-garde Performance: Live Events and Electronic Technologies[M]. London: Palgrave Macmillan, 2005.

[9] BERGSON H. Creative Evolution[M]. London: 1913.

[10] BERGSON H. The Two Sources of Morality and Religion[M]. New York: 1935.

[11] BLANCHOT M. "Everyday Speech"[C]//In The Infinite Conversation. Minneapolis: University of Minnesota Press, 1993.

[12] BLOCK H M. Mallarmé and Symbolist Drama[M]. Detroit: Wayne State University Press, 1963.

[13] CLARK B H. European Theories of the Drama[M]. New York and London: Appleton and Company, 1929.

[14] CRAIG G. On the Art of the Theatre[M]. London: 1911.

[15] DUBOIS J. "LaRépétition dans Pelléas et Mélisande"[J]. Revue des Langues vivantes, 1962(28).

[16] ESSLIN M. The Field of Drama: How the Signs in Drama Create Meaning on Stage and Screen[M]. London: Methuen, 1987.

[17] FORD J. Annabella[M]. Paris: Olendorff, 1895.

[18] FORT P. Mes Memoires (1872—1943)[M]. Paris: Flammarion, 1944.

[19] FROTHINGHAM P R. The Mysticism of Maeterlinck[J]. The Harvard Theological Review, 1912, 5(2): 251-268.

[20] GIDE A. Journal 1889—1939[M]. Paris: Pleiade, 1948.

[21] GILMAN L. An Operatic Blue Bird[J]. The North American Review, 1920, 211(771).

[22] GOURMONT R. Le Livre des Masques[M]. Paris: Mercure de France, 1896.
[23] HALLS W D. Maurice Maeterlinck: A Story of His Life and Thought[M]. Oxford: Clarendon Press, 1960.
[24] HURET J. Enguête sur lévolution littéraire[M]. Paris: Fasquelle, 1891.
[25] IONESCO E. Notes and Counter-Notes[M]. London: John Galder, 1964.
[26] JASPERS G. Adventure in the Theatre[M]. New Brunswick: Rutgers University Press, 1947.
[27] KANE L. The Language of Silence[M]. London: Associated University Presses Inc., 1984.
[28] LAMM M. Strindberg and Theatre[J]. The Tulane Drama Review, 1961, 6(2): 132-139.
[29] MAETERLINCK M. "Preface," Plays, 2nd Series, Vol. II[M]. Chicago, 1896.
[30] MAETERLINCK M. "Menus Propos. Le Theatre"[J]. La Jeune Belgique, 1890 (9).
[31] MAETERLINCK M. Theatre, Vol. I [M]. Paris: Fasquelle, 1929.
[32] MAETERLINCK M. Bulles Bleues: Souvenirs Heureux[M]. Monaco: Editions du Rocher, 1948.
[33] MAETERLINCK M. Le Cahier bleu[J]. Annales de la Fondation Maurice Maeterlinck, 1976(22).
[34] MAETERLINCK M. Introduction à une psychologie des songes (1886 — 1896) [M]. Brussels: Labor, 1985.
[35] MAHONY P. Mauric Maeterlinck: Mystic and Dramatist[M]. Washington: The Institute for the Study of Man, Inc., 1984.
[36] MALLET R. Andre Gide—Paul Valery, Correspondence 1890 — 1942[M]. Paris: Gallimard, 1955.
[37] MALLARMÉ S. Correpondence II (1871 — 1885)[M]. Paris: Gallimard, 1965.
[38] MALLARMÉ S. Correspondence IV (1890 — 1891)(2 vols.)[M]. Paris: Gallimard, 1973.
[39] MARIE G. Le Théâtre symboliste[M]. Paris: Corti, 1988.
[40] MCGUINESS P. Maurice Maeterlinck and The Making of Modern Theatre[M]. New York: Oxford University Press Inc., 2000.
[41] MIRBEAU O. "La Princess Maleine"[N]. Le Figaro, [1890 — 08 — 24].
[42] MORGAN C. " On the Nature of Dramatic Illusion"[M]//In Essays by Divers Hands. London: Humphrey Milford, 1933.
[43] OSBORN C B. Predecessor to Ionesco[J]. The French Review, 1968, 41(5).
[44] PFISTER M. The Theory and Analysis of Drama[M]. Cambridge: Cambridge University Press, 1991.
[45] PORTVIN A. "Les Paysages de Maeterlinck et de Kafka"[J]. La Revue nouvelle,

1954(19).
[46] RAYFIELD D. Chekhov：A Life[M]. London：HarperCollins，1997.
[47] RILKE R M. Diaries of a Young Poet[M]. New York：Norton，1997.
[48] ROBBE G A. Pour un nouveau roman[M]. Paris：Editions de minuit，1961.
[49] ROSE H. Maeterlinck's Symbolism：The Blue Bird and Other Essays[M]. Dodd Mead and Company，1911.
[50] SCHURÉ E. Précurseurs et révoltés[M]. Paris：Perrin，1904.
[51] SPRINCHORN E. Strindberg and the Greater Naturalism[J]. The Drama Review TDR，1968，13(2)：119-129.
[52] SYMONS A. Dramatis Personae[M]. London：Faber and Gwyer，1925.
[53] TAINE H. On Intelligence (2 Vols.)[M]. Indianapolis：Hachette，1920.
[54] TODOROV T. Symbolisme et interpretation[M]. Paris：Seuil，1978.
[55] VERHAEREN E. "La Princess Maleine"[J]. L'Art moderne，1889(9).
[56] YDE M. August Strindberg (review)[J]. Theatre Journal，2012，64(2).
[57] 奥特. 不可言说的言说：我们时代的上帝问题[M]. 林克，赵勇，译. 北京：生活读书新知三联书店，1994.
[58] 贝克特. 贝克特作品选集(7)：戏剧集[M]. 赵家鹤，等译. 长沙：湖南文艺出版社，2013.
[59] 布雷德伯里，詹·麦克法兰. 现代主义[M]. 胡家峦，等译. 上海：上海外语教育出版社，1992.
[60] 常耀信. 美国文学简史[M]. 天津：南开大学出版社，2003.
[61] 茨威格. 昨日的世界——一个欧洲人的回忆[M]. 吴秀杰，译. 北京：民主与建设出版社，2017.
[62] 茨威格. 昨日的世界——一个欧洲人的回忆[M]. 舒昌善，等译. 南宁：广西师范大学出版社，2004.
[63] 弗洛伊德. "创作家与白日梦"[A]//现代西方文论选[C]. 伍蠡甫. 上海：上海译文出版社，1983.
[64] 弗洛伊德. 精神分析引论新编[M]. 高觉敷，译. 北京：商务印书馆，1987.
[65] 霍夫曼. 弗洛伊德主义与文学思想[M]. 王宁，等译. 北京：三联书店，1987.
[66] 卡尔. 现代与现代主义[M]. 陈永国，译. 北京：中国人民大学出版社，2004.
[67] 李国山，贾江鸿，等. 欧美哲学通史[M]. 天津：南开大学出版社，2008.
[68] 刘小枫. 拯救与逍遥[M]. 上海：上海三联书店，2001.
[69] 艾斯林. 欧罗巴思想译丛：荒诞派戏剧[M]. 华明，译. 石家庄：河北教育出版社，2003.
[70] 梅特林克. 梅特林克散文选[M]. 陈训明，译. 天津：百花文艺出版社，2003.
[71] 梅特林克. 梅特林克戏剧选[M]. 张裕禾，李玉民，译. 北京：外国文学出版社出版，1983.
[72] 梅特林克. 诺贝尔文学奖精品典藏文库：花的智慧[M]. 谭立德，等译. 桂林：漓江

出版社,1997.

[73] 梅特林克.梅特林克随笔书系:谦卑者的财富;智慧与命运[M].孙莉娜,高黎平,译.哈尔滨:哈尔滨出版社,2004.

[74] 梅特林克.梅特林克随便书系:蜜蜂的生活/双重花园[M].李斯,董广才,译.哈尔滨:哈尔滨出版社,2004.

[75] 梅特林克,等.沙漏——外国哲理散文选[M].田智,等译,北京:生活·读书·新知出版社;2006.

[76] 梅特林克.诺贝尔文学奖文集:无形的来客[M].李斯,等译.长春:时代文艺出版社,2006.

[77] 梅特林克.谦卑者的财富[M].马永波,译.北京:中国国际广播出版社,2009.

[78] 梅特林克.获诺贝尔文学奖获奖者散文丛书:万物如此平静[M].王维丹,译.南京:江苏文艺出版社,2011.

[79] 莫言.漫谈斯特林堡[OL].http://review.jcrb.com/200709/ca641118.htm.

[80] 弗洛伊德.释梦[M].孙名之,译.北京:商务印书馆,1996.

[81] 拉格尔朗克斯.斯特林堡传[M].高子英,译.北京:人民文学出版社,2005.

[82] 彭彩云.西方现代主义文学专题研究[M].长沙:湖南大学出版社,2006.

[83] 尤涅斯库.尤涅斯库戏剧精选[OL].高行健,译.爱问共享资料[2012-05-11]. http://ishare.iask.sina.com.cn/f/24381415.html.

[84] 冉东平.突破西方传统戏剧的叙事范式——从叙事范式转变看西方现代派戏剧生成[J].广东社会科学,2009(6).

[85] 桑德巴赫.地狱.神秘日记抄:英译者序言[M].潘晓松,译.北京:东方出版社,2003.

[86] 斯丛狄.现代戏剧理论 1880-1950[M].王建,译.北京:北京大学出版社,2006.

[87] 斯特林堡.斯特林堡文集:第1卷[M].李之义,译.北京:人民文学出版社,2005.

[88] 斯特林堡.斯特林堡文集:第3卷[M].李之义,译.北京:人民文学出版社,2005.

[89] 斯特林堡.斯特林堡文集:第5卷[M].李之义,译.北京:人民文学出版社,2005.

[90] 斯泰恩.现代戏剧理论与实践(全三册)[M].刘国彬,等译.北京:中国戏剧出版社,2002.

[91] 叔本华.作为意志和表象的世界[M].石冲白,译.北京:商务印书馆,1982.

[92] 苏雪林.梅脱灵克的《青鸟》[OL].乐其可知也-新浪博客[2012-02-14]. htp://blog.sina.com.cn/s/blog_4189a61b0100z4wh.html.

[93] 陶洁.美国文学选读[M].北京:高等教育出版社,2005.

[94] 殷雪雁.《少年派的奇幻漂流》中的生态主义情怀[J].电影文学,2014(10),60-61.

[95] 殷雪雁.斯特林堡室内剧叙事艺术——以《被烧毁的庭院》和《塘鹅》为例[J].四川戏剧,2015(3):52-57.

[96] 殷雪雁.从观众审美心理看影片《一个陌生女人的来信》[J].电影文学,2015,625(4).89-91.

[97] 余秋雨.舞台哲理[M].北京:中国盲文出版社,2007.

[98] 袁可嘉.欧美现代派文学概论[M].南宁:广西师范大学出版社,2003.

[99] 袁联波. 西方现代戏剧文体突围[M]. 成都:巴蜀书社,2008.
[100] 张隆溪. 二十世纪西方文论述评[M]. 北京:生活·读书·新知三联书店,1987.
[101] 张汝伦. 西方哲学十五讲[M]. 北京:北京大学出版社,2003.
[102] 张月辉. 梅特林克与贝克特戏剧中的"静止"[J]. 戏剧文学,2008(8):69-73.
[103] 周宁. 西方戏剧理论史[M]. 厦门:厦门大学出版社,2008.

后　　记

这部书稿首先要献给我远在天堂的父亲——中国魏晋南北朝史学会原副会长殷宪先生。国内对梅特林克的研究资料相对匮乏,为了搜集一手资料,高质量完成课题研究,2015年我选择赴美研修,把父亲留在了天津肿瘤医院,由弟弟们和家人照顾。不承想,由于手术并发症,父亲和我重聚的时间只有短短的9天。在极度悲痛和自责中,我身体和精神几乎垮掉,梅特林克的研究也一度搁浅。父亲在生命的最后十年夙兴夜寐、争分夺秒致力于北朝史和魏碑研究,取得了很高的学术成就,留下了珍贵的学术资料。他常常教育我们子女要认认真真做学问,踏踏实实做事和做人,我知道父亲对我的期望,终于鼓起勇气,开始一步一个脚印地细读梅特林克,我和父亲的对话才刚刚开始。

梅特林克是一位神秘主义哲学家,尽管死亡和悲观主义宿命论是他早期戏剧的主基调,但是后期梅特林克的作品由黑暗趋于光明,我们从其作品中也看到更多的希望色彩。他在散文《沙漏》中说:"对生者和死者,我们为什么不一视同仁?倘若一视同仁,生命便是美好的。"是的,人生是美好的,贵在我们虔诚的信仰和不屑的追求。今天,我终于可以平静下来,和我喜爱的戏剧家交谈,陶醉于其瑰丽奇异的作品。现在的我是幸福的,我相信父亲正在花丛中含笑看着我。

本专著为天津市哲学社会科学规划研究项目"梅特林克静剧研究"的成果,项目编码为TJWW13-024。全书共分为十章,第七、第八、第九、第十章和结语由杨海艳执笔,殷雪雁完成其余章节的撰写。本书的顺利完成首先需要感谢天津师范大学的邱佳岭教授,她对专著的提纲设计提出了许多宝贵的意见。还要感谢中国政法大学的李秀丽副教授,天津城建大学的朱姗副教授,天津商业大学的殷雪圻老师、王晓波老师、李丽军老师等,他们帮助完成了许多英文和法文资料的翻译和整理工作,对他们的辛勤劳动在此一并致谢。

最后特别感谢的是哈尔滨工业大学出版社的闻竹老师,她认真严谨,工作高效,热情豪爽,她的细致工作保证了本书的高质量出版,在此表达说不尽的感谢!

殷雪雁

2020年元月于天津